FRANZISKA STEINHAUER

Gurkensaat

UNTER WÖLFEN Ein nebliger Novemberabend in der Lausitz. Kommissar Peter Nachtigall wird in das Herrenhaus der Unternehmerfamilie Gieselke gerufen. Maurice, der sechsjährige Enkel des Spreewälder »Gurkenkönig« und Hobbyjägers Olaf Gieselke liegt tot im Arbeitszimmer – erschossen mit einem Gewehr aus dem Arsenal des Großvaters. Entdeckt hatte ihn seine zehnjährige Schwester Annabelle, die durch das schreckliche Ereignis ihre Sprache verloren hat. Wer kann ein Motiv für einen Mord an einem Sechsjährigen haben?

Schon am nächsten Tag wird eine weitere Leiche gefunden. Es handelt sich um den Naturschutzaktivisten Wolfgang Maul, der sich für die Wiederansiedlung von Wölfen in der Lausitz eingesetzt hatte. An den Bäumen rund um den Tatort steht das Wort »Mörder«.

Nachtigall beginnt sich durch ein Gestrüpp aus Hass, Neid und dunklen Geheimnissen zu kämpfen …

Foto © Michael Helbig

Franziska Steinhauer wurde 1962 in Freiburg geboren und lebt seit 1993 in Cottbus. Sie studierte Pädagogik mit den Schwerpunkten Psychologie und Philosophie. Mit besonderem Geschick verknüpft sie mörderisches Handeln, Lokalkolorit und Kritik an aktuellen gesellschaftlichen Entwicklungen. Um ihr Wissen im Bereich der Kriminaltechnik auf eine breitere Basis zu stellen, studiert sie Forensic Sciences and Engineering an der Brandenburgischen Technischen Universität (BTU) in Cottbus im Masterstudiengang.

Bisherige Veröffentlichungen im Gmeiner Verlag:
Kumpeltod (2013)
Zur Strecke gebracht (2012)
Spielwiese (2011)
Sturm über Branitz (2011)
Wortlos (2009)
Menschenfänger (2008)
Narrenspiel (2007)
Seelenqual (2006)
Racheakt (2006)

FRANZISKA STEINHAUER

Gurkensaat

Peter Nachtigalls sechster Fall

GMEINER Original

Besuchen Sie uns im Internet:
www.gmeiner-verlag.de

Im Ehnried 5, 88605 Meßkirch
Telefon 07575/2095-0
info@gmeiner-verlag.de

3. Auflage 2013

Lektorat: Claudia Senghaas, Kirchardt
Herstellung / Korrekturen: Daniela Hönig / Doreen Fröhlich, Susanne Tachlinski
Umschlaggestaltung: U.O.R.G. Lutz Eberle, Stuttgart, unter Verwendung eines Fotos von Lutz Eberle
Druck: CPI – Ebner & Spiegel GmbH, Ulm
Printed in Germany
ISBN 978-3-8392-1100-7

Personen und Handlung sind frei erfunden.
Ähnlichkeiten mit lebenden oder toten Personen
sind rein zufällig und nicht beabsichtigt.

DER WOLF

Der junge, graue Wolfsrüde, den die Menschen Turk nannten, lag im dichten Unterholz und leckte seine Wunden.

Mit seinen 18 Monaten war er alt genug.

Von heute an würde er seinen eigenen Weg gehen, sich ein Revier suchen und vielleicht in absehbarer Zeit mit einer Partnerin ein eigenes Rudel gründen.

Ein wilder Schmerz in seinem Hinterlauf ließ ihn heftig zusammenzucken.

Dieser lange Riss würde ihn noch eine Weile beschäftigen und womöglich bei der Jagd behindern.

Seine auffallend großen Ohren bewegten sich hektisch.

Turk war sich der Tatsache bewusst, dass ein Teil des Rudels seine Verfolgung aufgenommen hatte. Er sollte nicht auf den Gedanken kommen, einen kilometerweiten Bogen zu laufen und in wenigen Tagen zu den anderen zurückzukehren. Nein, sie wollten sicher sein.

Als er nur die Geräusche des Waldes vernahm, beruhigte sich das Spiel seiner Ohren und er konnte sich erneut der Versorgung seiner Verletzungen widmen. Mit den Zähnen fuhr er vorsichtig durch das kurze Fell am linken Vorderlauf, um angetrocknetes Blut zu entfernen. Dabei ging er zu ungeduldig vor, die Verletzung riss erneut auf. Schnell leckte er das frische Blut auf. Der Duft könnte ihn sonst verraten.

Dieser Biss stammte von einem seiner Brüder, der sich innerhalb der Gruppe der juvenilen Tiere erfolgreich bis an die Spitze gekämpft hatte. Mit seiner rauen Zunge fing

Turk geschickt erneut austretendes Blut ein, bevor es den Waldboden erreichen konnte.

Er winselte leise.

Als Jungwolf hatte er schon einige Kämpfe überstehen müssen, und es war auch nicht das erste Mal, dass er dabei Verletzungen davongetragen hatte. Bisher war es ihm stets möglich gewesen, selbst als Verlierer eines solchen Hierarchiegerangels im Rudel zu verbleiben und meist hatte selbst sein Gegner schnell wieder Turks Nähe gesucht und sogar mitgeholfen, die Wunden zu versorgen.

Aber diesmal war alles anders. Aus Spiel war bitterer Ernst geworden.

Wieder ruckte sein Kopf hoch.

Er witterte.

Das eigenartige, gleichförmige Geräusch war ihm bekannt, es bestand kein Grund zur Besorgnis.

Unmittelbar vor seinem Unterschlupf platschten dicke Wassertropfen auf die Erde, beim Aufprall losgelöste Spritzer trafen seine Nase und er zog sie unwillig kraus, begann zu knurren. Er wusste, dass er dieses Wasser nicht vertreiben konnte.

Nachdem er die vielen Bisse, Kratz- und Schürfwunden gereinigt hatte, rollte er sich zu einem engen Knäuel zusammen und schloss erschöpft die Augen.

Die jederzeit aufmerksamen Ohren würden seinen Schlaf überwachen.

Als er später aufschreckte, war der Regen weitergezogen. Die Vorahnung einer drohenden Gefahr hatte ihn geweckt und Turk starrte angestrengt in die heraufziehende Dämmerung.

Dort!

Am Rande seines Gesichtsfeldes bewegte sich etwas.

Das Wesen war laut.

Offensichtlich hatte es keine Feinde zu fürchten.

Das Brummen und Scheppern erstarb von einem Moment auf den anderen und das stinkende Ding spuckte zwei andere Wesen aus.

Scharf sog Turk ihren Geruch ein.

Die kannte er.

Sie gingen nur auf ihren Hinterbeinen, benutzten die Vorderläufe, um zwischen den Blättern auf dem Waldboden nach irgendetwas zu stöbern.

Angstvoll schob der junge Wolf sich tiefer in sein Versteck. Die Witterung, die er immer stärker wahrnahm, je näher diese Wesen kamen, implizierte Gefahr. Die Stimmen und Laute, mit denen sie kommunizierten, waren einem unmelodischen Bellen nicht unähnlich. Er wusste, dass man möglichst einen großen Abstand zu ihnen einhalten sollte, das Rudel hatte auf seinem Streifzug weite Distanz zum Unterschlupf dieser Wesen gehalten.

Für eine Flucht war es zu spät.

Und mit der verletzten Pfote wäre an ein Entkommen ohnehin nicht zu denken.

Blieb ihm nur, die Störer gut zu beobachten.

Was mochten die beiden nur im Laub suchen?

So sehr er sich auch anstrengte, außer Erde, kleinen Insekten und einem leichten Hauch von Verwesung konnte er nichts bemerken.

Nahezu geräuschlos schob er sich noch ein paar Zentimeter tiefer ins Gehölz. Mit der Schwanzwurzel berührte er schon die Mitte des Buschs.

Sein Körper zitterte.

Viel später, als die Dunkelheit schon den Wald erreicht hatte und sich das fahle, kalte Licht des Mondes durch die Kronen der Bäume einen Weg suchte, hörte Turk in der Ferne das Heulen der Wölfe.

Seiner Familie.

Gern hätte er eingestimmt.

Doch er gehörte nicht mehr dazu.

PROLOG

Der Tag, an dem Hanne Gärtner den Glauben an das Gute im Menschen verlieren sollte, begann täuschend normal. Später hatte sie sich oft gefragt, ob es nicht ein Zeichen gegeben hatte, irgendetwas, das sie bemerkt haben könnte.

Doch da war nichts gewesen.

Gar nichts.

Sie schloss beschwingt die Tür zu ihrem kleinen Laden auf.

Hannes Traum von der eigenen Existenz!

Natürlich wusste sie, wie viele Leute im Dorf hinter ihrem Rücken tuschelten. Andere belächelten ihre hochfliegenden Pläne und sahen sie mit einem mitleidigen Blick an, der nahelegte, sie wisse es eben nicht besser, dumm geboren, nichts dazugelernt …

»Du wirst so schnell pleite sein, dass es sich für dich eigentlich gar nicht lohnt, die Regale einzuräumen«, bekam sie wenig aufmunternd aus dem Mund ihres Vaters zu hören. »Und dann? Wo soll der ganze Krempel hin, für den du dich auch noch verschuldet hast?«

Doch Hannes Optimismus war eine stabile Größe. Über eine finanzielle Krise und deren Bewältigung würde sie nachdenken, wenn sie tatsächlich drohte – und keine Sekunde früher.

Fröhlich den Sommerhit des Jahres vor sich hin trällernd, hängte sie ihre Jacke über den Stuhl hinter der Kasse und schlüpfte in einen apfelgrünen Kittel. Zufrieden sah sie sich um. Im Regal stand Bürgelkeramik neben Honig von einem befreundeten Imker, getöpferte Figuren und Windlichter waren genauso zu finden wie Tischdecken aller Größen in Blaudrucktechnik. Stimmungsvolle Aquarelle ihrer Freundin Susanne, die nach der Scheidung von ihrem Traummann das bisher verschüttete künstlerische Potenzial entdeckt hatte, hingen an der Wand. Besonders beliebt waren ihre Darstellungen des Spreewaldes, des Pücklerschen Schlosses im Branitzer Park in Cottbus und der Seepyramide, unter der des Fürsten Herz bestattet war. Alkoholisches aus dem Spreewald stand in den Regalfächern weiter oben, außerhalb der Griffweite von Kindern. Künstler boten ihre kleinen Skulpturen von Sagengestalten und Trollen an, scharfe und milde Soßen mit Spreewälder Zutaten warteten neben der Kasse auf Käufer. Zu Weihnachten würde sie hier auch Quiltdecken und andere schöne Geschenkideen anbieten, nahm sie sich vor.

Die Gurken für ihren Spreewaldladen standen noch auf dem Hof. Hanne hatte sich für eine mittelgroße, ortsansässige Firma entschieden, eine, bei der die Gurken noch mit Liebe verarbeitet wurden. Die Gläser würde sie jetzt reinholen und ins Regal und den Kühlschrank einräumen – ein paar vielleicht auch im Schaufenster dekorieren. Gerade bei einem Ausflug gehörten gekühlte saure Gurken einfach dazu, dachte Hanne, lachte gluckernd und machte sich an die Arbeit. Was wäre denn ein Spreewaldladen ohne Spreewaldgurken? Schon Theodor Fontane war von dieser Spezialität begeistert gewesen! Liebevoll drehte sie jedes Glas so, dass es mit dem Etikett zum Kunden hin auf dem Brett stand.

Vielleicht hätte ihr zu diesem Zeitpunkt etwas auffallen müssen. Dass eine Kiste mit einem anderen Klebeband verschlossen worden war als die restlichen, zum Beispiel. Aber sie war einfach nicht in einer Stimmung, die Platz für Argwohn ließ. So traf der Schlag sie völlig unvermutet. Sprachlos starrte sie das Glas in ihrer Hand an, unfähig, einen klaren Gedanken zu fassen. Eines war wohl unbestreitbar: So etwas fiel nur jemandem ein, der ihr den Erfolg nicht gönnte.

»Warum tut man mir so etwas an?«, flüsterte sie tonlos. »Diese neidischen Miststücke!«

Zwischen den grünen Gurken zogen die Senfkörner an einem trüben, menschlichen Auge vorbei.

1

Auf leisen Sohlen schlich die Gestalt die Treppe hinauf. Tief sanken die Füße in den hochflorigen Teppich ein. Ohne zu zögern wandte sie sich auf dem Treppenabsatz nach links und erreichte nach wenigen Schritten das Arbeitszimmer des Hausherrn.

»Ach, du bist's. Hast du mich vielleicht erschreckt!«

Die Gestalt hob das Gewehr bis zur Schulter und peilte sorgfältig ihr Ziel an.

Annabelle schrie.

So laut und durchdringend, wie es ihr nie jemand zugetraut hätte und derart kompromisslos, als habe sie beschlossen, nie mehr damit aufzuhören. Als ihre Großmutter endlich angelaufen kam, fand sie das Mädchen stocksteif in der Nähe des Fensters stehen, die Arme fest an die Seiten gepresst, die Hände zu blutroten Fäusten geballt, den Kopf in den Nacken geworfen und mit weit aufgerissenen Augen an die Decke starrend. Annabelles Mund war weit geöffnet und sie schrie schrill, scheinbar ohne Atem zu holen. Noch lange Zeit später sollte sie anfangen zu wimmern, wenn sie in diesen Raum geführt wurde.

Die Großmutter, die durch das Geschrei aus tiefstem Schlaf gerissen worden war, versuchte zunächst, das Mädchen in die Arme zu schließen, um es zu trösten, denn zu diesem Zeitpunkt glaubte sie noch, ihre Enkelin habe sich beim Spielen verletzt. Doch das Kind blieb wie versteinert stehen und ließ sich nicht beruhigen. Ratlos sah sich die Großmutter im

Raum um. Dabei entdeckte sie das Grauenvolle, das Annabelle so erschüttert hatte. Frau Gieselke ächzte entsetzt. Sie mobilisierte eine Stärke, von der sie nichts geahnt hatte, hielt dem Mädchen mit einer Hand die Augen zu, umfasste mit der anderen den schmächtigen Körper und hob das noch immer markerschütternd kreischende Kind hoch. Schleppte es aus dem Zimmer. Weg von dem sich rasant ausbreitenden Blutfleck auf dem Teppich, der sich unter der kleinen Leiche ihres Bruders gebildet hatte – ausgehend von der Stelle, an der eigentlich sein fröhliches Jungengesicht hätte sein sollen.

2

Kriminalhauptkommissar Peter Nachtigall hielt sich fit. Er hatte die Erwärmung bereits abgeschlossen und war damit beschäftigt, die Gerätschaften für die nachfolgende Trainingseinheit zusammenzusuchen. Bei den Sportmatten traf er auf Conny. Sie lächelte ihm verschwörerisch zu und tätschelte liebevoll seinen Bauchansatz.

»Übertreib's bloß nicht. Du weißt, ich liebe jeden Zentimeter an dir – und da wäre es doch jammerschade, wenn du dir was davon wegtrainieren würdest.«

»Ich werde nur das schwabbelige Fett in feste, pralle Muskelmasse umwandeln«, versprach er in feierlichem Ton, »denn sonst würdest du mich ja am Ende immer weniger lieben und das werde ich auf gar keinen Fall riskieren.«

»Du weißt doch: Frauen lieben Männer mit Substanz!«

Darauf wollte er gerade eine schlagfertige Antwort geben, als er spürte, wie das Handy in der Tasche seines Jogginganzugs vibrierte. Mobiltelefone waren im Fitnessstudio eigentlich nicht erlaubt, aber er hatte eine Ausnahmegenehmigung bekommen. Dennoch war es ihm im Ernstfall ausgesprochen unangenehm. Schnell nickte er Conny zu und floh auf den Gang hinaus.

»Ja!«

»Wir haben eine Leiche im Herrensitz der Familie Gieselke. Das ist diese Gurkendynastie. Das Opfer wurde erschossen«, informierte ihn Albrecht Skorubski, Kollege und Freund.

»Okay. Bin gerade beim Sport. In zehn Minuten bin ich draußen. Wer wurde denn erschossen – Herr Gieselke?«

»Nein – sein Enkel. Sechs Jahre alt.«

»Unfall. Wie furchtbar. Warum verständigen sie …?« Eine ältere Dame schob sich mit ihrem Rollator vorbei und warf dem telefonierenden Sportler einen missbilligenden Blick zu.

»Wir wurden gerufen, weil die Kollegen vor Ort sich nicht sicher sind, ob es sich tatsächlich um einen Unfall handelt!«, unterbrach ihn der andere.

»Was? Fahrlässige Tötung? Mord? Wer sollte denn einen Sechsjährigen ermorden?«, fragte Nachtigall entgeistert.

»Fremdverschulden wohl in jedem Fall. Ob Mord oder eine andere Variante … Lass uns erst mal hinfahren. Ich hole dich ab.«

Als er das Telefon in die Tasche gleiten ließ, beugte er sich zu der alten Dame hinunter und meinte: »Ich darf das. Ich bin von der Polizei.«

»Ja, ja – das sagen sie alle«, antwortete sie bloß übellaunig.

Das große Herrenhaus lag weitab der Straße, einsam und idyllisch. Die strahlend weiße Fassade des eckigen Bauwerks wurde knapp unter dem Dach von einer Kante begrenzt, die den Eindruck verstärkte, es handle sich um eine Burg. Die hohen Fenster waren streng symmetrisch angeordnet. Aufgelockert wurde die Komposition durch einige Rundbogenfenster, kleine, schmale und große, hohe. Zum Eingangsportal führte eine Treppe, die Tür selbst lag geschützt in einem halbrunden Vorbau.

Die zuckenden Lichter der Polizeifahrzeuge und des Rettungswagens warfen bizarre Schatten an die Hauswände. Ein Streifenwagen parkte direkt in der Einfahrt, um Neugierige vom Grundstück fernzuhalten, die dunkle Limousine des Bestattungsunternehmens verbarg sich diskret hinter einem üppigen Busch.

Peter Nachtigall schaute auf seine Armbanduhr. Halb sechs. Die Dunkelheit brach bereits herein und ein Fremder wäre im Park des Anwesens schon nicht mehr auszumachen gewesen.

»Wann genau wurde der Junge gefunden?«

»Wir wurden gegen 16 Uhr alarmiert«, gab der Kollege Peddersen Auskunft.

»Hm. Da war es noch hell, na ja, bei dem Wetter eher dämmrig. Ein Flüchtender, der über die Wiese in Richtung Tor läuft, wäre aber sicher noch zu sehen gewesen«, murmelte der Hauptkommissar vor sich hin. Dann erkundigte er sich: »Staatsanwalt Dr. März wurde schon verständigt?«

»Ja. Er steht auf der Autobahn im Stau, kommt aber so schnell er kann«, erklärte Peddersen und verschwand im Haus.

»Der Junge liegt oben«, informierte sie ein junger Beamter der Schutzpolizei mit leiser Stimme und Nachtigall fiel sofort auf, wie blass er war.

»Sehr schlimm?«

»Viel schlimmer.«

Bedrückt folgte Peter Nachtigall dem Kollegen ins Haus. Etwas atemlos erreichte auch Michael Wiener, der jüngste Mitarbeiter in Nachtigalls Team, die beiden und schloss sich ihnen an. »'S Navi ist kaputt. Ich hab mich verfahre«, japste er entschuldigend.

Den Schluss bildete Albrecht Skorubski, der insgeheim hoffte, er könne sich mit den Kollegen des Erkennungsdienstes etwas abseits vom Tatort unterhalten, um keinen intensiven Blick auf das Opfer werfen zu müssen.

»Links.« Peddersen dirigierte das Team am oberen Treppenabsatz zum Tatort. Wenige Schritte später standen sie dort, wo vor Kurzem Annabelle und ihre Großmutter Maurice entdeckt hatten.

Peter Nachtigall schluckte hart und trat näher an den schmächtigen Körper des Jungen heran. Es kostete ihn große Mühe, seine professionelle Haltung zu wahren und nicht davonzustürzen. Neben sich hörte er Wiener leise ächzen und wusste, diesmal würde selbst der sonst recht unerschütterliche Kollege Schwierigkeiten haben, sich auf seine Notizen zu konzentrieren. Das Kind konnte kaum 1,30 Meter groß sein. Zarte, fast weiße, wächsern erscheinende Arme und Beine schauten unter der Kleidung hervor. Nachtigalls Herz schlug bis zum Hals, als er in die Hocke ging, um besser sehen zu können. Ein Unfall oder tatsächlich Mord? Sollte er wirklich glauben, dass jemand absichtlich einen Sechsjährigen erschossen hatte? Er konnte sich mit diesem Gedanken nur schwer vertraut machen.

»Wie heißt er?«

»Maurice.«

»Wo ist der Arzt? Ist der bereits wieder weg?«

»Nein, nein. Der kümmert sich um den Rest der Familie.«

Nachtigall nickte.

Maurice Gieselke lag ausgestreckt auf dem Rücken. Die Wucht des Geschosses hatte die linke Gesichtshälfte vollständig zerstört, und auch von der anderen war kaum etwas geblieben, was als Gesicht zu identifizieren gewesen wäre. Der Körper dagegen schien weitgehend unversehrt.

»Nur ein Schuss?«

»Nein. Es müssen mehrere gewesen sein. Abgegeben aus dem Jagdgewehr dort drüben auf dem Schreibtisch.«

Nachtigall entdeckte den Lauf einer Waffe, der wie ein kalter, schwarzer Finger in den Raum hineinragte.

»Woher wisst ihr, dass dies auch die Tatwaffe ist?«

»Der Lauf«, antwortete Peddersen, als sei das Erklärung genug. Nachtigall verzichtete darauf, den verstörten Beamten näher zu befragen und erschloss sich, dass der Lauf noch warm gewesen sein musste, als die Kollegen zum Tatort kamen.

»Wer hat ihn gefunden?«

»Seine große Schwester.«

»Mein Gott. Wie groß?«, hakte der Hauptkommissar nach.

»Zehn Jahre alt. Der Notarzt ist mit ihr im Wohnzimmer. Natürlich steht sie unter Schock.«

Wie furchtbar musste es für das Mädchen gewesen sein, eine solche Entdeckung zu machen, dachte Nachtigall und bekämpfte eine hartnäckig aufsteigende Übelkeit, die ihn an Tatorten wie diesem regelmäßig überfiel. Ob sich die Kleine überhaupt von so einem Schock erholen konnte?

»Michael? Der Fotograf soll jetzt die Bilder machen, die uns noch fehlen. Also auch eine Aufnahme vom Blick durchs Fenster in den Garten, du weißt schon. Dann sehen wir, ob wir mit der Familie reden können. Wo ist eigentlich Albrecht?«

»Der spricht mit einem Kollegen.«

»Draußen?«

»Im Treppenhaus – er ist gar nicht mit uns hier reingekommen.«

Nachtigall sah sich gründlich im Raum um. Die Einrichtung sorgte für eine düstere, beklemmende Atmosphäre. Dunkelbraune, deckenhohe Schränke zogen sich an der Wand entlang. Der massige Schreibtisch, ebenfalls aus dunklem Eichenholz gefertigt, stand schräg, der breiten Fensterfront zugewandt. Papiere stapelten sich zu beiden Seiten auf ihm, einige Blätter waren zu Boden gerutscht. An der einzigen freien Wand hingen Hirsch- und Rehschädeldecken mit Geweihen, ein Wildschweinkopf sowie zwei Marderhundköpfe. Im Regal entdeckte er ein komplett präpariertes Hermelin. Angewidert schaute Nachtigall zur Seite.

»Wessen Zimmer ist das hier – und wer ist der Jäger? Ich denke, die Familie betreibt eine Gurkenfabrik?«, fragte der Hauptkommissar und erhob sich vom Boden. Schnell erfasste er, dass das Opfer vom Schreibtisch verdeckt wurde. Von der Tür aus war der Körper nicht zu sehen.

»Es ist das Arbeitszimmer des Großvaters, Olaf Gieselke. Er ist auch der Jäger. Hobbyjäger. Es handelt sich um sein Gewehr. Er hat angegeben, es befände sich normalerweise im stets gut verschlossenen Waffenschrank und er habe keine Erklärung dafür, wie es hier auf seinen Schreibtisch käme. Er sitzt in der Küche«, erläuterte Peddersen.

»Aha. Ich spreche mit ihm. Michael, lass dir diesen Waffenschrank zeigen und überprüfe, ob die anderen Gewehre und die Munition an ihrem Platz sind. Vielleicht wurde der Schrank ja aufgebrochen. Wo finden wir das gute Stück denn?«

»Im Keller«, wusste der Kollege Hans Schmidt von der Spurensicherung.

Der Fotograf erschien und tänzelte vorsichtig um das Opfer herum. Seine bizarren Verrenkungen würden dafür sorgen, dass das Team Tatortfotos aus allen relevanten Perspektiven erhielt. Nachtigall beobachtete ihn gleichermaßen fasziniert wie abgestoßen.

Michael Wiener verschwand mit Schmidt in einen Keller, der so unglaublich sauber und aufgeräumt war wie noch keiner, den er gesehen hatte. Der Waffenschrank befand sich in einem der am meisten entlegenen Räume und entpuppte sich als wahrer Waffentresor. Korpus und Tür bestanden aus Stahl, die Türen schlossen lückenlos, das Schloss war unbeschädigt. Michael Wiener stieß einen überraschten Pfiff aus. Er zog am Türgriff. Der Schrank war verschlossen. Der Schlüssel steckte.

»So ein Leichtsinn!«

»Dabei müsste doch jeder wissen, wie gefährlich es ist, Waffen für Kinder und Jugendliche zugänglich zu verwahren! Die jüngsten Vorkommnisse haben das doch wohl deutlich gezeigt!«, bestätigte ihm sein Kollege.

Wiener nickte. Er wusste, was Hans Schmidt meinte: Er dachte an die jüngsten Amokläufer und ihre Opfer. So lange lag Winnenden nicht zurück. Der Erkennungsdienst würde Schrank und Schlüssel nach Fingerspuren untersuchen.

»Vielleicht hat der Großvater den Schlüssel beim letzten Mal versehentlich stecken lassen. Wo wird der denn normalerweise aufbewahrt?«

Der Kollege zuckte mit den Schultern.

»Danach müssen wir ihn also fragen.«

Wiener zog einen kleinen Block aus der Tasche und notierte sich diesen Punkt. Als er wieder aufsah, entdeckte er ein amüsiert-nachsichtiges Lächeln auf den Lippen des Kollegen.

»Stimmt was nicht?«

»Barnaby geguckt?«

Wiener grinste gutmütig. »Immerhin hat der seine Fälle gelöst, oder?«, gab er freundlich zurück.

Kriminalhauptkommissar Peter Nachtigall saß derweil dem Großvater des Opfers am Küchentisch gegenüber. Er schätzte Olaf Gieselkes Alter auf Ende 60. Das schlohweiße Haar stand wirr von seinem großen, breiten Schädel ab, die grauen, ungewöhnlich weit auseinanderstehenden Augen huschten ziellos hin und her. Immer wieder wischte er verstohlen eine Träne von der Wange. Auch er war sehr blass und Nachtigall bemerkte, dass die farblosen Lippen des alten Mannes zitterten.

Der Tee vor ihm wirkte unberührt und ein öliger Film auf der Oberfläche der bräunlichen Flüssigkeit bewies, dass er inzwischen kalt sein musste.

»Sie haben den Schuss nicht gehört?«

»Nein«, antwortete Gieselke mit erstickter Stimme, »wir halten um diese Zeit unseren Mittagsschlaf. Das Schlafzimmer befindet sich am anderen Ende des Hauses. Gut gebaut, dickes Mauerwerk – kein Ton ist zu hören.«

»Sie haben die Tatwaffe als eines Ihrer eigenen Gewehre identifiziert.«

Der alte Mann nickte traurig.

»Können Sie erklären, wie jemand in den Besitz dieser Waffe kommen konnte?«

Der Großvater schluchzte auf. »Nein! Ich schließe die Gewehre immer in den Waffenschrank ein. Immer! Aber vielleicht wurde mein Gewehr gar nicht abgefeuert, sondern nur auf dem Tisch abgelegt.«

»Unsere Ballistiker werden das klären. Bisher wissen wir nur, dass dieses Gewehr vor Kurzem abgefeuert wurde. Ob es sich auch um die Tatwaffe handelt, müssen die weiteren Untersuchungen zeigen.«

»Immer! Ich schließe sie immer weg! Das müssen Sie mir glauben! Meine Frau wird das bestätigen. Und gerade wenn die Kinder im Haus sind, kontrolliere ich besonders sorgfältig. Meine Frau nennt es hysterisch. Aber ich weiß doch, was für eine Faszination für Kinder von Gewehren ausgeht. Der Schlüssel liegt in meinem Arbeitszimmer – versteckt! Weggeschlossen im Safe.«

Ein heftiges Zittern ergriff seinen gesamten Körper. Nachtigall hörte, wie Olaf Gieselkes Schuhe rhythmisch auf den Boden schlugen und seine Zähne klapperten. Er musterte ihn besorgt, sprang auf und alarmierte den Notarzt, der noch immer mit Großmutter und Enkelin im Wohnzimmer beschäftigt war.

Während Dr. Manz, ein dynamischer junger Mann mit dunklen Locken, den Nachtigall schon von früheren Tatorten kannte, mit Herrn Gieselke über ein Beruhigungsmittel diskutierte, warf er dem Hauptkommissar einen langen, ausgesprochen missbilligenden Blick zu. »Sie stellen ihm jetzt besser keine Fragen mehr.«

»Ich lasse mir von irgendeinem dahergelaufenen Quacksalber keine Spritze geben!«, wehrte sich der Großvater mit schwacher Stimme.

»Aber es bringt Ihnen Erleichterung. Es ist doch nur ein winziger Einstich.«

»Nehmen Sie bloß Ihre verdammte Nadel weg!«

»Vielleicht als Tablette?«, fragte Dr. Manz den unbeugsamen Patienten. »Sie nehmen eine, legen sich hin und in wenigen Minuten fühlen Sie eine deutliche Besserung. Dauert nur länger. Mit der Spritze käme die Wirkung wesentlich schneller.«

Mit hochgezogener Augenbraue nahm Gieselke die Filmtablette in die Hand. »Das ist Flunitrazepam. Rohypnol«, erklärte Dr. Manz zu Nachtigall gewandt.

»Mit einem Schluck Tee wird's schon gehen«, ermutigte der junge Arzt den widerspenstigen Mann. Der Großvater griff nach der Tasse.

»Erzählen Sie mir etwas über Oma und Enkelin«, forderte Nachtigall flüsternd und zog Dr. Manz außer Hörweite Gieselkes.

»Die Kleine heißt Annabelle. Sie hat die Leiche ihres Bruders gefunden. Das ist schon für uns alle ein fürchterlicher Anblick. Wie entsetzlich muss es erst für ein so kleines Mädchen sein. Sie hat einen Schock.«

»Befand sie sich noch im Arbeitszimmer, als Sie kamen? Oder hatte sie den Raum längst verlassen – war vielleicht rausgerannt?«

»Nein, rausgerannt ist sie nicht. Frau Gieselke fand das Kind im Arbeitszimmer vor. Sie erzählt, Annabelle habe ununterbrochen schrill geschrien und sei nicht vom Platz wegzubewegen gewesen. Sie sah sich gezwungen, das Mädchen aus dem Zimmer hinauszutragen. Jetzt allerdings sagt die Kleine kein Wort mehr, sie schreit auch nicht, stiert nur vor sich hin und ist ganz steif. Das Gesicht völlig ausdruckslos. Maximaler Muskeltonus. Posttraumatische Schockreaktion, Mutismus.«

»Sie meinen, sie braucht psychologische Betreuung.«

Dr. Manz nickte zufrieden. Der Hauptkommissar hatte offensichtlich verstanden, was zu tun war. Er würde das Mädchen nicht mit unnötiger Fragerei belasten.

»Eine Befragung ist demnach ausgeschlossen.«

»Sie wird Ihnen nicht antworten. Jedenfalls nicht im Moment.«

»Wie lange hält so etwas an?«

»Das kann niemand voraussagen. Manchmal ist es nach ein paar Stunden überstanden, manchmal dauert es aber erheblich länger. Und in diesem Fall sollten Sie nicht davon ausgehen, schnell zu einer Zeugenaussage zu kommen.«

»So«, wandte er sich daraufhin erneut dem Großvater zu, »ich bringe Sie jetzt ins Bett. Sie werden ein paar Stunden schlafen. Wenn Sie aufwachen, wird sich Ihr Hausarzt weiter um Sie kümmern.«

»Sprechen Sie nicht in diesem herablassenden Ton mit mir!«, herrschte Olaf Gieselke den jungen Arzt an, der nervös seine Brille auf der Nase zurechtschob. »Schließlich bin ich nicht dement. Ich kann sehr gut allein für mich sorgen!« Mit schleppenden Schritten machte er sich auf den

Weg, stützte sich an der Wand ab und verschwand um eine Ecke.

Dr. Manz zuckte mit den Schultern. »Der Hausarzt ist bereits verständigt. Eigentlich sollte er längst hier sein. Aber er war gerade zu einem Notfall unterwegs – ging wahrscheinlich länger, als er erwartet hatte.« Damit machte er kehrt und war ebenfalls verschwunden.

Peter Nachtigall sah den Gang entlang und fragte sich, wie er diesen Fall aufklären sollte, wenn seine einzige Zeugin nicht mit ihm sprechen konnte.

3

Das Mädchen saß kerzengerade auf dem Sofa, wie eine Puppe, die man in der Hüfte einknicken konnte, die Beine steif ausgestreckt, und starrte auf einen Punkt an der Wand. Es reagierte weder auf den großen Fremden, der das Zimmer betrat, noch auf die freundlichen Worte, mit deren Hilfe er ein Gespräch einzuleiten versuchte.

»Lassen Sie die Kleine, sie will nicht!«, wisperte die Großmutter, eine magere, grobknochige Frau. Sie schien vollständig in die Polsterung des Sessels eingesunken zu sein. Ihr Gesicht war aschfahl und die grauen, langen Haare hingen kraftlos bis über die Schultern hinunter. Nachtigall registrierte den weichen Hausanzug, der ihr einige Nummern zu groß war, und erinnerte sich daran, dass Frau Gieselke aus dem Mittagsschlaf geschreckt worden war.

»Es ist sinnlos. Annabelle spricht nicht«, wiederholte die Großmutter trostlos.

»Die beiden Kinder wollten die Ferien bei Ihnen verbringen?«

»Ja. Sie kommen gern. Mein Sohn … er kommt auch sofort … ich habe … telefoniert …«, ihre Stimme torkelte und verstummte plötzlich vollständig.

»War es für einen Fremden möglich, unbemerkt ins Haus einzudringen? Oder verfügen Sie über eine Alarmanlage?«

»Natürlich haben wir so ein Ding. Aber wir aktivieren es nur nachts oder wenn wir das Haus verlassen. Bisher fühlten wir uns hier ausgesprochen sicher.«

»Ist Ihnen irgendetwas aufgefallen? Etwas Merkwürdiges?«

Die alte Dame starrte ihn entgeistert an. »Mein Enkel ist tot! Das ist wohl auffällig genug!« Ihre Stimme überschlug sich hysterisch und Nachtigall zuckte zusammen.

»Nun, ich denke dabei an das Zuschlagen einer Tür, obwohl alle im Zimmer waren. Oder Sie fanden ein Fenster geöffnet vor, das normalerweise geschlossen ist. So etwas zum Beispiel«, präzisierte der Hauptkommissar.

»Nein! Allerdings beschäftigt mich im Moment nicht die Frage nach geöffneten Fenstern! Maurice ist …« Frau Gieselke sah ihre Enkelin verzweifelt an. Tränen standen in ihren Augen.

Nachtigall, der ahnte, wie schwer es der Großmutter fiel, mit ihm über die Ereignisse des Nachmittags zu sprechen, blieb nichts anderes übrig, als dennoch weiterzufragen: »Es ist heute Entsetzliches geschehen. Und ich weiß, dass Sie mich ans Ende der Welt wünschen – doch ich bin es, der diesen Fall bearbeitet und dazu brauche ich Ihre Unterstützung, wenn ich schon Annabelles nicht bekommen kann.«

Die alte Dame senkte den Kopf.

»Wenn der Täter von außen kam, müssen wir herausfinden, welchen Weg er möglicherweise genommen hat. Wer verfügt über einen Schlüssel zu diesem Haus?«

»Wir. Mein Sohn. Ein Teil des Personals. Ein Schlüssel zur allgemeinen Verfügung liegt in einem Kästchen auf der Kommode im Eingangsbereich.«

»Zur allgemeinen Verfügung?«, echote Nachtigall irritiert.

Die Großmutter stöhnte. »Falls jemand unerwartet aus dem Haus muss«, erklärte sie gereizt. »Er legt ihn einfach zurück, wenn er wieder hereinkommt.« Ihre Stimme brach und sie wich dem Blick des Hauptkommissars aus.

Peter Nachtigall entschuldigte sich, zog sein Handy

hervor und bat Michael Wiener zu überprüfen, ob in dem Kästchen tatsächlich ein Hausschlüssel lag.

»Sie legen sich jeden Tag mittags hin?«, fuhr der Ermittler wenig später mit der Befragung fort.

»Ja. Das ist nicht verboten!«

»Nein, natürlich nicht«, versuchte er, Frau Gieselke zu beschwichtigen. »Mich interessiert, was die Kinder normalerweise in dieser Zeit tun.«

»Sie schlafen ebenfalls, hören Musik, lesen«, zählte sie auf. »Sie beschäftigen sich leise.«

»Vielleicht stöbern sie aber auch im Haus herum? In diesem Alter suchen sie gerne nach Abenteuern«, gab Nachtigall zu bedenken.

»Wenn Sie damit andeuten wollen ...«

»Ich möchte gar nichts andeuten.«

»Das brauchen Sie auch gar nicht. Mein Sohn hat uns schon Versager genannt!«, schrie sie auf und begann hemmungslos zu schluchzen. »Versager!«

Peter Nachtigall war ratlos. Das Gespräch mit der schockierten Großmutter gestaltete sich schwierig und erwies sich als wenig ergiebig. Beide Zeuginnen waren traumatisiert und er wollte ihren psychischen Zustand nicht durch Fragen nach dem Auffinden des Jungen am Tatort verschlechtern.

»Bisher haben die beiden immer friedlich in ihren Betten gelegen, wenn ich nach dem Mittagsschlaf bei ihnen reinschaute!« Jammernd schlug sie die Hände vors Gesicht. »Dieses Bild, die beiden so innig einander zugewandt – das werde ich nie wieder sehen!«

Nachtigall war direkt dankbar, als es klopfte. Ein jungenhaftes Gesicht mit dominierender runder Nickelbrille schob sich durch den Türspalt.

Die Erleichterung, die das Auftauchen des Mannes für

Frau Gieselke brachte, war unübersehbar. »Dr. Auwald! Wie gut, dass Sie da sind!«

Mit zwei raumgreifenden Schritten hatte der Arzt die alte Dame erreicht und umfasste ihre zitternden Hände mit seinen muskulösen Fingern. »Was für eine Tragödie!«, rief er dabei empathisch und warf schwungvoll sein Haar in den Nacken zurück.

»Herr Dr. Auwald?«

»Oh, entschuldigen Sie. Ich bin der Hausarzt der Familie. Sie sind sicher von der Polizei, nicht wahr?«

Nachtigall, viel zu überrascht, um eine ausführliche Antwort geben zu können, nickte nur. Niemals hatte er einen so jungen Hausarzt erwartet! Eher einen weißhaarigen Mann kurz vor dem Ruhestand.

»Hallo, Annabelle. Das war ein wirklich schlimmes Erlebnis heute. Darf ich dich wohl mal ganz kurz an der Schulter anfassen?« Dr. Auwald streckte seinen Arm langsam nach dem Kind aus, das sofort zu wimmern begann. Rasch zuckte die Hand wieder zurück.

»Sie will das nicht. Sprechen auch nicht«, erklärte die Großmutter tonlos.

»Frau Gieselke, während die beiden Kinder hier wohnen, entscheiden Sie in allen medizinischen Belangen, oder?«

Die alte Dame sah den Arzt nachdenklich an, nickte dann vorsichtig.

»Ich glaube, es wäre klug, Annabelle in eine Spezialklinik bringen zu lassen. Weg von der Erinnerung. Sieht so aus, als bräuchte sie psychologische Betreuung.«

Frau Gieselke sah ihre Enkelin voller Schmerz an.

»Und Ihnen gebe ich eine Spritze. Danach werden Sie sich leichter fühlen und etwas schlafen. Einverstanden?«

Er begann, sich an seiner Arzttasche zu schaffen zu machen.

»Halt!«, mischte sich nun Nachtigall ein. »Bevor Sie die Zeugin vernehmungsunfähig machen, muss ich ihr noch ein paar Fragen stellen.«

»Vernehmungsunfähig ist sie schon jetzt. Lassen Sie die arme Frau in Ruhe. Kommen Sie einfach morgen wieder, vielleicht können Sie dann Ihre Fragen stellen.« Ohne sich beirren zu lassen, organisierte Dr. Auwald telefonisch den Transport Annabelles und zog die Spritze auf.

»Wir müssen die Eltern benachrichtigen, Frau Gieselke. Ich brauche Telefonnummer und Anschrift Ihres Sohnes.«

Der Hausarzt funkelte den Ermittler wütend an, während er den Ärmel seiner Patientin hochschob.

»Mein Sohn weiß es ja längst. Versager! Dr. Auwald, stellen Sie sich vor, er hat uns Versager genannt!«, heulte sie erneut auf. »Seine Handynummer liegt hier drüben auf dem Schreibtisch. Er wird Ihnen die Adresse der Mutter geben!«

»So – Sie haben nun, was Sie wollten, nicht wahr? Sie werden meine Patientin jetzt nicht mehr ansprechen!«

Unbeeindruckt beobachtete Frau Gieselke, wie eine klare Flüssigkeit aus dem Spritzenkolben in ihren Arm gepresst wurde.

»Am besten wäre, Sie würden sich jetzt hinlegen. Ihr Mann hat das auch schon getan«, empfahl Dr. Auwald.

»Erst, wenn die Kleine versorgt ist. Ich werde sie in dieser Situation doch nicht sich selbst überlassen! Der Vater muss gleich hier sein.«

Nachtigall, von dem niemand mehr Notiz zu nehmen schien, griff nach dem Zettel mit der Telefonnummer und verließ den Raum. Wenn der Vater ohnehin bereits auf dem Weg zu ihnen war, würde er die Zeit nutzen, um sich gründlich im Haus und auf dem Gelände umzusehen.

Der leitende Staatsanwalt Dr. März war auch noch immer

nicht eingetroffen, stellte er fest. »Vielleicht ist die Autobahn ja gesperrt«, murmelte der Hauptkommissar unwillig vor sich hin.

Als er aus dem Haus trat, krallte sich eine Hand in seinen Ärmel.

»Das musste ja so kommen«, knatterte die Stimme des alten Mannes, dessen Finger sich in Nachtigalls Jackenstoff gegraben hatten. Ein hässliches Grinsen verzog die Lippen über seinem zahnlosen Mund. »Alle wussten es!«

»Was wussten alle?«

»Dass etwas Schreckliches im Hause Gieselke geschehen würde, natürlich! Die Todesvögel sind zurück. Ich höre sie seit Wochen!«

»Die Todesvögel?«, fragte Nachtigall irritiert, während er mit sanftem Druck versuchte, die Hand des Unbekannten von seinem Arm zu lösen.

»Aber ja! Sie fliegen wieder. Ihr schauerliches Geheul klingt weit über den Ort. Das ist ein Zeichen!«, wisperte der Mann aufgeregt.

»Opa! Opa! Wo bist du?«

»Man ruft nach Ihnen.«

»Ja, ja. Das tun sie ständig. Kaum fünf Minuten Ruhe hat man. Sobald sie mich nicht mehr sehen, werden sie nervös«, kicherte er. »Aber der alte Walter hat sich noch nie getäuscht! Die Vögel jammern den Tod eines Gieselke herbei! Es hat auch diesmal gestimmt. Denken Sie an mich, junger Mann!«

Der Hauptkommissar verkniff sich ein wehmütiges Schmunzeln. So hatte ihn schon lange niemand mehr genannt. Tja, dachte er, mit dem eigenen Altern verschiebt sich die Perspektive. Früher hatte er 30 bereits für die letzte magische Grenze vor der endgültigen Vergreisung gehalten, heute lag er deutlich jenseits der 30 und empfand sich gar nicht als alt.

Na ja, korrigierte er sich, abgesehen von den Tagen, an denen er sich nach dem Aufstehen schon wie 80 fühlte.

Ein Jugendlicher kam auf sie zugehetzt. Nachtigall schätzte ihn auf etwa 14. Die Baggyhose behinderte ihn beim Laufen und er stolperte mehrfach über seine eigenen Füße, die locker in Sneakers steckten. Unter der geöffneten Jacke blitzte ein T-Shirt mit dem Abbild von Che Guevara hervor. Durch die aufgeregte Suche war der Junge erhitzt.

»Da bist du ja!«, keuchte der Teenager erleichtert und wischte mit dem Jackenärmel Schweiß von der Stirn.

»Vergessen Sie meine Worte nicht!«, mahnte Walter eindringlich. »Der Schrei des Todesvogels …«

»Du liebe Güte, Opa! Wir suchen schon überall nach dir!«, informierte ihn der Enkel vorwurfsvoll.

»Wenn schon endlich mal was in unserer Gegend passiert, werde ich wohl noch nachsehen dürfen, was genau los ist! Und hätte ich schnell gefunden werden wollen, hätte ich eine Spur mit Brotkrümeln für euch gelegt!«, meckerte Walter lautstark.

»Wie sind Sie überhaupt aufs Grundstück gekommen? Eigentlich wimmelt der Beamte vorne am Tor alle Besucher ab.«

»Ich habe ihm gesagt, ich sei der Bruder des Hausherrn. Da hat er mich passieren lassen.« Der alte Mann zwinkerte zufrieden.

»Komm jetzt, Opa. Ich begleite dich nach Hause«, drängelte der Enkel und Walter setzte sich widerstrebend in Bewegung. Dabei stützte er sich schwer auf einen knorrigen Stock.

Nachtigall sah dem ungleichen Gespann nach. Plötzlich drehte der alte Mann sich noch einmal um. »Denken Sie an meine Worte: Der Todesvogel fliegt wieder. Er wird noch mehr Opfer unter den Gieselkes fordern!«

4

Der Vater der Geschwister erwies sich als zorniger Mittvierziger. Johannes Gieselke war ohne den Umweg über sein Elternhaus direkt in die Klinik gefahren. Als Nachtigall ebenfalls dort eintraf, sprach er gerade mit den Ärzten, gestikulierte wild und wurde mit einem knappen Wink in den Wartebereich verwiesen.

Peter Nachtigall setzte sich auf einen Stuhl neben ihm. »Es tut mir sehr leid. Die Nachricht muss ein schrecklicher Schock für Sie sein. Mein Name ist Nachtigall, Kriminalpolizei Cottbus.«

»Annabelle redet nicht mit mir. Sie guckt durch mich hindurch. Wenn ich sie anfassen will, fängt sie an zu greinen. Mein Gott!«, murmelte der Vater abwesend, als habe er gar nicht bemerkt, dass er angesprochen wurde.

»Es ist eine furchtbare Situation für die ganze Familie.«

»Er war doch noch so klein! Die beiden sollten einfach schöne Ferien haben, gemeinsam, ohne Stress. Bei Oma und Opa kann man so toll spielen, toben und Spaß haben. Das haben die beiden auch immer sehr genossen.« Er betrachtete kurz seinen Nachbarn, um sich anschließend wieder seinen Schuhspitzen zuzuwenden. »Wissen Sie schon, wie es passiert ist?«

»Nicht genau. Die Großeltern hielten Mittagsschlaf und Annabelle ist nicht vernehmungsfähig. Wir werden auf die Informationen angewiesen sein, die der Tatort bietet.«

»Der arme Kleine. Kann ich meinen Sohn sehen?«, flüsterte der Vater mit Tränen in der Stimme.

»Ich werde den Rechtsmediziner danach fragen«, versprach Nachtigall und versuchte, die Bilder des zerstörten Kindergesichts zu verdrängen.

»Ein Unfall. Wie konnte Maurice nur an das Gewehr kommen? Und meine Eltern schlafen seelenruhig, während sich praktisch nebenan eine Katastrophe anbahnt. Schlafen!« Die Venen an Gieselkes Hals schwollen bedenklich an, seine Worte klangen wie ein heiseres Husten.

»Tatsächlich liegt der Fall etwas anders«, klärte Nachtigall ihn auf. »Wir können zum jetzigen Zeitpunkt ein Fremdverschulden nicht ausschließen.«

Der Vater sah den Hauptkommissar so verzweifelt an, dass es dem Ermittler Schmerzen verursachte, dort, wo er seine Seele vermutete.

»Mord?«, keuchte der sportliche Mann. »Mord?«

»Wie schwierig ist es, unbemerkt ins Haus Ihrer Eltern einzudringen?«, wechselte Nachtigall das Thema.

»Für die, die sich nicht auskennen, nahezu unmöglich. Für Wissende eher leicht.« Er taxierte den Ermittler mit einem schnellen Blick. »Dazu muss man allerdings schlank und wendig sein.«

»Kein Weg, den ich nehmen könnte«, stellte Nachtigall trocken fest.

Johannes Gieselke zuckte gleichgültig mit den Schultern. »Eine Katzenklappe. Mein Vater hat sie selbst gebaut – wahrscheinlich dachte er, der Kater würde sich am Ende zu einem Puma auswachsen. Man gelangt durch sie in die Kellerräume. Diesen Weg kennen nur wenige. Und ihn zufällig zu entdecken, ist mehr als unwahrscheinlich.« Der Vater richtete sich auf seinem Stuhl auf. »Hören Sie, Mord an einem sechsjährigen Jungen! Ist das wirklich Ihr Ernst?«

»Das Gewehr lag auf dem Schreibtisch Ihres Vaters.«

Nachtigall beobachtete, wie diese neue Information in das Bewusstsein Gieselkes sickerte. »Sie meinen, dort hätte er selbst es nicht ablegen können – nach dem Schuss«, hauchte der Vater dann. »Aber vielleicht lag es auf dem Boden und Annabelle hob es ohne zu denken auf, als sie Maurice fand. Sie könnte es dort abgelegt haben.«

»Das kann sie mir im Moment aber nicht erzählen«, erinnerte Nachtigall den jungen Mann. Schweigen breitete sich zwischen ihnen aus.

»Der Kater meiner Mutter heißt Chester. Sein Fell hat die Farbe dieses Käses, Sie wissen schon, so rötlich. Die Kinder schlichen manchmal durch Chesters Privateingang rein und raus. Nur aus kindlicher Freude am Geheimausgang. Ansonsten werden alle Türen immer sorgfältig verriegelt.« Gieselke zögerte, holte tief Luft und fügte energisch hinzu: »Wenn jemand ernsthaft hätte einbrechen wollen, wäre das nicht ohne erheblichen Lärm möglich gewesen!«

»Und dadurch wären die übrigen Hausbewohner aufgeschreckt worden?«

»An normalen Tagen ja. Aber wenn meine Eltern allein sind, so wie heute, eher nicht. Das würde allerdings bedeuten, jemand wusste genau, zu welchem Zeitpunkt er zuschlagen konnte.« Gieselke starrte auf das Muster des Bodenbelags, als gelte es, einen geheimen Code zu knacken. »Mittwochs haben die Angestellten frei«, fügte er hinzu.

»Wie viele Angestellte gibt es denn insgesamt?«

»Einen Gärtner, der kommt nur selten, eine Haushaltshilfe, die das Einkaufen übernimmt, beim Putzen und der Wäsche mit anpackt. Deren Sohn arbeitet auch als Gehilfe im Garten. Harkt das Laub und fegt die Wege frei. Im Winter ist er auch für die Beseitigung des Schnees zuständig und fürs Streuen. Sie kommen zu unterschiedlichen Zeiten an verschiedenen Tagen. Nur am Mittwoch sind meine Eltern ganztägig allein.«

»Das bedeutet, der Eindringling hatte die Lebensumstände Ihrer Eltern gründlich ausspioniert.«

»Und zwar offensichtlich über einen längeren Zeitraum. Dabei hätte er leicht beobachtet werden können. Warum sollte jemand ein solch hohes Risiko eingehen, um einen kleinen Jungen zu töten?«

»Wir wissen ja noch nicht, was heute Nachmittag genau passiert ist«, gab Nachtigall zu bedenken. »Wer wusste überhaupt davon, dass die Geschwister zu dieser Zeit bei den Großeltern wohnten?«

»Oh je – sie haben es bestimmt ihren Freunden erzählt. Meine Eltern werden auch darüber gesprochen haben, die Einkaufsliste sieht in der Zeit des Enkelbesuchs mit Sicherheit völlig anders aus als gewöhnlich. Das Personal war sicher informiert. Ach, hören Sie auf! Es muss ein Unfall gewesen sein!«

»Ihr Vater fühlt sich schuldig. Er beharrt aber darauf, seine Waffen seien stets gut weggeschlossen, er könne sich nicht erklären, wie das Gewehr auf seinen Schreibtisch kommt.«

»Da ist was dran. Er ist hysterisch, was diesen Punkt angeht«, bestätigte Johannes Gieselke. »Lieber geht er dreimal den abgeschlossenen Schrank kontrollieren, als dass er riskiert, ihn ein einziges Mal offen gelassen zu haben.«

»Wie kam der Eindringling dann an die Waffe?«

»Woher soll ich das wissen? Vielleicht wird mein Vater einfach vergesslich!« Johannes' Augen sprühten wütende Funken.

»Sie leben von der Mutter der Kinder getrennt?«

»Nein!«

Peter Nachtigall stutzte. Hatte er Frau Gieselke gründlich missverstanden? »Oh – entschuldigen Sie, aber Ihre Mutter meinte, Adresse und Telefonnummer der Kindsmutter bekäme ich von Ihnen. Vielleicht der Schock.«

»Wenn Sie Adresse und Telefonnummer haben möchten, kann ich Ihnen selbstverständlich beides geben.« Johannes Gieselke schnappte nach dem Zettel, den der Hauptkommissar ihm hinhielt. »Die Mutter meiner Kinder lebt von *mir* getrennt! Seit ein paar Monaten ist unsere Ehe rechtskräftig geschieden!«, brach es plötzlich aus ihm heraus.

»Und die Kinder?«

»Gemeinsames Sorgerecht. Annabelle bleibt bei mir, damit sie die Schule nicht wechseln muss. Maurice wollte mit seiner Mutter und ihrem neuen Lebenspartner nach Quebec umziehen.« Tränen liefen über seine Wangen. Er versuchte, sie aufzuhalten, doch es drängten immer neue nach. Sie tropften vom Kinn auf den bunt gesprenkelten Bodenbelag. Schwer ließ er seinen Oberkörper nach vorne sacken und barg sein Gesicht in den Händen. Seine Schultern zuckten. »Maurice hatte dem Familienrichter erklärt, er liebe Mama viel mehr als den Papa und der neue Mann sei ein cooler Typ! Annabelle wollte ihrer Freundinnen wegen nicht die Schule wechseln und blieb deshalb bei mir. Und nun ist mein Kleiner tot!«

Nachtigall, der über das zunächst gefasste Auftreten des Vaters überrascht war, legte dem nun verzweifelt wirkenden Mann seine Hand auf die Schulter. »Das muss hart gewesen sein, den eigenen Sohn sagen zu hören, der neue Papa sei cooler.«

Johannes Gieselke nickte. Er zog ein gestreiftes Stofftaschentuch aus der Hose und putzte sich die Nase. »Nun – was soll ich sagen? Sie haben ihn bestochen, überredet, gekauft. Reisen wollten sie mit ihm machen, einen Hund sollte er bekommen. Später ein eigenes Pferd! Das gefiel Maurice natürlich. Diese Ferien sollten vor dem Abflug die letzten gemeinsamen Tage für die Geschwister sein.«

Nachtigall schwieg. Erst als deutlich wurde, dass der Vater von sich aus nicht weitersprechen würde, fragte er: »Annabelle war mit dieser Regelung glücklich?«

»Was heißt in so einer Situation schon glücklich? Sie hatte seit Längerem Schwierigkeiten mit ihrer Mutter. Wie das eben so ist! Mit Beginn der Pubertät läuft es manchmal zwischen Mutter und Tochter nicht mehr rund. Annabelle wurde trotzig und frech. Sie weigerte sich, im Haushalt zu helfen, brachte absichtlich Schmutz mit ins Haus, räumte ihr Zimmer nicht auf, war patzig. Das Übliche eben. Vielleicht wollte sie auch bei mir bleiben, weil sie dachte, damit wäre sie all diese lästigen Pflichten los.«

»Die Geschwister haben die Trennung voneinander nicht bedauert?«

»Später hätten sie es vielleicht. Zurzeit nicht. Jeder lebte sein Leben. Annabelle geht zur Schule, macht Hausaufgaben, trifft Freundinnen. Der Kleine hat sie einfach nicht interessiert. In ihren Augen war er lästig, er hörte sich alberne Kassetten oder CDs an, war ein Muttersöhnchen, konnte sich nicht gut allein beschäftigen, brauchte Aufsicht. In ein paar Jahren hätte das sicher alles anders ausgesehen.«

Das konnte Nachtigall nicht beurteilen. Seine Tochter Jule war ein Einzelkind, ein Unikat, wie er immer wieder liebevoll feststellte.

»Wo können wir Sie denn erreichen, falls wir noch Fragen haben?«

»Im Haus meiner Eltern wahrscheinlich. Oder in meiner Wohnung in Cottbus.« Er zog eine Visitenkarte aus der Brusttasche des Jacketts und reichte sie dem Ermittler. »Sehen Sie, es fällt mir nicht leicht, mich in dieser Situation um die beiden zu kümmern.« Er gab sich einen Ruck und stand auf. »Aber vielleicht trifft meinen Vater ja tatsächlich keine Schuld – Sie werden das ja bald klären.« Er schüttelte kraftlos Nachtigalls Hand. »Meine Tochter ist nun alles, was mir geblieben ist. Glauben Sie eigentlich, Annabelle könnte den Mord beobachtet haben?«

»Sie spricht nicht. Ausschließen kann ich zum jetzigen Zeitpunkt tatsächlich gar nichts«, erklärte der Hauptkommissar und hoffte, dem Mädchen möge wenigstens das erspart geblieben sein.

Johannes Gieselke seufzte schwer, griff nach seinem Mantel und machte sich grußlos auf den Weg zum Ausgang. Seine Schritte waren schleppend, den Oberkörper hatte er weit nach vorne gebeugt. Nach wenigen Metern drehte er sich noch einmal um. »Finden Sie das Schwein! Ich kann mir nicht einen einzigen Grund denken, den es für so ein Verbrechen geben kann! Es muss ein Irrer gewesen sein!«

Nein, dachte Peter Nachtigall und sah dem Vater lange nach, nein, ich fürchte, die Lösung wird anders aussehen.

5

Albrecht Skorubski holte Nachtigall am Klinikum Cottbus ab. »Wo wohnt die Mutter?«

»Humboldtstraße.«

»Ich weiß, wo das ist. Das ist so ein Gartenviertel, direkt gegenüber von diesem neuen Einkaufsmarkt. Beim Sportzentrum.«

»Zwischen Dresdner Straße und Bautzener Straße?«

Skorubski nickte und bog in die Thiemstraße ein. »Glaubst du wirklich, jemand hat den Jungen umgebracht?«

»Auf jeden Fall sieht es eindeutig nach Fremdverschulden aus. Es war nicht so, dass er mit dem Gewehr gespielt hat, als es losging. Jemand war dabei. Und wir werden herausfinden, wer das war!«

»Hm«, brummte Skorubski unbestimmt und wartete ungeduldig auf Grün.

»Die Ehe der Eltern wurde vor Kurzem rechtskräftig geschieden. Der Name der Mutter ist Nele Hain. Sie lebt mit einem neuen Partner zusammen«, informierte Nachtigall seinen Kollegen.

»Und die Kinder?«

»Annabelle beim Papa, Maurice bei der Mama. Offensichtlich durften die Kinder wählen, das Sorgerecht haben die Eltern gemeinsam. Allerdings wird Frau Hain nach Quebec auswandern. Das mit dem gemeinsamen Sorgerecht wäre wohl bald ziemlich kompliziert geworden.«

»Quebec? Kanada? Und was will sie dort?« Skorubski runzelte die Stirn. »Spricht man da nicht Französisch?«

Peter Nachtigall grunzte zustimmend.

»Dann hätte der Junge eine ganz neue Sprache lernen müssen!«

»In dem Alter fällt ihnen das leicht!«, behauptete Nachtigall mit Überzeugung.

»Das ist nicht bei allen Kindern so«, gab Skorubski zu bedenken. »Manche sind einfach nicht sprachbegabt. Die entwickeln Störungen, fangen an zu stottern und wissen am Ende nicht, welche Vokabel in welche Sprache gehört. Es kann in so einem Fall ganz schön dauern, bis sie die neue Sprache alltagstauglich beherrschen.«

»Der Kleine scheint keine Bedenken gehabt zu haben.«

»Weiß die Mutter …«

»Ich denke, die Klinik wird sich bei ihr gemeldet haben und der Ex-Mann hat sicher auch angerufen.«

»Wenigstens sind wir diesmal nicht die Überbringer der schlechten Nachricht«, brummte Skorubski und parkte am Straßenrand.

»Sieht aus wie ein Traumhaus. Schleppgaube, weiße Faschen, große Rundbogentür, ein schöner Garten. Im Sommer ist der sicher voll bunter Blumen. Das perfekte Zuhause für eine glückliche Familie. Und ich soll der Mutter jetzt erklären, wie jemand ihren kleinen Sohn umbringen konnte. Vielleicht hätten wir einen unserer ›Seelsorger‹ mitnehmen sollen, die machen das wahrscheinlich geschickter«, meinte Nachtigall bedrückt. Nach langem Zögern öffnete er die Beifahrertür und stieg aus.

Nele Hain kauerte in der Ecke der Couch und sah nicht auf, als Peter Nachtigall und Albrecht Skorubski eintraten. Richard Mühlberg bot den beiden Kriminalbeamten die Sessel an und schob sich gleich wieder neben die weinende Frau.

»Wie kann jemand auf die Idee kommen, einen so kleinen Jungen zu erschießen?«, stellte die Mutter die Frage, die alle beschäftigte. Mühlberg legte tröstend seinen Arm um ihre Schulter und sie ließ ihren Kopf schwer gegen ihn sinken. »Der Arzt hat ihr eine Spritze gegeben. Vielleicht ist es besser, Sie stellen Ihre Fragen morgen.«

»Wir können leider nicht bis morgen warten. Wir suchen denjenigen, der Ihren Sohn getötet hat!«

»Mord? Das ist doch einfach unvorstellbar!«, hauchte Frau Hain.

»Denkbar wäre auch, dass Ihr Sohn einen Einbrecher ertappt hat.«

»Ein Einbrecher im Haus meiner Schwiegereltern?« Dabei betonte sie das Wort so, als habe Nachtigall von Außerirdischen gesprochen.

»Bisher wissen wir noch nichts Genaues über den Tathergang. Annabelle muss ihrem Bruder gefolgt sein und fand ihn im Arbeitszimmer ihres Großvaters.«

»Man hat mich aus dem Klinikum angerufen. Aber ich soll Annabelle erst morgen besuchen. Die Ärztin wollte ihr Zeit geben, sich zu stabilisieren!« Nele Hain wischte sich mit einem Taschentuch über die Augen.

»Annabelle spricht im Augenblick mit niemandem. Mutismus nennen die Ärzte diesen Zustand. Bleibt nichts anderes, als abzuwarten – und so lange müssen wir uns ausschließlich auf die Spuren am Tatort beschränken, um den Tathergang zu rekonstruieren«, erklärte Nachtigall.

Nele Hain starrte in ihren Schoß, wo beide Hände damit beschäftigt waren, ein Foto von Maurice zu streicheln. Nachtigall registrierte, dass sie Schwarz trug. Hatte sie sich umgezogen, nachdem sie die Todesnachricht bekam? Oder wählte sie diese Farbe öfter, vielleicht aus modischen Gründen? Ein leichtes Misstrauen schlich sich in Nachtigalls Überlegungen.

»Ich hole uns etwas zu trinken. Wasser? Kaffee?« Richard Mühlberg schien die emotionale Spannung mit einem Mal unerträglich. Er sprang auf und lief geschäftig in Richtung Küche. Auf ein Zeichen Nachtigalls folgte Skorubski dem jungen Mann. Mühlberg hantierte mit der Kaffeemaschine, während der Ermittler tastend einige Fragen stellte.

»Natürlich habe ich den Jungen gemocht! Ich kannte ihn von Geburt an. Er war ja noch klein, doch in ein paar Jahren hätten wir prima gemeinsam tauchen und schnorcheln können. Oder Ski fahren.«

»Es hat Sie nicht gestört, sich um ein Kind zu kümmern, das nicht von Ihnen ist?«, fragte Skorubski mit leiser Überraschung. Ihm selbst wäre das nicht leichtgefallen, überlegte er, wenn seine Frau damals … Er schüttelte den Kopf. Zum Glück hatte seine Frau nie Probleme mit dem Schwangerwerden gehabt.

»Ach, was heißt das schon. Er war Neles Sohn und gut. Man muss schließlich nicht der biologische Vater sein, um ein Kind liebevoll aufzuziehen.«

»Sicher, das stimmt. Allerdings sollten die leiblichen Eltern nach der Scheidung das Sorgerecht gemeinsam wahrnehmen. Ein Vater aus der Ferne wäre an allen Entscheidungen beteiligt. Sie hätten sich beugen müssen.«

»Ach, das wäre irgendwie gegangen. Johannes behielt ja Annabelle. Über kurz oder lang hätte sich das Problem von allein erledigt«, entgegnete Mühlberg selbstbewusst.

»Angenommen, Sie würden Vater eines zweiten, eigenen Kindes werden – meinen Sie nicht, dass sich die Situation dadurch grundlegend hätte verändern können? Dass sich Ihre Gefühle anders verteilt hätten?«, bohrte Skorubski hartnäckig weiter.

»Keine Ahnung. Vielleicht«, murmelte der junge Mann

nachdenklich. »Aber auf der anderen Seite war Maurice ganz selbstverständlich mein Sohn! Was auch immer Sie mir da Schreckliches unterstellen wollen, lassen Sie sich gesagt sein, Sie sind auf dem Holzweg! Ein Mordmotiv müssen Sie bei jemand anderem suchen!« Er reckte den Kopf und funkelte Skorubski kampflustig an.

»Ich kann die Entscheidung der Ärzte nicht verstehen. Ich durfte nur übers Telefon ein paar Worte … Sehen Sie, Annabelle würde mich sicher um sich haben wollen!«

»Sie ist in guten Händen. Die Ärzte werden alles tun, um ihr zu helfen, den Schock zu überwinden. Und morgen dürfen Sie bestimmt zu ihr.«

»Wenn ich mir vorstelle, dass sie ihren Bruder …« Nele Hain wimmerte und schlug sich die Hände vors Gesicht. Plötzlich hob sie ihren Blick und fixierte Nachtigall scharf. »Wenn Sie tatsächlich glauben, jemand könnte meinen Kleinen umgebracht haben, dann sitzen Sie hier nicht so untätig rum! Fangen Sie dieses Monster!«

»Waren Sie schon einmal im Haus der Familie Gieselke?« Skorubski beobachtete, wie Mühlberg die Tassen auf ein Tablett stellte und die Kaffeemaschine in Gang setzte.

»Selbstverständlich. Ich war sogar sehr oft dorthin eingeladen. Mehrfach durfte ich sogar die Semesterferien bei Johannes verbringen.«

Diese Antwort hatte der Kriminalbeamte nicht erwartet. Sein Gesicht musste wohl völlige Verblüffung widergespiegelt haben, denn Mühlberg grinste. »Ich weiß genau, was Sie jetzt denken! Was für eine Familie! Die treulose Gattin mit Mann und Liebhaber unter einem Dach. Skandalös! Fast so schlimm wie damals in der Kommune 1.«

Ganz so drastisch hätte er das vielleicht nicht formuliert,

überlegte Skorubski und räumte im Stillen eine deutliche Nähe zu seinen eigenen Gedankengängen ein.

»Sehen Sie – ich war ein Freund des Hauses. Johannes und ich kannten uns schon vor seiner Hochzeit mit Nele. Wir verlebten einen Großteil unserer Freizeit zu dritt. Manchmal verbrachte ich, wie gesagt, die Semesterferien im Hause Gieselke. Kurz nach der Eheschließung wurde Annabelle geboren. Ganz selbstverständlich übernahm ich auch Babysitterpflichten. Und irgendwann entwickelte sich meine Beziehung zu Nele.«

»Unter dem Dach des Freundes!«

Richard Mühlberg feixte wieder. »Wenn Sie das so sehen wollen. Eigentlich begann es schleichend, wir haben erst gar nicht bemerkt, wie wir uns immer mehr ineinander verliebten.«

»So wie Sie das erzählen, klingt es, als sei es aus Versehen passiert«, kritisierte Skorubski.

Mühlberg verschränkte die Arme vor der Brust und maß den Ermittler mit geringschätziger Miene. »Könnte es sein, dass Ihre Vorstellungen von Moral und Anstand ziemlich antiquiert sind?«

6

»Es tut mir so furchtbar leid, Junge.« Olaf Gieselke legte seine schlaffe Hand auf den Unterarm des Sohnes.

»Wie war das nur möglich?«, wisperte Johannes und kämpfte mit den Tränen. Er stand vor der versiegelten Tür des Arbeitszimmers seines Vaters. Er wusste genau, was dahinter zu finden war. Ein riesiger Blutfleck und eine gezeichnete Konturlinie auf dem Boden, dort, wo Maurice gelegen hatte.

»Ich weiß es nicht.«

»Und ihr habt nicht einmal den Schuss gehört?«

»Nein.«

»Aber so ein Schuss ist unglaublich laut! Ich verstehe das nicht!«

»Ohrstöpsel für mich und ein Musikprogramm über Ohrhörer für deine Mutter. Aber sie hat dann ja doch gemerkt, dass etwas nicht stimmt.«

»Etwas nicht stimmt? Maurice ist tot! Ihr habt euch hingelegt und tief geschlafen, während hier mein Sohn getötet wurde!« Johannes Gieselkes Stimme überschlug sich zitternd.

Betreten zog sein Vater die Hand zurück. »Es gab keinen Grund, das nicht zu tun. Annabelle ist kein kleines Kind mehr. Wir sahen kein Risiko darin, die beiden für eine Stunde ihren Büchern oder MP3-Playern zu überlassen. Das Haus und der Garten sind kindersicher. Es gibt nicht einmal einen Teich, in den eines von beiden hätte fallen können. In unserem Haus ist es nicht gefährlicher als in jedem anderen auch! Ich glaube nicht, dass du uns etwas vorzuwerfen hast, Johannes!«

»Nein? Nun, vielleicht wirst du eben doch langsam alt und vergesslich? Ich könnte mir vorstellen, dass du schlicht nicht daran gedacht hast, den Schrank wieder zu verschließen!«, gab der Sohn gehässig zurück.

»Wenn du so wenig Vertrauen hast, wie konntest du dann zulassen, dass die Kinder ihre Ferien hier verbringen? In diesem Fall war es einfach unverantwortlich von dir, die beiden in unsere Obhut zu geben!«, antwortete Olaf Gieselke fassungslos.

Er hatte damit gerechnet, einen deprimierten Sohn auffangen zu müssen – aber diese Vorwürfe hatte er nicht verdient. Wer konnte denn ahnen, dass ein Fremder hier eindringen und den Enkel mit der Waffe des Hausherrn erschießen würde? Das war ein so absurdes und unwahrscheinliches Szenario – nicht einmal ein Schriftsteller würde sich so etwas ausdenken.

»Damit hast du vielleicht sogar recht! Hätte ich nur geahnt, dass ihr nicht auf meine Kinder aufpasst! Und es gibt sicher auch einen Grund dafür, warum gerade diese Waffe verwendet wurde!«, fauchte Johannes Gieselke, drehte sich um und stürmte mit polterndem Schritt davon.

In der Bibliothek hockte Irma Gieselke stumm in einem Sessel, in den sie sich nach der Injektion gesetzt hatte, weil das Bett ihr plötzlich unheimlich vorgekommen war. Sie sah ziellos in den beleuchteten Garten hinaus und presste sich die Hände fest gegen die Ohren.

7

»Was haben wir?« Peter Nachtigall pinnte das letzte Tatortfoto an die Korkwand.

»Es gibt keine Spuren gewaltsamen Eindringens«, begann Michael Wiener. »Der Täter hatte entweder einen Schlüssel oder er fand einen anderen Weg ins Haus.«

»Es gibt noch eine andere Möglichkeit: Jemand hat ihm die Tür geöffnet. Lag dieser ›Schlüssel für alle Fälle‹ an seinem Platz?«

»Ja. Ganz ordentlich. Aber vielleicht hatte ja vor einiger Zeit ein Familienmitglied seinen eigenen verloren – oder jemand vom Personal«, antwortete Wiener.

»Das wäre mal wieder typisch, oder?«, regte Skorubski sich auf. »Statt sofort alle Schlösser auszutauschen, wird einfach ein Nachschlüssel angefertigt. Weil der Finder ja nicht wissen kann, zu welchem Haus der Bund gehört! So ein sträflicher Leichtsinn!«

»Wir werden diese Frage klären. Aber selbst wenn wir davon ausgehen, der Schlüssel sei verloren und gefunden oder gar gestohlen worden, können wir nur erklären, wie der Täter lautlos ins Haus kam, nicht aber, wie er das Gewehr an sich bringen konnte«, gab Nachtigall zu bedenken. »Der Schlüssel für den Waffenschrank war angeblich weggeschlossen. Wo er aufbewahrt wurde, dürfte nur sehr wenigen Menschen bekannt sein.«

»Dass der alte Herr ein Waffennarr ist, weiß bestimmt jeder in der Gegend. Sicher auch, dass er einige wertvolle Gewehre zu Hause hatte. Zum Beispiel haben die Kollegen eine Winchester gefunden, die über 10.000 Euro gekostet haben dürfte.«

»Der Täter musste erst einmal unbemerkt ins Haus eindringen, anschließend den Waffenschrank finden und knacken. Wenn er schon gerne bewaffnet durchs Haus streifen wollte, wäre es in diesem Fall nicht einfacher gewesen, eine Pistole mitzubringen?«, fragte Skorubski und begann, kleine und große, doppelläufige und einläufige Flinten auf sein Notizblatt zu kritzeln.

Nachtigall räusperte sich. »Jemand dringt in das Haus der Familie ein und beschließt, eine der Waffen des Hausherrn zu stehlen. Dazu muss er zunächst den Schlüssel zum Waffenschrank finden – das Schloss wurde ja gerade nicht geknackt, Albrecht, sondern aufgeschlossen. Danach schleicht er bewaffnet durch die Räume, stößt überraschend auf Maurice und erschießt den Jungen. Anschließend legt er das Gewehr auf dem Schreibtisch ab und flieht. Dabei wird er möglicherweise durch Annabelle beobachtet, aber das wissen wir noch nicht. Genauso wenig wissen wir, ob etwas entwendet wurde. Es könnte also sein, dass sich der Täter nach dem Schuss ganz ohne Beute wieder aus dem Staub gemacht hat«, fasste Nachtigall mit rauer Stimme zusammen.

»Ich geb zu, das klingt hanebüchen«, murmelte Wiener und setzte dann lebhaft hinzu: »Oder es war so: eine Art Spiel. Der Junge öffnet dem Fremden die Tür. Zufällig vielleicht. Er will drauße tobe, reißt die Tür auf und davor steht jemand, den er nicht kennt. Aber derjenige ist sympathisch. So ein Typ, zu dem Kinder schnell Vertrauen fasse. Die beide unterhalte sich. Der Besucher erzählt eine Geschichte, vielleicht, dass er ein guter Freund vom Opa sei. Maurice will ein bissche angebe und berichtet vo den schlafende Großeltern und der Schwester, die eh nichts bemerke wird, weil sie über Ohrhörer Musik dröhne lässt. Er führt den Mann durchs Haus, wie ein Erwachsener, zeigt ihm vielleicht au den heilige Schrank mit den Gewehre.

Daran ist der Besucher sehr interessiert. Der Schlüssel steckt zufällig, der Großvater hat vergesse, ihn abz'ziehen. Sie hantiere ein bisschen mit den Gewehre, gehen dann ins Arbeitszimmer des Großvaters, wo der Fremde angeblich warte will, bis Olaf Gieselke aufwacht. Maurice beobachtet aber, wie der Kerl etwas Wertvolles in seiner Tasch verschwinde lässt, kriegt es mit der Angst zu tun und will, dass der Typ das Ding wieder hergibt. Doch der erschießt den Junge, der ihn identifiziere könnt und flieht.«

»Und was wollte der Fremde vor der Tür? Wusste er zu dieser Zeit schon, was er stehlen wollte? Hat er den Jungen bewusst getötet? Und noch einmal: Er konnte nicht ahnen, dass der Schlüssel am Waffenschrank stecken würde. Warum also hat er keine handliche Pistole mitgebracht? Nein, nein – das klingt mir zu sehr nach Struwwelpeter«, murrte Nachtigall und fügte nach einer längeren Pause hinzu: »Aber vielleicht war es gar kein Fremder?«

»Ein Freund der Familie?« Albrecht Skorubski zuckte zusammen. »Was für eine schreckliche Vorstellung! Aber es würde natürlich erklären, woher er von dem wertvollen Gegenstand im Haus der Gieselkes wusste – wenn es einen gab. «

»Denkbar oder nicht?« Nachtigall begann aufzuzählen, was am nächsten Tag zu tun war. »Bevor wir in diese Richtung spekulieren, müssen wir feststellen, ob überhaupt etwas aus dem Haus fehlt. Olaf Gieselke hat nichts davon erwähnt. Er stand allerdings unter Schock. Außerdem hatte zu diesem Zeitpunkt möglicherweise noch niemand einen Diebstahl bemerkt. Wir müssen herausfinden, wo der Schlüssel für diesen Waffenschrank normalerweise verwahrt wird und wie sicher dieses Versteck tatsächlich ist. Bisher wissen wir nur, dass es irgendwo im Arbeitszimmer sein soll. Michael?« Michael Wiener begann, eine Liste anzulegen. »Freunde der Familie: Wir brauchen Namen und Adressen. Ist jemand in Geldnot geraten? Familienangehörige und Personal: Hat jemand seinen Schlüssel verloren oder erst nach ein paar Tagen wiedergefunden? Wurde eine Handtasche gestohlen, in der sich dieser Schlüssel befand? Die Alibis der Familienangehörigen sind zu überprüfen. Ach ja – ich möchte wissen, wer die Gespräche im Sorgerechtsverfahren mit den Kindern geführt hat. Sieht nach viel Arbeit aus für morgen!«

»Wer wird die Obduktion durchführen?«, fragte Wiener.

»Dr. Pankratz, nehme ich an. Dieser Fall wird die Medien auf den Plan rufen. Dr. März war vorhin bereits von einem Fernsehteam belagert.«

»Nicht schon wieder so ein Affentheater! Hoffentlich einigt man sich auf Zurückhaltung bei der Berichterstattung. Schon der Familie wegen«, quengelte Skorubski.

»Albrecht und ich werden morgen früh in die Klinik fahren und nachfragen, ob unsere einzige Zeugin vernehmungsfähig ist. Schluss für heute!«

Kurz bevor sie das Büro verlassen wollten, meinte Nachtigall unvermittelt: »Wenn von euch jemand nicht an der Obduktion teilnehmen möchte, habe ich dafür Verständnis. Es wird sicher sehr belastend.«

Wiener und Skorubski tauschten einen schnellen Blick. »Wir kommen diesmal beide mit!«

Nachdenklich fuhr der Kriminalhauptkommissar nach Hause. Conny, die sich immer liebevoll seiner Albträume annahm, würde heute alle Hände voll zu tun haben.

»Bei den Gieselkes hat es einen Mord gegeben!«, verkündete Traute aufgeregt.

»Ja, das habe ich auch gehört. Hat sie nun endlich ihren Mann unter die Erde gebracht?«, erkundigte sich Gundula und konnte eine gewisse Genugtuung nicht vollständig unterdrücken.

Das Kränzchen, das unter normalen Umständen aus fünf Damen bestand, hatte sich wie jede Woche zu einem Plausch versammelt. Sie hatten vor zwei Jahren in einem emanzipatorischen Schub ihren Männern erklärt, Frauen hätten Anspruch auf einen freien Abend in der Woche und es war ihnen zu ihrem eigenen Erstaunen gelungen, diese Forderung auch durchzusetzen. Heute waren allerdings die Umstände alles andere als normal und so würden sie diesmal wohl zu viert bleiben, aber nach den abenteuerlichen Ereignissen im Hause Gieselke rechnete auch keine von ihnen mit Friederikes Erscheinen. Die war jetzt sicher mit anderen Dingen beschäftigt. Was bedauerlich war, denn sie hätte als Einzige über Insiderwissen verfügt.

»Keine Frage, dieser Mann hätte es allemal verdient. Aber so ist es nicht gewesen. Jemand hat den Enkel umgebracht. Erschossen, habe ich gehört.« Christiane flüsterte nur noch.

Gundula, die diese Woche den Abend ausrichtete, schenkte Weißwein in die Gläser und brachte für jeden einen Teller Jägerplatte, einen großen Brotkorb sowie Butter aus der Küche.

Claudia sah ihren üppig garnierten Teller ein wenig schuldbewusst an und zögerte, ihre Gabel in die verführerisch duftende Wurst zu stoßen. »War der nicht noch ziemlich klein?« Sie nippte an ihrem Wein und knabberte an der Spreewaldgurke.

»Sechs.«

»Die arme Frau Gieselke. Als hätte sie in ihrem Leben nicht schon genug ertragen müssen!«, klagte Gundula theatralisch.

»Wenn nur Friederike schon hier wäre! Sie weiß ja sicher genau, was da passiert ist«, seufzte Claudia gequält auf.

»Die kommt heute nicht. Bestimmt wird sie jetzt bei Gieselkes gebraucht«, gab Traute schnippisch zurück. »Was ist? Magst du deine Wurst heute nicht?«

»Ach – ja, doch. Ich meine, wisst ihr«, stammelte Claudia hilflos. »Es kommt mir irgendwie falsch vor. Wir sitzen hier und genießen, dabei ist nur ein kleines Stück von hier entfernt ein Kind gestorben!«, schloss sie weinerlich.

»Herrgott, Claudia!«, stöhnte Christiane genervt. »Dann dürften wir uns nie zu einem Plausch treffen! Alle fünf Sekunden stirbt irgendwo auf der Welt ein Kind unter 10 Jahren.«

»Du kannst deine Wurst nicht gut in eines der Lager in Afrika schicken. Die verdirbt!«, höhnte Traute und verzog die schmalen Lippen zu einem gemeinen Grinsen, als sie das schmerzlich verzerrte Gesicht der anderen sah.

»Ja. Ich bin ja nicht naiv! Aber diesmal ist es so nah«, keuchte Claudia und schob sich endlich den ersten Bissen in den Mund.

»Der arme Johannes. Der Junge tut mir wirklich leid. Erst verliert er den Sohn an die geschiedene Frau und kurz darauf stirbt das Kind«, meinte Christiane.

»Der Junge ist nicht einfach so gestorben. Er wurde erschossen!«, stellte Gundula erbarmungslos klar.

Claudia, die immer noch auf dem ersten Stückchen Wurst kaute, erschrak und spülte es mit einem kräftigen Schluck Wein hinunter.

»Und überhaupt«, Traute beugte sich weit vor, damit sie die Stimme senken konnte, »wollte die Mutter mit dem Kleinen auswandern. Ob nun in Australien, Kanada oder tot – was macht das für den Vater für einen Unterschied?«

8

Annabelle warf sich unruhig hin und her. Die Nachtschwester, die in regelmäßigen Abständen ins Zimmer des Mädchens kam, legte besorgt ihre Hand auf die heiße Stirn der Kleinen und strich ihr behutsam die schweißnassen Haare aus dem Gesicht. So eine arme Seele, dachte sie mitfühlend, was für ein schreckliches Erlebnis. Schwester Sybille überlegte, ob sie nicht den diensthabenden Arzt rufen sollte. Vielleicht wäre es ja besser, die Patientin aufzuwecken?

Annabelle stöhnte laut und drehte sich schwer atmend auf den Rücken zurück. Ihr Gesicht zuckte wild, die Hände fuhren aufgeregt über die Decke.

Ein Unwetter war aufgezogen, es donnerte laut und ein heftiger Wind heulte um die Ecken des Gebäudes. Gruselwetter, schoss es der Schwester durch den Kopf. Gerade heute, als hätte das Mädchen nicht schon genug Gräuel erlebt, mussten auch noch diese Geräusche ihre Albträume beflügeln.

Sie trat ans Fenster und überprüfte, ob es gut verriegelt war. Als sie auf dem Weg zur Tür wieder am Bett vorbeikam, hatte das Mädchen beide Augen weit aufgerissen und stierte angestrengt in die Dunkelheit.

»Ganz ruhig, Annabelle. Hier bist du in Sicherheit«, versicherte Schwester Sybille und wollte beruhigend nach der Hand des Kindes greifen. Doch Annabelle entwand sie ihr.

»Da! Da läuft ein schwarzer Mann durch den Garten! Maurice! Maurice!«

»Wach auf, Annabelle! Hier kann dir nichts geschehen! Wach auf! Ich bin bei dir! Niemand kann dir etwas antun!«

Doch die Worte erreichten das Mädchen nicht. Annabelle begann schrill zu kreischen und schlug wild um sich, als gelte es, ihr Leben gegen etwas Großes und Übermächtiges zu verteidigen.

Es dauerte lange, die kleine Patientin zu beruhigen.

9

Donnerstag

Noch bevor Peter Nachtigall am nächsten Morgen seinen Wagen parken konnte, klingelte sein Handy.

»Oh, guten Morgen, Dr. Pankratz. Sie sind schon bei der Arbeit? Und fühlen sich einsam im Angesicht des Todes. Hm. Dieses Todes. Das kann ich sehr gut nachvollziehen, wie Sie wissen. Ja, ich verstehe schon, da kann nur einer mehr Abhilfe schaffen. Bin so gut wie auf dem Weg!«

Rasch stellte er die Verbindung zu Albrecht Skorubski her. »Guten Morgen. Dr. Pankratz hat angerufen«, informierte er den Freund. »Er hat doch ein empfindsames Herz. Jedenfalls möchte er nicht nur mit dem Kollegen die Leiche des Jungen obduzieren. Ich fahre hin – allein. Ihr fangt in der Zwischenzeit mit der Liste an. In etwa zwei Stunden treffen wir uns im Büro!«

Als er den Wagen vom Parkgelände rollen ließ, murmelte er kopfschüttelnd: »›Ich brauche Beistand bei der Sache. So etwas belastet mich‹. Ha! Einen solchen Satz habe ich von Dr. Pankratz in all den Jahren nicht gehört!«

»Warum fährt er jetzt doch allein?«, fragte Michael Wiener im Büro verblüfft.

»Weil er uns den Anblick ersparen will!«

»Aber wir sin ein Team!«, protestierte der junge Kollege. »Einer für alle un alle für einen!«

»Eben!«, antwortete Skorubski trocken.

Dr. Pankratz, der hagere Rechtsmediziner aus Potsdam, erwartete den Kriminalhauptkommissar bereits. Sie nickten sich zur Begrüßung zu und Nachtigall nahm Schürze und Haube, die ihm der Gerichtsmediziner hinhielt. Er fuhr auch in ein Paar Handschuhe, denn er wusste aus langjähriger Erfahrung, dass Dr. Pankratz unberechenbar sein konnte und im Eifer der Wissensvermittlung manchmal auch von ihm erwartete, hier und da zu drücken oder anzufassen.

Der kleine Körper lag auf dem blitzenden Edelstahltisch, der durch seine leichte Fracht überdimensioniert wirkte. Die Arme und Beine des Jungen waren dünn, noch ohne ausgeprägte Muskulatur, seine Rippen deutlich zu erkennen, der Bauch leicht gewölbt. Maurice' Schlüsselbein stach spitz gegen die Haut über der Schulter, ein schmaler Hals war zu erkennen – Nachtigall zwang sich, auf das zu sehen, was einmal Kopf und Gesicht des Jungen gewesen war.

Ungewöhnlich ernst erklärte der Rechtsmediziner, während er mit seinem langen, knochigen Zeigefinger auf den blutigen Kopf deutete: »Diesmal kann ich wirklich sagen, dass es schnell ging. Wahrscheinlich hat er gar nicht mehr mitbekommen, was nach dem Knall passiert ist. Der erste Treffer war tödlich. Insgesamt wurden drei Schüsse auf den Kopf des Jungen abgegeben. Ich habe den Schädel röntgen lassen.«

Er klemmte die Aufnahme unter die Leiste des Schaukastens und schaltete das Licht des Schirms an. »Die Kugel trat oberhalb der rechten Augenhöhle durch das Os frontale ein und durch den hinteren Bereich des linken Os parietale wieder aus. Durch die Wucht wurden einige Knochenfragmente regelrecht aus dem Körper des Jungen herausgesprengt.«

Nachtigall spürte, wie seine Knie gegeneinanderschlugen.

»Das bedeutet: Die erste Kugel durchschlug den Kopf vom

Stirnbein bis zum linken Hinterhauptsbein.« Der Rechtsmediziner fuhr den Schusskanal mit einem Kugelschreiber nach. »Daraufhin muss er zu Boden gestürzt sein. In Bauchlage. Die beiden anderen Schüsse wurden auf das liegende Kind abgegeben. Sie durchschlugen das Os occipitale, durchdrangen die dorsalen Hirnabschnitte und traten in Höhe des Jochbeins links wieder aus. Dabei zertrümmerten sie den Orbitalboden, das Os zygomaticum und Os maxillare. Im Bereich des linken Oberkiefers sind alle knöchernen Strukturen zerstört.«

Dr. Pankratz musterte Nachtigall prüfend. »Geht's noch?«, fragte er beinahe mitfühlend und der Hauptkommissar nickte schwankend mit zusammengebissenen Zähnen. »Der Täter hat zwischen den Schüssen seine Position verändert. Der erste Einschusswinkel legt nahe, dass er zum Zeitpunkt der Schussabgabe kniete oder auf dem Boden hockte, während der Junge stand. Danach muss der Schütze aufgestanden sein, um die beiden anderen Schüsse abzugeben. Mit aufgesetzter Waffe.«

»Warum sollte sich der Täter hinknien, um das Kind zu erschießen?«, polterte Dr. März, der gerade den Saal betreten hatte. Nachtigall bemerkte, dass der Staatsanwalt nicht nahe genug an den Tisch herantrat, um den Körper sehen zu können.

»Vielleicht kniete er vor einer Schublade oder einem Schrank. Als der Kleine dazukam, riss er die Waffe hoch und drückte ab«, schlug der Gerichtsmediziner vor.

»Oder er ging in die Hocke, um mit dem Jungen zu sprechen, ihm zu erklären, es sei alles in Ordnung. Als Maurice das nicht glauben wollte und drohte, die Großeltern zu wecken, beschloss der Fremde, das Kind zu töten«, meinte Nachtigall und räusperte sich. »Dann schoss er noch zweimal, um sicher zu sein, dass der Junge wirklich tot war.«

Ihn schauderte. Als er in Dr. Pankratz' Gesicht sah, hatte er den Eindruck, dem Rechtsmediziner ginge es ähnlich.

»Wer erschießt so kaltblütig einen Sechsjährigen?« Dr. März war fassungslos. »Ich habe wahrhaftig schon viele Menschen hier liegen sehen – aber ein durch mehrere gezielte Schüsse getötetes Kind noch nie!«

»Was war so wertvoll, dass dieser Junge dafür sterben musste?« Nachtigall hörte selbst, wie gepresst seine Stimme klang.

»Nehmen Sie alle Hinweise der Obduktion ernst und dann gehen Sie los und finden es raus!«, bellte Dr. März und machte auf dem Absatz kehrt. Grußlos verließ er den Obduktionssaal. Seine energischen Schritte waren rasch verklungen.

Nachtigall zuckte mit den Schultern und Dr. Pankratz zwinkerte ihm verschwörerisch zu. »Na, dann wollen wir mal.«

Der Hauptkommissar bohrte sich den Autoschlüssel in den Oberschenkel, als der Gerichtsmediziner das Skalpell unter dem Kinn ansetzte, um einen gerade Schnitt bis zum Schambein zu ziehen. »Sechsjähriger Knabe, altersgerecht entwickelt in gutem AZ und EZ«, diktierte er, sah flüchtig in Nachtigalls verständnisloses Gesicht und murmelte »Allgemein- und Ernährungszustand.«

10

Nele Hain weinte. Um Maurice, um Annabelle, um sich.

Richard Mühlberg bemühte sich schweigend, sie zu trösten. Er spürte, dass jedes Wort, das in dieser Situation überhaupt verwendet werden könnte, ein Wort zu viel gewesen wäre, und womöglich nur Ärger nach sich gezogen hätte. Also beschränkte er sich darauf, Nele zu umarmen und verständnisvoll ihre Hände zu drücken.

Was hätte er auch sagen sollen, überlegte er, ein lapidares ›Es tut mir leid‹ wäre wohl kaum das Richtige gewesen. Natürlich tat es ihm leid. Ja, irgendwie schon. Er würde den Jungen vielleicht sogar ein bisschen vermissen. Maurice war lebenslustig und fröhlich gewesen, immer zu Spaß und Unsinn aufgelegt. Dass sein glucksendes, ansteckendes Lachen nie mehr zu hören sein würde, war sicher für alle schwer vorstellbar.

Auf der anderen Seite: Nele war schwanger. Erwartete ein Kind von ihm. Möglicherweise auch einen Jungen, mit dem er bald toben und spielen könnte. Nüchtern betrachtet schien ihm, der Verlust von Maurice sei zu verschmerzen. Immerhin konnte man doch nicht ausschließen, dass Maurice Johannes immer ähnlicher geworden wäre – auch äußerlich. Und er, Richard, wäre in jeder Sekunde daran erinnert worden, dass Nele eine Frau ›aus zweiter Hand‹ war, ausgespannt dem besten Freund. Dieser seltsam verklemmte Polizist hatte gar nicht so unrecht. Maurice war der permanent anwesende Beweis dafür!

Ein großer Nachteil der aktuellen Entwicklung war der Einfluss, den sie auf seine Planungen nehmen würde. Nele versank in Trauer, ausgerechnet jetzt, wo sie so viel zu entscheiden hatten. Mit ein bisschen Glück bekäme sie sich bald wieder in den Griff.

Richard seufzte. Hoffentlich kam sie jetzt nicht auch noch auf die Idee, Annabelle überreden zu wollen, sie nach Quebec zu begleiten, schoss ihm ein neuer, ausgesprochen unangenehmer Gedanke durch den Kopf.

»Wie können Oma und Opa nur schlafen gehen und die Kinder sich selbst überlassen!«, schluchzte Nele.

Richard schreckte aus seinen eigenen Überlegungen auf. »Möchtest du nicht doch einen Toast? Oder einen neuen Kaffee?«

Sie schüttelte den Kopf. »Mir ist nicht nach Frühstück!«

»Schau mal, bei uns sind die beiden auch prima klargekommen. Und wir haben sie nun wirklich nicht jede Sekunde im Blick gehabt.«

»Aber die Großeltern waren verantwortlich! Das ist was anderes. Als Eltern glaubst du doch, dass sie sich in diesem Fall besonders intensiv um die Kinder kümmern!«, kreischte Nele und Tränen schossen über ihre Wangen.

»Hast du schon auf der Station angerufen?«, wechselte Richard Mühlberg zu einem anderen Aspekt der tragischen Entwicklung.

»Ja. Selbstverständlich. Die Ärztin, eine Frau Dr. Junkers, meinte, wenn ich am späten Vormittag vorbeikäme, wäre das in Ordnung. In Ordnung! Nichts ist mehr in Ordnung!« Nach einer langen Pause fuhr sie fort: »Sie hat gesagt, ich solle mir nicht allzu viel von dem Besuch versprechen. Annabelles Zustand sei unverändert.«

»Hat sie dir sagen können, wie lange solch ein Schock anhält?«

»Das ist wohl sehr individuell. Sie glaubt, Annabelle habe womöglich den Mörder gesehen.«

»Gesehen?« Alle Farbe wich aus Mühlbergs Gesicht. »Dann kann sie ihn unter Umständen sogar identifizieren?«

Nele Hain war von der heftigen Reaktion ihres Partners irritiert. »Ja. Das ist denkbar. Sie müsste nur ihre Sprache wiederfinden, dann ...«

»Verstehst du denn nicht?«, fiel Mühlberg ihr ins Wort. »Dann schwebt Annabelle doch in größter Gefahr!«

Die Mutter starrte ihn mit weit aufgerissenen Augen an. »Warum sollte jemand meine Kinder töten wollen, Richard?«, flüsterte sie. »Ich habe niemandem etwas getan – von Johannes einmal abgesehen. Nie!«

»Hoffentlich hat die Polizei an diese Möglichkeit gedacht!« Mühlberg begann, nach dem schnurlosen Telefon zu suchen, hob alte Zeitungen an, kramte unter den Sitzpolstern. »Das Beste ist, wir fragen direkt bei diesem Kommissar nach. Die müssen einen Beamten zu Annabelles Schutz abstellen! Wie hieß der gleich noch mal? Nachtigall?«

Nele nickte müde. »Vielleicht ahnt der Mörder nicht, dass sie ihn beobachtet hat.«

»Nun, wenn das so ist, hat sie unwahrscheinliches Glück gehabt! Ahhh! Da ist es ja!« Mühlberg hielt triumphierend das Telefon in die Höhe.

Es klingelte.

Als Richard Mühlberg gereizt die Tür aufriss, sah er direkt in die Gesichter von Michael Wiener und Albrecht Skorubski.

11

Peter Nachtigall durchquerte die Grünanlage des Klinikums mit raumgreifenden Schritten. Eine fahle Sonne stand am Himmel, schien ohne wärmende Kraft. Er zog den Schal fester um den Hals. Von fern war eine elektrische Säge zu hören, die Schäden des nächtlichen Unwetters mussten beseitigt werden.

»Es wirkt alles so unaufgeregt und friedlich hier«, murmelte er vor sich hin. »Eine Mordermittlung scheint völlig fehl am Platz.« Er ging zügig weiter. »Wohin passt schon eine Mordermittlung?«, schimpfte er lauter und entgegenkommende Passanten zuckten erschrocken zusammen. »Wir wissen noch nicht, ob es ein Mord war.« Nun flüsterte er sich wieder beruhigend zu. »Ich kann mir einen Mord an einem kleinen Kind sowieso nicht vorstellen. Will ich auch nicht!«

Doch die Worte des Rechtsmediziners kreisten unerbittlich durch seine Gedanken. Drei Schüsse. Gezielt. Zwei davon aus unmittelbarer Nähe. Er atmete tief durch und trat durch das große gläserne Eingangsportal in die Empfangshalle.

Frau Dr. Junkers begleitete ihn über die Station. »Sie hatte eine unruhige Nacht. Wir haben sehr lang gebraucht, um sie nach einem Traum zu beruhigen. Vielleicht sollten Sie wissen, dass sie dabei von einem schwarzen Mann gesprochen hat, den sie gesehen haben will.«

»Den Täter?«

»Diese Worte müssen in keiner Weise mit den gestrigen

Ereignissen in Zusammenhang stehen. Es kann irgendeine Erinnerung sein.« Lebhafte Bewegungen unterstrichen ihre Jugendlichkeit. Sie trug Jeans und eine gestreifte Bluse, die dunklen Haare waren zu einem kurzen Zopf zusammengebunden. Wahrscheinlich, überlegte Nachtigall, wollte die Ärztin ihre Patienten nicht durch einen weißen Kittel verschrecken.

»Der Kindsvater deutete gestern an, er habe die Trennung von seiner Frau nicht gewollt. Das spricht für einen Rosenkrieg. Opfer sind meist die Kinder. Wer weiß, wen das Mädchen mit dem schwarzen Mann gemeint hat.«

»Aber die Möglichkeit, dass sie den Täter gesehen hat, besteht durchaus! Eine Aussage wäre für uns ungeheuer wichtig.«

»Bis auf den Schrei im Schlaf schweigt sie beharrlich. Kein Wort. Zu niemandem. Sie werden Geduld brauchen. Abgesehen davon ist es fraglich, ob Annabelle sich überhaupt an die Ereignisse dieses Nachmittags erinnern kann. Oft werden solch traumatisierende Vorgänge schlicht verdrängt. Sollte dieser ›schwarze Mann‹ tatsächlich existieren, kann sie sich womöglich im Traum an ihn erinnern. Das bedeutet nicht, dass das Mädchen auch in wachem Zustand Zugriff darauf hat. Erinnerung kann man nicht so einfach beschleunigen oder erzwingen.« Sie musterte ihren Begleiter und meinte: »Sie sind auch ein schwarzer Mann.« Dabei hob die Ärztin ihre Arme, um anzudeuten, wie viele Interpretationsmöglichkeiten sich für diese Äußerung ergeben könnten.

Sie hatten das Zimmer erreicht. »Und schicken Sie Ihren Beamten zum Umziehen! Jeans und Pulli – keine Uniform!«, lachte Frau Dr. Junkers.

Annabelle drehte den Kopf so, dass sie den blauen Himmel

durch das Fenster sehen konnte, und wartete. Miranda und Toni hatten zu Besuch kommen sollen, doch sie saß noch immer allein hier. Dabei war es eine Lieblingsbehauptung von Miranda, ihre beste Freundin zu sein! Naja, sie wollte nicht zu hart urteilen. Nach dem, was gestern passiert war, konnte es durchaus ein bisschen schwierig sein, sie zu besuchen. Und ziemlich früh am Morgen war es auch noch – vielleicht zu früh. Bestimmt kämen die beiden etwas später.

Selbst damals, als sie Ringelröteln hatte, war es den beiden gelungen, sich zu ihr zu schleichen, obwohl der Arzt Krankenbesuche ausdrücklich verboten hatte.

Diesmal, das hatte ihr die freundliche Schwester erzählt, hielt allerdings, als zusätzliche Hürde, ein Polizist vor ihrer Tür Wache.

Es klopfte und Peter Nachtigall betrat mit Frau Dr. Junkers den Raum. Annabelle fixierte das Stück Himmel, das sie bereits die ganze Zeit im Visier hatte.

»Annabelle – ich bin Peter. Peter Nachtigall.«

Am Himmel zog eine Wolke vorbei, die an einen flauschigen, weichen Drachen erinnerte.

»Ich möchte dich gern ein paar Dinge fragen.«

Der Drache blinzelte ihr zu und sie entdeckte plötzlich einen lachenden Zwerg, der zwischen den mächtigen Schwingen kauerte und mit seinem viel zu großen Hut winkte. Gern hätte sie den freundlichen Gruß erwidert, aber ihre Arme gehorchten ihr nicht.

»Du hast schlecht geschlafen. Nach dem Tag gestern kein Wunder!«, begann Peter Nachtigall einfühlsam. »Erwachsene können so etwas auch nur schwer verkraften.«

»Ich bin mit diesem Fall betraut worden.«

»Willst du mir vielleicht bei der Lösung ein wenig helfen? Allein werde ich es wohl nicht schaffen.«

»Ich glaube, du könntest etwas Wichtiges gesehen haben.«

»Durch ein Fenster?«

Es war, als habe das Mädchen nicht einmal seine Anwesenheit bemerkt. Doch so schnell würde er nicht aufgeben, nahm Nachtigall sich entschlossen vor. Er konnte ebenfalls hartnäckig sein!

Ein großer schwarzer Vogel schloss sich dem Drachen und seinem Reiter an, tanzte wild um die beiden herum, und zeigte, welch atemberaubende Kunststücke er fliegen konnte. Der Drache wedelte kurz mit dem Schweif, was offensichtlich eine Einladung an den Vogel war, ihn zu begleiten.

»Ich verstehe, dass du mit niemandem sprechen möchtest. Aber ich dachte, vielleicht wäre es eine gute Möglichkeit für dich aufzuzeichnen, was du gesehen hast.« Ohne Hast legte Nachtigall einen Block und einige Stifte auf den Nachttisch. Auffordernd schlug er das erste Blatt auf.

Annabelle überlegte. Es wäre toll, sich in einen Vogel zu verwandeln und mit dem Drachen davonzufliegen. Irgendwohin, wo nur freundliche Menschen lebten.

Als sie eine Ewigkeit später zu dem großen Mann mit dem Vogelnamen hinübersah, war er verschwunden.

Weggeflogen, dachte Annabelle neidisch und wandte ihr Gesicht wieder dem Himmel zu.

12

»Sie?«, keuchte Richard Mühlberg überrascht.

»Guten Morgen. Können wir für einen Moment reinkommen?« Albrecht Skorubski fragte sich, ob wirklich der Anblick der Kriminalbeamten den jungen Mann so aus der Bahn geworfen haben konnte. Die Nachricht vom Tod des kleinen Maurice gestern schien ihn nicht derart schockiert zu haben.

»Ja, kommen Sie nur. Haben Sie den Täter gefasst?«

»Leider nicht. Wir haben noch ein paar Fragen.«

Mühlberg gab den Eingang frei und führte die beiden Ermittler ins Wohnzimmer. Frau Hain war sehr blass, wirkte aber mühsam gefasst.

»Noch mehr Fragen?«, hauchte sie statt einer Begrüßung.

»Ja, tut mir leid«, erklärte Skorubski und stellte Michael Wiener vor. »Wir haben gehört, die Sorgerechtsregelung wurde im Einvernehmen mit den Kindern getroffen. Stimmt das so?«, erkundigte er sich. Seiner Erfahrung nach war es besser, zum Kern des Problems vorzustoßen, als um den heißen Brei herumzureden.

»Ich sehe nicht, was diese Frage mit dem Tod von Maurice zu tun haben soll!«, protestierte Mühlberg, doch Frau Hain winkte ab.

»Ja, das stimmt. Maurice wollte mit uns leben, Annabelle gefiel es bei ihrem Vater besser. Es wurde gemeinsames Sorgerecht vereinbart. Ihre Entscheidung hat mich zunächst verletzt, aber Johannes musste ja auch damit leben, dass Maurice bei Richard und mir bleiben wollte.«

»Wollten die Geschwister die Ferien gemeinsam verbringen?«

»Nein«, antwortete Mühlberg. »Maurice wollte eigentlich lieber beim Einpacken helfen. Es war eine aufregende Zeit für ihn. Auswandern fand er total spannend. Bei Oma und Opa ist es da vergleichsweise ruhig.«

»Wer wusste denn davon, dass die beiden zu den Großeltern fahren würden?«, wollte Skorubski wissen.

»Seine Freunde, Annabelles Freundinnen, ich habe es einigen Leuten gegenüber erwähnt, Richard bestimmt auch.«

Der junge Mann nickte. »Die Großeltern werden es ebenfalls hier und dort erzählt haben. Sie freuten sich immer, wenn die Kinder kamen. Viele Leute wussten von den Ferien bei Oma und Opa.«

»Ihre Fragen sind sonderbar«, flüsterte Nele Hain.

»Allerdings!«, bekräftigte Mühlberg in einem energischeren Ton. »Sie zielen darauf ab, dass unser Schatz geplant umgebracht wurde! Gestern gingen Sie doch noch von einem anderen Szenario aus. Sollte es nicht ein Einbrecher gewesen sein? Es ist in meinen Augen ausgemachter Quatsch, anzunehmen, jemand wollte ganz bewusst unseren Sohn töten! Das ist völlig abwegig!«

Michael Wiener registrierte, dass Mühlberg gleich zweimal das besitzanzeigende Pronomen ›unser‹ verwendet hatte. Vielleicht fühlte er sich bei den Ermittlungen außen vor, dachte der Kriminalbeamte, der leibliche Vater, die Mutter, die Großeltern, die Schwester – alle wurden bedauert, da blieb für eine Anteilnahme an der Situation des künftigen Stiefvaters nur wenig Raum.

»Wir ermitteln in alle Richtungen«, stellte Skorubski klar.

»Dazu gehört auch die Frage, die wir allen stellen müssen:

Wo waren Sie gestern zwischen 14 und 16 Uhr?«, ergänzte Wiener und fühlte sich unbehaglich.

»Sind Sie jetzt vollkommen übergeschnappt? Wir haben doch mit Maurice' Tod nichts zu tun!«, jammerte Frau Hain. Mühlberg taxierte ihn mit hasserfüllter Miene.

»Das ist eine Routinefrage, die jeder beantworten muss, der mit dem Fall in Verbindung steht«, versuchte Skorubski die Wogen zu glätten. »Im Grunde ist es für die Akten.«

Die Mutter holte tief Luft. »Ich war mit einer Freundin unterwegs. Richard hatte eine Besprechung im Büro, ich habe ihn dort um 16.30 Uhr abgeholt.« Sie starrte ins Leere. »Sich vorzustellen, dass man gerade gut gelaunt beim Kaffee saß, während der eigene Sohn erschossen wurde, ist einfach grauenhaft. Vielleicht habe ich im Moment seines Todes sogar laut über einen von Marlenes Witzen gelacht!«

»Wir brauchen …«

»Die Telefonnummer von Marlene? Klar!«, unterbrach Frau Hain den Ermittler patzig. Sie griff nach einem Stift und sprang dann auf, um einen Notizzettel zu suchen.

»Herr Mühlberg?«, sprach Wiener den Hausherrn an, der apathisch einen fehlfarbenen Fussel auf dem Teppich betrachtete.

»Ja?«

»Die Telefonnummer Ihres Gesprächspartners im Büro, bitte. Oder die Namen der anderen Teilnehmer an der Konferenz oder eine Teilnehmerliste samt Protokoll.«

»Oh. Ja, ja.« Ordentlich schrieb er mehrere Telefonnummern unter Marlene Wieses Namen.

»Gibt es im Besitz Ihrer ehemaligen Schwiegereltern ein besonders wertvolles Stück?«

Nele Hain überlegte. Dann meinte sie zögernd: »Ich glaube nicht. Natürlich haben die beiden einige teure Bilder und auch die eine oder andere Skulptur. Aber nichts, wofür man am helllichten Tag einbrechen würde. Und sogar töten! Außer den Gewehren ist nichts so richtig teuer, nehme ich an. Aber für seine Lieblingsspielzeuge ist Olaf Gieselke durchaus gern bereit, viel Geld zu bezahlen – sonst ist er eher knauserig.«

»Die Gewehre könnte ein Dieb auch nur schlecht weiterverkaufen«, mischte Mühlberg sich plötzlich ein. »Die sind alle markiert und registriert.«

In der nachfolgenden Stille war nur das leise Schniefen der Mutter zu hören.

»Lag nicht das Gewehr auf dem Schreibtisch des Großvaters? Wäre es um den Raub der Waffen gegangen, hätte der Täter es doch nicht liegen lassen!«

Michael Wiener zuckte zusammen. Hatte jemand Mühlberg gegenüber das Gewehr erwähnt? Woher wusste er so gut über den Tatort Bescheid? Wenn er ehrlich war, wurde ihm der Stiefvater zunehmend unsympathisch. Laut sagte er: »Es war eine Pumpgun. Ich weiß nicht, ob sie wertvoll ist.«

Ein kleiner Aufschrei kam aus der Sofaecke. »Warum wurde Maurice ausgerechnet damit erschossen?«

Albrecht Skorubski starrte die Mutter verstört an. »Wie soll ich das verstehen, Frau Hain?«

»Kann ich bitte das Zimmer von Maurice sehen?«, wollte Michael Wiener wissen. Mühlberg seufzte und zeigte ihm den Weg. Er führte den Kriminalbeamten in einen Raum, aus dem alles entfernt worden war, was auf einen sechs Jahre alten Bewohner hätte deuten können. Einzig ein ferngesteuerter Rennwagen stand auf dem Schreibtisch und wartete auf die Rückkehr seines Besitzers.

Wiener fröstelte. Kein Kuscheltier auf dem Bett, keine Autos auf dem Boden, kein Lego in Kisten – nichts. Im Regal standen Sachbücher. Maurice konnte noch nicht lesen. Ein Fach war voller CDs und DVDs. Hörbücher mit Texten von Michael Ende und ein paar Zeichentrickfilme.

Wiener stöberte in den Schreibtischschubladen und stieß auf eine kleine Fotosammlung. Jedes Bild zeigte Maurice allein. Als hätte es Annabelle nie gegeben, als habe die Mutter nie Zeit gehabt und sei der Stiefvater gerade nicht dabei gewesen. Du bist unfair, schalt er sich in Gedanken, irgendjemand muss die Bilder schließlich gemacht haben.

Einen CD-Player oder einen Computer entdeckte er nicht. Den hatte der Junge bestimmt zu Oma und Opa mitgenommen, fiel ihm dann ein.

»Viel gespielt hat Maurice wohl nicht, oder?« Wiener konnte sich einen strafenden Blick nicht verkneifen.

Mühlberg stieß sich vom Türrahmen ab. »Wir ziehen um. Ich hatte ihm geraten, alles Spielzeug zu verschenken. Er konnte es doch ohnehin nicht mitnehmen. Wir hatten ihm versprochen, er würde neue Spielsachen bekommen. Abgesehen davon sollte für ihn die Schule beginnen und die neue Sprache hätte er ebenfalls lernen müssen – viel Zeit zum Spielen wäre da nicht geblieben.«

13

Peter Nachtigall hatte sich kaum mit einer Tasse Kaffee hinter den Schreibtisch geschoben, da platzten die Kollegen ins Büro.

»Die Ang'schtellte von Gieselkes sind da!«, verkündete Wiener. »Sie sitze auf'm Gang.«

»Sie arbeiten für die Familie Gieselke, ist das richtig?« Nachtigall studierte intensiv das Gesicht seines Gegenübers, was den jungen Mann nicht zu stören schien. ›Zerknüllt‹ wäre das Wort, das die Züge Wolfgang Mauls am treffendsten beschreiben würde, schoss ihm durch den Kopf.

»Ja.«

Wenn die Antworten weiterhin so einsilbig ausfielen, würde dieses Gespräch eine ziemlich zähe Angelegenheit werden. Nachtigall spürte leichten Ärger in sich aufbrodeln, ließ sich aber, wie er hoffte, nichts anmerken. »Was genau gehört zu Ihren Aufgaben?«

»Na das, was der andere nicht allein machen kann, oder was zu schwer ist.«

»Der andere?«

»Der andere Gärtner. Manchmal mache ich auch, wozu der keine Lust hat. Laub einharken zum Beispiel. Das karre ich dann in die hinterste Ecke des Grundstücks und dort verbrennen wir es später.« Er warf dem Ermittler einen raschen Seitenblick zu. »Natürlich informieren wir vorher immer die Feuerwehr. Sonst rücken die mit dem Löschzug an!«, grinste Maul.

»Und sonst?«

»Auf Bäume klettern mag der Gärtner auch nicht. Wenn da Äste ausgeschnitten werden müssen, ist das immer mein Job. Er ist nämlich nicht schwindelfrei.«

»Wie oft kommt denn der Gärtner?«

»Das ist unterschiedlich. Herr Gieselke ruft ihn an, wenn er ihn braucht.«

»Und wenn im Garten nicht viel zu tun ist, arbeiten Sie dann auch im Haus?«

»Kommt vor.« Wolfgang Maul nickte eifrig.

»Was denn zum Beispiel?«

»Ich darf Herrn Gieselke bei der Pflege der Gewehre zur Hand gehen«, verkündete er nicht ohne Stolz.

»Maurice wurde mit einer Waffe aus dem Arsenal des Großvaters erschossen.«

»Ja. Das war das ›Kindergewehr‹«, antwortete Maul bedrückt.

»Das ›Kindergewehr‹?«

»Na ja, so haben wir es immer genannt. Es ist ein handliches Gewehr, genau richtig, um Kindern damit das Schießen zu zeigen. Und die beiden haben sich sehr geschickt angestellt. Naja, wenigstens Annabelle.«

Das verschlug Nachtigall erst einmal die Sprache.

»Sehen Sie, wenn der Opa so ein Jagdfreak ist, wollen die Enkel das auch lernen.« Maul zuckte mit den Schultern. »Aber Herr Gieselke hat gut aufgepasst. Nie durfte einer mit dem Gewehr unbeaufsichtigt herumhantieren. Das gab's nicht!«

»Sie beherrschen den Umgang mit Gewehren ebenfalls?«, fragte der Hauptkommissar gestelzt und wusste, dass er hinter dieser Formulierung nur seine Emotionen verbergen wollte. »Also, können Sie auch schießen?«

»Klar. Herr Gieselke hat es mir beigebracht. Wie seinem Sohn und den Enkeln.«

»Sie wissen, wo der Schlüssel zum Schrank aufbewahrt wird?«, wollte Nachtigall wissen, der es für unverantwortlich hielt, so kleinen Kindern den Umgang mit einer Waffe zu zeigen. Sein Unmut war deutlich zu hören und Wolfgang Maul zog unwillkürlich die Schultern hoch.

»Im Arbeitszimmer. Herr Gieselke hat da einen winzigen Safe.«

»Die Kombination kennen Sie natürlich, falls Sie den Schlüssel holen müssen.«

»Aber nein!«, lachte Maul verhalten. »Herr Gieselke holt ihn immer selbst. Wenn er jedem die Nummer verrät, braucht er ja keinen Safe mehr!«

Nachtigall schüttelte sacht den Kopf. »Welche Arbeiten im Haus übernehmen Sie noch?«

»Meine Mutter arbeitet ja dort. Und ihr helfe ich manchmal. Und natürlich dürfen wir uns in der Küche Tee kochen. Zum Aufwärmen. Und bei schwerer Arbeit gibt es was zu essen.«

»Sie besitzen einen Schlüssel zum Haus?«

»Klar. Brauch ich doch.«

»Und wenn Sie den mal zu Hause vergessen? Kommen Sie dann auch auf einem anderen Weg ins Haus?«

Wolfgang Maul lachte und entblößte dabei große, gepflegte Zähne. »Den vergesse ich nicht! Der ist doch an meinem Bund.«

Klappernd zog er ein dickes Schlüsselbund aus der Tasche, das an einer langen Kette mit einem stabilen Karabinerhaken an der Hose befestigt war und legte es auf den Tisch. »Aber wenn ich's nicht dabei hätte, wär's auch nicht so schlimm. Man kommt auch ohne Schlüssel ins Haus.«

Nachtigall beugte sich interessiert vor.

»Klar«, strahlte der junge Mann. »Man muss ja nur klingeln.«

Albrecht Skorubski sprach in einem Nebenraum mit Wolfgang Mauls Mutter, Friederike.

»Ich arbeite schon lange für die Familie. Schon vor der Geburt von Wolfgang. Im Allgemeinen gab es keine Probleme. Frau Gieselke wurde allerdings in den letzten Jahren ziemlich zickig – aber sie hat es auch nicht leicht.«

In ihren wässrig-blauen Augen unter der violetten Dauerwelle entdeckte Skorubski einen gierigen Schimmer, der ihm signalisierte, die Zeugin warte nur darauf, dass er nach dem ausgeworfenen Köder schnappe. Er beschloss nach einigem Zögern, ihr den Gefallen zu tun. »Sie hatte es nicht leicht?«

Skorubski beobachtete angewidert, wie ein triumphierender Glanz über ihr Gesicht zuckte.

»Ach ja. Die arme Frau«, seufzte Friederike Maul nun theatralisch auf. »Männer können eine echte Belastung sein! Olaf Gieselke hat doch nur seine Gurken im Kopf. Kaum, dass man sich mit ihm mal über ein anderes Thema unterhalten kann. Die Ernte, die aktuellen Absatzzahlen, neue Einzelhandelsketten, die seine Gurklinge ins Sortiment aufnehmen wollten – du liebe Zeit! Geld verdienen und Geld horten! Und sein zweites Lieblingsthema ist die Jagd. Sie glauben ja gar nicht, wie lange man von Pirsch, Lauer und Schuss erzählen kann, von Schweißspuren und von Fuchsbauten. Na, als wär's damit nicht genug, kamen seine Weibergeschichten dazu! Einmal hat sie sogar damit gedroht, ihn zu verlassen. Aber wir Frauen, wir haben eben ein großes Herz!«

Als sie die Arme ausbreitete, um ihre Worte zu unterstreichen, fürchtete Skorubski kurz, sie könne versuchen, ihn über den Tisch hinweg an ihre Brust zu ziehen. Geistesgegenwärtig schob er seinen Stuhl etwas zurück.

»Sie hat wohl besonders unter den Affären ihres Mannes gelitten.«

»Aber natürlich! Irgendwann hat sie einfach versucht, das Beste aus der Sache zu machen. Und alles nur wegen Johannes. Er sollte in einer intakten Familie aufwachsen. Intakt! Da kann ich ja nur lachen. Aber ich weiß, dass sie sogar gelernt hat, das erjagte Wild fachgerecht zu verarbeiten.« Friederike Maul beugte sich verschwörerisch über den Tisch. »Unten im Keller gibt es ein richtiges kleines Schlachthaus – das sollten Sie sich mal ansehen!«

Skorubski räusperte sich. »Frau Maul – es wurde nicht der Gatte ermordet, sondern der Enkel der Familie. Es ist unwahrscheinlich, dass die Großmutter den Jungen erschossen haben könnte«, rief der Kripobeamte seiner schwatzhaften Zeugin ins Gedächtnis.

»Woher wollen Sie das so genau wissen? Eventuell war es schlicht der Versuch, das Erbe der Gieselkes in der Familie zu halten!«

»Ich verstehe nicht …«

»Ach, das wissen Sie wohl noch gar nicht?« Frau Maul lachte keckernd, verdrehte die Augen in Richtung Decke und krähte: »Selbst der ach so liebenswerte Großvater hätte ein Motiv!«

Michael Wiener saß mit Erika Münzer, der Haushälterin der Gieselkes, in seinem Büro.

»Im Dorf sagen die Leute, man hätte es wissen können, die Todesvögel seien die Vorboten gewesen. Und sie behaupten, es wird noch mehr Tote geben, die Vögel würden nie nur für ein Opfer kommen«, flüsterte die junge Frau und sah Wiener aus großen, dunklen Augen angstvoll an.

»Wer erzählt das?«

»Walter. Walter Zesch.«

»Und Sie glauben diese Geschichte?«

»N-Nein. Seine Tochter lacht ihn immer aus deswegen. Sie meint, die Todesvögel kämen von Felix. Felix Andermatt. Der ist Taubenzüchter.« Sie lächelte unsicher.

»Vögel erschießen niemanden, da kann ich Sie beruhigen.«

Die Zeugin nickte mit gesenktem Kopf. »Mag sein.«

»Arbeiten Sie schon lange für die Familie Gieselke?«, fragte Wiener behutsam. Die junge Frau wirkte derart verschreckt, dass er sich fast schämte, sie einbestellt zu haben.

»Nein, ich glaube nicht. Oder ist sechs Monate lang? Ich will nichts Falsches sagen!«, antwortete sie und ihr Blick flackerte.

»Sechs Monate ist wirklich nicht lang. Da gab es doch bestimmt jemanden, der vor Ihnen diesen Job gemacht hat.«

»Ja. Aber die andere Haushaltshilfe war schon weg, als ich dort angefangen habe. Im Dorf wird erzählt, sie habe spioniert und sei deswegen fristlos entlassen worden«, erklärte sie und setzte wispernd hinzu: »Olaf Gieselke persönlich soll sie erwischt haben.«

»Sie hat spioniert?«

»Ja!« Sie zog vor Aufregung die Augenbrauen weit nach oben. »Wegen der Gurken!«

Michael Wieners Miene war so verständnislos, dass Erika Münzer sich erbarmte und dem Beamten erläuterte, was sie damit meinte. »Die Gurklinge, das sind besondere Spreewaldgurken der Gieselkes, werden nach einem alten Familienrezept eingelegt. Neben den üblichen Zutaten wie Essig, Senfkörnern, Zwiebeln und solchem Zeug kommt eine geheime Gewürzmischung in den Sud.«

»Aha.« Michael Wiener mochte saure Gurken nicht.

»Manche meinen, wenn man dieses Rezept stehlen könnte, wäre man ein gemachter Mann!« Sie stockte, kicherte dann albern und fuhr fort: »Warum eigentlich gemachter Mann? Eine gemachte Frau könnte man ja auch werden.«

»Hätte Ihre Vorgängerin urplötzlich einen eigenen Gurkenbetrieb eröffnet, wäre doch sofort klar gewesen, dass sie das Rezept geklaut haben musste.«

Nun war es an Erika Münzer, den jungen Beamten ratlos anzusehen. Doch dann verstand sie plötzlich und lächelte breit. »Aber nein, , so war das nicht gemeint. Natürlich wäre das Rezept verkauft worden! Manche glauben, die Firmen im Westen wären bereit, große Summen dafür zu bezahlen.«

»Für ein Gurkenrezept?« Wiener konnte das nicht nachvollziehen. Nicht für so etwas!

Doch die Zeugin nickte eifrig. »Aber das ist sicher gut versteckt. Meine Freundin sagt, solche Dinge bewahrt man nicht im eigenen Haus auf, sondern bei einem Notar – oder in einem Bankschließfach.«

»Damit hat sie bestimmt recht. Als Sie den Job bekommen haben, wurde Ihnen da ein Schlüssel fürs Haus ausgehändigt?«

»Ja, aber im Grunde brauche ich den nicht. Frau Gieselke ist immer zu Hause, wenn ich komme. Sie könnte mir genauso gut öffnen.«

»Kämen Sie auch anders hinein? Angenommen, Sie hätten den Schlüssel verloren oder vergessen und Frau Gieselke wäre beim Zahnarzt?«

»Ich habe noch nie meinen Schlüssel vergessen oder gar verloren. Aber wenn«, überlegte sie unsicher, »könnte ich natürlich auf Friederike und Wolfi warten.«

»Gibt es keinen Hintereingang?«

Sie lachte wie befreit. »Sie meinen die Katzenklappe? Sagen Sie das doch gleich! Ach herrje, was für eine Idee! Wolfi hat sie mir an meinem ersten Arbeitstag gezeigt. Er war ganz aufgeregt deswegen. Ich glaube, es ist eine Art Familiengeheimnis. Tatsächlich würde aber niemand von uns durch das Loch passen. Erst recht nicht Wolfi. Annabelle und Maurice sind manchmal durchgekrochen. Abenteurer.«

»Verleihen Sie Ihr Schlüsselbund manchmal? An die Freundin? Einen Freund?«

»Nein.« Erika Münzer lächelte milde. »Vielleicht, wenn mal der Richtige käme. Aber bisher …« Die junge Frau zuckte mit den Schultern. Bedauern schwang in dieser Bewegung mit.

»Nun, was haben wir?«, brummte Nachtigall unzufrieden, als sie alle wieder im Büro zusammentrafen.

»Mühlberg hatte zur Tatzeit angeblich einen Geschäftstermin, Frau Hain war mit einer Freundin unterwegs. Dieser Richard Mühlberg machte bei unserem Besuch heute Morgen einen ziemlich aufgeregten Eindruck«, begann Skorubski. »Frau Hain wollte, dass wir einen Beamten abstellen, der auf ihre Tochter aufpasst, weil der Mörder glauben könnte, er sei von Annabelle gesehen worden. Ich konnte sie beruhigen.«

»Und das Kinderzimmer des Jungen! Kahl! Keine Spielsachen. Herr Mühlberg meinte, Maurice habe alles verschenkt, weil er in Kanada neue bekäme«, ereiferte sich Wiener. »Aber im Regal standen DVDs. Zum Lernen, sagte der neue Papa, denn Kinder müssten heutzutage von klein auf mit dem Computer vertraut gemacht werden. Also ehrlich – der Junge kann noch nicht lesen, geht noch nicht zur Schule, soll aber am Computer lernen!«

»Nun, in Kanada ist es vielleicht notwendig, dass bereits die Kleinsten mit dem PC umgehen können«, versuchte Nachtigall, den Kollegen zu beruhigen.

Wiener schob ein wenig trotzig die Unterlippe vor. »Mir ist jedenfalls aufgefallen, dass dieser Herr Mühlberg außerordentlich gut über den Tatort Bescheid wusste. Gut«, räumte er ein, »so übermäßig erstaunlich ist es nun auch wieder nicht. Er war oft bei den Gieselkes zu Gast. Aber wir sollten das im Hinterkopf behalten.«

»Glaubst du, er hat den Jungen erschossen?«, fragte Nachtigall ernst.

»Ach, nun nagle mich nicht gleich auf so was fest!«

»Ich war bei Annabelle. Sie spricht nach wie vor nicht. Auch nicht mit den Ärzten im Klinikum. Doch sie träumt und letzte Nacht rief sie wohl etwas über einen schwarzen Mann, der durch den Garten rennt«, fasste Nachtigall kurz zusammen.

»Also hat sie tatsächlich den Täter gesehen!«, meinte Skorubski. »Auf der Flucht, nach dem Schuss.«

»Nicht unbedingt«, dämpfte Nachtigall die aufkeimenden Erwartungen der beiden Kollegen. »Die behandelnde Ärztin ist nicht der Meinung, die Äußerung habe zwingend mit unserem Fall zu tun. Es könne sich ebenso gut um eine Erinnerung an einen längst vergangenen Vorfall handeln. Es wird uns nichts anderes übrig bleiben, als auf eine Besserung ihres Zustandes zu hoffen. Wir brauchen Geduld.«

»Und es gibt noch immer keine neue Prognose zur Dauer?«, fragte Skorubski gereizt.

»Nein.«

Peter Nachtigall schlug eine neue Seite am Flipchart auf. »Der Täter kam von außen. Was zum Teufel wollte er?«

»Dr. Pankratz ist also sicher, dass Maurice sich nicht aus Versehen selbst getötet hat?«, hakte Wiener nach.

»Ja«, Nachtigall stockte und zögerte, die schrecklichen Einzelheiten, die er erfahren hatte, zu wiederholen. »Er hat mir erklärt, der Schusskanal beweise eindeutig, dass der Junge sich die tödliche Verletzung unmöglich selbst beigebracht haben kann – außerdem wurden insgesamt drei Schüsse auf das Opfer abgegeben. Einer aus kurzer Distanz, zwei mit fast aufgesetztem Lauf. Der erste war bereits tödlich.«

Eine Weile war nur das Atemgeräusch der drei Männer am Tisch zu hören.

»Hm, dann gibt es wohl keinen Zweifel. Der Täter wurde von Maurice überrascht und wollte den Einbruch vertuschen«, schlug Skorubski vor. »Der Junge hätte ihn womöglich identifizieren können.«

Nachtigall notierte den Punkt.

»Mordabsicht!«, rief Wiener.

»Das musst du erklären! Wer soll ein Kind ermorden wollen?«, forderte Skorubski vehement.

Der Kollege antwortete prompt. »Maurice muss ja überhaupt nicht gemeint gewesen sein. Jemand hatte es auf Olaf Gieselke abgesehen und stieß zufällig auf den Jungen. Er musste ihn zum Schweigen bringen. Nach dem Schuss entglitt dem Täter die Situation. Er war schockiert über den Tod des Kindes, geriet in Panik bei dem Gedanken, der Junge lebe womöglich noch, schoss weiter und floh. Dabei wurde er von Annabelle beobachtet.«

Skorubski murrte. »Zwei Schüsse aus direkter Nähe. Er wollte sichergehen, dass das Kind tot war. Darin erkenne ich keine ungeordnete Panikreaktion.«

»Oder es ging um das Rezept für die Gurklinge!«, erklärte Wiener und berichtete von seinem Gespräch mit Erika Münzer.

»Ein geheimes Rezept? Gut, wir haben also einige Fragen, die wir Herrn Gieselke noch stellen sollten. Wenn wir zu ihm rausfahren, klären wir auch gleich, ob etwas von Wert verschwunden ist, ob er Feinde hat und wer das Versteck des Schlüssels kannte. Wolfgang Maul zum Beispiel. Er behauptet, der Schlüssel zum Waffenschrank war in einem Safe verwahrt und er kenne die Kombination nicht.«

»Frau Maul ist der Ansicht, die Großeltern könnten beide ein Motiv gehabt haben, ihren Enkel zu töten«, begann Skorubski zögernd. »Das Erbe geht an den ältesten Sohn. Nach Johannes folgt Maurice . Wenn der nun mit einer neuen Familie auswandert, erbt er dennoch. Ehrlich gesagt, so etwas kann ich mir nicht vorstellen. Ich halte es für Tratsch.«

Nachtigall wiegte nachdenklich den Kopf. »Überprüfen werden wir es auf jeden Fall. Aber wenn Olaf Gieselke gemeint gewesen sein könnte, gilt das dann auch für Johannes? Wäre er ohnehin heute bei seinen Eltern vorbeigekommen, kam er regelmäßig oder immer überraschend? Vielleicht sollte er ja das Opfer sein.«

»Mühlberg?«, brachte Wiener seinen Lieblingsverdächtigen wieder ins Spiel.

»Mühlberg? Wieso ausgerechnet er?« Nachtigall setzte sich zurück an den Tisch.

»Um den leibliche Vater verschwinde zu lasse. Er würd in diesem Fall eine Witwe heirate, die mindestens ein Kind in die Ehe mitbringt. Das ist doch viel angenehmer, als eine Frau zu heiraten, deren Ex ständig in die Kindererziehung reinredet.«

»Mühlberg. Hm. Ich mag ihn auch nicht«, bekannte Skorubski. »Aber nur weil er uns unsympathisch ist, dürfen wir ihn nicht des Mordes verdächtigen.«

»Ohne den Kleine hätt er halt unbelastet ein neues Leben beginne könne«, gab Wiener zu bedenken. »Dem Freund hatte er ja scho die Frau ausg'spannt.«

»Hört auf!« Nachtigall beendete die Spekulationen. »Er hätte nur einfach ›uncool‹ sein müssen und schon wäre Maurice gerne bei seinem leiblichen Vater geblieben. Ganz ohne Mord. Wir werden sein Alibi checken und gut.«

»Wär er dem Junge gegenüber unfreundlich g'wese, hätt die Mutter ihn am Ende nicht mehr heiraten wolle.« Wiener grinste wissend. »Mütter reagiere in solche Frage manchmal völlig überzoge!«

»Alles grau«, beschwerte sich Skorubski etwas später. »Und es regnet.«

»Glaubst du, das Gespräch fiele uns bei Sonnenschein leichter?«, fragte Nachtigall perplex zurück.

»Quatsch. Der Tod eines Kindes bleibt bei jedem Wetter eine Katastrophe, das ist doch klar. Nein, es geht um meine Frau. Du weißt, seit die Kinder aus dem Haus sind, ist sie psychisch etwas angeschlagen. Und genau diese Art Wetter schlägt ihr auf die Stimmung. Das Problem beschäftigt uns schon seit dem Herbst.«

»Damit steht sie nicht allein. Ich habe gerade erst einen Bericht über Lichtduschen gehört. Man setzt sich davor und schaut in ein helles Licht, mindestens 10.000 Lux. Bei vielen Betroffenen scheint das zu helfen.«

»Ach? So einfach soll das sein? Wo bekommt man so etwas denn?«

»Das weiß ich nicht genau. Guck doch im Internet. Oder du fragst im Sanitätshaus.«

»Mach ich. Wenn es hilft, ist mir alles recht. Und wie sieht es bei dir aus? Frisch verheiratet und bald Großvater, müsstest du dich eigentlich ganz wohlfühlen«, fragte Skorubski seinen Kollegen aus.

»Das stimmt. Ich bin sehr glücklich. Conny hat mich endlich geheiratet! Es war ja keineswegs sicher, und bis zum Jawort habe ich noch gezittert, weil ich dachte, sie könnte es sich noch einmal anders überlegen! Und meine Jule heiratet ihren Emile – manchmal glaube ich, das ist alles nur ein Traum! Rundum perfekt – fast. Fehlt noch das hoffentlich gute Ende von Jules Schwangerschaft. Und wenn man davon absieht, dass ich nun für zwei Tage Strohwitwer bin. Frau und Tochter machen einen Kurztrip nach Berlin – zum Shoppen. Männer stören da bloß. Nestbautrieb.«

Skorubski lachte kehlig. »Das stehst du schon durch.« Er parkte das Auto in der Zufahrt des Herrenhauses und sah an der abweisenden Fassade hinauf.

Auf ihr Klingeln erfolgte keinerlei Reaktion. »Niemand zu Hause. Vielleicht sind sie zum Arzt gefahren«, spekulierte Skorubski.

»Und das Personal? Der Sohn?« Nachtigall schlug verdrossen den Jackenkragen hoch.

»Der Sohn ist möglicherweise bei der Kleinen im Krankenhaus.«

Sie versuchten es erneut.

»Ich glaube, ich höre Schritte«, erklärte Nachtigall. »Ist wohl doch jemand im Haus.«

Wenig später wurde geräuschvoll ein Schlüssel gedreht und das graue, missmutige Gesicht Olaf Gieselkes schob sich in die Kälte. Die beiden Kriminalbeamten wichen einen Schritt zurück. Es hatte den Anschein, als wolle der Großvater die schwere Tür einfach wieder zuschlagen. Dann atmete er aber tief durch und fragte heiser: »Sie?«

»Guten Tag, Herr Gieselke. Wir bedauern außerordentlich, dass wir Sie stören müssen. Wir haben noch ein paar Fragen.«

Der alte Mann gab ein Geräusch von sich, das dem Knurren eines Hundes sehr ähnelte, ließ die beiden Ermittler jedoch eintreten. Mit schlurfenden Schritten führte er die ungebetenen Gäste ins Wohnzimmer.

»Ihr Sohn ist nicht zu Hause?«, fragte Nachtigall und erntete einen vernichtenden Blick.

»Nein. Er wollte wohl Annabelle besuchen«, schnappte der Großvater verbittert.

»Geht es Ihrer Frau etwas besser?«

»Was glauben Sie wohl? Ihr Enkelchen ist tot! Und sowohl Sie als auch unser sauberer Herr Sohn geben uns die Schuld daran! Es geht uns fantastisch!«

Herr Gieselke dirigierte die Besucher zum Sofa und ließ sich selbst schwer in einen Sessel fallen.

»Wir wissen inzwischen, dass mehrfach auf Ihren Enkel gefeuert wurde.«

Der Großvater stieß ein lautes Röcheln aus. Nachtigall wartete ein paar Sekunden, bis er seine erste Frage stellte. »Wie konnte jemand an den Schlüssel für den Waffenschrank kommen? Nicht einmal die Angestellten kennen die Kombination für den Safe«, eröffnete Peter Nachtigall das Gespräch.

»Glauben Sie bloß nicht, dass ich nicht selbst pausenlos darüber nachdenke! Mein Sohn ist der Überzeugung, ich sei senil und hätte vergessen, den Schlüssel abzuziehen. Aber – ich kann mir viele Dinge vorstellen, die mir passieren könnten, zum Beispiel die Herdplatte nicht auszuschalten, die Katze versehentlich in einem Raum einzusperren, einen Termin zu versäumen. Niemals jedoch würde ich den Schlüssel im Schloss des Waffenschrankes vergessen! Erst recht nicht, wenn die Kinder da sind. Ich bin in diesem Punkt zwanghaft.« Die Pause dehnte sich zu einer langanhaltenden Stille. »Natürlich werde ich älter. Ich habe vor einigen Tagen alle Gewehre gereinigt und überprüft, die Munitionsbestände geordnet und manches nachbestellt. Ich war sicher, den Schrank verschlossen zu haben.« Er fuhr sich mit beiden Händen hart übers Gesicht und flüsterte: »Doch nun plagen mich Zweifel.«

»Angenommen, es wäre einem Eindringling gelungen,

unbemerkt ins Haus zu kommen – könnte er den Schlüssel zufällig gefunden haben?«, wollte Skorubski wissen.

»Nein. Auf dem Anhänger steht ›Gartentor‹. Allerdings wollte ich damit eigentlich Diebe narren. Einige meiner Gewehre sind sehr teuer.«

»Auch das, mit dem Ihr Enkel erschossen wurde?« Als er sah, wie der Großvater heftig zusammenzuckte, fügte Nachtigall entschuldigend hinzu: »Ich weiß, dass solche Fragen sehr schmerzhaft sind. Dennoch muss ich sie stellen.«

»Eine Pumpgun. So wertvoll ist die nicht.« Olaf Gieselke erhob sich ächzend und zog ein Buch aus dem Regal. »Ich gehe davon aus, dass Sie sich nicht gut mit diesen Waffen auskennen. Eine Pumpgun hat den großen Vorteil, dass Sie nur einmal laden müssen. Danach können Sie feuern, bis das Magazin leer ist.« Er schlug das Buch auf und zeigte auf einige Abbildungen. »Bei denen hier ist das anders. Sie laden für jeden Schuss neu. Das dauert. Manchmal, wenn der erste Schuss nicht richtig getroffen hat, bleibt dem Wild Zeit genug, im Unterholz zu verschwinden, bis die Ladeprozedur abgeschlossen ist. Das ist für den Jäger gefährlich. Sie folgen der Schweißspur und können auf einen zornigen Keiler treffen. Das ist wahrhaft kein Vergnügen. Der Jäger kann dabei ernsthaft verletzt oder gar getötet werden.«

Nachtigall, der für die Jagd nur wenig Sympathie aufbrachte, ertappte sich dabei, wie er für das Tier votete. Seinem Charakter entsprechend, ergriff er für den Schwächeren Partei.

»Das bedeutet, der Täter hätte so oft abdrücken können, bis das Opfer tot war.«

Olaf Gieselke nickte traurig.

»Zeigen Sie mir jetzt bitte, wo Sie den Schlüssel aufbewahren.«

Steifbeinig setzte der Hausherr sich in Bewegung. Schweigend folgten ihm die beiden Ermittler ins obere Stockwerk. Vor der Tür zum Arbeitszimmer hielt Gieselke mit einem Ruck an. »Die Tür ist versiegelt.«

»Ist schon in Ordnung«, beruhigte ihn Skorubski und schloss die Tür zum Arbeitszimmer auf. Mit einem leisen Ratschen riss das Siegel.

Zielstrebig trat Olaf Gieselke ans Regal und nahm ein paar Buchattrappen heraus. Seine Augen wichen der Zeichnung und dem Fleck auf dem Boden beharrlich aus.

»Hier«, erklärte er, und Hoffnungslosigkeit lag in seiner Stimme. »In diesem Safe.«

»Er hat einen Zahlencode.«

»Ja, einen einfachen. Meinen Geburtstag.«

»Das ist aber nicht sehr originell!«, monierte Albrecht Skorubski.

»Du lieber Himmel! Der kleine Safe sollte doch nur eine zusätzliche Hürde sein!«, rechtfertigte sich der Großvater. »Hätte ich geahnt ...« Mit einer raschen Bewegung wischte er sich über die bartstoppelige Wange.

»Das bedeutet, der Täter muss entweder von diesem Safe gewusst und die Kombination gekannt haben – oder er probierte Ihr Geburtsdatum auf gut Glück aus«, dachte Nachtigall laut nach. »Das ist für meinen Geschmack ein bisschen viel auf gut Glück für einen Einbruch.«

»Mein Geburtsdatum können Sie ohne Probleme im Internet finden. Auf der Website von ›Gieselkes Gurklinge‹ zum Beispiel. Es ist schließlich kein Geheimnis.«

»Nein, natürlich nicht.« Peter Nachtigall trat an das Panoramafenster und sah in den Garten hinaus. Hatte Annabelle den flüchtenden Mörder wirklich gesehen?

Er ging in die Hocke. Ja, stellte er fest, auch aus dieser Kopfhöhe konnte man bis zum Tor hinunter sehen.

»Wir haben erfahren, dass der neue Partner von Frau Hain ein guter Freund Ihres Sohnes war.«

Die Züge des alten Mannes verhärteten sich. »Ja. War.«

»Er verbrachte manchmal seine Semesterferien hier.«

»Ja. Früher.«

»Er weiß, wo der Waffenschrank steht.«

»Wahrscheinlich nicht. Er interessierte sich nicht für die Jagd. Gewehre waren ihm unheimlich. Das ist kein Mann, wissen Sie, das ist ein Weichei. Der war ja nicht einmal in der Lage, selbst eine Freundin zu finden. Er nahm einfach die Frau meines Sohnes!«, blaffte der Hobbyjäger. »Und dann dachte er, er könne sich sogar den Aufwand sparen, ein Kind zeugen zu müssen. Er nimmt einfach unseren Maurice!«

14

Wolfgang Maul, Mandy Klinger, Sebastian Körbel, den alle nur Flocke nannten, Khalil Metzger, Clemens Kuhn, Markus Scholz und Evi Mandel drängten sich um den wackligen Holztisch in Sebastians Küche.

»Die Sachsen haben eine Wölfin erschossen!«, fauchte Mandy wütend.

»Wenn das stimmt, werden sie den Schuldigen sicher bald geschnappt haben. Solche Typen geben mit ihrer ›Großtat‹ ja gern auch noch an.« Khalil tastete in der Hosentasche nach der Packung Zigaretten, zog sie aber doch nicht heraus, weil ihm einfiel, dass bei Sebastian Rauchverbot herrschte. Der Freund war ein militanter Nikotingegner. Khalil seufzte leise.

»Sie haben den Täter schon! Und es war auch nicht in Sachsen sondern in Sachsen-Anhalt. Der Typ hat zwar versucht sich rauszureden, aber das nützt ihm nichts. Er wird löhnen müssen!«

»Das ist gut. Es muss endlich Schluss sein mit der Vorstellung, man dürfe Wölfe abknallen, um die Menschen zu retten!«, empörte sich Mandy.

»War das nicht ein anderer Wolf? Mann, in der letzten Zeit haben wir auch zwei tote Tiere in der Lausitz gehabt. Und es wird kaum darüber berichtet – und wenn, dann nicht mit der notwendigen Schärfe!«, schimpfte Evi entrüstet.

»Er hat gesagt, es sei nicht mit Absicht gewesen! Ach! Da ballert einer ohne Absicht auf alles, was sich bewegt, und glaubt, das reicht als Ausrede. Stellt euch nur vor, der hätte ein Kind abgeknallt«, steigerte sich Khalil immer mehr in Rage.

»Ich verstehe gar nicht, wie Menschen überhaupt auf Tiere schießen können!«

»Früher haben sie die wenigstens gegessen. Der Mensch tötete, um zu überleben! Heute jagen sie ihre Fleischportion nur noch in der Tiefkühltruhe. Sind ja nicht umsonst die meisten zu dick«, meinte Clemens angewidert.

»Wölfe? Sie haben Wölfe gegessen?« Khalil war schockiert. Das hatte er sich in seinen schlimmsten Träumen nicht vorgestellt. Mandy gab ihm durch Zeichen zu verstehen, er solle seine Ohrhörer rausziehen.

»Ach Quatsch! Obwohl man Hund ja angeblich essen kann. In China ist das anscheinend üblich.«

»Ich habe sogar mal gelesen, dass sie die Tiere dort vor dem Töten schlagen, weil das Fleisch durch das Adrenalin besser schmeckt und zarter wird.« Mandy verzog das Gesicht.

»Hund? Mann! Stimmt das?« Sebastian sah erschüttert von einem zum anderen, während er seinen Setter liebevoll zwischen den Ohren kraulte. »Keine Sorge, dir tut keiner was«, flüsterte er der schönen Hundedame zu.

»Weiß man inzwischen, ob es ein Wolf oder ein Hund war, der die Tiere vom Kramstätter gerissen hat?«, führte Mandy die Gruppe wieder zum eigentlichen Thema zurück.

»Das dauert. Wenn es um ein solches Problem geht, lassen die Labore sich gern Zeit. Es wird mehrere Wochen dauern, bis ein Ergebnis vorliegt, hat der zuständige Ermittler im Zeitungsinterview gesagt. Ist wohl nicht so wichtig«, nörgelte Clemens.

»Also, wenn ihr mich fragt: Das war kein Wolf«, erklärte Wolfgang bestimmt.

»Woher willst du das so genau wissen?« Khalil zog die linke Braue hoch.

»Hier bei uns ist noch keiner gesehen worden. Das ist

reine Propaganda. Ich sage euch: Da hat einer seinen Hund losgehetzt und versucht, dadurch Argumente für einen Abschuss zu bekommen. So etwas wie: Der Wolf ist ein gefährliches Raubtier! Erst tötet er eure Schafe und in der nächsten Sekunde reißt er eure Kinder! Ist doch immer und überall der gleiche Mist«, schimpfte Wolfgang und seine Hand sirrte aggressiv durch die Luft. »Ihr glaubt doch nicht im Ernst, ein Wolf macht sich auf den weiten Weg in den Spreewald, um ausgerechnet Kramstätters Schafe zu reißen. Nicht eines der Tiere war auch nur angeknabbert!«

»Mein Chef hat sogar neulich gedroht, wenn ich weiter bei den Wolfswächtern mithelfe, wird er mir kündigen. Eine Begründung fällt ihm dann schon ein, hat er gelacht!«, berichtete Mandy mit zitternder Stimme. »Er meint auch, die ›Viecher‹ seien gefährlich. Viecher!«

Die kleine Runde raunte empört.

»Du liebe Güte! Nun ist es endlich gelungen, bei uns siedeln sich wieder Wölfe an, und prompt schreit das Jägervolk nach dem Abschuss – ist ja wie bei Bruno!« Wolfgangs Gesicht rötete sich zunehmend. »Den armen Bären haben sie auch gekillt, obwohl er niemanden angegriffen hatte. Und alle Welt weiß, dass der Wolf dem Menschen am liebsten aus dem Weg geht.«

»Klar! Und dann gucken sie die ganze Zeit fern. Arved Fuchs und seine Expedition. Und was sehen sie da? Polarwölfe, die der gesamten Truppe auf Schritt und Tritt folgen, nur auf eine günstige Gelegenheit zu warten scheinen, um sämtliche Teilnehmer zu erledigen und zu fressen! Es ist unfassbar!«, schäumte Sebastian.

»Dabei kann man das gar nicht vergleichen! Polarwölfe sind im Vergleich zu unseren riesig! Und die Wölfe in den Abruzzen sind im Verhalten ganz anders als unsere. Erik

Zimen hat sogar fest daran geglaubt, dass sie uns Menschen durchschauen und unser Verhalten bei ihren Aktionen mit einplanen. Und der chinesische Wolf ist groß und aggressiv – dessen Auftreten hat nichts mit dem unserer Wölfe zu tun!«

»Das wissen die meisten aber nicht!«

»Wir schweifen ab!«, beschwerte sich Flocke. »Das sind Dinge, die wir doch alle wissen!«

»Jaha – wir schon! Aber in der Zeitung steht nie ein Wort über die großen Unterschiede der Wolfpopulationen. Dabei fängt das ja schon mit der Größe und dem Gewicht der Tiere an!«, murrte Khalil. »Wer weiß denn schon, dass in Ägypten Wölfe leben, die es mal auf ganze 20 Kilogramm Lebendgewicht bringen! Die in Alaska und Sibirien wiegen über 80 Kilo!«

»Na ja – es gibt schon welche, die Beutetiere erlegen können, die bis zu fünfzehnmal größer sind als sie selbst. Elche zum Beispiel.«

»Ja, ja – und andere fressen ihr Leben lang nur irgendwelche Insekten oder kleine Säugetiere. Mäuse! Das klingt in meinen Ohren nicht gefährlich!«, warf Wolfi gereizt ein.

»Wie soll es nun weitergehen?«, brachte Mandy die Gruppe wieder zum eigentlichen Thema ihres Treffens zurück und sah aufmunternd in die Runde.

»Der Korbinian Nagel hat Angst«, stellte Sebastian klar.

»Logisch. Hätte ich auch. Selbst wenn es ein Hund ist, kann er beträchtlichen Schaden anrichten.«

»Kriegt er eigentlich auch eine Entschädigung, wenn es ein Hund war, oder gilt das nur bei einem Wolfsangriff?«, erkundigte sich Khalil.

»Ich weiß es nicht genau – aber wahrscheinlich nur, wenn

es ein Wolf war. Bei einem Hund wird der Besitzer des Streuners aufkommen müssen. Und es muss wohl ein Zaun um die Weide gewesen sein.«

»Die Bauern wollen sich jedenfalls auf die Lauer legen«, erklärte Clemens. »Das haben sie in der letzten Nacht beschlossen.«

»Aber ich habe mir da was überlegt. Also …« Wolfgang entwickelte den Freunden seinen Plan in allen Details. Schon nach den ersten Erläuterungen zog ein zufriedenes Lächeln über die Gesichter der Wolfswächter.

Genial. So konnte es gehen!

15

Michael Wiener erklärte der Sachbearbeiterin sein Problem. »Maurice Gieselke wurde ermordet. Wir versuchen herauszufinden, ob es einen möglichen Zusammenhang mit dem Sorgerechtsprozess geben könnte.«

»Ermordet?« Ungläubig starrten ihn die blauen Augen Gesine Wagners an.

»Erschossen.« Er wartete, bis seine Gesprächspartnerin diese Nachricht erfasst hatte.

»Ja, aber das ist ja entsetzlich! Ein so süßer Junge.«

»Wir müssen versuchen, uns ein Bild über die Lebensumstände des Kindes zu machen. Dabei könnten Sie uns helfen.«

»Und Sie glauben, der Grund für seinen Tod verbirgt sich in unseren Akten?«

Wiener bemühte sich um einen einfühlsamen Ton, der seine Ungeduld verbergen sollte. »Es ist immer schrecklich, wenn man jemanden durch einen gewaltsamen Tod verliert. Besonders, wenn es sich dabei um ein Kind handelt.«

»Die ganze Familie war irgendwie nett. Es war schade, dass sie sich unbedingt scheiden lassen wollten. Eigentlich fand ich, die passten richtig gut zusammen. Die Mutter ging mit beiden Kindern sehr liebevoll um. Und der Vater! Du liebe Güte. Als er die Aussage seines Sohnes vorgelegt bekam, ist er in Tränen ausgebrochen.«

Während sie sprach, suchte sie in den Metallschubladen einer Hängeregistratur nach dem entsprechenden Ordner. Endlich zog sie eine dicke Akte hervor und legte sie auf ihrem Schreibtisch ab. »Ist aber auch ein schwerer Schlag, wenn der Sohn den neuen Vater toller findet als den leiblichen. Aber auch die Mutter machte einen betroffenen Eindruck. Ich glaube, die Begeisterung des Kleinen für den neuen Papa war ihr ein bisschen peinlich.«

»Wäre es nicht denkbar, dass Maurice vorab bestochen wurde?«

Gesine Wagners Gesicht nahm einen nervösen Ausdruck an. »Wir fragen in solchen Fällen immer behutsam nach Geschenken oder Versprechungen, die gemacht wurden. Ob der neue Papa in letzter Zeit netter ist als sonst. Maurice hat das bestritten.«

»Kinder sind ja auch nicht zu bestechen«, meinte Michael Wiener. »Die merken sofort, wenn man sich bei ihnen einschleimen will.«

Zu seiner Überraschung fuhr Frau Wagner ihn unfreundlich an. »Das ist eine komplett irrige Annahme. Solch eine dumme Volksweisheit! Natürlich sind sie bestechlich. Und wie!«

Sie fuhr mit den Händen durch ihre Frisur. Für Wiener sah es so aus, als raufe sie sich die Haare über so viel Unwissenheit.

»Abgesehen davon setzen Eltern Bestechung durchaus als Erziehungsmittel ein: Wenn du jetzt brav bist, bekommst du dies oder das. Aber bei den Sorgerechtsverfahren soll das plötzlich keine Rolle mehr spielen!«

Die junge Dame, die auf den Kripobeamten gar keinen so erregbaren Eindruck gemacht hatte, kam ins Stocken. Eine zarte Röte kroch vom Dekolleté über den Hals bis auf die Wangen. Sie zog die Schreibtischschublade auf und schloss sie sofort wieder.

Wiener unterdrückte ein Schmunzeln. Eine Übersprunghandlung, nach deren Erledigung Frau Wagner sich wieder auf den Gegenstand des Gesprächs zu konzentrieren versuchte. Der emotionale Ausbruch war ihr unangenehm.

»Maurice hat also behauptet, niemand habe versucht, ihn zu beeinflussen?«, half der Ermittler ihr über die entstandene Gesprächspause hinweg.

»Keine Geschenke, keine Überraschungen, kein Überreden. Allerdings hat er begeistert von der bevorstehenden Kanadareise gesprochen, von wilden Tieren und abenteuerlichen Ausflügen in die Natur. Bei einer Entscheidung für den leiblichen Vater hätte er auf all diese aufregenden Dinge verzichten müssen.«

»Das war ihm bewusst?«

»Hören Sie – der Junge war sechs! Kein Kleinkind.«

»Seine Schwester Annabelle wollte beim Vater bleiben.«

»Ein seltsam verschlossenes Kind. Wortkarg. Ungewöhnlich abweisend. Sie war über die Trennung der Eltern unglücklich, aber der Bruder scheint ihr herzlich gleichgültig gewesen zu sein. Kanada hätte sie auch gereizt, erzählte sie, aber sie habe mit ihren Freunden vereinbart, hierzubleiben.« Ein plötzliches Lächeln milderte die strengen Züge ihres Gesichts. »Es gibt so eine Phase, da besprechen und entscheiden die Kinder alles mit ihren Freunden. Klamotten, Verhalten – alles. Mein Sohn ist da auch nicht anders. Manchmal ist Elternsein ein hartes Los.«

»Herr Gieselke muss den Eindruck gewonnen haben, keines der Kinder wollte wirklich bei ihm leben.«

»Unbestreitbar war das so. Er weinte.«

»Hatten Sie den Eindruck, er war überrascht?«

Gesine Wagner schloss die Augen und dachte nach. Dann sagte sie leise: »Vielleicht. Ich glaube, es hat ihn auf jeden Fall tief verletzt.«

16

Albrecht Skorubski machte sich auf die Suche nach Frau Gieselke. Er fand sie im Keller. Der Raum war fensterlos, vom Boden über die Wände gefliest, unmöbliert und kühl. In der Mitte hing kopfüber ein lebloser Körper.

»Du liebe Güte! Haben Sie mich erschreckt! Hat man denn nicht einmal hier mehr seine Ruhe?«, fuhr sie den Kriminalbeamten an. »Das ist doch wirklich nicht zu glauben!« Sie griff zu einem langen Messer.

»Hat Ihr Mann den Keiler erlegt?«, fragte Skorubski und schalt sich albern, weil er dabei die Augen nicht von der glänzenden Klinge in ihrer Hand lösen konnte.

»Nein. Dieser Keiler hier wurde angefahren.«

»Ach«, war alles, was dem Ermittler dazu einfiel.

»Ein Bekannter hat ihn gestern Vormittag zu uns gebracht – und bei all dem«, sie wedelte unbestimmt mit der freien Hand durch die Luft, »bin ich nicht mehr dazu gekommen, ihn aus der Decke zu schlagen.«

Mit seltsam körperlosen Bewegungen ging sie zu Werke. Es war klar, dass sie bei dieser Arbeit nicht mehr denken musste, alles funktionierte automatisiert.

»Aus der Decke schlagen?«

»Entschuldigung. Sehen Sie, ich gehe so viel mit Jägern um. Deshalb vergesse ich manchmal, dass nicht jeder ihren Jargon verstehen muss. ›Aus der Decke schlagen‹ bedeutet, ihm das Fell abzuziehen.« Dabei unterbrach sie ihr Tun nicht einen Moment. Zuerst trennte sie das Fell von der Kehle bis zum Bauch auf. Skorubski wurde bewusst, dass sie diese Handgriffe bereits tausendmal gemacht haben musste, und schauderte.

»Ich möchte mich mit Ihnen über Maurice unterhalten.«

Die Bewegungen Frau Gieselkes wurden ein wenig langsamer, kamen bald ganz zum Stillstand. »Maurice ist tot!«

»Ich verstehe, dass dieser Tod ein schwerer Schock für Sie ist.«

»Ja«, bestätigte die Großmutter und machte sich wieder an dem Schweinekadaver zu schaffen. Skorubski bemerkte mit Ekel, wie Blut auf ihre Gummistiefel tropfte.

»Gibt es jemanden, der Ihre Familie so sehr hasst, dass er Maurice töten würde, um Sie und Ihren Mann zu quälen? Möchte jemand Sie leiden sehen?«

Frau Gieselke starrte ihn so lange aus kalten, grauen Augen an, dass er sich zu fragen begann, ob sie seine Worte nicht verstanden habe. Doch dann flüsterte sie rau: »Ist Ihnen eigentlich bewusst, was Sie unterstellen? Niemand tötet ein Kind, um die Großeltern zu strafen! Niemand!«

»Wenn der Hass stark genug ist, schon.«

»Wir werden sicher nicht von jedermann geliebt – keiner wird das. Immer gibt es Neider und Missgünstige. Aber deshalb musste doch Maurice nicht sterben! Ich glaube keine Sekunde, dass ein Mensch zu so etwas fähig wäre.«

»Vielleicht richtete sich der Hass nicht gegen Sie beide, sondern hauptsächlich gegen Ihren Mann.«

Frau Gieselke atmete laut durch. »Olaf ist ein erfolgreicher Geschäftsmann. Manch einer mag ihm seine Gurklinge neiden. Und er ist ein sehr guter Jäger. Es gibt viele Menschen, die den Abschuss von Wild noch immer nicht als Notwendigkeit begreifen. Selbst ernannte ›Tierschützer‹, ›Naturfreunde‹, ›Wolfswächter‹ und wie diese Gruppen alle heißen. Aber deswegen morden? Nein! Einige der Waffen meines Mannes sind teuer. Es wurde aber keine gestohlen – das scheidet damit ja wohl auch aus!«, zählte sie halsstarrig auf.

»Wenn es all das nicht war«, Skorubski legte seine Stirn, deren ganze Ausdehnung von einem Basecap verdeckt wurde, in wulstige Falten, »dann hat der Eindringling etwas anderes von Wert gesucht. Maurice hat ihn dabei ertappt und …«

»Ich besitze einige Schmuckstücke – Familienerbe. Sie haben einen eher ideellen Wert. Von den Auszeichnungen, die mein Mann gewonnen hat, bliebe wohl nach dem Einschmelzen nicht viel übrig.«

»Fehlt etwas? Haben Sie das schon überprüft?« Wenn Blicke töten könnten, dachte Skorubski, hätte ich mit dieser Frage mein Schicksal besiegelt.

»Nein! Unser Enkel wurde getötet! Uns stand nicht der Sinn nach einer Inventur!«, fuhr sie den Beamten an.

»Sehen Sie doch jetzt bitte nach.«

»So?« Sie breitete die Arme aus und präsentierte die blutverschmierte Schürze, die blutigen Gummistiefel und Handschuhe.

»Sie müssen sich umziehen.«

»Auch. Aber Sie müssen sich vor allem gedulden«, entgegnete sie wütend.

»Herr Gieselke, ich muss all diese Fragen stellen, es ist nichts, was mir Freude bereitet«, leitete Nachtigall zu einem neuen Aspekt des Falles über. »Wurden Sie in letzter Zeit erpresst?«

Olaf Gieselkes Augen verengten sich zu Schlitzen, er presste die Lippen so fest aufeinander, dass nur ein weißer Strich übrig blieb.

Eine lange Pause entstand. »Unter anderen Umständen würde ich Sie jetzt aus dem Haus werfen!«, presste der Großvater schließlich hervor.

»Unter anderen Umständen wäre ich gar nicht hier, um meine Fragen zu stellen«, parierte Nachtigall.

Die ablehnende Stille bekam einen zornigen Charakter. Diesmal dauerte es lang, bis der Hausherr tief durchatmete und sich zu entspannen versuchte.

»Nein. Keine Erpressung. Aus Ihrer Perspektive muss mein Leben einen schrecklich langweiligen Eindruck machen. Ich bin in keine strafbaren Handlungen verstrickt, meine Bank wickelt alle Geldgeschäfte für mich ab, ein Steuerberater regelt diese Verpflichtungen. Auf der Festplatte meines Computers finden sich weder kinderpornografische Darstellungen noch Snuff-Videos. Ich fürchte, ich lebe ziemlich unerpressbar, interessiere mich für den Anbau, die Pflege, Ertrag und Ernte der Gurken.«

»Eine Erpressung muss nicht nur erdulden, wer schwarze Flecken auf der Seele hat«, hielt Nachtigall dagegen. »Es wäre auch denkbar, dass jemand von Ihnen dafür bezahlt werden wollte, dass er weder Sie noch Ihre Frau tötete.«

»Und damit ich die Ernsthaftigkeit dieser Forderung nicht bezweifle, erschießt er meinen Enkel? Was für ein ausgemachter Blödsinn!« Doch dann zögerte Gieselke und nickte langsam. »Na gut. Es ist ein denkbares Szenario. Aber vergessen Sie das! Es hat niemals ein solches Gespräch gegeben!«

»Angenommen, ein Dieb dringt in Ihr Haus ein. Was könnte er erbeuten?«, wechselte der Hauptkommissar die Perspektive.

»Darüber muss ich erst nachdenken. Hm. Nun, meine Frau und ich haben je eine EC-Karte sowie eine Visa-Card für den Zahlungsverkehr im Ausland. Ansonsten besitzen wir ein paar relativ wertvolle Bilder, einige Erstausgaben gehören zu unserer Bibliothek. Nichts, was sich leicht weiterverkaufen lassen würde. Meine Frau hat auch nicht erwähnt, dass vom Schmuck etwas fehlt. Nein, für einen Einbrecher sind wir unattraktive Opfer.«

»Sehen Sie bitte gründlich nach«, forderte Nachtigall.

»Jetzt?«, fragte Gieselke ungläubig.

»Was spricht dagegen?«

»Heute ist der Tag nach der Ermordung meines Enkels! Sie können sich vielleicht vorstellen – nein, Sie können sich sicher nicht vorstellen – wie groß mein Schmerz ist! «, polterte der Hausherr. »Und Sie verlangen von mir, ich solle unsere Konten überprüfen, Bilder zählen und wie ein Buchhalter alle Bücher kontrollieren?«

»Sehen Sie einfach nach. Sie wollen doch auch, dass der Täter so schnell wie möglich gefasst wird.«

In diesem Moment kamen Frau Gieselke und Albrecht Skorubski an der Tür vorbei.

»Ich soll den Schmuck überprüfen«, erklärte die Großmutter müde. »Ich habe ihm gesagt, es sei lächerlich, aber er besteht darauf.«

Rasch ging sie weiter.

»Na dann!« Olaf Gieselke schlurfte durch den Flur, um nach seinen Bildern zu sehen.

Die Haustür wurde schwungvoll geöffnet und Johannes Gieselke stapfte herein. Mit einem energischen Knall stieß er die Tür hinter sich ins Schloss.

Als er den Hauptkommissar und seinen Kollegen auf der Treppe erkannte, schrie er unbeherrscht: »In der Klinik hat man mir erzählt, Annabelle habe den Mörder gesehen! Was zum Teufel tun Sie eigentlich noch hier? Gehen Sie endlich los und fangen Sie die irre Bestie!«

17

Peter Nachtigall ließ sich auf dem Rückweg in der Kleingartenanlage absetzen. »Herr Andermatt?«

»Ja! Hier drüben bin ich.« Ein junger Mann mit strubbeligem Haar und einer Leiter über der Schulter tauchte an der Ecke des Gartenhauses auf. »Das Dach ist undicht«, grinste er leicht verlegen.

»Sie beschäftigen sich mit diesen Tieren?«, staunte Nachtigall und ergänzte sofort: »Entschuldigen Sie bitte, aber ich hatte einen älteren Herrn erwartet.«

»Ach, machen Sie sich nichts draus. Das passiert mir häufiger. Die Leute haben eben ein fest geformtes Bild im Kopf, wenn sie an unseresgleichen denken. Graue Haare, zwischen 60 und 70, verschlissene Arbeitshose und kariertes Hemd«, lachte Andermatt gutmütig.

»Na, das mit dem karierten Hemd haben Sie ja schon ganz gut hingekriegt. Den Rest erledigt die Zeit ganz unkompliziert für Sie!«, gab Nachtigall launig zurück.

»Und wahrscheinlich früher, als mir lieb sein kann!«, ergänzte der junge Mann und fuhr sich mit beiden Händen durch das dunkle Haar. »Was kann ich für Sie tun?«

»Mein Name ist Peter Nachtigall. Ich komme von der Kriminalpolizei Cottbus.«

» Kriminalpolizei? Ich kann mich nicht daran erinnern, in der letzten Zeit irgendein Verbrechen verübt zu haben.« Das fröhliche Gesicht war nun besorgt.

»Ich bin hier, weil man mir von den Todesvögeln berichtet hat, die Ihnen gehören sollen.«

»Ach, diese dumme Geschichte wieder! Getratsche pur!

Wenn die Leute mir zuhören würden, wüssten sie längst Bescheid.«

»Sie wissen also, was man sich erzählt?«

»Ja, natürlich. Die Todesvögel sorgen dafür, dass jemand sterben muss. Besonders beliebt ist die Mär, es treffe ein Mitglied der Familie Gieselke!« Felix Andermatt schlug sich kraftvoll mit der Rechten gegen die Stirn. »Ach, daher weht der Wind! Hätte ich mir ja gleich denken können.«

Das lausbubenhafte Grinsen kehrte zurück. »Wenn Sie wollen, zeige ich Ihnen, woran das alles liegt. Sehen Sie, wenn meine Tiere den Tod von Menschen so präzise voraussagen könnten, würde ich mir ihre seherischen Fähigkeiten gut bezahlen lassen!« Er drehte sich um und bedeutete dem Hauptkommissar, ihm zu folgen. Nach wenigen Metern erreichten sie ein kleines Holzhaus. Statt Fenstern hatte es Luken und an der Sonnenseite war eine Voliere angebaut.

»Hier wohnen meine Schätzchen. Habe ich selbst gebaut«, erklärte Felix Andermatt stolz. Er zog einen dicken Schlüsselbund aus der Tasche und öffnete das beeindruckende Vorhängeschloss, das einen stabilen Stahlriegel sicherte.

»Diese Vorsichtsmaßnahmen sind doch nicht notwendig, um Ihre Tiere an unangemeldeten Ausflügen zu hindern!«, stellte Nachtigall nüchtern fest.

»Stimmt«, gab der Züchter knapp zurück.

»Also?«

»Nicht alle Menschen mögen meine Schätzchen. Einige meiner Nachbarn schießen sogar nach ihnen. Es ist erst ein paar Tage her, da fand ich meinen preisgekrönten Zuchttauber auf meinem Fußabtreter. Leider hat der Schütze versäumt, seine Visitenkarte zu hinterlassen.«

Sarkasmus lässt ein Gesicht altern, dachte Nachtigall. Er zwang einen grantigen Zug um Andermatts Mund und Augen.

»Aber warum? Tauben sind doch friedliche Vögel!«

»Taubenkot greift Bauwerke an, meine Tiere stören die Ruhe, Tauben übertragen gefährliche Krankheiten. Ornithosen, die die Lunge betreffen, Milben, Flöhe. Sie glauben ja nicht, mit welchem Argwohn meine Tiere und ich beäugt wurden, als die Hysterie um die Übertragung von H5N1, der Vogelgrippe, ihren Höhepunkt erreicht hatte!« Er öffnete die Tür. »Und so friedlich, wie immer berichtet wird, sind sie auch nicht. Ja, ich weiß, man wählte sie zum Friedensboten, sie können mit ihren Schnäbeln niemanden ernsthaft verletzen. Ganz anders als Rabenvögel. Aber ich habe schon erlebt, wie eine Taube einer anderen mit diesem stumpfen Schnabel tödliche Verletzungen beigebracht hat. Steter Tropfen … Sie verstehen?«

»Wollen Sie sagen, eine hat die andere niedergedrückt und so lange irgendwohin gepickt, bis sie tot war?« Nachtigall sträubte sich. Er konnte sich ein solches Szenario nicht vorstellen.

»Nicht irgendwohin. Auf den Kopf. Und außerdem sind es intelligente Tiere.«

Sie betraten das Häuschen und Nachtigall sah sich interessiert um. An den Wänden zogen sich Käfige entlang, deren Türen mit Maschendraht bespannt waren. Manche der Tauben flogen aufgeregt im Raum umher, andere beobachteten den Fremdling von einem sicheren Landeplatz aus. Ein angenehmes, beruhigendes Geräusch erfüllte das Holzhaus.

»Ich freue mich in jedem Frühling, wenn ich dieses Gurren in meinem Garten höre! Es ist das Signal dafür, dass der Winter keine Chance mehr hat«, erzählte Nachtigall.

Andermatt verzog das Gesicht. »Viele meiner Nachbarn sehen das anders. Sie möchten nicht durch meine Tiere geweckt werden, erst recht nicht am Wochenende. Als ob Tauben den Rhythmus der Menschen begreifen könnten!«

»Die ist ja schön!« Eine schneeweiße Taube landete mit abgespreiztem Schwanzgefieder auf dem Holztisch an der Stirnseite des Gebäudes.

»Ja – das ist Isolde. Eine Turteltaube. Sie ist eine vermehrungsfreudige Dame und ich verdanke ihr eine ganze Menge besonders prachtvoller Nachkommen.«

»Die haben alle Namen?«, staunte der Hauptkommissar.

»Aber ja. Für Sie mag es schwierig sein, die Tiere voneinander zu unterscheiden. Der Züchter kann natürlich jedes seiner Exemplare eindeutig identifizieren. Und Isolde ist nicht nur eine fantastische Zuchttaube«, er streckte seine Hand aus und der Vogel kletterte ohne jedes Zögern darauf, »sie ist auch ganz besonders zutraulich.«

Graue, weiße, rote, gescheckte Tauben, wohin man auch sah. Peter Nachtigall war beeindruckt.

»Walter Zesch behauptet, ein Todesvogel habe den Tod im Haus der Gieselkes angekündigt. Sein Enkel erzählte mir allerdings, dieses Heulen, von dem sein Großvater sprach, käme von Ihren Tauben. Ich muss wohl zugeben, dass ich mich mit Tieren nicht so gut auskenne – am ehesten noch mit Katzen – aber ich habe noch nie eine Taube heulen hören!«

»Der Enkel hat dennoch recht. Das Geräusch kommt von den Tauben, aber sie erzeugen es nicht.«

Er lachte amüsiert, als er den verwirrten Gesichtsausdruck des Kriminalbeamten sah. »Ich zeige Ihnen, wie es funktioniert.«

Felix Andermatt öffnete einen eingebauten Schrank und entnahm ihm einen schwarzen, flachen Koffer. »Tauben haben naturgemäß viele Feinde. Nicht nur die Menschen gehören dazu. Raubvögel freuen sich sehr über eine solche leicht zu erbeutende Fleischportion.« Er legte den Koffer auf dem Tisch ab und ließ die Schlösser aufschnappen. »Auf der anderen Seite hatte der Mensch schon früh Freude am Besitz und der Zucht dieser Tiere. Man hat sich auch gern ihre besonderen Flugfähigkeiten zunutze gemacht. Denken Sie nur an die Brieftauben. Da war es natürlich besonders ärgerlich, wenn der Briefbote von einem Habicht geschlagen wurde. Deshalb sann man auf eine Methode, dem Raubvogel den Appetit zu verderben. So entstanden bereits vor 4.000 Jahren die ersten Flöten.«

»Flöten?«, wunderte sich der Besucher und Felix Andermatt nickte. Er schlug den Deckel zurück und präsentierte stolz seine Sammlung. Die Flöten bestanden aus drei oder mehr kleinen Röhren und erinnerten Peter Nachtigall an Bruchstücke von Miniaturpanflöten.

»Taubenflöten. Man steckt sie der Taube ins Schwanzgefieder. Wenn sie fliegt, erzeugt der Luftstrom Töne. Der Wind spielt dabei auf dem winzigen Instrument.«

Mit sicherer Hand griff er nach einem der grauen Vögel. »Sehen Sie, das ist Gertrud. Sie ist eine meiner Flötentauben.«

Er nahm eine grüne Flöte aus dem Koffer und schob sie mit geübtem Griff zwischen Gertruds Schwanzfedern, ruckelte ein paarmal, bis er sicher war, das Instrument gut fixiert zu haben. Dann öffnete er eine der Luken und setzte die Taubendame davor ab. Sie ließ sich nicht lange bitten. Mit elegantem Schwung stürzte sie sich ins Freie und einige Artgenossen folgten. Gertrud zog ihre Bahnen immer höher am Himmel und eine Folge lang gezogener, schwermütiger Töne entstand.

Felix Andermatt fing einen zweiten Vogel und schob ihm eine naturfarbene Flöte ins Gefieder. »Das ist Reinhard«, erklärte er, als er den Tauber fliegen ließ.

Er trat mit seinem Besucher in den Garten hinaus. »Diese

Methode stammt aus Asien. Auch bei uns war sie gebräuchlich, ist aber in Vergessenheit geraten. Es ist so, als wüssten die anderen, dass es in Begleitung einer Flötentaube sicherer ist. Sie suchen direkt die Nähe des ›Musikvogels‹. Habichte, Bussarde und andere Raubvögel sind irritiert und halten Abstand.«

Stolz sah der Züchter seinen Tieren nach. Auch Nachtigall folgte dem kleinen Schwarm mit den Augen. »Und wie kommen die nun wieder zu Ihnen zurück?«

»Ach, die fliegen nur ein paar Runden und drehen anschließend von allein um. Wenn nicht, rufe ich nach ihnen. Das funktioniert immer.«

Nachtigall lauschte fasziniert. Er verstand nun, was Walter meinte. Dieses Heulen klang tatsächlich wie aus einer anderen Welt. Sphärisch.

»Hi, Mandy, ich habe für kommende Nacht alles klargemacht.«

»Aha. Also hast du den Artikel in der Lausitzer Rundschau auch gelesen. Du liebe Zeit, da durchstreift dieser jungsche Wolf so ein riesiges Gebiet!«

»Mehr als 50 Kilometer! Wow! Und an Cottbus ist er auch vorbeigekommen. Es ist nur dumm, dass die Leute darüber jetzt Bescheid wissen. Da steigt der Hysteriepegel wieder. Auch bei Korbinian Nagel. Aber er findet die Idee immerhin gut und meint, ich solle es eben probieren.«

»Ach, Wolfi. Wenn das klappt. Stell dir nur vor, wir könnten eine einfache und naturverträgliche Präventionsmethode zum Schutz der Schafherden präsentieren, die die Wölfe nicht in Gefahr bringt! Ausgerechnet wir, der kleine Verein.« Ihre Stimme bekam eine schwärmerische Note.

»Da ist nur ein Problem«, eröffnete ihr Wolfi unerwartet.

»Und zwar?«

»Ich kann ja wohl kaum meiner Mutter so kurzfristig erklären, ich käme nicht nach Hause. Du weißt doch, wie sie ist.«

Oh ja, das wusste Mandy allerdings nur zu genau. Wolfis Schritte wurden engmaschig überwacht. Seine Mutter war wie eine Glucke, die nicht über das Stadium der Brutpflege hinausgekommen war. Sicher war ihr Verhalten verständlich, aber eben auch lästig. Wolfi, ihr einziges Kind, sollte nicht in Gefahr geraten. Aber der Junge war inzwischen kein Küken mehr, sondern fast 30 und nur zu gutmütig, sich gegen diese ständige Bevormundung zu wehren.

»Dann bringe ich dir eine Tasche mit Proviant und allem, was du sonst noch brauchst, vorbei«, seufzte Mandy.

»Lieb von dir! Denkst du bitte auch an eine Taschenlampe? Und ein Buch? Was Spannendes, damit ich nicht einschlafe.« Er lachte warm und sie war versöhnt. Wie immer.

»Ich weiß, dass ich dir dadurch zusätzliche Arbeit mache. Aber stell dir vor, ich erzähle ihr davon und sie taucht mitten in den Nacht dort auf, veranstaltet einen riesen Radau und unser Experiment scheitert!«

»Ist schon in Ordnung. Flocke wird mir helfen, er ist gerade hergekommen. Deine Mutter ist eben besonders – aber sind wir das nicht alle irgendwie?«

»Also machen wir es wie immer, ja?«

»Ich bin da«, versprach Mandy und ließ das Handy zuklappen.

Wie immer bedeutete, sie würde nun für ihn Brote schmieren, Kaffee in eine Thermoskanne füllen, eine Decke, einen Krimi, Licht und vieles mehr in eine große Tasche packen und nach Einbruch der Dunkelheit in der Nähe seines Hauses auf ihn warten. Friederike Maul ging gewöhnlich früh schlafen und nach den jüngsten Aufregungen sehnte sie sich besonders nach Ruhe und dem Schutz ihres Bettes. Wenn es Wolfi gelungen war, aus dem Haus zu schleichen wie ein Pubertierender mit Hausarrest auf dem Weg zur Disco, würde Mandy ihn zu dem Ort bringen, den er für ihr Vorhaben bereits ausgekundschaftet hatte.

Ein wenig frustriert wählte sie die Nummer ihrer Freundin und sagte die Verabredung zum ›Weiberabend‹ ab.

18

»Was haben wir?«, eröffnete Nachtigall wie üblich die Abschlussrunde des Tages.

»Wir habe einen verletzte leibliche Vater, dessen Sohn lieber mit dem neuen Partner der Ex-Frau lebe wollt. In Kanada!«

»Willst du damit sagen, er käme als Täter infrage?«, hakte Skorubski scharf nach.

»Nein. Nicht wirklich. Er hat außerdem ein Alibi. Er isch gar net da g'wese.«

»Haben wir das schon gründlich überprüft?« Nachtigall sah von seinen Notizen auf.

»Nein. Er war bei einer Freundin, hat er ang'ebe. Bettina Büttner. Mit der lebt er z'samme. Sie wohne in der Lipezker Straße. Ich check das morge«, antwortete Wiener und begann mit einer Liste für den kommenden Tag.

»Hat die Spurensicherung schon was geschickt?«

»Ja, hier«, meinte Skorubski und zog drei eng beschriebene Blätter Papier aus der Handakte. »Keine Hinweise auf gewaltsames Eindringen. Sie haben die Türen und Fenster gründlich überprüft. Auf dem Rasen gab es keinerlei verwertbare Spuren, nur unspezifische Eindrücke, und wenn der Täter auf dem Steinpflasterweg kam, sind ohnehin keine zu erwarten.«

»Es hat hoffentlich jemand daran gedacht, Fingerspuren vom Klingelknopf zu sichern?«

»Ja. Nur verwischte Spuren, nichts für die Computerauswertung. Und bevor du fragst, sie haben auch den Klingelknopf am Tor nicht vergessen.« Skorubski grinste.

»Aber eigentlich braucht man gar nicht zu klingeln. Du kannst überall ohne Probleme über den Zaun klettern, dazu musst du nicht einmal besonders sportlich sein«, informierte Wiener die Runde.

Nachtigall warf dem Kollegen einen besorgten Blick zu. Irgendetwas hatte sich an dessen Sprechweise geändert. Der sympathische Dialekt war kaum noch zu hören! Er würde Michael bei Gelegenheit darauf ansprechen, nahm er sich vor.

»Einen Täter ohne Schlüssel, der nicht klingeln muss und auch kein Fenster aushebelt, hat doch wahrscheinlich jemand reingelassen.«

»Hm, was ist mit dieser Katzenklappe? Johannes Gieselke hatte doch erwähnt, dass man auf diesem Weg unbemerkt ins Haus gelangen könnte.« Nachtigall sah Albrecht Skorubski erwartungsvoll an.

»Wenn überhaupt jemand da durchpasst, muss er extrem schlank sein. Ich glaube, Gieselke Junior hat diesen Weg schon seit Jahrzehnten nicht mehr benutzt. Ein Handballenabdruck konnte gesichert werden, oberhalb der Klappe. Er stammt von der Haushaltshilfe. Sie stützt sich da immer ab, wenn sie den unteren Teil der Katzentür abwischt.«

»Also auch kein Weg ins Haus. Kein verlorener Schlüssel, die Nachbarn haben keinen Besucher bemerkt. Es fehlt nichts, jedenfalls nach Aussage der Hauseigentümer. Und warum sollten sie uns belügen?«

»Eine Erpressung hat es ebenfalls nicht gegeben. Wir haben überhaupt keinen Ansatzpunkt!«

»Das Personal hat einen zuverlässigen Eindruck gemacht. Nur beim Thema Gurken scheint die Familie keinen Spaß zu verstehen. Ich glaube, hätte einer der Angestellten seinen Schlüssel verloren und das gemeldet, wäre das Verhältnis zum Arbeitgeber dadurch nicht belastet worden.«

»Es ischt sogar no besser. Die Familie hat vo de Angestellte verlangt, dass eine Schlüsselversicherung abg'schlosse wird. Die Gieselkes habe die Koste dafür übernomme. Damit keiner Angst habe muss, wenn's wirklich passiert«, ergänzte Wiener.

»Gibt es noch mehr Angestellte? Wir kennen Wolfgang Maul und seine Mutter, Erika Münzer. Was ist mit dem Gärtner?«, erkundigte sich Nachtigall.

»Der hat keinen Schlüssel fürs Haus, nur für den Geräteschuppen. Es gibt noch eine Frau, die bei ganz aufwändigen Arbeiten ins Haus geholt wird. Frühjahrsputz, Weihnachtsvorbereitungen. Auch sie hat keinen Schlüssel. Außerdem kennt man sich schon seit 20 Jahren. Nein, nein, hier kommen wir nicht weiter«, nörgelte Skorubski.

»Die Großeltern schließen aus, dass sie durch den Mord an Maurice getroffen werden sollten. Sie können sich niemanden vorstellen, der ihren Enkel töten wollte«, ergänzte Nachtigall.

»Vielleicht doch eine Erpressung?« Wiener beugte sich interessiert vor.

»Ich kann es nicht ausschließen. Aber beide Gieselkes haben das bestritten.« Nachtigall stand auf und sah auf die Straße hinaus. »Zur Sicherheit werden wir die Kontobewegungen überprüfen. Bei allen Familienmitgliedern, auch bei Richard Mühlberg«, sagte er mehr zu sich selbst.

»Am meisten tut mir der Vater leid. Weißt du, er liebt, heiratet, zeugt Kinder, zieht sie auf – und dann kommt so ein falscher Freund und reißt alles an sich, nimmt ihm die Frau weg und den Sohn. Und jetzt hat er Maurice ganz verloren. Er ist wie vom Schicksal verfolgt, findet ihr nicht?«, fragte Wiener und die anderen beiden nickten. »Die Sachbearbeiterin hat mir erzählt, er habe bitterlich geweint, als er die Aussagen der Kinder gelesen hat«, setzte er hinzu.

»Mir hat er erzählt, Mühlberg habe dem Jungen ein eigenes Pferd und einen Hund versprochen – nach dem Umzug nach Kanada.«

»Und hier hatte der Junge so gut wie überhaupt kein Spielzeug«, stellte Wiener trocken fest.

»Schluss für heute!«, verkündete Nachtigall und schob schwungvoll seinen Stuhl zurück.

Auf dem Weg zum Auto traf er noch einmal mit dem Kollegen Wiener zusammen. »Michael, darf ich dich mal was fragen?«

Der junge Ermittler nickte unsicher. Was konnte Peter Nachtigall von ihm wissen wollen, das einer solchen Einleitung bedurfte? Schließlich erkundigte er sich sonst auch ohne Umschweife nach neuen Protokollen oder Erkenntnissen zum Fall. Er legte den Kopf leicht schräg und wartete.

»Mir ist aufgefallen, dass dein Badisch verschwindet. Da wollte ich mal hören, ob du vielleicht mit den Kollegen Schwierigkeiten bekommen hast. Ärger in der Kantine? Oder mit Peddersens Leuten vom Erkennungsdienst?«

»Nein, keine Sorge. Alles in Ordnung.«

»Ich möchte gern erfahren, wenn es solche Probleme gibt. Wir schätzen deine Arbeit im Team sehr und ich möchte nicht, dass solch unnötiges Gerede dich etwa vergrault. Verstehst du?« Nachtigall forschte im Gesicht seines Teamkollegen, hatte aber nicht den Eindruck, der versuche, etwas vor ihm zu verbergen.

»Nein, nein. Mach dir keine Gedanken, niemand mobbt mich.« Wiener atmete aus und meinte dann: »Es ist wegen Marnie. Meine Herzensdame ist in diesem Punkt leider ziemlich unnachgiebig. Sie denkt, wenn man hier auf Dauer leben möchte, sollte man auf sprachliche Auffälligkeiten verzichten. Sie ist es einfach leid, ständig als ›Zugezogene‹ identifiziert zu werden.«

»Also möchte sie auch, dass du nicht auffällst?«

»Na ja, es ist eben so, dass mein Badisch dazu führt, dass die Leute sich nach uns umdrehen. Und da wir unverkennbar zusammengehören ... Aber ich kriege es noch nicht richtig hin und so kommt's Badisch halt immer wieder durch, gell«, schloss Wiener mit einem Grinsen in breitem Dialekt. »Und ehrlich gesagt, halte ich es insgesamt für einen ganz natürlichen Prozess. Wenn in deiner Umgebung alle anders sprechen und du dich bei den anderen wohl fühlst, schleift sich der Dialekt automatisch ab.«

»Meinst du? Ich kenne auch andere Beispiele. Menschen, die ihre besondere Aussprache kultiviert haben.«

»Klar, die kenne ich auch«, lachte Wiener. »Aber ich spreche ja ohnehin schon berufsbedingt schizophren. Damit die Zeugen mich verstehen und nicht ständig nachfragen müssen, verwende ich bei Befragungen immer Hochdeutsch. Im Grunde ist es für mich keine so große Umstellung mehr.«

»Na, wenn das so ist!«

»Ja, bestimmt. Marnie meint, sie habe hier endlich eine echte Heimat gefunden. Und das möchte sie auch mit ihrem Verzicht aufs Badische zeigen. Ich glaub nur, bei mir wird wohl was zurückbleibe. Wer soll sonscht unsere Kinder ihre Muttersproch beibringe? Stell dir vor, die besuchen später einmal ihre Großeltern und verstehen kein Wort!«

Peter Nachtigall hatte es nicht eilig, nach Hause zu kommen. Flüchtig dachte er daran, dass er nicht der einzige Strohwitwer der Familie war. Emile, der Partner seiner Tochter Jule, musste die kommenden zwei Abende auch ohne Gesellschaft verbringen.

»Aber ich bin sicher, er wird sich die Zeit schon sinnvoll vertreiben!«, zischte Nachtigall ungerecht vor sich hin.

Emile Couvier arbeitete als Fachmann für operative Fallanalysen, eine Art Profiler, für das LKA Brandenburg. Sicher, musste Nachtigall einräumen, auch wenn er das nur ungern tat, der junge Mann war in vielen Fällen eine Bereicherung des Teams und eine wertvolle Unterstützung bei den Ermittlungen gewesen – aber das änderte überhaupt nichts daran, dass Nachtigall ihn nicht mochte. Noch immer konnte er nicht begreifen, was seine Tochter an diesem geschniegelten Typen fand, dessen Kleidung stets perfekt saß, der ausnahmslos frisch und wach wirkte, dessen Haare jederzeit aussahen, als habe er sie von einem Starfriseur in Form bringen lassen – und sein After Shave passte dem Hauptkommissar auch nicht.

Jule hatte ihren Vater neulich geneckt, er sei nur eifersüchtig. Jugend sei nun mal vergänglich, damit müsse er sich abfinden. Nachtigall schüttelte abwehrend den Kopf, als er an dieses Geplänkel dachte. Da war nichts dran!

Bestimmt nicht.

Emile las bestimmt die ganze Nacht ein Fachbuch oder – und die Vorstellung amüsierte Nachtigall – er würde Jules Abwesenheit nutzen, um alle seine Schuhe zu putzen und die Anzüge zu bürsten.

Ob er vielleicht bei Sabine, seiner Schwester, vorbeifahren sollte?, überlegte der Hauptkommissar weiter. Bestimmt wäre das besser, als den Abend allein verbringen zu müssen und dabei ständig das Bild des toten Kindes vor Augen zu haben. Auf der anderen Seite war es unfair, Sabine ausgerechnet diesen Fall ins Wohnzimmer zu tragen, entschied er.

»Und außerdem sollte ich mich benehmen wie ein erwachsener Mann!«, schimpfte er vor sich hin. »Ich kann doch nicht jedes Mal unter den Rock meiner kleinen Schwester kriechen, wenn ich nicht glücklich bin.«

Auf der Fahrt nach Sielow kam er an mehreren Einkaufsmärkten vorbei, verlangsamte das Tempo und versuchte sich zu erinnern, was sein Kühlschrank noch zu bieten hatte. Salat war sicher noch da, ein bisschen Wurst, Käse und Eier. Das sollte reichen, beschloss er und fuhr am Kaufland vorbei. Um die Katzen musste er sich keine Gedanken machen, für die beiden war sicher gut gesorgt.

Müde und deprimiert stellte er den Wagen ab und schloss die Haustür auf. Sofort umstrichen zwei weiche Körper seine Beine und leises Maunzen deutete ihm die Wünsche der Hauskatzen Domino und Casanova an.

»Was für eine tolle Begrüßung! Ich sehe schon, wenn die Dame des Hauses nicht da ist, spiele ich eine viel gewichtigere Rolle in eurem Leben!«

Aus dem Wohnzimmer fiel ein sanfter Schein in den Flur. Nachtigall stutzte. Hatte Conny vergessen, das Licht auszuschalten? Das wäre zumindest untypisch. Die Haustür, fiel ihm plötzlich ein, die Haustür war auch nicht abgeschlossen gewesen!

»Sagt mal, meine Lieben, seid ihr etwa nicht allein?« Sollte Conny ihre Pläne geändert haben? Langsam bewegte er sich auf die Wohnzimmertür zu. Domino schmiegte sich fest an seine Waden und versuchte, ihn in die Küche abzudrängen. »Gleich«, flüsterte er der Katzendame zu und erkannte im selben Moment, dass jemand im Sessel vor dem Kamin saß. War das etwa seine geschiedene Frau Birgit, die schon einmal zur Unzeit in sein Leben geplatzt war und um ein Haar seine Beziehung zu Conny zerstört hätte? Unbändiger Zorn wallte in ihm auf. Diesmal würde er keine Sekunde zögern und sie einfach vor die Tür setzen. Er atmete tief durch und wollte gerade lospoltern, da sagte der ungebetene Gast: »Tut mir leid, wenn ich dich erschreckt habe. Aber bei mir ist es so still. Und deine Katzen hatten kein Problem mit mir als unverhofftem Besucher – vielleicht sollten wir uns auch eine zulegen. Dann hat man wenigstens einen Gesprächspartner.«

»Oh, Emile! Du bist das!«, war das Einzige, was der überrumpelte Hauptkommissar stammeln konnte.

»Wahrscheinlich hast du dir deinen Feierabend etwas anders vorgestellt.« Emile stand auf und hielt den Kopf schuldbewusst gesenkt.

»Nun, mit dir hatte ich wirklich nicht gerechnet«, räumte Nachtigall ein und knurrte innerlich, als ihm bewusst wurde, dass er seinen Schwiegersohn völlig falsch eingeschätzt hatte. Vielleicht, tröstete er sich, hatten Väter manchmal einen verschobenen Blick auf den Neuen an der Seite ihrer Töchter. »Aber warum sollten wir nicht den Abend gemeinsam verbringen? Hast du schon gegessen?«

»Nein. Wenn du willst, bestelle ich uns eine Pizza!«, bot Emile in so erleichtertem Ton an, dass sein Schwiegervater sich schon fast dafür schämte, so verärgert über die Störung gewesen zu sein.

»Das könnte dir so passen! Und Conny findet wieder alle Vorurteile gegen männliche Haushaltsorganisation bestätigt. Nichts da. Schon aus Gründen der Energiebilanz ist es besser, wir kochen! Was glaubst du wohl, wie lange ich trainieren muss, um die Kalorien wieder loszuwerden!«, legte er fest.

»Hast du den Katzen schon was zu fressen gegeben?«, erkundigte sich der Hauptkommissar vorsichtshalber und nahm erst dann eine Dose aus dem Schrank, als Emile den Kopf schüttelte. Zu oft hatten ihn die beiden haarigen

Hausgenossen ausgetrickst. Blindes Vertrauen konnte man ihnen, wenn's ums Fressen ging, nicht entgegenbringen. Beide Katzen drängten sich an die Näpfe heran und bald war neben ihrem Schmatzen nur noch behagliches Schnurren zu hören.

»Wir werden uns eine Nudelpfanne zaubern. Fleischlos. Einverstanden?«

»Ich schnipple das Gemüse«, erbot sich der Fachmann für operative Fallanalysen sofort und griff nach einem Glasbrett. Nachtigall reichte ihm ein scharfes Messer.

»Lass mal sehen, was wir hier haben … Isst du Pilze?«

Emile nickte.

»Tagliatelle? Papadelle? Bavette?«

»Am liebsten Papadelle!«

Nachtigall setzte in einem großen Topf Nudelwasser auf, legte seinem Schwiegersohn Paprika, Tomaten und Zucchini auf die Arbeitsfläche. Die Pilze kamen aus einem Glas und mussten erst abtropfen.

»Du bearbeitest den Fall Gieselke, nicht wahr?«

»Ja. Im Moment wissen wir noch nicht so genau, wo wir ansetzen können. Es ist eine undurchsichtige Angelegenheit«, murrte der Hauptkommissar. »Ein Unglücksfall war es jedenfalls nicht.«

»Mord?« Emile Couvier sah Nachtigall ungläubig an.

»Wir können das nicht ausschließen. Möglicherweise wurde der Junge auch getötet, um ihn als Zeugen einer anderen Straftat auszulöschen. Einbruch und Diebstahl zum Beispiel.«

»Niemand hat etwas bemerkt?«

»Auch das ist noch unklar«, seufzte der Hauptkommissar. »Seine Schwester hat ihn entdeckt. Sie könnte uns möglicherweise eine Menge zum Tathergang erzählen, aber sie hat einen Schock und spricht zurzeit mit niemandem. Tatwaffe war ein Gewehr des Großvaters.«

»Hm. Er wird sich große Vorwürfe machen.«

»Sicher. Der Sohn sieht seine Eltern auch in der Verantwortung. Die Stimmung im Haus der Gieselkes ist maximal angespannt.«

Während er die Nudeln ins Wasser tauchen ließ und das Anbraten des Gemüses überwachte, erzählte er dem jungen Mann von der Scheidung und den daraus resultierenden Verwicklungen.

»Habt ihr schon einen Verdächtigen?«

»Nein, nicht wirklich. Richard Mühlberg, der neue Partner von Nele Hain, ist uns unsympathisch. Aber das ist natürlich kein Kriterium. Er hat sich mit Maurice gut verstanden, hatte im Haus der Großeltern nichts verloren und ein Motiv gibt es weder für einen Einbruch noch für einen Mord. Michael hält es für möglich, dass der leibliche Vater den Kleinen erschossen hat. Das ist natürlich völliger Blödsinn!«

»Warum? Es gibt ausreichend belegte Fälle in der Literatur, die ein solches Verhalten beschreiben.«

Peter Nachtigall goss die Nudeln ab. In Dampf gehüllt, protestierte er: »Nein. In diesem Fall nicht. Seine Frau hat sich von ihm getrennt und lebt nun mit seinem ehemals besten Freund zusammen. Über das Verhältnis der beiden Männer zueinander wissen wir noch nichts, aber seine Frau liebt er noch immer. Und die beiden Kinder auch. Er war so entsetzt! Das war bestimmt nicht gespielt. Nein, das kann ich nicht glauben. Er hat richtig geweint.«

»Ich verstehe dich schon. Er ist Vater wie du. Aber ich möchte dir dennoch ein Szenario anbieten – nur um ein bisschen herumzudeuten. Einverstanden?«

Sie gaben die Nudeln zum Gemüse, es zischte und Emile konnte kaum verstehen, was Nachtigall sagte.

»Unvorstellbar. Niemals hätte ich Jule etwas antun können, selbst wenn sie damals mit ihrer Mutter … Niemals!«

»Es ist doch nur hypothetisch.«

»Na gut«, stimmte der Hauptkommissar unwirsch zu. Sie verteilten die Nudeln auf zwei Teller, schenkten sich je ein Glas Wein ein und nahmen am Tisch Platz. Domino und Casanova schnupperten geräuschvoll und zogen sich enttäuscht ins Wohnzimmer zurück. Gemüse! Menschen hatten eben einen sonderbaren Geschmack.

»Dieser Mann tickt vielleicht anders als du. Du kennst ihn noch nicht, seine Motive für die Gründung einer Familie mögen sich von den deinen grundlegend unterscheiden.«

»Es ist nicht das Königshaus!«

»Stell dir vor, wie es wäre, wenn es ihm gelungen ist, die Frau zu erobern, hinter der er das ganze Semester her war. Eine tolle Frau, schön, elegant, lebensfroh. Sie heiraten. Darüber ist er mehr als glücklich, es euphorisiert ihn. Er hat es geschafft. Jeder soll sehen, dass er ein idealer Partner ist. Bald kommen Kinder, runden das Bild ab. Auch für ihn selbst, denn es bestätigt ihm, dass er ein toller Hecht ist, der eine solche Frau binden und halten kann. Es beginnt zu kriseln. Er versucht mit allen Mitteln, die Fassade aufrechtzuerhalten, weil er sie längst auch für sich selbst braucht. Seine Frau, die das Bild der intakten Familie mit einem Sohn komplettiert hat, betrügt ihn mit seinem besten Freund. Vielleicht hätte er ihr den Seitensprung verziehen, doch sie besteht auf der Scheidung, zieht ihm einen anderen vor. Unfassbar! Zunächst glaubt er noch, sie werde merken, was sie an ihm hat und des Liebhabers überdrüssig werden, doch sie bleibt entschlossen, will die endgültige und offizielle Trennung.«

Couvier probierte vom Wein und grunzte anerkennend. »Er klammert. Was ist er denn ohne sie? Aber die Katastrophe lässt sich nicht mehr aufhalten. Bald erfährt der Vater von den Auswanderungsplänen und er hofft erneut. Seine Kinder werden doch wohl nicht in dieses fremde Land ziehen wollen! Sie werden bei ihm bleiben. Ein dicker Strich durch die Planungen der Turteltauben. Er triumphiert leise und muss schon den nächsten Schlag einstecken. Sein Sohn ist nur zu gern bereit, ihn zu verlassen! Also beschließt er, Unglück über seine Ex-Frau zu bringen. Sie soll nie wieder in ihrem Leben lachen und unbeschwert sein können.«

»Brauchst du auch noch ein bisschen Salz?« Nachtigall kramte im Gewürzregal nach der Mühle. Couvier wusste, dass er nur versuchte, dem Gespräch zu entkommen, und lächelte hinter dem breiten Rücken des Ermittlers amüsiert.

»Du glaubst also, er wollte die Kinder töten, um Nele Hain zu treffen. Aber warum hat er diesen Plan nicht umgesetzt?«, hakte Peter Nachtigall nach, nachdem er wieder Platz genommen hatte. »Warum hat er aufgehört?«

»Peter, ich weiß, dass es dich ärgert, wenn ich so etwas sage – aber ich glaube, ich habe auch dafür eine Erklärung. Erweiterter Suizid ist die nicht ganz stimmige Bezeichnung dafür. Beide Kinder sollten sterben und im Anschluss wollte er sich selbst töten. Er schlich sich ins Haus, holte zunächst den Schlüssel für den Waffenschrank und kam mit einem der Gewehre zurück. Dann machte er Maurice ein Zeichen, ihm zu folgen, natürlich so, dass es von Annabelle unbemerkt blieb. Er lotste den Kleinen ins Arbeitszimmer seines Vaters und tötete ihn. Doch als der Junge tot vor ihm lag, erkannte er, was er getan hatte. Schritte bedeuteten, dass gleich jemand in der Tür stehen würde. Hektisch wischte er die Waffe ab und floh.«

Nachtigalls Gabel schwebte auf halbem Weg zum Mund, als sei die Bewegung seines Armes unwiderruflich zum Stillstand gekommen. So konnte es gewesen sein! Doch seine innere Überzeugung sträubte sich, wollte diese Geschichte nicht als möglichen Tathergang akzeptieren.

»Johannes Gieselke war verletzt, ja, ganz bestimmt. Vielleicht auch verzweifelt. Aber nicht so neben der Spur, dass er einen solch gemeinen Plan ausgeheckt hätte! Unser Täter ist eben nicht nach dem ersten Schuss kopflos geflohen. Nein, er trat an den Jungen heran und drückte wieder und wieder ab. Auf Maurice wurde dreimal geschossen. Das passt nicht zu ihm.«

»Du kennst ihn noch nicht lang genug, um zu wissen, was zu ihm passt«, hielt Couvier dagegen. »Abgesehen davon ist es ja nur ein mögliches Szenario. Es muss nicht so gewesen sein. Allerdings, wenn ihr einen Täter sucht, der bestens über die Abläufe im Haushalt der Großeltern informiert war …«

»Mag sein, dass er am Ende tatsächlich unser Täter ist.«

»Ach, ganz ruhig. Ihr findet bestimmt noch eine Menge anderer Verdächtiger!« Couvier zwinkerte seinem Schwiegervater vergnügt zu.

»Hoffentlich«, antwortete Nachtigall und meinte es auch genau so.

»Conny, könntest du dir vorstellen, dass ein Vater seinen sechsjährigen Sohn erschießt, weil der mit der Mutter auswandern will?«, fragte der Hauptkommissar zwei Stunden später durchs Telefon.

»Rosenkrieg?«

»Ja.«

»Sofort. Wenn der Schmerz tief genug sitzt.«

»Emile kann es sich auch vorstellen, Michael ebenso – offensichtlich bin ich der Einzige, der das nicht für eine denkbare Variante hält«, meckerte er.

»Das liegt daran, dass du so gerne Papa bist!«, kicherte Conny aus der Ferne.

»Jule wollte mich ja auch nicht verlassen. In solch einer

Situation käme für mich eher die Mutter als Mordopfer infrage!«

»Nun ja«, überlegte seine Frau, »wenn du wolltest, dass sie ein Leben lang leidet, sicher nicht. Bringst du sie um, hast du nur einen kurzen Moment der Rache und alles ist vorbei. Nein, ein eiskalter Täter würde das Kind töten!«

»Frauen können so gefühllos sein!«, beschwerte sich Nachtigall.

»Wir können ja unseren gefühlsmäßigen Zustand überprüfen, wenn ich wieder zurück bin«, lachte Conny warm und es klang wie ein Versprechen.

19

Annabelle lag steif in ihrem Bett und starrte an die Decke. Lichtreflexe huschten darüber und tauchten über die Wand ins Nirgendwo ab. Wo die nur herkamen, überlegte das Mädchen, und was passierte mit dem Licht, wenn es durch die Ritzen in der Wand verschwunden war? Gab es jemanden, der es einsammelte, damit es in der nächsten Nacht wieder durchs Zimmer geistern konnte? War es immer dasselbe Licht, das in einem bestimmten Raum lebendig wurde, oder konnte es sich frei durch die Luft zu jedem Ort bewegen, an den es wollte?

Sie stellte sich schmunzelnd einen buckligen Zwerg vor, der das Licht nach seiner Wanderung über Decken und Wände mit einer großen Schaufel in Körbe füllte, die dann auf einem Laufband Richtung Himmel schwebten, wo ein anderer Zwerg sie entgegennahm.

Das Gespräch mit Miranda und Toni hatte leider keine neuen Erkenntnisse gebracht. Miranda blieb bei ihrer Meinung, Annabelle dürfe niemandem etwas erzählen, sonst geriete sie selbst in Gefahr, während Toni, der viele Dinge entspannter sah, erklärte, wenn der Vogelpolizist so einen netten Eindruck gemacht habe, könne sie sich ihm ruhig anvertrauen. Am Ende kamen sie überein, es sei das Beste, Miranda und Toni dächten noch einmal gründlich darüber nach. Bei ihrem nächsten Besuch hätten sie bestimmt einen guten Lösungsvorschlag. Annabelle war mit dieser Regelung einverstanden gewesen.

Doch jetzt fiel ihr plötzlich ein, dass sie ja gar nicht wusste, wann die Freunde wiederkommen würden! Eventuell dauerte es mehrere Tage bis zu einem neuen Besuch. Annabelles Augen füllten sich mit Tränen.

Sie war allein. Allein mit all dem Schrecklichen. Und ihrer Schuld.

Vorsichtig probierte sie ihre Stimme. Und unversehens löste sich ein Schrei aus der Tiefe ihrer Seele, der ihren Schmerz und ihre Qual weit durch die Flure und Zimmer des Klinikums trug.

20

»Warum hast du diesem Nachtigall nichts davon erzählt? Er hätte uns vielleicht helfen können!«

»Nein! Das ist keine Angelegenheit für die Polizei. Solche Probleme löse ich, wie es bei uns von jeher üblich war – allein!«

»Aber hast du dir auch klargemacht, was es für uns und die Firma bedeuten würde, wenn er seine Drohung wahr macht? Der gute Name Gieselke wäre auf Dauer besudelt!«

»Meine Familie hat sich noch nie einschüchtern lassen. Kommt nicht infrage, dass ich einem solchen Parasiten auch nur einen Cent in den Rachen schleudere!«

»Die Polizei wird den alten Vorfall ohnehin in den Akten finden«, mahnte Frau Gieselke. »Ich habe das Gefühl, es macht uns irgendwie verdächtig, wenn wir es nicht von selbst erwähnen.«

Ihr Mann schwieg starrköpfig. Sie beobachtete von der Seite, wie sich seine Unterlippe trotzig nach vorne schob.

»Das Bett ist nicht der richtige Ort für eine solche Diskussion!«, wies er seine Frau zurecht. »Hier sollte Harmonie vorherrschen.«

Mit einer heftigen Bewegung griff er nach dem Buch auf seinem Nachttisch und hätte dabei um ein Haar ein Wasserglas umgestoßen. Ungehalten knurrend, schlug er das Fachbuch zum Thema Jagd auf Niederwild auf und gab sich redlich Mühe, den Anschein zu erwecken, er lese.

Doch für Frau Gieselke war das Thema noch nicht beendet. »Unser kleiner Maurice ist tot! Hast du das schon vergessen?«, fuhr sie ihn an und beobachtete zufrieden, wie er zusammenzuckte. »Unsere Familie fällt auseinander!«

Einen Moment überlegte Olaf Gieselke, ob er seine Frau in die Arme nehmen sollte, entschied sich aber dagegen.

»Hör zu – ich glaube nicht, dass dieser Typ unseren Enkel auf dem Gewissen hat. Es ist schließlich etwas völlig anderes! Und abgesehen davon sind solche Leute gemeinhin auch noch feige. Nein, derjenige, der das getan hat, muss ein völlig anders gelagertes Motiv haben«, behauptete er mit Überzeugung.

»Johannes glaubt, wir seien schuld! Es wird nie wieder eine harmonische Familie aus uns werden!«

Olaf Gieselke hörte das verzweifelte Schluchzen, noch bevor seine Frau wusste, dass sie anfangen würde zu weinen. Mürrisch räumte er das Buch zur Seite und legte nun doch seinen Arm um sie. Als ihre Tränen zu fließen begannen, drückte er ihren knochigen Körper fest an sich.

»Du musst das verstehen«, flüsterte er in ihre Haare. »Es ist normal. Menschen suchen für ihre Katastrophen gern einen Schuldigen. Die lassen sich leichter ertragen, wenn man auf jemanden wütend sein kann. Er wird sich wieder beruhigen und erkennen, wie falsch er die Dinge beurteilt hat.«

»Nein.« Er spürte, wie sich der Kopf seiner Frau an seiner Schulter bewegte. »Es wird nie wieder so sein wie früher. Johannes wird uns nun auch Annabelle nicht mehr überlassen. Er misstraut uns.«

»Annabelle muss etwas gesehen haben, das auf einen Täter hindeutet, der von außen kam. Vor so etwas ist man nie sicher. Stell dir vor, du wärst im Keller gewesen und ich hinten im Garten. Dann hätten wir auch nichts bemerkt. Die Kinder waren groß genug, um auch mal unbeaufsichtigt spielen zu können. Wenigstens für einen kalkulierten Zeitraum.«

Frau Gieselke wollte antworten, dass sie bei der Arbeit im Keller keine Ohrstöpsel getragen und sehr wohl bemerkt hätte, wenn jemand durch die Tür ins Haus gekommen wäre. In diesem Fall hätte sie sofort nachgesehen und den Eindringling entdeckt – beschloss aber, nichts zu sagen. Ihr Mann war heute, wie meistens, ihren Argumenten nicht zugänglich.

Stattdessen fragte sie tränenschwer: »Olaf – wenn du so sicher bist, dass Maurice' Tod nichts mit der Sache zu tun hat – könnte es dann nicht sein, dass wir alle in Gefahr sind? Vielleicht hat ja irgendein Psychopath beschlossen, die ganze Familie auszulöschen.«

Olaf Gieselke dachte gründlich über diese Frage nach. Er lehnte den Kopf ans Kissen und schloss die Augen. Für einen Moment glaubte seine Frau sogar, er sei über dem Grübeln eingeschlafen. Erschrocken zuckte sie zusammen, als er unerwartet heftig antwortete: »Nein, das glaube ich nun wirklich nicht. Der Täter mag vieles sein, aber ein Psychopath ist er sicher nicht.«

Damit nahm er sein Buch wieder zur Hand und ließ seine Frau im Unklaren darüber, wie er zu dieser Einschätzung kam.

»Claudia?«, fragte die Stimme atemlos aus dem Telefonhörer. »Ich bin's, Traute. Ich habe vorhin mit Friederike gesprochen. Du glaubst ja gar nicht, was bei den Gieselkes jetzt abgeht!«

»Wie meinst du das? Sie werden traurig und entsetzt sein, denke ich mir.«

»Claudia, entschuldige bitte, aber du bist wirklich naiv. Es kann schon sein, dass sie traurig sind, vielleicht sogar schockiert, aber nun suchen sie untereinander nach dem Schuldigen! Friederike hat gehört, wie der junge Gieselke

seinen Vater beschimpft hat. Lautstark. Weil er nicht auf die Kinder aufgepasst hat, die ihm anvertraut waren.«

»Irgendwie verstehe ich das. Wahrscheinlich würde ich auch so reagieren«, erklärte Claudia sanft.

»Du Schaf!«, fuhr Traute sie unfreundlich an. »Die Kleine liegt im Krankenhaus und spricht nicht. Aber in der Nacht hat sie irgendwas von einem schwarzen Mann gefaselt. Na, und wer wird das wohl sein?« Trautes lauernder Unterton irritierte die Freundin.

»Woher soll ich das wissen? Ich war ja nicht dabei.«

»Denk doch einmal nach!«, forderte Traute in einem Ton, der nahelegte, dass Claudia dies nur selten tat. »Niemand war dabei, sonst könnte die Polizei ja längst stolz den Täter präsentieren! Nein. Der Neue von Nele, der trägt immer schwarz, hat schwarze Haare, dunkle Augen – und suspekt war mir der Mühlberg immer schon. Wetten, der war's!«, triumphierte sie.

»Das wäre ja unglaublich! Der Stiefvater! Unheimlich ist er schon …« Claudia ließ sich nun von der Aufregung der anderen bereitwillig anstecken. »Und Stiefväter sind ja ohnehin verdächtig, findest du nicht auch? Da müsste doch die Polizei auch draufkommen!«

»Männer!«, spuckte Traute. »Die halten doch zusammen. Wenn du denen sagst, es gibt da einen Stiefvater, das ist doch verdächtig, kannst du dir noch anhören, du hättest Vorurteile. Dabei ist es so offensichtlich! Ich hatte ohnehin immer den Eindruck, diese Lieber-Vater-Masche sei nur gespielt.«

»Ja, da kannst du natürlich recht haben. Was sagt Friederike denn dazu? Die müsste das doch ganz gut beurteilen können, so nah, wie die am Geschehen dran ist!«, meinte Claudia ein wenig neidisch.

»Friederike ist auch der Meinung, dass mit diesem Mühlberg was nicht stimmt. Sie hat gesagt, er wirke auf sie immer

so gehetzt. Fast, als säße ihm ein Verfolger im Nacken!«, lachte Traute krähend und Claudia hielt den Telefonhörer etwas weiter weg vom Ohr.

»Er hat einen stressigen Job. Mein Mann wirkt auch oft wie auf der Flucht. Aber dem sitzt nur der Chef im Nacken.« Sie kicherte albern.

»Friederike meint, dem Kerl wäre solch eine Tat zuzutrauen.«

»Ich weiß nicht«, antwortete Claudia unsicher. »Die paar Mal, die ich ihn gesehen habe, wirkte er so jungenhaft. Völlig unkompliziert.«

»Alles Tarnung!«, behauptete Traute und wischte damit auch dieses Argument schwungvoll beiseite.

»Und was ist mit diesem Gurkenerbe? Wäre es nicht ziemlich dumm, wenn der Stiefvater den zukünftigen Haupterben umbringt?«

Darauf fiel auch Traute so schnell keine Antwort ein.

21

Freitag

Nele Hain saß bei ihrer Tochter. Es war noch sehr früh am Morgen und die Schwestern hatten mäßig begeistert auf den Besuch reagiert. Aber da man auf einen positiven Effekt durch den Kontakt zur Mutter hoffte, nahmen sie die Anwesenheit Frau Hains schließlich hin.

Das war beinahe mehr, als man von Annabelle behaupten konnte. Das Mädchen saß am Tisch, starrte aus dem Fenster und schenkte weder ihrer Mutter noch dem Frühstück eine Spur Aufmerksamkeit. Annabelle hatte offensichtlich beschlossen, ihre Mutter so vollständig zu ignorieren, wie sie es bisher mit allen Besuchern getan hatte.

»So war es auch, als dieser Polizist hier war, als ihr Vater sie besuchte und als ich ihr erzählte, heute würde ihre Oma vorbeikommen. Sie guckt durch alle hindurch. Manchmal lauscht sie in sich hinein, als höre sie jemandem zu. Dann lächelt sie sogar hin und wieder. Das ist alles. Nur nachts holt sie offenbar die Erinnerung an etwas Furchtbares ein. Sie schreit und ist fast nicht zu beruhigen. Ich glaube, sie braucht noch Zeit, seien Sie nicht ungeduldig«, erklärte die Schwester in einem ungeschickten Versuch, die Mutter zu trösten.

»In drei Wochen ziehe ich um. Nach Kanada. Mir ist der Gedanke unerträglich, dass ich mein Kind in diesem Zustand zurücklassen soll«, antwortete Frau Hain verzweifelt.

»Ach, bis dahin kann schon alles ganz anders aussehen!«

Annabelle wickelte mit zusammengekniffenen Augen konzentriert eine Haarsträhne um den Finger. Vielleicht, überlegte sie, vielleicht sollte sie doch mit diesem dicken Mann sprechen. Mit dem, der den Vogelnamen hatte. Sicher, er war riesig und bestimmt auch bärenstark, aber irgendwie auch nett. Und er hatte gesagt, er brauche ihre Hilfe, also war er auch ehrlich. Ihrer Erfahrung nach gaben Erwachsene es nicht gern zu, wenn sie die Unterstützung von Kindern brauchten. Das schien für sie fast so schlimm zu sein, wie etwas nicht zu wissen.

Von allen Seiten beleuchtete Annabelle das Für und Wider. Lauerten irgendwo Gefahren für sie selbst? Wenn sie einmal begonnen hatte zu erzählen, würde sich das Reden anhalten lassen oder wäre sie gezwungen, alles zu verraten?

Sie beschloss, das Wagnis einzugehen, und schlug die Augen auf.

Sie war allein!

Selbst den Abschiedskuss ihrer Mutter hatte sie nicht bemerkt. Sie lächelte nachsichtig über ihre eigene Unaufmerksamkeit. Gut. Wenn niemand da war, mit dem sie sich unterhalten konnte, würde sie eben malen. Seufzend griff sie nach Block und Stiften, wählte sorgfältig aus und begann, den Mörder ihres Bruders zu zeichnen.

22

Korbinian Nagel starrte schockiert auf die vielen Getöteten hinunter. Aufgebrochene Brustkörbe, hervorquellende Därme, zerfetzte Kehlen.

»Blutrausch!«, fluchte er.

Er ging in die Hocke und legte seine Hand prüfend auf einen der Körper.

»Schon fast kalt.« Mühsam rappelte er sich wieder auf und sah, wie Blut über seine Schuhe suppte, die langsam im Boden einsanken.

Korbinian Nagel war dankbar dafür, dass er bisher ein Leben ohne Krieg führen durfte. Dennoch ahnte er, wenngleich er kein besonders fantasievoller Mensch war, dass man diesen Anblick wohl als Schlachtfeld bezeichnen konnte.

Wo zum Teufel war eigentlich dieser vermaledeite Aufpasser von den Wolfschützern? Wie hatte er nur so leichtsinnig sein können, seine Herde einem dieser spinnerten Aktivisten anzuvertrauen! Sie hatten behauptet, den Wolf vertreiben zu können. Für immer und ewig. Ohne Schüsse. Nicht wie in Sachsen, wo vor einiger Zeit eine der Lausitzer Wölfinnen illegal erschossen wurde.

Korbinian Nagel hoffte, dass man den Täter bald schnappen würde. Immerhin waren für solch einen Mord fünf Jahre Haft drin. Die würde er dem Kerl ohne Weiteres gönnen.

Er sah wieder auf die gerissenen Schafe hinunter. Und nun das! Mit Licht und Lärm wollten sie dem Wolf, für den Fall, dass er sich tatsächlich auf Korbinians Weide wagen würde, den Appetit gründlich verderben. Wache wollten sie halten, hatten sie ihm angeboten, nachdem beim Nachbarn mehrere

Tiere gerissen worden waren, in Schichten, seine Herde wäre nie auch nur eine Sekunde unbeaufsichtigt. Ha!

Wütend tippte er die Handynummer ein. Das Mobiltelefon klingelte nicht weit von ihm entfernt.

»Jetzt ist der faule Hund einfach eingeschlafen! Ich fasse es nicht. Der Typ verpennt das Massaker auf meiner Weide!«

Korbinian stapfte los, um den jungen Mann zur Rechenschaft zu ziehen.

»Wie kann einer nur bei dem nervtötenden Gebimmel weiterschlafen? Die heutige Jugend!«, empörte er sich.

Es dauerte nicht lang und er stieß auf den glücklosen ›Wächter‹. Auch ein Unkundiger konnte ohne jeden Zweifel erkennen: Wolfgang Maul war weder eingeschlafen noch Opfer eines Amok laufenden Wolfes geworden.

Korbinian Nagel ächzte. Jemand hatte Wolfgang kraftvoll den Schädel eingeschlagen. Während der Bauer, an eine Birke gelehnt, mit schwankender Stimme die Polizei verständigte, erkannte er Buchstaben an der Rinde der umstehenden Bäume. Blutige Lettern. Auch an der Birke, die ihn stützte.

Er tippte vorsichtig mit dem Finger auf einen der Tropfen, die am Stamm hinuntergelaufen waren. Er war noch feucht.

»DRRÖME? RÖMERD? Quatsch!«, murmelte er vor sich hin. Dann wurden seine Knie weich. In der richtigen Reihenfolge gelesen, ergaben die Buchstaben das Wort ›MÖRDER‹.

23

Als Peter Nachtigall auf dem Weg ins Büro war, fiel ihm plötzlich ein, dass sie bei ihren Ermittlungen einen wichtigen Aspekt übersehen hatten.

Er tippte auf die Kurzwahltaste für Albrecht Skorubski und schob das Handy in die Freisprecheinrichtung.

»Guten Morgen! Wenn du so früh anrufst, hat das meist keinen erfreulichen Hintergrund. Gibt es etwa schon wieder einen Toten?«

»Nein, da kann ich dich beruhigen. Aber wir müssen noch mal zu den Großeltern fahren. Mir ist noch was eingefallen.«

»Aha. Und was?«

»Wir wissen gar nicht, wie weit das Zimmer der Geschwister vom Arbeitszimmer des Großvaters entfernt ist. Konnte die Schwester die Schüsse hören? War das der Grund dafür, nach dem Bruder zu suchen?«

»Es ist wirklich schade, dass die Kleine nicht spricht. Wie viel leichter wäre alles, wenn wir sie nur fragen könnten!«, murrte Skorubski.

»Wir kriegen es auch so raus. Wir sind bei der Kriminalpolizei«, erinnerte ihn Nachtigall und lachte leise. »Lass uns hinfahren und nachsehen, welche der vielen ungeklärten Fragen wir dadurch beantworten können«, setzte er dann wieder ernst hinzu.

24

Olaf Gieselke starrte die beiden frühen Besucher übellaunig an. »Sie? Wollen Sie uns nun ständig aufs Neue belästigen?«, fauchte er und riss die Tür so schwungvoll auf, dass sie krachend gegen einen Regenschirmständer stieß, der laut scheppernd umstürzte.

»Wir würden uns gerne das Zimmer ansehen, in dem Ihre Enkel während der Ferien gewohnt haben.« Nachtigall bemühte sich um einen ruhigen, sachlichen Ton. Es war nicht notwendig, den Hausherrn auch noch zu provozieren.

Der Großvater drehte sich kommentarlos um und stapfte davon, ohne zu kontrollieren, ob die ungebetenen Besucher ihm tatsächlich folgten. Er führte sie die Treppe hinauf über einen langen Flur, bog zweimal um rechtwinklige Ecken, erklomm weitere Stufen und blieb endlich abrupt vor einer weiß gestrichenen Holztür stehen.

»Da!« Gieselke stieß die Tür weit auf, ohne hinzusehen. Der Raum war unerwartet groß und hell. Freundliches Orange reflektierte von den Wänden und nahm dem kalten Morgenlicht etwas von seiner Schärfe. An den gegenüberliegenden Stirnseiten standen die Betten, die Decken und Kissen unordentlich zerwühlt. Zwei Kommoden und Regale trennten den Raum optisch in zwei gleich große Bereiche.

»Wir waren …« Der Großvater stockte, schluckte hart und begann erneut. »Wir waren seit Maurice' Tod nicht mehr hier drin. Sie finden es also so vor, wie die Kinder es verlassen haben.«

Nachtigalls Augen wanderten unruhig über die Szenerie. »Sieht nicht so aus, als hätten die beiden sich gut verstanden.«

»Wieso? Hat das jemand behauptet?«, blaffte der Hausherr.

»Nein. Aber ich hatte mir etwas mehr Nähe zwischen den beiden vorgestellt«, versuchte der Hauptkommissar eine Erklärung. »Ich selbst habe nur ein Kind, mir fehlt also Erfahrung auf dem Gebiet.«

Olaf Gieselke sah Nachtigall zornig an. »Die beiden konnten sich nicht ausstehen. Das beruhte durchaus auf Gegenseitigkeit. Es war nicht so, dass einer der beiden darüber unglücklich war. Vier Jahre Altersunterschied sind eine Menge. Für Annabelle war es eine Welt.«

»Sie hatten keine gemeinsamen Interessen?«

»Schlimmer. Annabelle ging der Kleine gewaltig auf die Nerven. Sie konnte nichts mit ihm anfangen. Ehrlich gesagt, war sie wohl von der Idee, ihre Ferien hier zu verbringen, nicht begeistert.«

»Nein? Ich dachte, ein paar Tage bei den Großeltern wären nicht schlecht. Auch wenn man den kleinen Bruder dafür in Kauf nehmen musste. Keine Verpflichtungen, Oma und Opa, die einen verwöhnen – so unerträglich klingt das für mich nicht«, stellte Skorubski fest.

»Annabelle fühlte sich abgeschoben. Und so ganz unrecht hatte sie damit ja auch nicht.«

»Abgeschoben? Ich dachte, es sollte eine letzte gemeinsame Zeit für die Geschwister sein, vor der Reise nach Quebec.«

»Sollte es vielleicht. Aber mein feiner Herr Sohn war nicht etwa hier, um die Gesellschaft seiner Kinder noch einmal zu genießen. Nein, er ist bei seinem Flittchen gewesen, die ganze Zeit über. Und auch die beiden anderen wollten nur ein paar Tage Ruhe haben. Zum Packen, zum Organisieren, zum Kuscheln! Wussten Sie eigentlich, dass Nele von diesem Mühlberg schwanger ist?« Zufrieden registrierte er die Überraschung auf den Gesichtern der beiden Ermittler.

»Also doch!«, kommentierte Skorubski trocken.

»Oh ja. Wenige Monate nach dem Umzug nach Quebec hätte der kleine Maurice ein Geschwisterchen bekommen. Einen Bruder!«

Für Nachtigall rückte Richard Mühlberg damit wieder ins Zentrum seiner Überlegungen.

»Ich kann jetzt nicht hier sinnlos meine Zeit mit Ihnen vertrödeln. Wir haben eine Zusammenkunft. Die Wölfe werden zunehmend zu einer Bedrohung in der Lausitz. Da sind wir Jäger gefordert!«

Olaf Gieselke lief ohne ein weiteres Wort hastig den Gang entlang und war verschwunden. Wenige Augenblicke später hörten sie das laute Poltern seiner Schritte auf der Holztreppe.

Achselzuckend wandte Nachtigall sich an Skorubski: »Sehen wir uns um!«

»Ich komm mir dabei immer wie ein unberechtigter Eindringling vor«, grollte der Kollege, der seit ungezählten Jahren auch Freund war. »Warum sagen wir nicht einfach der Spurensicherung Bescheid?«

»Weil ich nicht weiß, wonach wir suchen«, brummte Nachtigall und zog die oberste Schublade auf. »Wir versuchen, ein bisschen mehr über die beiden Kinder zu erfahren.«

»Aha!« Skorubski kümmerte sich um das andere Schubladenschränkchen. »Das sind eindeutig Kleidungsstücke, die einem Jungen gehören.«

»Also wissen wir jetzt, wer in welcher Zimmerhälfte geschlafen hat.«

Nachtigall ließ sich auf dem Bett des Mädchens nieder.

»Ich hatte in dem Alter immer ein Buch unter dem Kopfkissen«, erklärte er schmunzelnd und tastete vorsichtig nach, ob sich unter Annabelles auch eines fände. Tatsächlich. Er zog es hervor.

»Eragon!«

»Das ist doch eher ein Buch für Jungs, oder? Ist das überhaupt schon was für eine Zehnjährige?«, fragte Skorubski, der einen Stapel Gameboy-Spiele durchsah.

»Das ist der erste Band. Ich kenne das Buch.« Ein bisschen wehmütig erinnerte er sich an seine langen Abende im Klinikum, als er Groovi , einem jugendlichen Streuner, der nach einem Drogenexzess behandelt werden musste, daraus vorgelesen hatte. Wie mochte es ihm heute gehen? Nachtigall nahm sich vor, den Jungen anzurufen. Es war Monate her, dass er zum letzten Mal mit ihm gesprochen hatte.

»Wer weiß? Vielleicht träumt sie auch davon, einen mutigen, klugen Drachen an ihrer Seite zu haben. In dem Alter fühlen sich Kinder manchmal ziemlich allein und verloren in der Welt.«

»Lesen Mädchen im Moment nicht eher diese Vampirreihe? Du weißt schon, diese Liebesgeschichte!«

»Ja, hätte ich auch gedacht. Annabelle wohl nicht.«

»Der Kleine hatte eine Menge Spiele für unterschiedliche Konsolen. Die Titel klingen harmlos. Sind wohl keine Ballerspiele dabei.«

»Albrecht! Er war sechs!«

»Du glaubst ja nicht, was die heute mit sechs schon spielen! Egoshooter vom großen Bruder!«

»Jule hat in dem Alter Tagebuch geschrieben. Das war zu der Zeit in. Vielleicht tun das die heutigen Zehnjährigen auch noch.« Er erhob sich und begann zwischen den T-Shirts zu suchen. »Maurice hätte ja bestenfalls etwas malen können.«

Konzentriert untersuchten sie die Bücher im Regal, die Kleider über dem Stuhl, doch nirgendwo fand sich ein interessanter Hinweis.

Ächzend bückte sich der große Hauptkommissar, um unters Bett sehen zu können und Skorubski tat es ihm gleich. »Nichts. Der Kleine hat nur einen Malblock hier runtergeschoben.«

Nachtigall tastete den Matratzenschoner auf dem Lattenrost ab. »Hier ist etwas.« Er rappelte sich wieder auf und schlug die Matratze zurück. Nichts.

»Dieses Mädchen ist ganz schön gerissen. Aber gut, es ist natürlich auch eine Menge Kreativität gefragt, wenn ich etwas verbergen möchte, das Zimmer aber teilen muss.« Akribisch befühlte er die dicke Auflage, runzelte die Stirn, zog das Spannbetttuch ab und schnalzte zufrieden mit der Zunge.

Skorubski sah neugierig zu ihm hinüber und beobachtete, wie Nachtigall den Reißverschluss am Bezug der Matratze öffnete und triumphierend ein kleines Buch hervorholte.

»Wetten, das ist ein Tagebuch.« Er schlug es auf.

Um die winzige, akkurate Schrift entziffern zu können, würde er die Lichtverhältnisse verbessern müssen. Als Nachtigall die Nachttischlampe einschaltete, begann sie eine zarte Melodie zu spielen und Schattenfiguren huschten über die Wände.

»Was ist das denn?«, lachte Skorubski leise. »Gerippe? Totenköpfe? Zum Einschlafen meiner Meinung nach eher nicht das Richtige!«

»Ich denke, diesen Einsatz für den Schirm hat sie selbst gebastelt«, murmelte Nachtigall betroffen. »Ein Skelett, gekreuzte Knochen, Totenköpfe in verschiedenen Größen – so etwas gibt es ganz sicher nicht als Zubehör.«

»Das ganze Jahr über Halloween!«, kicherte der Freund.

»Entweder das oder eine krankhaft morbide Veranlagung.« In Nachtigalls Stimme hatte sich unüberhörbar Besorgnis geschlichen. Er schaltete die Lampe aus und entfernte den Schirm, um ihn besser ansehen zu können.

»›Maurice‹!«, las er schockiert. »Du lieber Himmel! Sie hat seinen Namen darauf geschrieben, damit er wusste, dass er auf diesem Lampenschirm zu sehen war! Sieh dir das an: Dieser Kopf stammt sicher aus einem Foto. Sie hat ihn ausgeschnitten und einen Totenkopf daraus gemacht. Diese Knochen sehen aus wie aus einem Bio-Buch oder einer wissenschaftlichen Zeitschrift.«

»Annabelle ist demnach nicht gerade das, was man sich als große Schwester wünscht«, kommentierte Skorubski kopfschüttelnd.

»Jedes Mal, wenn sie die Lampe einschaltete, hat er gesehen, wie sehr sie ihn hasst.«

»Warum haben denn die Großeltern das nicht bemerkt?«

»Weil man diesen zusätzlichen Schirm sekundenschnell verschwinden lassen kann. Es ist ja nur ein flinker Griff.«

»Der Junge hätte es Oma und Opa erzählen können«, insistierte Skorubski.

»Und als Petzer dastehen. Nein, das kam wohl nicht in Betracht. Außerdem wäre der Schirm nicht zu finden gewesen, man hätte geglaubt, er will Annabelle nur anschwärzen.«

Sie schwiegen betreten.

»Kein Wunder, dass Maurice gern weit fort von hier wollte. Ich glaube, er hat sich vor seiner Schwester gefürchtet. Vielleicht hat er jeden Abend und in jeder Mittagsstunde wimmernd hier im Bett gelegen, die Decke über den Kopf gezogen, und gewartet, dass dieser Albtraum ein Ende hat«, flüsterte Nachtigall voller Entsetzen. »Bestimmt hat er dabei gezittert. Das konnte sie von ihrem Bett aus sehen und lachte ihn gnadenlos aus. So etwas nennt man Psychoterror. Wie hätte er sich auch wehren können?«

»Rache! Schau mal, was in diesem Malblock gelegen hat!«

Nachtigalls Hände zitterten leicht, als er den Stapel Fotografien durchging. »Er hat es ihr heimgezahlt.«

Es handelte sich um einige Schnappschüsse der Familie aus glücklicheren Tagen. Vater, Mutter und zwei Kinder. Die Eltern strahlten stolz in die Kameralinse.

»Wahrscheinlich war Mühlberg der Fotograf«, mutmaßte Skorubski.

Und auf allen Bildern war Annabelle mit dicken, schwarzen Filzstiftstrichen ausgelöscht worden.

25

Das Brummen des Handys schien in dieser Atmosphäre unerträglich laut.

»Ja!«, meldete sich Nachtigall, verärgert über die Störung.

»Michael hier. Wir haben noch eine Leiche. Selbsttötung oder Unfall sind völlig ausgeschlossen. Und wir kennen den Toten: Wolfgang Maul.«

»Wo bist du?«

»Im Spreewald, hinter dem Fährhafen von Burg, im Hochwald.«

»Wo genau?«, fragte er geduldig nach. Es war durchaus nicht ungewöhnlich, dass selbst erfahrene Kollegen nach dem Auffinden eines Mordopfers unklare Angaben machten.

Michael Wiener erkundigte sich nach der genauen Adresse. »Ich werde an der Zufahrt warten. Es ist ziemlich schlecht zu finden. Und der junge Mann – der sieht furchtbar aus.«

Albrecht Skorubski lenkte den Wagen aus der Einfahrt des Herrenhauses und fuhr zügig in Richtung Hauptstraße. »Das ist doch da, wo angeblich ein Wolf ein paar Schafe gerissen hat. Die Zeitung war voller kontroverser Leserbriefe. Dass Wölfe gefährlich sind und in Siedlungsnähe nichts zu suchen haben, wird mit der Argumentationslinie entkräftet, Wölfe meiden den Menschen, die Risse werden vom Land bezahlt, die Entschädigung ist großzügig«, erklärte er dabei. »Erst gestern hat meine Frau eine Reportage gesehen, in der von diesem schwelenden Konflikt zwischen Wolfsfreunden und Wolfsgegnern berichtet wurde. Offensichtlich ist die Atmosphäre sehr angespannt. Vor ein paar Tagen gab es einen Angriff auf eine Schafsherde in Schorbus. Kamerunschafe. Zehn tote Tiere! Die Wolfsfreunde behaupten nun, ein Hund sei an dem Massaker schuld.«

»Und nun?«

»Eine DNA-Analyse soll Klarheit bringen. Bis das Ergebnis vorliegt, wird wohl keine Ruhe einkehren.«

Nachtigall schüttelte den Kopf und fragte ungläubig: »Du glaubst, die Schafzüchter haben einen Wolfsfreund ermordet? Weil sie die Befürworter der Wiederansiedlung für die gerissenen Schafe verantwortlich machen? Also, Albrecht, das kann doch nicht wahr sein!«

»Na ja«, wand sich der Kollege, »wenn man es so formuliert, klingt es auch in meinen Ohren komplett verrückt. Aber das Thema Wölfe polarisiert nicht nur, es ist auch emotional stark besetzt. Den Wolf kann man nicht ein bisschen mögen. Hier gibt es nur Pro oder Kontra.«

»Man liebt ihn, oder man verabscheut ihn, ich weiß«, seufzte Nachtigall. »Dabei sind Wölfe für den Menschen nicht gefährlich. Sie gehen uns aus dem Weg. Auch Luchse sind keine Bedrohung, über deren Auswilderung wird fast ebenso heftig diskutiert wie über das Wolfsprogramm. In anderen Ländern lebt der Mensch selbst mit Bären in friedlicher Koexistenz. Schon seltsam, dass wir das hier nicht hinkriegen.«

»Spätestens seit Rotkäppchen wissen wir, was vom Wolf zu halten ist. Bei Schneeweißchen und Rosenrot kommt ein Bär vor. Lieb und harmlos. Am Ende verwandelt er sich gar in einen Prinzen. Ich kenne nicht ein Märchen, in dem einem Wolf etwas in der Art widerfährt. Er ist immer nur verfressen, böse oder wird vom schlauen Fuchs ausgetrickst.«

»Aber all diese Attribute haben wir ihm angedichtet. Nichts davon stimmt. Und nun soll ich annehmen, dass ein junger Mann ermordet wurde, weil wir inzwischen selbst an unsere Märchen glauben?«, schäumte Nachtigall.

»Ich meine ja nur, wir sollten das Potenzial dieses Konflikts nicht unterschätzen«, zog Skorubski sich auf sichereres Terrain zurück.

Michael Wiener wartete gut sichtbar an der Zufahrt, wie versprochen. »Ich hab den Tote scho g'sehe. Der Täter hat ›MÖRDER‹ auf die Rinde der Bäume g'schriebe. Wahrscheinlich mit dem Blut des Opfers. G'spenstische Atmosphäre dort hinten. Also ich würd da nicht gern die ganze Nacht über allein Wache halte!«

Während er sprach, führte er die Kollegen mit raumgreifenden Schritten zum Fundort der Leiche.

»Nur damit ich jetzt nicht alles durcheinanderbringe: Der Mörder hat das Wort ›Mörder‹ am Tatort hinterlassen? Dieser Mord ist die Rache für einen anderen?«

»Ja, so sehe ich das auch«, murmelte Skorubski atemlos, der neben den Kollegen herhetzte und versuchte, mit ihnen Schritt zu halten.

»Das Opfer wurde brutal erschlagen. Am Tatort findet sich jede Menge Blut. Vielleicht war er nicht sofort tot«, erklärte Michael Wiener.

Nachtigalls energischer Schritt geriet aus dem Rhythmus. »Nicht sofort tot?«

»Nein. Aber die Schläge waren sehr kraftvoll und auf den Kopf gerichtet. Er wird wohl sein Sterben nicht bewusst erlebt haben.«

»Tatwaffe?«

»Da sind sich die Kollegen von der Spurensicherung noch nicht sicher. Bisher wurde am Tatort nichts gefunden, was infrage käme. Er liegt dort drüben. Der Arzt vom Dienst ist auch schon bei ihm.« Michael Wiener deutete auf eine

Gruppe, die sich um einen zentralen Punkt versammelt zu haben schien.

»Dr. Manz«, fluchte Nachtigall leise. »Schon wieder!«

Bei den Ermittlungen in zurückliegenden Fällen war er mit diesem Arzt ein paarmal aneinandergeraten. Nachtigall entsprach nicht dem Bild des abgebrühten Mordermittlers, das der junge Mann wohl hatte, und so war es wegen des Empathievermögens und emotionaler Reaktionen des Hauptkommissars zu Missverständnissen gekommen. Während Dr. Manz in dieser Fähigkeit eine Schwäche vermutete, empfand Nachtigall selbst sie als eine Erweiterung seiner Fertigkeiten als Ermittler.

Der junge Mediziner hatte den Hauptkommissar bereits entdeckt und gestikulierte nun wild in dessen Richtung.

»Erschlagen!«, stellte er fest, als er bei Nachtigall angelangt war, und nickte dem Ermittler freundlich zu. »Allerdings schon vor Stunden. Er hatte keine Papiere bei sich, aber Herr Wiener hat ihn vorläufig identifiziert.«

»Wolfgang Maul. Er ist uns im Zuge der Ermittlung im Fall Maurice Gieselke begegnet. Er hat für die Familie gearbeitet«, klärte Nachtigall den Arzt auf.

»Na, das ist ja eine interessante Entwicklung, finden Sie nicht?« Dr. Manz' sonst eher blasses Gesicht wurde rosig, seine Augen glänzten fast fiebrig. »Möglicherweise hängen die beiden Fälle zusammen! Das wäre doch möglich, nicht wahr?«

»Das werden wir schon herausfinden«, gab Nachtigall kühl zurück. Sein Ton hatte an Schärfe gewonnen und Dr. Manz erinnerte sich plötzlich daran, dass der Hauptkommissar an Tatorten immer sehr empfindlich reagierte. Er zog den Kopf etwas ein und rückte seine Brille zurecht, trat zur Seite und gab dadurch den Blick auf das Opfer frei.

»Erschlagen? Von hinten?«

Dr. Manz nickte.

»Welche Waffe könnte er verwendet haben?«, fragte Nachtigall weiter. Der Täter, wurde ihm bewusst, war mit eiskalter Entschlossenheit vorgegangen. Das Opfer hatte nicht einen Schlag auf den Hinterkopf bekommen, sondern war auf das Brutalste totgeprügelt worden. Vom Kopf war kaum mehr etwas zu erkennen. Er war grotesk verformt, blutverschmiert. Kaum vorstellbar, dass das Opfer nach dieser Attacke noch am Leben gewesen sein sollte.

»Und Sie gehen davon aus, dass er den Angriff zunächst überlebt hat?« Nachtigall hörte selbst, wie seine Stimme schwankte und räusperte sich.

»Nun, das wird die Obduktion endgültig klären müssen. Aber das viele Blut hier deutet darauf hin, dass sein Herz eine Weile weitergearbeitet hat. Bei Bewusstsein war er zu diesem Zeitpunkt jedoch sicher nicht mehr. Als Tatwaffe kommt ein Holzprügel infrage. Baseballschläger, Ast, so etwas in der Richtung.«

Der Hauptkommissar, der neben der Leiche des jungen Mannes in die Hocke gegangen war, richtete sich nun wieder auf und sah sich suchend um. »Wer hat den Toten gefunden?«

»Ich war das. Korbinian Nagel«, sprudelte einer der Männer hervor, die ein wenig abseits standen, als habe er nur auf die Gelegenheit gewartet, endlich seine Geschichte erzählen zu dürfen. »Mir gehören die gerissenen Schafe auf der Weide dort drüben. Und ich fürchte, ich habe mit dem Tod von Wolfgang zu tun. Ich bin in gewisser Weise mitverantwortlich.«

»In welcher Weise genau?«, fragte Nachtigall und drehte sich zu dem Zeugen um.

»Wegen der Wölfe«, begann Nagel und bemerkte an den verwirrten Gesichtern der anderen, dass er bei seiner Erklärung wohl etwas weiter ausholen musste. Er atmete tief durch. »Also, vor einigen Tagen wurden auf einer anderen Weide einige Schafe gerissen. Schnell spekulierte man allgemein darüber, dass diese Risse auf das Konto eines jungen Wolfes gehen könnten, der sich hier in der Gegend manchmal rumtreiben soll. Ich habe ihn noch nie gesehen. Wolfgang Maul ist bei den Wolfsfreunden. Das ist eine kleine Gruppe Aktivisten, die den Wolf in der Lausitz schützen wollen. Natürlich war ich nach diesem Überfall auf die Herde eines Freundes nun auch besorgt. Wolfgang erklärte mir, er habe eine Idee, wie man den Wolf auf Dauer von unseren Schafen fernhalten könne, ohne auf das Tier zu schießen. Deshalb hielt er hier Wache. Und weil er klären wollte, ob hier nicht in der Nacht ein verwilderter Hund rumschleicht, der für die Morde an den Schafen ja genauso gut verantwortlich sein könnte.«

»Und was für eine Idee war das?«

»Krach. Er wollte den Wolf konditionieren. Er sollte lernen, dass jede Annäherung an Schafe auf einer Weide mit unangenehmem Lärm und grellem Licht verbunden war. Wolfgang meinte, das sei eine Methode aus der Verhaltenstherapie und funktioniere zuverlässig. Leider ist diese Idee bei den anderen nicht so gut angekommen, obwohl einige Schäfer schon immer erfolgreich damit waren, Krach zu machen, um die Herden zu schützen. Ich wollte ihm zumindest die Chance geben, zu beweisen, dass es klappt.«

»Und womit wollte er Lärm machen?«, fragte Nachtigall und Peddersen von der Spurensicherung, der gerade vorbeikam, meinte anstelle von Nagel: »Wir suchen noch. Eigentlich müsste er ja irgendeine Art von Gepäck dabeigehabt haben. Bisher negativ.«

»Mein Kollege Wiener wird Ihre Aussage aufnehmen«, beendete Nachtigall das Gespräch mit dem Schafzüchter.

»Glaubst du, mit dem Hinweis auf einen Mord ist vielleicht gar keine konkrete Tat gemeint?«, fragte Albrecht Skorubski.

»Sondern? Wenn jemand mit dem Blut des Opfers ...«, setzte Nachtigall zu empörtem Widerspruch an.

»Ich weiß, was du meinst«, unterbrach ihn der Freund. »Aber vielleicht bezog er sich damit auf den Mord an den Schafen! So etwa: Weil du Idiot glaubst, du könntest den Wolf vertreiben, sind nun diese unschuldigen Tiere sein Opfer geworden. Du bist schuld.«

»Dann müssten die Schafe vor dem Mord gerissen worden sein.«

»Ja, richtig. Das müsste man doch rausfinden können.«

»Wir werden Dr. Pankratz fragen. Und wer hätte dann ein Motiv? Korbinian Nagel? Tierschützer? Wolfsgegner? Irgendwie widerstrebt es mir zu glauben, es würde jemand morden, um die Stimmung gegen den Wolf zu drehen.«

»Korbinian Nagel wird doch für den Verlust entschädigt, oder nicht? Außerdem war er bereit, Wolfgang Maul und seinem Plan eine faire Chance zu geben.«

»Die Krux an der tollen Idee ist, dass sie nicht funktionieren konnte«, stellte Nachtigall nüchtern klar.

»Aber ja doch! Wölfe verabscheuen Lärm. Es war eine gute Idee.«

»Nein. Konditionieren ist eine langwierige Angelegenheit. Es kann nur dann ein Lernprozess in Gang kommen, wenn der Wolf jedes Mal mit Lärm und Licht vertrieben wird, sollte er sich einer Schafherde nähern. Somit würde er wahrscheinlich bald den Geruch der Tiere mit der unangenehmen Erfahrung in Verbindung bringen. Schleicht er sich einmal heran und hat Erfolg, weil keine Aufpasser zur Stelle sind, lernt er, dass es auf jeden Fall einen Versuch wert ist. Deshalb war die Idee eben nicht wirklich gut.«

»Sag mal, woher weißt du das? Ich denke, du bist frisch verheiratet. Da hat man doch andere Dinge im Kopf, als theoretische Bücher zu lesen! Muss ich mir Sorgen machen?«

»Kein Grund. Denk doch einfach mal an die Zeit der Erziehung zurück. Wenn du etwas verboten hast, haben deine Kinder dann nicht ständig probiert, deine Anordnung auszuhebeln, dich auszutricksen, zu hintergehen, mit Mamas Hilfe doch noch ans Ziel zu kommen? Und wenn das einmal klappt, wird dieser Weg immer wieder beschritten.«

Skorubskis Miene verdüsterte sich. Oh ja. Er konnte sich noch sehr gut erinnern.

Ein schriller Ton ließ alle zusammenzucken.

»Was war das? Ein Schrei?«, wollte Michael Wiener wissen.

»Und was für einer«, bestätigte Nachtigall.

»Ach herrje. Ich habe ja die Wolfsfreunde nicht informiert. Der Schrei kam von der Weide. Dort liegen 20 tote Schafe mit herausquellendem Gedärm und aufgerissenen Brustkörben. Ein grausiger Anblick. Ich schätze mal, der Schrei kam von der Ablösung für Wolfgang«, erklärte Korbinian Nagel aufgeregt.

»Wolfi!«

»Wolfi!«, rief eine Frauenstimme. »Wolfi, wo bist du denn? Wolfi, nun sag doch was!« Wenige Sekunden später erschien ein roter Haarschopf zwischen den Bäumen. Als sie die Menschenansammlung bemerkte, blieb die junge Frau wie angewurzelt stehen.

»Mandy Klinger«, flüsterte Nagel den Ermittlern zu und rief dann laut: »Mandy! Komm hier herüber!«

»Herr Nagel! Um Himmels willen, es tut mir so leid! Ihre Herde … alle Tiere tot«, stammelte die junge Wolfsfreundin kopflos. »Und Wolfi ist weg.«

»Mein Name ist Peter Nachtigall, Kriminalpolizei Cottbus. Es tut mir leid, aber Wolfgang Maul ist nicht weg«, schaltete sich der Hauptkommissar in das Gespräch ein.

»Nicht weg …«, wisperte sie und ihre Augen irrlichterten über die vielen Polizisten, das Absperrband, registrierten die Entfernung zu den getöteten Tieren und sie nickte langsam. »Nicht weg?«

»Er wurde ermordet. Jemand muss ihn während der Wache überrascht haben.«

Plötzlich sprühte Zorn aus ihren dunklen Augen, ihre Lippen begannen zu zittern. »Erschlagen, nicht wahr? Stimmt doch, oder?«, kreischte sie.

»Stimmt.« Nachtigall versuchte, sich seine Verblüffung nicht anmerken zu lassen.

»Prima! Sie können den Täter auf dem Rückweg nach Cottbus gleich mitnehmen! Dieses Schwein! Dieses unglaubliche Arschloch! Herr Nagel weiß es auch, nicht wahr? Der Kramstätter war das!«

Korbinian Nagel wand sich unglücklich unter dem Blick des Ermittlers.

»Kramstätter wohnt dort hinten«, er deutete vage in südliche Richtung. »Er ist der Bauer, der hier in der Gegend gegen die Wölfe aufhetzt. Er hat auch die Jäger ganz wuschig gemacht. Die sind inzwischen richtig scharf darauf, einen Wolf vor die Flinte zu bekommen. Er will eine ›endgültige Lösung des Wolfproblems‹, wie er das nennt.«

»Er hat den Wolfi bedroht! Hat ihm nachgeschrien, er solle sich in Zukunft vorsehen, denn bei der nächsten günstigen Gelegenheit werde er ihn totschlagen wie ein Karnickel!«, schrie Mandy, schluckte und forderte mit brechender Stimme: »Ich will ihn sehen!«

»Das ist keine gute Idee, Frau Klinger«, beschied ihr der Hauptkommissar. »Ich muss Sie auch bitten, vorläufig über das, was Sie hier gesehen und gehört haben, zu schweigen. Wenn Sie die Meldung im Radio hören, können Sie sich mit jedermann darüber unterhalten.«

»Komm, Mädel, wir gehen jetzt erst mal zu mir«, brummte Korbinian Nagel. »Meine Frau kocht uns einen heißen Tee und vielleicht find ich auch noch was Besseres zum Aufwärmen. Hier ist kein Ort für ein so junges Ding.« Fürsorglich schob er sie zur Seite und wollte sie in Richtung Hof dirigieren. Er warf Nachtigall einen fragenden Blick zu.

»Ist in Ordnung, Herr Nagel. Bevor Sie gehen, lassen Sie beide bitte noch Ihre Adressen und Telefonnummern bei meinem Kollegen Wiener zurück.«

Albrecht Skorubski sah dem ungleichen Paar nachdenklich hinterher. »Wir müssen seine Mutter informieren.«

»Sicher. Es wird schlimm werden. Ihr Sohn war ihr Lebensmittelpunkt«, meinte Nachtigall niedergeschlagen. »Ich weiß gar nicht, wie ich ihr das erklären soll!« Mit gesenktem Kopf drehte er sich um und stapfte los.

»Michael!«, rief Skorubski dem Kollegen zu. »Wir fahren zu seiner Mutter. Bis später.«

Er beeilte sich, um zu seinem Freund aufzuschließen. »Weißt du, wo sie wohnt?«

»Ja. In der Lessingstraße.«

»Wir könnten auch zuerst bei diesem Bauern vorbeifahren. Wie hieß der gleich?«

»Kramstätter. Ja, das ist eine gute Idee, das machen wir. Immerhin hat er den jungen Mann offen bedroht, aber das wird wohl im Affekt gewesen sein. Und wir beide wissen genau, dass zwischen einer Androhung und ihrer Umsetzung zum Glück meist Welten liegen.«

26

Ferdinand Kramstätter öffnete ihnen selbst die Tür.

»Kriminalpolizei Cottbus. Mein Name ist Peter Nachtigall«, er zeigte seinen Ausweis. »Und dies ist mein Kollege Skorubski. Wir kommen …«

»Ich weiß genau, weshalb Sie hier sind!«, fauchte der asketisch aussehende Mann mit den kantigen Zügen sie an. »Wolfgang Maul ist tot.«

»Stimmt.«

Eine belastende Pause entstand. Kramstätter machte keinerlei Anstalten, die beiden Kriminalbeamten ins Haus zu bitten, und diese sahen nicht so aus, als wären sie bereit, wieder zu verschwinden. Ein stummes Kräftemessen.

Der Bauer holte tief Luft und meinte süffisant: »Tja, und nun fragen Sie sich, woher der Kramstätter das weiß!«

»So ist es.«

Kramstätter zog die Augen zu schmalen Schlitzen zusammen. »Weil ich nämlich heute Nacht draußen war! Mein Hund war unruhig, da dachte ich, gehen wir mal eine Runde durch den Wald, vielleicht ist er nicht ausgelastet. Als ich unterwegs war, kam mir der Gedanke, es wäre eine gute Idee nachzusehen, ob diese Wolfsfreunde auch wirklich auf ihrem Posten sind. Ich bin an Korbinians Weide vorbeigegangen und habe natürlich sofort gesehen, was passiert ist. Und wie erwartet, der Wolfsmensch war nicht aufmerksam! Er lag im Wald und war tot.«

»Sie haben nicht die Polizei verständigt? Nicht einmal anonym einen Notruf abgesetzt? Unglaublich! Vielleicht hätte man das Leben des jungen Mannes noch retten können!«, brüllte Nachtigall Kramstätter an, der nicht mit der Wimper zuckte.

»Nein. Ich habe ja gesehen, dass der Typ tot war, da war nichts mehr zu retten. Außerdem wollte ich in die Sache nicht reingezogen werden. Schließlich hatten ja alle gehört, was ich diesem Idioten angedroht hatte – da schien es mir nicht günstig, neben seiner Leiche angetroffen zu werden. Mir war klar, was Sie denken würden – nämlich genau das, was Sie jetzt direkt zu mir geführt hat.«

»Ich muss Sie bitten, unsere Kollegen zu begleiten.« Albrecht Skorubski forderte bereits über Handy einen Streifenwagen an.

Kramstätter nickte unbeeindruckt.

Er war bereit.

27

»Nanu, was wollen Sie denn noch von mir?«, empfing Frau Maul die beiden Ermittler grantig. »Ich habe heute erst später Dienst. Da nutze ich den Vormittag mal für mich!«

»Frau Maul«, begann Nachtigall langsam, »wir haben leider eine schreckliche Nachricht für Sie.«

Panik verdrängte den ärgerlichen Gesichtsausdruck, ihre Augen weiteten sich vor Schreck.

»Wolfi? Ist ihm etwas passiert? Er war zum Frühstück nicht da und ...« Ihre Stimme versagte. »Ich weiß, er schleicht sich manchmal weg, um sich mit Mandy zu treffen. Er glaubt, ich merke das nicht. Aber was soll ich sagen? Einer Mutter kann man nicht so leicht etwas vormachen, nicht wahr?«, plapperte sie entschlossen, um den Polizeibeamten keine Chance zu geben, ihr das Schreckliche zu erzählen. Etwas, das sie mit Sicherheit nicht hören wollte. Etwas, das sie nie und nimmer erfahren wollte.

»Wir haben Ihren Sohn Wolfgang heute am frühen Morgen tot im Forst aufgefunden.« Nachtigall sah, wie alle Farbe aus dem Gesicht der Frau verschwand, selbst ihre Lippen wurden weiß. Er griff geistesgegenwärtig nach ihrem Arm und stützte sie, als sie zu schwanken begann.

»Tot?«, hauchte Frau Maul fassungslos. »Tot?« Willenlos ließ sie sich zum Sofa führen und fiel in die Polster.

»Ja. Es tut uns leid.«

»Ein Wolf, ja? Eine von diesen Bestien hat ihn angefallen! Dabei war er so sicher, so etwas könne nie passieren! Ein schrecklicher Irrtum ...«, sagte sie mehr zu sich selbst als zu den beiden Beamten. Mit fahrigen Bewegungen suchte sie in den Taschen ihrer Kittelschürze nach Taschentüchern. »Oder erfroren. Wahrscheinlich hat er über Stunden nur rumgesessen und nicht daran gedacht, dass er auskühlen könnte«, murmelte sie weiter, hatte endlich die Packung mit den Papiertaschentüchern gefunden und wischte sich über Augen und Wangen.

»Nein, so war es nicht.« Der Hauptkommissar senkte seine Stimme. Ihm war bewusst, wie entsetzlich das, was er nun zu sagen hatte, für sie sein würde. »Weder wurde Ihr Sohn von einem Wolf angegriffen noch ist er erfroren. Jemand hat ihn ermordet.« Besorgt beobachtete Nachtigall, wie die Mutter diese neue, unfassbare Information aufnehmen würde. Sie zitterte plötzlich am ganzen Körper, bemerkte er beunruhigt, ihre Augen begannen zu flackern. Rasch bedeutete er Skorubski, er möge einen Arzt verständigen.

»Nein, das ist ganz und gar unmöglich«, flüsterte Friederike Maul.

Ein blauer Wellensittich, der aus sicherer Entfernung die Szene beobachtet hatte, nahm offensichtlich die angespannte Situation im Wohnzimmer wahr. Er hüpfte aufgeregt von Stange zu Stange, pickte nervös an den Stäben seines Käfigs und begann unvermittelt, eine sanfte Melodie zu pfeifen. Vielleicht, dachte Nachtigall, wollte er damit die unruhigen Wogen im Raum glätten.

Nach langem Schweigen fragte Frau Maul: »Mein Wolfi kommt also nicht zurück?«

»Nein. Ich weiß, wie furchtbar das für Sie sein muss.«

»Was wissen Sie denn schon von mir? Nichts! Mein Sohn war mein Ein und Alles! Ich habe nur ihn!«

Sie starrte vor sich hin. »Wie?«, flüsterte sie.

»Jemand hat ihn erschlagen«, sagte Nachtigall und fügte nach kurzem Zögern hinzu: »Es ging schnell. Er hat sein Sterben wohl nicht mitbekommen.«

»Schnell gegangen, nichts gemerkt, schnell gegangen, aus und vorbei, schnell gegangen …«, wiederholte Frau Maul monoton.

»Wer könnte das getan haben? Hatte Ihr Sohn Feinde?«

Sie starrte durch ihn hindurch, vielleicht war ihr gar nicht bewusst, dass man ihr eine Frage gestellt hatte. Der Wellensittich flatterte in heller Aufregung in seinem Käfig herum, landete schließlich am Gitter, legte den Kopf leicht schräg und beäugte den Cottbuser Hauptkommissar misstrauisch.

»Ich bin nicht schuld«, versicherte Nachtigall, doch der Vogel rückte skeptisch von ihm ab, als er seinen Finger zwischen den Stäben hindurchschob. Vielleicht konnte er den Geruch von Katzen noch wahrnehmen. Aber wahrscheinlich wusste solch ein Käfigvogel nichts von pelzigen Raubtieren.

»Gab es jemanden, der Ihren Sohn gehasst hat? Mit dem er im Streit lag?«, versuchte Nachtigall es erneut.

Frau Maul hob unerwartet den Kopf, sah ihn kalt an und drohte: »Der, der meinem Wolfi das angetan hat, wird dafür büßen! Das schwöre ich!«

Dann verlor sie das Bewusstsein.

Albrecht Skorubski steckte den Kopf zur Tür herein. Hinter ihm drängte sich jemand durch und kniete neben der ohnmächtigen Frau nieder.

»Der Arzt ist gerade gekommen – wie du siehst.« Vorwurfsvoll starrte er auf den Rücken des Neuankömmlings, der inzwischen seinen Arztkoffer geöffnet hatte und geschäftig mit einem Stethoskop hantierte. »Und Michael hat angerufen. Er ist im Büro. Es gibt eine ältere Akte zu Gieselke. Stell dir vor: Er wurde doch erpresst!«

28

»Erpressung! Also doch! Warum haben Sie uns das nicht längst erzählt?«

»Weil das eine alte Geschichte ist. Die hat nicht das Geringste mit der Ermordung meines Enkels zu tun. Nicht das Geringste!«

»Ach, und das können Sie natürlich beurteilen?«

»Ja!«

Wutschnaubend standen sich Peter Nachtigall und Olaf Gieselke im Flur des Herrenhauses gegenüber.

»Ich versuche hier eine Mordermittlung durchzuführen! Wir sind nicht im Kindergarten, wo man sich Geheimnisse noch leisten kann! Sie behindern meine und die Arbeit meiner Kollegen.«

Albrecht Skorubski stand etwa zwei Schritte von den beiden Männern entfernt und sah ratlos vom einen zum anderen. Sollte er sich einmischen oder warten, bis einem von ihnen die Puste ausging und sich das Gespräch ruhiger fortsetzen ließ? Er hatte seinen Freund selten so wütend erlebt. Damals, als sie herausfanden, dass eine Gruppe von Leuten einem jungen Mädchen nachspioniert hatte, um es in den Selbstmord zu treiben, ja, da war er ähnlich in Rage geraten, erinnerte er sich. Aber das war schon lange her.

»Diese Erpressungsgeschichte richtete sich gar nicht wirklich gegen mein Unternehmen. Sie betraf einige kleine Läden, die mit regional typischen Produkten handelten. Zufällig wählte der Kerl meine Gurken aus, um den Geschäften zu schaden.« Olaf Gieselke bemühte sich um einen versöhnlicheren Ton.

»Nein, Herr Gieselke. Wir haben das recherchiert. Die Behörden gingen davon aus, dass sich die Anschläge sehr wohl gegen Ihre Firma richteten. Leider waren Sie schon damals nicht gerade kooperationsbereit«, widersprach Nachtigall vehement.

»Meine Familie, Herr Nachtigall, löst Konflikte dieser Art seit altersher allein und ohne Unterstützung von außen!« Gieselkes rechte Augenbraue zuckte unkontrolliert. »Darauf waren wir noch nie angewiesen! Mit so einem miesen Erpresser wird ein Gieselke in jedem Fall fertig!«

»Wir haben gehört, einige große Firmen aus den alten Bundesländern wären bereit, eine stattliche Summe für Ihr geheimes Gurkenrezept zu bezahlen.«

»Ach – so etwas haben Sie gehört?«, höhnte der Hausherr. »Sie sollten nicht alles, was man Ihnen erzählt, unbesehen glauben. Das ist Humbug!«

»Vor wenigen Stunden haben wir Wolfgang Maul im Wald gefunden. Mit eingeschlagenem Schädel. Der Gerichtsmediziner ist in diesen Minuten vor Ort. Haben die beiden Morde etwas mit den Gurken zu tun, Herr Gieselke?«, fragte Nachtigall gefährlich leise.

Olaf Gieselke sah mit einem Mal alt aus. Sein Gesicht war grau, die Züge eingefallen. »Mit meinen Gurken hat das alles nichts zu tun!«

Skorubski hatte den Eindruck, Olaf Gieselke sei geschrumpft. Doch das währte nur einen kurzen Moment, dann straffte er seinen Körper, richtete sich kerzengerade auf.

»Niemals tötet jemand für Gurken!«, fügte er patzig hinzu. Er sah dem Hauptkommissar direkt in die Augen und wiederholte mit fester Stimme: »Niemals!«

»Haben Sie den Erpresser damals bezahlt, um ihn loszuwerden? Er hatte immerhin menschliche Augen und abgetrennte Finger in Ihre Gurkengläser geschmuggelt. Das war sicher ziemlich geschäftsschädigend.«

»Nein! Keinen Cent!«

»Was wusste Wolfgang Maul über die Erpressung und das geheime Rezept?«, blieb Nachtigall stur am Thema.

»Nichts – hoffe ich. Wir diskutieren Firmeninterna nicht mit Gärtnergehilfen!«

Nachtigalls Handy brummte, als er gerade, noch immer zornig, das Haus Gieselke verließ.

»Nachtigall!«, blaffte er und schob gleich ein »Entschuldigung« hinterher.

»Michael. Nanu, hat's Ärger g'ebe?«

»Ja, nicht zu knapp. Das erzählen wir dir gleich, wenn wir wieder im Büro sind. Tatwaffe habt ihr keine gefunden?«

»Nein. Dr. Pankratz ist noch draußen und sieht sich um. Du kennst ihn ja, immer supergründlich. Aber deswegen ruf ich eigentlich nicht an. Die Klinik hat sich bei mir gemeldet. Sie hätte gern, dass du vorbeikommsch. Die Kleine hat wohl was für dich g'malt.«

»Danke. Wir fahren hin und kommen anschließend zu dir!«

»Albrecht, wir fahren erst ins Klinikum.«

Skorubski nickte und startete den Wagen. »Glaubst du wirklich, die beiden Morde könnten zusammenhängen?«

»Es wäre doch ein verdammter Zufall, wenn nicht, oder? Beide Opfer standen in einer engen Beziehung zur Familie.«

»Aber Wolfgang Maul hat eigene Feinde. Seine privaten Aktivitäten streifen die Familie Gieselke bestimmt nicht einmal am Rande«, wandte Skorubski ein.

»Du denkst an die Wölfe.«

»Ja, sicher. Und daran, dass sich der größere Teil seines Lebens unabhängig von den Gieselkes abgespielt hat.«

Nachtigall, dem die Schattenbilder an den Wänden des Gästezimmers im Haus der Großeltern noch lebhaft gegenwärtig waren, seufzte. Skorubski hatte ja recht. Jedes der Opfer hatte seine eigenen Feinde. Fragte sich nur, wer den jeweiligen Mord begangen hatte.

»Wenn wir wissen, ob die Schafe vor oder nach dem Mord an Wolfgang Maul gestorben sind, können wir auch die seltsame Nachricht an den Bäumen besser einordnen.«

»Wenn sich dieses Wort ›Mörder‹ auf die gerissenen Tiere bezieht, käme auch Korbinian Nagel als Verdächtiger in Betracht. Es wäre nicht das erste Mal, dass ein Mörder versucht, dadurch von sich als Täter abzulenken, indem er sich als Entdecker der Leiche ausgibt. Und vielleicht haben ihm ja noch mehr Leute gedroht, nicht nur Ferdinand Kramstätter.« Skorubski blinkte und hielt neben der Pforte zum Klinikum.

Die Zufahrt war durch eine rot-weiße Schranke versperrt.

»Am besten ist, du steigst aus und gehst vor. Um diese Zeit gibt es hier keine Parkplätze. Ich verhandle mit dem Pförtner und komme nach.«

»Gut. Ansonsten treffen wir uns wieder hier«, bestätigte Nachtigall und wusste bereits jetzt, dass Albrecht ihm nicht folgen würde.

Skorubski nickte und ließ das Fenster herunter, um mit dem Pförtner über eine Abstellmöglichkeit für das Auto auf dem Klinikgelände zu diskutieren.

»Kaum war ihre Mutter zur Tür raus, hat sie mit Feuereifer angefangen zu malen. Wir denken, diese Zeichnung könnte interessant für Sie sein.« Aufgeregt streckte Schwester Lara dem Hauptkommissar ein Blatt Papier entgegen.

Ein Garten, ein Zaun, eine leicht verwilderte Hecke, einige Bäume – wenig spektakulär. Wäre da nicht in der Mitte der Zeichnung diese Gestalt gewesen. Ganz in Schwarz, von hinten gesehen.

»Was ist das?« Nachtigall zeigte auf eine Stelle neben der menschlichen Figur, die sich mit großen Schritten zu entfernen schien.

»Wir halten es für ein Kaninchen.«

»Ein Kaninchen? Hat Annabelle denn nichts dazu gesagt?« Dumme Frage, schalt er sich, sie spricht ja mit niemandem.

»Nein. Sie saß am Fenster und starrte in den Himmel. Als ich das Bild vom Tisch nahm, reagierte sie überhaupt nicht. Aber sehen Sie? Hier oben steht: Für den Vogelmann. Damit können nur Sie gemeint sein, nicht wahr?«

»Mag sein«, murmelte Nachtigall unsicher.

Frau Dr. Justus winkte den Ermittler in ihr Sprechzimmer und bot ihm einen Platz an. »Wir glauben, Annabelle hat dieses Bild für Sie gemalt, um Ihnen den Mörder zu zeigen.« Sie legte die Zeichnung auf den Tisch zurück. »Sie spricht noch immer nicht. Dieses Bild ist aber eine Form der Kommunikation. Sie ist bereit, Ihnen bei den Ermittlungen zu helfen. Sie will, dass der Mörder ihres Bruders gefasst wird.«

Nachtigall nickte vage. Er war sich in diesem Punkt nicht so sicher. Nicht, nachdem er die Schattenbilder über die Wände hatte huschen sehen. Seine Gedanken schweiften ab. Es konnte sein, dass Annabelle ihren Bruder getötet hatte. Im Affekt. Selbst drei Schüsse waren durch akut freigesetzten Jähzorn erklärbar.

Maurice reizte sie immer wieder und wieder. Wusste genau, wo er den schmerzhaften Stachel ins Fleisch treiben musste. Und irgendwann konnte sie es nicht mehr ertragen, wollte nur noch ihre Ruhe haben. Die Pumpgun war das Kindergewehr. Hatte sie es ausgewählt, weil es das Übungsgewehr war, das, mit dem sie sicher hantieren konnte?

Sollte er Frau Dr. Justus von dem Lampenschirm erzählen? Er entschied sich dagegen. Annabelle würde es als Verrat empfinden, was spätere Gespräche mit ihr unnötig belasten könnte. Und sie hätte ja recht mit dieser Auffassung.

Er nahm die Zeichnung wieder vom Tisch.

»Können Sie sich auf ein Geschlecht festlegen? Handelt es sich bei dieser Figur um einen Mann oder eine Frau?«

Die Ärztin schob die Brille zurecht und schaltete die Schreibtischlampe ein. Sie beugte sich tief über den relevanten Bildausschnitt, änderte ihre Körperhaltung, richtete den Lichtkegel anders aus, versuchte es erneut – und gab mit einem unzufriedenen Seufzen auf.

»Hmhmhm. Schlecht zu sehen«, meinte sie enttäuscht. »Vielleicht konnte sie selbst es auch nicht erkennen. Es ist doch durchaus denkbar, dass sie die fliehende Gestalt erst entdeckte, als diese schon weit entfernt war.«

»Ja, das ist natürlich möglich. Und dieses Tier?«

»Das ist ein Kaninchen. Sehen Sie diese auffälligen Ohren?«

»Aber warum ist das Kaninchen schwarz?«, fragte Nachtigall und seine Skepsis war deutlich zu hören. »Schwarz wie die fliehende Gestalt. Ist das nicht sonderbar?«

»Dafür könnte es durchaus mehrere Erklärungen geben. Die einfachste wäre natürlich, es handelt sich bei der Figur um jemanden, der solch ein Tier besitzt.« Sie schwieg und starrte die Zeichnung an.

»Und die anderen?«, ermunterte der Ermittler die Ärztin, weiterzusprechen.

»Kaninchen sind bei Kindern in einem bestimmten Alter der Renner. Sie sind weich und anschmiegsam, kuschlig, verlieren rasch ihre Scheu vor dem Menschen und sind praktisch nie aggressiv. Sollte es je Proteste geben, erfolgen die ziemlich lautlos. Kaninchen bellen, pfeifen oder maunzen nicht, das lauteste Geräusch, das sie erzeugen können, ist das Klopfen mit den Hinterbeinen auf den Boden. Denkbar wäre nun, dass Annabelle diese fliehende Person mit dem Gegenteil von all dem in Verbindung bringt und aus diesem Grund die Farbe Schwarz für das Tier gewählt hat.« Wieder kam das Gespräch ins Stocken.

»Oder?«

»Oder Annabelle meinte nur, der Flüchtende laufe so schnell wie ein Kaninchen davon. Womöglich hat er ja sogar ein paar Haken geschlagen.«

»Vielleicht wäre es gut, wenn ich mit Annabelle darüber sprechen könnte. Dann erklärt sie mir eventuell genauer, was sie gemeint hat.«

»Tut mir leid. Das geht jetzt nicht. Das Mädchen ist zur Therapie«, erklärte Frau Dr. Justus unterkühlt. »Außerdem kommuniziert sie im Augenblick nonverbal. Neue Erkenntnisse können Sie nicht erwarten.«

»Angenommen, es handelt sich nicht um ein Kaninchen – könnte es nicht auch eine Katze sein?«

Unwillig musterte ihn die Ärztin, dann betrachtete sie noch einmal intensiv das Bild. »Ehrlich gesagt hat es für mich keinerlei Ähnlichkeit mit einem Stubentiger. Wäre es für Ihre Ermittlungen besser, es handelte sich um eine Katze?«

»Vielleicht wollte Annabelle mir einen Hinweis auf die Katzenklappe geben. Hier, dieser Strich, könnte das nicht ein Schwanz sein?«

Deutlich genervt beugte sich Frau Dr. Justus noch einmal über die Zeichnung. »Gehört der nicht zum Arm? Hält die Gestalt da etwas in der Hand?«

29

Flocke setzte das abweisendste Gesicht auf, das er produzieren konnte. Die waren doch alle nicht mehr ganz klar in der Birne! Was sollte er denn mit dem Mord an Wolfi zu tun haben? Mandy, diese kleine Zicke, hatte nichts Eiligeres im Sinn gehabt, als der Polizei die Namen aller Wolfsfreunde zu geben. Das war der einzige Grund, aus dem er nun hier saß und mit diesem blöden Kerl reden sollte. Geringschätzung wallte in ihm auf. Wie konnte die Polizei nur so kurzsichtig sein! Warum sollten sie ausgerechnet den Aktivsten aus der Gruppe für immer zum Schweigen bringen?

Vor lauter Ärger hätte er beinahe die Frage des jungen Beamten überhört. »Sie sind Mitglied bei den Wolfsfreunden?«

»Yupp.«

»Wie Sie wissen, haben wir Wolfgang Maul tot aufgefunden. Er wurde ermordet.«

»Yupp.«

Michael Wiener unterdrückte ein Stöhnen. Würde das Gespräch so weitergehen, wüsste er am Ende nicht mehr als zu Beginn. Er musste eine Frage finden, die man nicht derart einsilbig beantworten konnte. Er gönnte sich eine kleine Pause und formulierte in Gedanken.

»Welche Funktion hatte Wolfgang Maul innerhalb der Gruppe?«

»Wir sind alle Wolfsfreunde«, erklärte Flocke und unterstrich dieses Statement durch heftiges Kopfnicken.

»Gab es etwas, das der Wolfi besonders gut konnte?«

»Naja, wenn Sie mich so fragen – der Wolfi, der hatte

immer neue Ideen. Wie man die Bauern beruhigen konnte, zum Beispiel, oder welche Aktionen man noch durchführen könnte, um die Leute zu informieren und ihnen die Ängste vor dem Wolf zu nehmen.« Er senkte den Kopf, sein langer blonder Zopf baumelte deprimiert und kraftlos über der linken Schulter hinab. »Ich weiß eigentlich gar nicht, wie es ohne ihn weitergehen soll«, fügte er flüsternd hinzu.

»War es auch Wolfgang Mauls Idee, die Wölfe mit Lärm zu vertreiben?«

Flockes Gesicht wurde wieder lebhafter. In seinen seltsam fahlblauen Augen loderte ein Funke auf. »Aber natürlich. Konditionierung. Kennen Sie die Versuche mit den Pawlowschen Hunden?«

Wiener verneinte.

»Egal. Also er wollte erreichen, dass die Tiere unsere Gegend mit unangenehmen Erfahrungen verknüpfen – besonders das Reißen von Schafen. Das sollte dazu führen, dass der Wolf diese Gegend meiden würde und keinen Appetit mehr auf Schafe hat. Im Idealfall hätte das gesamte Rudel sein Verhalten in die von uns gewünschte Richtung verändert. Hätte es funktioniert, wäre es eine tolle Methode gewesen«, erklärte Flocke mit vor Begeisterung blitzenden Augen und wilder Gestik.

»Wieso hätte?«, fragte Wiener erstaunt.

Flocke verzog das Gesicht zu einer Grimasse. »Na, der Wolf war doch da und hat Schafe gerissen. Also hat es eben am Ende doch nicht geklappt!«

»Vielleicht konnte Wolfgang Maul ihn gar nicht mehr vertreiben.« Michael Wiener beobachtete, wie der junge Mann diese Information langsam verstand. Erst wurde er rot, plötzlich war alle Farbe aus seinem Gesicht verschwunden und die Lippen bebten. Flocke räusperte sich. Dreimal.

»Heißt das, also ich meine, soll das bedeuten, dass Wolfi schon tot war, als der Wolf kam?«, ächzte er.

»Ja. Wäre doch möglich.«

Flocke schluckte schwer. »Aber ich dachte, ein Bauer hat ihn erschlagen! Weil der Wolf eben doch wieder ein echtes Blutbad angerichtet hatte. Deshalb auch das Wort ›Mörder‹ an den Bäumen.« Er schluckte erneut. »Aber wenn Wolfi zu der Zeit schon tot war, kann das ja nicht stimmen!«

»Trauen Sie den Wolfsgegnern tatsächlich einen brutalen Mord zu?«

»Denen traue ich alles zu«, beteuerte Flocke. »Einfach alles!«

30

Peter Nachtigall fiel auf den Beifahrersitz. »Wir haben ein Bild vom mutmaßlichen Täter«, verkündete er.

»Was? Na dann können wir ihn ja zur Fahndung ausschreiben!«, freute sich Skorubski.

»Deine Begeisterung kommt zu früh. Hier, sieh mal.« Damit reichte Nachtigall die Zeichnung Annabelles an seinen Freund weiter.

»Na gut. Als Phantombild ist es weniger geeignet. Meinst du, sie hat den Mörder wirklich gesehen? Oder bildet sie sich das nur ein?«

»Die Frage konnte ich ihr nicht stellen – und wahrscheinlich hätte sie mir ohnehin nicht geantwortet. Die Ärztin meint, es sei möglich, dass sie mir wirklich bei den Ermittlungen helfen will. Oben steht ›Für den Vogelmann‹. Sie hat es also extra für mich gemalt. Es ist immerhin denkbar, dass sie wirklich jemanden hat fliehen sehen.«

»Wir müssen ins Büro zurück. Michael hat die Wolfsfreunde einbestellt. Vielleicht erfahren wir ja was über Mauls privaten Hintergrund. Feinde, eifersüchtige junge Männer, denen er die Freundin ausgespannt hat …«

Albrecht Skorubski bog aus der Leipziger Straße auf die Thiemstraße ab.

»Oh je. Was ist denn hier los?«, schimpfte Nachtigall, als sie direkt in einen Stau fuhren. »Irgendwo gibt es heute etwas umsonst und ich weiß nichts davon?«

»Nein. Das ist nachmittags hier die Regel. Entspann dich. Es geht ja dennoch voran, nur eben langsam.«

Nachtigall zog sein Handy aus der Tasche und checkte

das Display. Keine Anrufe, die er während seines Besuchs im Klinikum verpasst hatte, dafür eine SMS. Er öffnete die Mitteilung und lächelte. Sie war von Conny. Liebesgrüße aus der Hauptstadt und das Versprechen, morgen wieder nach Hause zu kommen. Erleichtert stellte er die Lautstärke wieder ein und steckte das Mobiltelefon zurück.

»Albrecht! Wir haben gar nicht gefragt, ob die Kinder Handys haben!« Er schlug sich mit der Hand vor die Stirn. »So könnte es doch auch gewesen sein: Jemand ruft den Kleinen an und verabredet sich mit ihm. Vielleicht im Garten. Danach nimmt Maurice den Fremden, den er ja nun schon kennt, mit ins Haus, brüstet sich, unbeaufsichtigt zu sein, zeigt dem ›Freund‹ den Waffenschrank. Er bringt ihn ins Arbeitszimmer des Großvaters und bietet ihm etwas zu trinken an, weil er beobachtet hat, dass die Erwachsenen das so machen. Als er wieder zurückkommt, ertappt er den Kerl dabei, wie er in den Schubladen nach etwas sucht. Deshalb muss er sterben.«

»Wir können die Eltern einfach anrufen und danach fragen«, schlug Skorubski vor.

»Ja. Dabei müssen wir auch gleich noch in Erfahrung bringen, wer die Telefonnummern der Kinder hatte oder wie leicht man sie herausfinden kann.«

Nachtigall verschwand sofort in seinem Büro. Albrecht Skorubski sah von einem der wartenden Wolfsfreunde zum anderen und winkte eine junge Frau heran. »Albrecht Skorubski«, stellt er sich knapp vor.

»Evi Mandel.«

»Hallo, Frau Mandel. Nett, dass Sie sich Zeit für dieses Gespräch nehmen. Kommen Sie doch bitte gleich mit, wir suchen uns einen freien Raum.«

Er klopfte an eine der Türen auf dem langen Gang. Als

keine Antwort zu hören war, trat er ein und Evi Mandel eilt ihm nach.

»Nehmen Sie doch bitte Platz. Das alles war für Sie ein ziemlicher Schock, nicht wahr?«

Die junge Frau nickte und wischte sich Tränen aus den Augen. »Es ist ja nicht nur schlimm, dass überhaupt jemand Wolfi getötet hat – es ist nicht nur eine unfassbar grausame Tat, nein, sie ist auch noch komplett sinnlos und unverständlich«, schniefte sie.

»Sinnlos?«

»Wolfi hat bloß Wache geschoben, um Korbinian Nagel zu beruhigen. Der Ferdinand Kramstätter hatte den Nagel ganz wuschig gemacht. Immerzu nur noch vom Wolf und den Gefahren, die mit ihm kommen, geredet. Wir haben ja nie geglaubt, dass tatsächlich ein Wolf die Schafe gerissen hat«, erklärte sie stockend.

»Davon haben wir gehört: Die Hundetheorie.«

»Das ist keine Theorie!«, widersprach Evi Mandel vehement. »Wir haben ein paar Haare gefunden! Nie und nimmer sind die von einem Wolf! Schäferhund, würde ich eher vermuten.«

»Warum sollte jemand seinen Schäferhund in eine Schafherde hetzen? Ich glaube, Sie müssen mir das erklären.«

»Die Schafzüchter sind sich uneinig, was die Einschätzung der Gefahr angeht, die Wölfe darstellen. Und seltsam: Genau die Herden der Bauern werden angegriffen, die noch immer pro Wolf sind. Auch Korbinian Nagel sieht im Wolf nicht nur ein blutrünstiges Raubtier. Er war somit ein potenzielles Opfer, falls jemand ihn ›umdrehen‹ wollte. Deshalb hat Wolfi sofort vorgeschlagen, er könne die Herde bewachen. Er wollte nicht riskieren, dass Nagel sich auf die Seite der Gegner stellen könnte.«

Albrecht Skorubski schüttelte ungläubig den Kopf. »Die

Besitzer der Schafherden fürchten um ihre Tiere, weil Wölfe Schafe reißen könnten. Deshalb hetzen sie ihre Hunde auf die Schafe, nehmen Verluste in Kauf, um so zu erreichen, dass der Wolf zum Abschuss freigegeben wird? Es erscheint im ersten Moment nicht logisch!«

»Mag sein. Vielleicht ist es das ja auch nicht. Wenn Schafe gerissen werden, kommt die Presse in Scharen. Alle zeigen die furchtbaren Bilder. Die Menschen sind schockiert, schließen sich denen an, die Wölfe für eine Bedrohung halten. Die latente Angst vor dem Raubtier wächst. Es dauert gar nicht lange und man darf den Wolf ebenso medienwirksam zur Strecke bringen!«

Skorubskis Miene spiegelte seine Skepsis.

»Sehen Sie, das ist keine Diskussion, die auf einer rationalen Basis geführt wird. Es geht nur um große Emotionen! Panik, Angst und Liebe. Da die logischen Argumente nicht zu finden sind, muss man sie eben erschaffen. Wir versuchen, den Wolf positiv darzustellen. Dazu nutzen wir Bilder, die das friedliche Familienleben der Tiere zeigen. Die Gegner kreieren ihre eigenen Schreckensfotos. Und nun hat Wolfi mit seiner Idee die Pläne gestört. Also musste man zuerst den Wächter töten und danach konnte man den Hund auf die Schafe hetzen.«

»Nein! Niemand tötet einen Menschen aus so einem Grund!«, protestierte der Kripobeamte, wohl wissend, dass das so nicht stimmte. Menschen wurden aus den nichtigsten Anlässen ermordet, manchmal einfach nur, weil sie im Weg waren – vielleicht wie Wolfi.

»Ich gehe jeden Tag mit diesen Menschen um. In meinem Maileingang finde ich regelmäßig die unglaublichsten Drohungen. Von ›Wir werden dich schon zurechtprügeln‹ bis ›warte, bis es dunkel wird‹ oder ›du bist wohl sexuell nicht ausgelastet. Wir helfen dir bei diesem Problem‹. Selbst so was wie ›wenn du alte Schlampe nicht endlich mit dem Blödsinn aufhörst, wirst du wohl deinen nächsten Geburtstag nicht mehr erleben.‹« Evi Mandels Gesicht hatte sich vor Zorn gerötet und ihre Augen blitzten vor unterdrückter Wut.

»Bekommen die anderen Wolfsfreunde auch solche Mails?«, fragte Skorubski fast flüsternd.

»Aber natürlich. Wir alle bekommen Morddrohungen.«

»Wegen der Wölfe?«

»Oh ja. Der Wolf polarisiert.«

Peter Nachtigall unterhielt sich in seinem Büro mit der noch immer schluchzenden Mandy. Er schob ihr einen Becher dampfenden Kaffee zu. Sie umklammerte die Tasse fest mit beiden Händen und wärmte sich die Finger.

»Ausgerechnet Wolfi! Er war immer nett zu jedermann, hat gerne geholfen, wenn jemand Unterstützung brauchte. Von Gartenarbeit bis Babysitting hat er alles übernommen.«

»Sie gehen davon aus, dass der Mord mit seinem Engagement für die Wölfe zu tun hat?«

»Womit denn sonst?«

»Hatte er vielleicht Feinde? Oder Schulden bei Leuten, die beim Eintreiben der Gelder nicht zimperlich waren?«

»Wolfi?« Mandy riss die Augen weit auf. »Nein!«

»Wie können Sie sich da so sicher sein? Vielleicht war jemand eifersüchtig auf ihn?«, fragte Nachtigall nach.

Mandy Klinger putzte sich laut prustend die Nase. »Ich kenne Wolfi seit vielen Jahren. Wir sind praktisch zusammen aufgewachsen. Er war weder reizbar noch schwierig. Nie habe ich ihn schlecht gelaunt erlebt. Wenn er nicht bei uns Wolfsfreunden ist, arbeitet er als Gärtner bei den Gieselkes. Seine Mutter passt in der übrigen Zeit so gut auf ihn auf, dass er gar nicht dazu kommt, sich Feinde zu machen!«, empörte sich die junge Frau.

»Seine Mutter war wohl etwas overprotective?«

»Das trifft es bestimmt. Sie hat ihn im wahrsten Sinne des Wortes gepampert. Das hatte seinen Preis. Die Freiheit. Aber es hat ihm nicht viel ausgemacht. Gut, manchmal hat es Dinge verkompliziert, aber Wolfi fand immer eine Möglichkeit.«

»Von den Nachtwachen hat seine Mutter gewusst?«

»Meistens. Eigentlich sollte er solche Aktionen langfristig ankündigen. Aber das geht eben häufig nicht. Sie bestand natürlich auch darauf, dass er mit einem Partner Wache hielt und über sein Handy ständig erreichbar war.« Sie machte eine kurze Pause. »Aber auch das war natürlich nicht in jedem Fall zu organisieren.«

»Und was hat er seiner Mutter stattdessen erzählt?«

»Er hat behauptet, es seien zwei Leute eingeteilt.«

»Und der zweite …« Nachtigall ließ den Satz zwischen ihnen schweben.

»… war ich!«, ergänzte sie nach langem Schweigen patzig. »Ich habe einfach, wenn seine Mutter mich übers Handy angerufen hat, behauptet, ich sei auch draußen auf Wache.«

»Sie waren aber nicht einmal in Wolfgang Mauls Nähe.« Das war eine Feststellung, keine Frage.

»Ja. Ich muss mich auf meine Prüfung vorbereiten. Da kann ich nicht meine Zeit im Wald verbringen. Wolfi hat das allein übernommen. Ich habe ihn gedeckt und er mich!«

Tränen schossen ihr über die Wangen und sie nestelte hektisch an der Verpackung der Taschentücher herum. Entnervt gab sie irgendwann auf und zog das zusammengeknäulte Papiertaschentuch aus der Hose.

»Haben Sie das oft so geregelt?« Nachtigall bemühte sich um einen gleichgültigen Tonfall. Seine Zeugin musste nicht unbedingt bemerken, wie sehr ihn ihre Antwort interessierte.

»Oft, was heißt schon oft? Schon die Wachen überhaupt sind sehr selten, und noch seltener haben wir dieses Arrangement getroffen.«

»Er hat also bei diesen Gelegenheiten seiner Mutter weisgemacht, alles liefe nach ihren Wünschen. Im Grunde hatte er aber dadurch eine ganze Nacht frei für seine eigene Gestaltung. Vielleicht hat er sogar öfter behauptet, mit Ihnen eine Wache zu übernehmen, als Sie davon wussten?«

»Das kann ich natürlich nicht ausschließen«, antwortete Mandy gedehnt und runzelte dabei die Stirn. »Aber ich glaube nicht, dass er seine Mutter öfter angelogen hat als nötig. So war er nicht. Er liebte sie und wollte ihr keine Probleme machen. Nur deshalb gab es zwischen uns diese Regelung.«

»Angenommen, seine Mutter hätte bei Ihnen angerufen und nach Wolfgang gefragt – hätten Sie Ihren Freund nicht gedeckt?«

»Doch. Aber diese Kontrollanrufe waren eher eine Option. Sie hat praktisch nie davon Gebrauch gemacht. Sie hat ihrem Sohn vertraut.«

»Und letzte Nacht? Da hat sie nichts von der Wache gewusst, nicht wahr?«, fragte Nachtigall leise. Mandy schüttelte den Kopf und begann wieder zu weinen.

»Sie haben es ihr nicht gesagt.«

Mandy wischte sich mit einem neuen Taschentuch über die Wangen und tupfte an der inzwischen kräftig geröteten Nase entlang. »Nein, sie wusste es nicht. Ich habe Wolfi abgeholt und zu Nagels Weide gefahren. Ich!«

»Er hat sich heimlich aus dem Haus geschlichen.«

»Ja«, bestätigte sie erstickt. »Es war sehr kurzfristig entschieden worden. Er wollte eine lästige Diskussion mit seiner Mutter vermeiden.«

»Wer wusste überhaupt davon, dass Herr Maul diese Nacht bei den Schafen verbringen wollte?«

»Die Wolfsfreunde. Korbinian Nagel. Und falls es jemand rumerzählt hat. Viele können jedenfalls nicht davon gewusst haben.«

»Welcher Art war Ihre Beziehung zu Wolfgang Maul?«, wechselte Nachtigall zu einem anderen Thema.

»Wir waren Freunde. Viel mehr als bloß Kumpels – viel weniger als ein Liebespaar.«

Nachtigall bemerkte die Veränderung in Stimme und Haltung der Zeugin sofort. Sie hatte den Oberkörper aufgerichtet, ein trotziger Ausdruck hatte die Trauer aus ihrem Gesicht vertrieben. Sie lauerte. Es schien, als erwarte sie einen Hinterhalt und vergrößere deshalb die Distanz zu ihm.

»Wissen Sie, ob Wolfgang Maul eine Freundin hatte?«

Mandy schüttelte den Kopf.

»Hat er nie über eine Beziehung, auch sexueller Art, zu jemandem gesprochen?«

»Nein«, wehrte sie hastig ab.

Nachtigall betrachtete sie prüfend. »Sollte ich das vielleicht lieber Flocke fragen?«, wollte er wissen.

Mandy zögerte.

Ihr Nicken war kaum zu sehen.

Ferdinand Kramstätter war schlecht gelaunt. Seine aggressive Stimmung hing über dem kleinen Tisch im Verhörraum, schwebte um die Lampe und sorgte für Kälte im Raum.

»Na, das wird aber auch langsam Zeit!«, empfing er die beiden Ermittler giftig.

»Sie haben sich ohne uns gelangweilt?«, fragte Skorubski provokant.

Kramstätter spuckte auf den Boden. Seine Augen fixierten Peter Nachtigall.

»Ich habe einen Hof zu versorgen! Ihnen ist wohl nicht klar, wie viel Arbeit da auf mich wartet!«

»Dann bringen wir das Gespräch am besten schnell hinter uns. Wir ermitteln in zwei ungeklärten Todesfällen. Ihnen ist wohl nicht klar, wie viel Arbeit noch auf uns wartet!«

Er schaltete das kleine Aufnahmegerät ein.

»Ihr Name ist Ferdinand Kramstätter.«

»Ja. Von Geburt an!«

»Sie sind hier, weil wir heute Wolfgang Maul tot im Wald gefunden haben. Sie hatten ihm angedroht, ihn ermorden zu wollen«, eröffnete Nachtigall die Einvernahme emotionslos.

»Ja, stimmt. Ich habe ihm gedroht. Aber das war nicht ernst gemeint. Ich habe mit seinem Tod nichts zu tun. Ich habe nur gedroht – nicht gemordet!«

»Wir haben Wolfgang Maul mit eingeschlagenem Schädel in einem Waldstück auf dem Gelände Ihres Nachbarn entdeckt.«

»Pech für ihn. Ich habe es jedenfalls nicht getan.«

»Aber Sie hatten ihm genau das angekündigt, nicht wahr? ›Ich schlag dich tot‹ – das haben Sie ihm nachgerufen. Sie verstehen, dass wir uns mit Ihnen unterhalten müssen. Warum wollten Sie Wolfgang Maul erschlagen?«, fragte Nachtigall interessiert.

»Wollte ich ja gar nicht!«, fauchte Kramstätter über den Tisch.

Nachtigall schwieg. Albrecht Skorubski griff nun auch nach einem Stuhl und setzte sich so, dass er zwar Nachtigall und den Bauern sehen konnte, Kramstätter aber den Kopf drehen musste, um ihn anzuschauen.

»Warum sagen Sie dann so etwas?«, fragte Skorubski. »Wenn Sie es doch gar nicht vorhaben?«

»Ach, Sie wissen doch, wie das ist!«

»Nein! Wir drohen keine Morde an. Wir klären sie auf!«, beschied ihn Nachtigall.

»Erklären Sie es uns!«, forderte Albrecht Skorubski den Mann auf.

»Er hat mich einfach genervt. Dieses dumme Geschwätz über die Wölfe. Sein ewiges Gefasel über die Einzigartigkeit dieser Tiere. Dabei gibt es sie hier aus dem einfachen Grund nicht mehr, weil Mensch und Wolf nun eben in einem begrenzten Lebensraum nicht harmonisch nebeneinander existieren können! Sie kommen nicht miteinander aus! Und dieser grüne Junge, der keine Ahnung hat vom Leben, dieser Träumer! Redet von diesen gefährlichen Tieren, als wären es Stubentiger! Der Gipfel war aber seine Behauptung, meine Hunde seien viel gefährlicher als ein Wolf. Eben gerade weil sie den Umgang mit Menschen gewohnt wären und ihnen nicht auswichen wie Wölfe. Menschen ließen Hunde viel zu nahe an sich heran! Blödes Gefasel!«, erregte sich Kramstätter.

»Sie waren also wütend auf ihn, weil er Partei für die Wölfe ergriff. So zornig, dass Sie ihm einen Mord angedroht haben«, fasste Nachtigall zusammen.

»Na ja, das war doch nur im ersten Ärger! Niemand hat das wirklich ernst genommen – der Wolfgang auch nicht.«

»Wolfgang Maul ist tot. Ermordet auf genau die Art und Weise, die Sie ihm angekündigt haben.«

»Stimmt schon«, flüsterte der Zeuge und starrte auf seine schwieligen Hände, die in seinem Schoß lagen. Es wurde ganz still im Raum. Plötzlich atmete Kramstätter tief durch und meinte: »Es könnte doch auch einer aus der Gruppe selbst gewesen sein! Die haben schließlich alle gehört, was ich ihm zugebrüllt habe. Vielleicht will mir ja einer von denen seinen kleinen, privaten Mord in die Schuhe schieben!«

Ja, räumte Nachtigall im Stillen ein, das war durchaus denkbar. Laut sagte er: »Gut. Erzählen Sie uns doch mal, was Sie gestern am frühen und späten Abend unternommen, wen Sie getroffen haben, wann Sie nach Hause gekommen sind.«

»Also schön. Womit soll ich anfangen?«, fragte der Bauer mit neuer Bereitwilligkeit.

Traute war mit Gartenarbeit beschäftigt. Sie plante, im Frühjahr eine neue Hecke an den Zaun zur Straße zu pflanzen und wollte jetzt schon tief ausheben und umgraben, damit der Frost, der ganz bestimmt noch einmal käme, die Erdschollen gut durchfrieren konnte. So hätte sie im nächsten Frühling weniger mit dem Unkraut zu kämpfen, hoffte sie. Schon von Weitem hörte sie Caroline näher kommen. Klack, klack, klack. Immer die falschen Schuhe, dachte sie abfällig. Nicht lange, dann würde sich ihr großer Zeh zur Seite biegen und das Großzehengrundgelenk als deutliche Beule an der Innenseite des Fußes zu sehen sein. Und Schmerzen würde Caroline bekommen, das wusste Traute aus eigener Erfahrung. Hallux Valgus. Wie oft hatte sie der jungen Frau bereits gesagt, bequemes Schuhwerk sei das A und O beim Laufen, aber ganz offensichtlich wollte man ja nicht auf sie hören. Und dieser unsägliche Jack Russel! Man wusste immer genau, wo auf ihrer Runde durchs Dorf die beiden sich gerade befanden. Mit jedem Hund, den der Terrier traf, musste er eine lautstarke Diskussion beginnen. Caroline hatte Piet einfach schlecht erzogen.

Als Caroline fast an Trautes Gartenzaun angekommen war, hob die Ältere wie zufällig den Kopf.

»Oh, Caroline! Um diese Zeit schon unterwegs?«, tat Traute überrascht.

Doch Caroline war nicht in der Stimmung, das Manöver der anderen zu bemerken. Sie war aufgeregt und sah die Straße entlang. In beide Richtungen. Als fürchte sie, es könne sich jemand unbemerkt heranschleichen und ihr Über-den-Zaun-Gespräch belauschen.

»Traute, ich habe nachgedacht«, begann Caroline atemlos und die Angesprochene unterdrückte den Impuls, ihr Erstaunen über diesen Umstand deutlich zu machen. Diplomatisch hielt sie den Mund und wartete gespannt auf die Fortsetzung.

»Du hast doch gesagt, du glaubst, der Mühlberg könnte den Kleinen umgebracht haben.«

Traute fiel ihr Gespräch mit Claudia wieder ein. Was mussten die auch immer gleich weitertratschen! »Ja. Er ist in meinen Augen verdächtig«, gab sie vorsichtig zu. Worauf wollte Caroline nur hinaus?

»Nun, ich glaube nicht, dass er es war«, zischelte die Hundebesitzerin ihr nun zu. »Ich habe gerade ein Buch gelesen, so eines mit authentischen Kriminalfällen. Sag mal, kannst du dich noch an den Fall Weimar erinnern?«

Traute konnte. Natürlich. »Klar. War doch vor einiger Zeit ein Bericht im Fernsehen. Weil die Mutter den Prozess wieder aufrollen lassen wollte oder so. Sieht ganz anders aus als früher, besser, viel besser.«

»Die wurde doch verurteilt, weil sie ihre Kinder umgebracht hat.«

»Ja«, bestätigte Traute und legte die Stirn in tiefe Falten. »Dem Vater konnte man eine Beteiligung nicht nachweisen, obwohl viele Leute Zweifel hatten.« Sie sah nachdenklich in

Carolines Gesicht. »Du meinst, so ähnlich könnte es bei den Gieselkes auch gewesen sein!«

»Genau. Vielleicht hat Nele den Kleinen erschossen. Also eine Frau, die mit dem besten Freund ihres Mannes unter dem Dach seiner Familie ein Verhältnis anfängt, muss ganz schön abgebrüht sein, meinst du nicht?«

»Vielleicht. Aber hier liegt der Fall ein bisschen anders. Nele ist ja schon mit dem neuen Mann verheiratet. Sie muss gewusst haben, dass Mühlberg das Kind nicht stört. Oder ich habe mit meiner Theorie recht und er war's doch!«

»Bei dem Fall Weimar hat die Mutter ihre Töchter getötet, weil sie g l a u b t e, sie könnten den neuen Freund stören. Mit dem hatte sie ja gar nicht über die beiden gesprochen. Vielleicht war es bei Nele auch so.« Caroline schob mit dem Fuß sanft den Terrier zur Seite, der mit empörtem Knurren reagierte, und beugte sich weiter in Trautes Garten. »Ich habe gehört, Nele ist von Mühlberg schwanger! Das könnte doch manches erklären, findest du nicht?«, ließ sie die Bombe platzen.

Traute brauchte einen Moment, um das Gehörte sacken zu lassen. »Schwanger?«, hauchte sie.

Caroline nickte.

Piet begann an der Leine zu zerren und signalisierte seinem Frauchen, dass die Pause nun ein Ende haben müsse. »Ich muss dann mal«, murmelte Caroline und stakste los.

Traute hörte ihre Schritte verklingen und während sie entschlossen weiter umgrub, überdachte sie entrückt die neuen Informationen, die sie gerade bekommen hatte.

Das musste sie erst einmal verdauen.

31

Johannes Gieselke saß am Bett seiner Tochter und wartete. Annabelle sei zu einem Gespräch, käme aber in wenigen Minuten zurück, hatte ihm die freundliche Schwester erklärt und nun fragte er sich, wie dehnbar die Angabe ›ein paar Minuten‹ in einer Klinik für Psychiatrie wohl sein konnte. Ein kurzer Blick auf seine Armbanduhr verriet, dass er hier nun schon eine halbe Stunde sinnlos vertan hatte. Zeit ist Geld, fiel ihm ein, auch so ein Spruch seines Vaters, der weder vom einen noch vom anderen je genug zu bekommen schien. Und überhaupt – wieso Gespräch? Annabelle war doch im Moment im Sinne des Wortes sprachlos.

Er spürte, wie eine alles verschlingende Leere sich in seinem Denken auszubreiten begann. Dagegen galt es anzukämpfen! Annabelle brauchte einen starken Vater, der ihr die Sicherheit bieten konnte, derer sie beraubt worden war, daran musste er denken! Von diesen Überlegungen völlig unbeeindruckt, fragte eine innere Stimme unverzagt, wozu das alles noch gut sein solle.

Er hatte seinen Sohn verloren.

Mit Sicherheit bekäme er im Zuge der Ermittlungen Platz eins auf der Hitliste der Verdächtigen.

Nele liebte einen anderen.

Annabelle hatte ihn ohnehin nie geliebt. Sie hatte nur ein praktisches Arrangement gewählt.

Seine eigene Lebenspartnerin?

Wie überzeugt wäre sie von seiner Unschuld, wenn sich dieser Nachtigall auf den Vater als Täter versteifte? Im Grunde hatte er schon jetzt das Gefühl, sie ginge auf

Distanz. Aber vielleicht bildete er sich das auch nur ein, er war sehr dünnhäutig zurzeit. Annabelle hielt ihn seit Jahren für ein Weichei. Ihrer Meinung nach wäre es seine Aufgabe gewesen, den Nebenbuhler um Nele im Duell zu besiegen. Präpubertäre Träume.

Jenseits der Realität.

Vielleicht wäre die Liste der Tiefschläge noch länger ausgefallen. Doch gerade als Johannes Gieselke sich von einer Woge des Selbstmitleids überspülen lassen wollte, klopfte es und Peter Nachtigall trat ein.

»Sie?«

»Erstaunt Sie das?«

»Nein, wenn ich es genau bedenke, eher nicht. Haben Sie den Täter?«

»Leider noch nicht. Wir ermitteln in alle Richtungen.«

Johannes Gieselke zuckte zusammen. Wie hatte der Hauptkommissar das gemeint? War das eine verdeckte Anspielung?

Nervös leckte er sich die Lippen, dann fragte er: »Aber Sie wollen doch nicht mit Annabelle sprechen? Das geht nicht! Wenn Sie zu sehr in sie dringen, wird sie womöglich nie mehr aus der Sprachlosigkeit herausfinden.«

»Ich verstehe Ihre Sorge, Herr Gieselke. Aber Annabelle versucht, mit mir in Kontakt zu treten. Vielleicht hilft es ihr, wenn sie Gelegenheit erhält, sich mir mitzuteilen.« Er zeigte dem Vater das Bild, das Annabelle dem Vogelmann gemalt hatte.

»Sie glauben, das ist der Täter? Eine schlanke Figur, ganz in Schwarz, die durch einen Garten läuft? Das bedeutet am Ende womöglich gar nichts«, stellte der Vater enttäuscht fest.

»Oh doch, es bedeutet, dass Annabelle mir etwas erzählen will. Und ich bin gekommen, damit sie es tun kann.«

»Ich will nicht, dass Sie meiner Tochter zusetzen!«

Nachtigall nickte. »Das werde ich nicht. Ich spreche und sie wird zuhören.«

»Kann ich dabei sein?«

»Wenn Sie darauf bestehen, kann ich es nicht ablehnen. Aber klug wäre es nicht«, erklärte Nachtigall entschieden.

Johannes Gieselke seufzte tief.

Nachtigall schnitt ein anderes Thema an. »Das Rezept für die Herstellung Ihrer Gurken ist geheim?«

»Geheim!« Der Vater schmunzelte plötzlich. Das schwache Lächeln wirkte, als wolle er es eigentlich nicht zulassen, könne den Impuls aber nicht unterdrücken.

»Uns wurde erzählt, ein Verkauf der Rezeptur brächte viel Geld ein.«

»So ein Blödsinn! Wer hat Ihnen das denn eingeredet? Bei uns besteht Deklarationspflicht. Nur die Menge der verwendeten Zutaten muss nicht angegeben werden. Ein anständiges Labor könnte das aber ziemlich schnell herausfinden. Was glauben Sie wohl, was los ist, wenn wir auf dem Etikett etwas verschweigen und ein Kind bekommt eine allergische Reaktion. Stirbt im schlimmsten Fall, weil wir vergessen haben, etwas aufzuführen. Nein, nein. Das Risiko ist viel zu hoch.«

»Aber wenn man Gurken kauft, steht auf den Etiketten weitgehend derselbe Text – und doch schmecken die einzelnen Sorten anders«, widersprach Nachtigall.

»Die Menge der Zutaten schwankt. Zucker zum Beispiel. Manche verwenden Süßstoff. So was macht den Unterschied. Und der Punkt ›Gewürze‹ natürlich. Da muss nun nicht jedes Kräutlein einzeln aufgelistet werden.«

»Also jeder Hersteller mischt ein bisschen anders?«

»Ja«, bestätigte Gieselke und kniff sich in den Oberschenkel. Er saß hier im Krankenzimmer seiner Tochter, hatte gerade erst seinen Sohn verloren und unterhielt sich mit dem Ermittler über Gurken! »Hören Sie, ich habe eigentlich keine Lust, mit Ihnen über die Gurkenfabrik meines Vaters zu diskutieren«, stellte er klar und setzte eine abweisende Miene auf. »Wir kochen doch alle mit Natronlauge!«

»Also kann man mit dem Verkauf des Rezeptes nicht reich werden«, fragte Nachtigall unbeirrt.

»Nein, ich glaube nicht. Einige Hersteller mischen Weinblätter hinein, andere Nussbaumblätter. Sicher schmeckt jede Sorte einen Tick anders – aber es geht hier um Käuferbindung. Eher verdient man mit dem Verkauf des Namens. Die ›Gurklinge‹ sind unsere Marke. Die ist eingeführt und hat einen ziemlich großen Kundenstamm. Es ist zu befürchten, dass es die Kunden nur wenig interessiert, wer sie tatsächlich produziert. Hauptsache, der Geschmack verändert sich nicht und der Preis wird beibehalten. Wenn Sie nur das Rezept verkaufen, sind die Auswirkungen nicht so gravierend. Es gibt viele Lebkuchensorten, die gleich schmecken – aber für den Kunden schmeckt nur nach Pulsnitzer Lebkuchen, wo auch Pulsnitzer draufsteht.«

»Der Name Ihrer Hausgurke ist sicher geschützt?«

»Ja, selbstverständlich. Aber wenn mein Vater möchte, kann er die Fabrik und den Namen verkaufen. Und nun möchte ich das Thema wirklich beenden!«

»Ich kann Sie verstehen. Meine Fragen sind aber nicht zufällig, sondern für die Ermittlungen unverzichtbar. Unter welchen Umständen würde Ihr Vater zu solch einem Verkauf bereit sein? Oder ist das für ihn grundsätzlich undenkbar?«

Johannes Gieselke erhob sich und sah aus dem Fenster. Er dachte so lange nach, dass Nachtigall schon glaubte, er wolle ihm darauf nicht antworten.

»Es müsste schon eine Situation eintreten, die eine andere Lösung aussichtslos erscheinen ließe.«

»Wenn man ihn bedrohte? Ihm den Tod androhen würde, um mit den Erben verhandeln zu können?«

Wieder nahm sich der Mann viel Zeit, ehe er die Frage beantwortete. »Nun, mein Vater würde wohl, um solch einen Deal unmöglich zu machen, mit den Erben einen Vertrag abschließen, der den Verkauf verbietet. Oder zusammen mit seinem Notar eine Klausel in sein Testament aufnehmen, die eine Veräußerung unmöglich macht. Und dann seinem Tod ins Auge sehen. Er hat seine Prinzipien. Aber diese Überlegung war bisher nicht relevant. Es ist eine Frage der Familienehre.«

»Sie glauben also, es ist unmöglich, Ihren Vater zu erpressen?«

»Nein. Eine Erpressung hat schon einmal funktioniert. Jemand hat menschliche Leichenteile in unseren Gurkengläsern deponiert. Zuerst vermutete die Polizei einen Anschlag auf den Ladenbesitzer, doch schnell wurde deutlich, dass die Gurkenfirma gemeint war, weil nämlich auch in anderen Geschäften Gieselkes Gurkengläser auftauchten, in denen abgetrennte Finger und sich zersetzende Augen zwischen den eingelegten Gurken schwammen. Eine ziemlich ekelerregende Angelegenheit. Mein Vater hat zum Ärger der Beamten stillschweigend gezahlt. Nach der zweiten Rate haben wir nie wieder etwas von diesem Erpresser gehört und auch unsere Gläser blieben unangetastet. Er war wohl zufrieden.«

Peter Nachtigall hatte, während Gieselke sprach, angewidert das Gesicht verzogen. Wäre ihm je solch ein Glas mit ›verändertem‹ Inhalt beim Einkaufen in die Hände gefallen, hätte er wohl bis zum Ende seiner Tage nie mehr Appetit auf saure Gurken bekommen.

»Wenn ich das richtig verstanden habe, sind Sie der nächste Erbe?«

»Ja. Der älteste männliche Nachkomme. Wie in manchen Königshäusern!« Johannes Gieselkes Stimme war voll Bitternis.

»Maurice war Ihr ältester männlicher Nachkomme. Also endet die Erbfolge mit Ihnen.«

»Trauen Sie mir ruhig zu, dass ich mit meiner neuen Lebenspartnerin ein weiteres Kind zeuge! Vielleicht wieder einen Sohn!« Er lachte zornig. »Außerdem steht es mir frei, jederzeit ein Kind zu adoptieren. Oder ich könnte mit der Tradition brechen und Annabelle als Erbin einsetzen. Bisher waren solche Überlegungen nicht notwendig. Die Gieselkes haben zuverlässig männliche Nachkommen produziert!«

»Die Neuregelung würde Ihr Vater akzeptieren?«, fragte Nachtigall erstaunt.

»Die Frage stellt sich wohl kaum. Bis dieser Erbfall eintritt, wird mein Vater keinen Einspruch mehr einlegen können – er wird zu diesem Zeitpunkt tot und verrottet sein!«

Annabelle, die plötzlich in der Tür stand, ließ nicht erkennen, ob sie die letzten Worte ihres Vaters gehört hatte.

Johannes Gieselke war aufgesprungen und schlang liebevoll seine Arme um die zarte Gestalt, drückte ihr einen Kuss auf die Wange. Peter Nachtigall registrierte die besitzergreifende Geste ebenso wie Annabelles Gleichgültigkeit. War diese Kälte Ausdruck ihrer momentanen psychischen Verfassung oder vielleicht eher Grundschwingung in der Beziehung zu ihrem Vater?

»Der Polizist möchte mit dir sprechen. Ich warte auf dem Gang. Wenn du dich nicht mehr mit ihm unterhalten möchtest, kommst du einfach raus zu mir. Du musst nicht bei ihm bleiben.« Johannes Gieselke versuchte, Blickkontakt zu seiner Tochter aufzunehmen, doch das Mädchen sah durch ihn hindurch. Nichts deutete darauf hin, dass es seine Worte überhaupt gehört hatte.

Der Vater senkte deprimiert den Kopf.

Leise schloss er die Tür hinter sich.

Nachtigall legte die Zeichnung auf den Tisch und beobachtete, wie Annabelles Augen blitzschnell darüberhuschten. Die Kleine setzte sich aufs Bett und baumelte mit den Beinen, wie zu einer Musik, die nur sie hören konnte. Sie hatte sich wieder in sich selbst zurückgezogen.

Peter Nachtigall wusste sehr genau, was nun zu tun war. Er atmete tief durch, schob den Besucherstuhl nahe ans Bett und nahm Platz.

»Vielen Dank für das Bild. Ich weiß, dass du es gemalt hast, um mir bei der Suche nach dem Täter zu helfen. Es gibt aber ein paar Dinge, die ich mit dir klären muss. Sie sind sehr wichtig. Du willst nicht sprechen, das ist ganz in Ordnung. Wir werden es anders angehen. Macht es dir etwas aus, meine Hand zu nehmen?«, begann er mit seiner angenehmen Bassstimme ein einseitiges Gespräch, von dem er wusste, dass es bis zum Ende eine Art Monolog bleiben würde. Er legte seine große Hand neben Annabelle auf die Bettdecke.

»Wir könnten nämlich auch so miteinander reden, wenn du willst. Ich erzähle dir eine Geschichte und du drückst meine Hand immer dann, wenn etwas nicht stimmt. Solange ich die Wahrheit sage, musst du nur zuhören.«

Bei seiner eigenen Tochter hatte diese Methode immer gut funktioniert.

Dachte die Kleine nach? Es kam ihm so vor, als sei der Ausdruck in ihren Augen nun wacher, interessierter. Und plötzlich, wie zufällig, ließ sie ihre winzige Hand auf seine gleiten. Nachtigall war die helle Aufregung, die er in dieser Sekunde empfand, nicht anzusehen.

»Ich war heute in eurem Zimmer bei Oma und Opa. Und ich habe auch die Lampe eingeschaltet. Das solltest du wissen, bevor ich mit der Geschichte beginne. Ich spiele mit offenen Karten.«

Die zarten Finger zuckten, blieben aber liegen.

»Es ist nicht leicht, wenn man allein in einer Familie aufwächst. Das Mädchen, von dem ich berichten möchte, hatte nur Mama und Papa als Spielgefährten – und die hatten nicht so viel Zeit für solche Dinge. Sehnsüchtig wünschte sich das Mädchen einen Hund oder wenigstens eine Katze, damit es jemanden hatte, der mit ihm rumtoben wollte. Hund oder Katze würden ihm allein gehören, träumte es manchmal und immer tun, wozu das Mädchen Lust hatte.«

Wieder spürte er, wie die Finger flatterten.

»Doch die Eltern erlaubten kein Haustier. Das war traurig, denn plötzlich kümmerten sich die beiden noch weniger um das Mädchen, hatten noch seltener Zeit für Spiele. Die Kleine wurde einsam. Eines Tages erzählten sie ihr, sie bekäme zwar kein Haustier, aber einen kleinen Bruder. Nun ja, dachte sie, vielleicht wird der ja ganz lustig.«

Nachtigall machte eine kurze Pause. Nun käme der für Annabelle unangenehme Teil.

»Aber die Eltern hatten vergessen zu erwähnen, dass man mit so einem Baby nicht richtig spielen kann. Der Bruder war wehleidig, quengelte ständig, wurde durch die Aufmerksamkeit aller auch noch dafür belohnt. Wenn sie mal nörgelte, bekam sie Ärger, man verlangte von ihr, zu zeigen, wie sich eine große Schwester benimmt. Sie begann, ihren Bruder zu hassen. Nicht nur so ein bisschen, sondern aus tiefstem Herzen.«

Annabelles Lippen waren vom Aufeinanderpressen weiß, ihre Augen geschlossen. Peter Nachtigall wusste, dass sie ihn die Tränen, die darin standen, nicht sehen lassen wollte. Die Hand lag ruhig auf der seinen.

Er näherte sich dem Kern der Geschichte. »Es gab viele Dinge, die die Schwester sich wünschte, aber nichts davon so brennend wie das Verschwinden des widerlichen Bruders. Doch er blieb, wuchs langsam heran, krabbelte in alle Ecken, zerfetzte Lieblingsposter und sabberte auf die Seite im Poesiealbum, die ihr Kunstlehrer, wie sie hoffte, liebevoll für sie gestaltet hatte. Er war eine einzige Plage. Doch eines Tages zog ihre Mutter aus und nahm den Quälgeist mit. Erst dachte sie, das sei nun die Erfüllung ihres Wunsches, doch sie hatte sich getäuscht. Ihr Vater war traurig. So traurig, dass er sich nur noch mit sich selbst beschäftigte. Und der Bruder war eben nicht endgültig verschwunden. Er lebte nur in einem anderen Teil der Stadt. Selbst wenn er nicht bei ihr wohnte, drehte sich alles um ihn! Unfassbar! Sie konnte so nett sein, wie sie wollte, das wurde nie bemerkt. Niemand nahm sie überhaupt noch zur Kenntnis. Als der Junge verkündete, er wolle bei seiner Mutter bleiben und mit der neuen Familie auswandern, hielt sie das für den Zeitpunkt, an dem er nun tatsächlich verschwände. Aber nein. Wieder stürzte diese Mitteilung ihren Vater in eine tiefe Krise. Und langsam begann sich die Schwester zu fragen, ob sie wirklich eine gute Wahl getroffen hatte. Kanada hätte sie auch gereizt, der neue Mann von Mama war cool und immer gut gelaunt, Mama selbst lachte auch viel mehr als früher und vielleicht wurde das neue Baby ja ein Mädchen! Bloß nicht noch ein Bruder! Sie empfand neben ihrem Hass auf diesen Versager, der ohne Mamas Hilfe völlig aufgeschmissen war, plötzlich noch etwas anderes: Neid.«

Er beobachtete ihr Mienenspiel. Und in diesem Moment hob sie langsam die Lider und sah ihn an. Emotionslos.

»Sie begann, ihren Bruder bei jedem Treffen zu schikanieren. Ließ ihn spüren, dass sie nichts lieber hätte als seinen Tod. Seine Versuche, ihr das mit gleicher Münze heimzuzahlen, waren lächerlich kläglich. Nachts, wenn er schlief, träumte sie von einer Zukunft ohne ihn, malte sich aus, wie er sterben könnte.« Bevor er jetzt den letzten Satz anhängte, gönnte er ihr erneut eine kurze Pause. »Und eines Tages fand sie ihn in seinem Blut und fühlte sich grauenhaft. Ihr Traum war in Erfüllung gegangen, doch sie war darüber entsetzt, fühlte sich schuldig. War schuldig.«

Noch immer keine Reaktion. Hatte sie womöglich die Kommunikationsregeln nicht verstanden?

»Sie hatte ihn getötet!«

Überraschend kraftvoll umklammerten ihre Finger seine Hand.

32

»Was haben wir?«, fragte Nachtigall wie immer und sah in die Runde. »Fangen wir mit Wolfgang Maul an.«

»Es sieht nicht so aus, als gäbe es einen Zusammenhang zwischen den Taten«, begann Michael Wiener. »Die Gruppe um Wolfgang Maul hat kein Interesse an sauren Gurken.«

»Maul war bei Gieselke angestellt. Das scheint tatsächlich der einzige Berührungspunkt zu sein. Meiner Meinung nach ist das Zufall«, erklärte Albrecht Skorubski.

»Das ist so nicht ganz richtig«, korrigierte Nachtigall. »Olaf Gieselke ist passionierter Jäger. Entweder steht er auf der Seite der Wölfe oder eben nicht. Wenn nicht, gehört er zu den Feinden der Wolfsfreunde.«

»Ja, das haben wir ihn noch gar nicht gefragt! Aber die Wolfsaktivisten glauben, der Bauer war's.«

»Das haben sie mir auch erzählt«, bestätigte Skorubski. »Aber ehrlich gesagt ist mir diese Lösung zu einfach. Ferdinand Kramstätter war wütend. In seinem Zorn hat er Dinge gesagt, die er so nicht gemeint hat.«

»Für dich ist er also nicht mehr verdächtig?«, hakte Nachtigall nach.

»So weit will ich auch nicht gehen! Er hat kein Alibi für die Mordnacht, er wusste offensichtlich, dass Wolfgang Maul die Wache übernommen hatte – nein, ganz streichen würde ich ihn nicht.«

»Gibt es schon ein Ergebnis aus dem Labor? Zum Beispiel, was die Haare angeht, die beim ersten Überfall auf die Herde gefunden wurden? Der Mord bekommt ein neues Gesicht, wenn sich herausstellt, dass der erste Riss aufs

Konto eines Hundes geht«, sagte Nachtigall und schrieb den Namen Ferdinand Kramstätter auf einen Papierstreifen, den er neben den Tatortfotos aus dem Wald anheftete.

»Gibt es denn bei uns wirklich Wölfe? Ich dachte immer, die leben nur auf diesem Truppenübungsplatz. Bei Nochten« , fragte Skorubski skeptisch.

»Dort sind sie ja nicht eingesperrt, wie in einem Wolfsgehege. Offensichtlich gibt es einzelne Tiere, die nachts unglaubliche Strecken zurücklegen. Dabei kommen sie auch im Spreewald durch«, wusste Michael Wiener. »Marnie hat mir das erst vor ein paar Tagen erzählt. Aber es ist eben nicht das Rudel. Es handelt sich um Einzelgänger. Die Biologen freuen sich natürlich.«

»Angenommen, der erste Überfall wurde tatsächlich durch einen Hund verübt«, begann Nachtigall nachdenklich, »und Wolfgang Maul hat das beobachtet, vielleicht sogar Fotos davon gemacht, dann war er ein wichtiger Zeuge. Denkbar wäre auch, dass er in der letzten Nacht einen Hund gesehen hat, der die Schafe riss. Wir müssen bei den anderen nachfragen, ob er eine Kamera bei diesen Einsätzen dabeihatte.«

»Du glaubst, er könnte den Besitzer des Hundes erpresst haben?«

»Warum nicht? Er wollte sicher ausbrechen aus der engen Beziehung zu seiner Mutter. Dazu benötigte er Geld.«

»Ja, das könnte durchaus sein«, räumte Wiener ein. »Ich habe mir nur ein ganz anderes Bild von ihm gemacht. Da passt die Erpressung nicht rein.«

»Der edle Schützer aller wilden Tiere?«, zog Skorubski den jungen Ermittler auf.

»Ja, vielleicht«, lachte Wiener gutmütig. »Ich habe vielleicht ein zu romantisches Bild von diesen Wolfsfreunden! Das verträgt sich eben nicht mit der Vorstellung, er könne ein Erpresser sein. Aber ich sehe ein, dass das ausgemachter Quatsch ist!«

»Die Sache mit der Kamera müssen wir also noch klären. Waren auf dem Handy irgendwelche Fotos?«, führte Nachtigall sein Team tiefer.

»Bisher haben wir noch nichts darüber gehört. Die Kollegen werten sicher noch die Speicher aus. Außerdem muss das gar nichts bedeuten. Er kann ja die Fotos von einem früheren Überfall längst auf seinem PC gespeichert haben«, meinte Skorubski.

»Vielleicht finden wir in seinem Zimmer eine DVD«, fügte Wiener hinzu. »Wenn wir die Kamera suchen, können wir auch das mit im Auge behalten.«

»Gut. Das übernimmst du, gleich morgen früh«, entschied Peter Nachtigall. »Frau Maul ist nicht zu Hause, sie wurde stationär aufgenommen und ist nicht vernehmungsfähig. Es wird dich also niemand stören.«

Michael Wiener nickte.

»Außerdem habe ich neulich gelesen, dass man eine neue Rasse Hütehunde zum Schutz der Schafe einsetzen wollte. Finde mal raus, ob das schon gemacht wird und wenn ja, warum Korbinian Nagel diese Hunde nicht eingesetzt hat.« Er legte die Stirn in dicke Falten und brummte ungehalten: »Wie hießen die denn gleich? Mann, das Gedächtnis! Sie kommen aus der Schweiz«, begann er sich heranzutasten, »sehen aus wie riesige Plüschtiere, haben angeblich einen guten Charakter, sind zuverlässig. Ah! Jetzt! Maremma! So heißt die Rasse.« Man konnte ihm die Erleichterung deutlich anmerken. Das Ablagesystem in seinem Hirn hatte seine Mängel, aber wenn es drauf ankam, fand er die Information nach einigem Suchen eben doch.

»Komischer Name. Mit zwei M? Habe ich noch nie gehört«, meinte Michael Wiener und schrieb sich alles auf.

Er würde seine Freundin Marnie danach fragen. Als Biologiestudentin sollte sie über solche Dinge Bescheid wissen, dachte er anspruchsvoll.

»Mit der Befragung der Wolfsfreunde sind wir fertig?«

»Nein. Einer fehlt noch. Aber ich kann dir sagen, das ist ein seltsamer Haufen. Einer war so bräsig, dass ich mir gar nicht vorstellen kann, wie der überhaupt je aktiv werde will. Und echte neue Erkenntnisse habe wir auch nicht g'wonne.«

»Nur die, dass Wolfgang Maul homosexuell war. Seine Mutter weiß das allerdings nicht, sie hoffte immer, dass er und Mandy ein Paar würden.«

»Es gab einen intimen Freund?«

»Ja. Flocke. Mandy meint, die Beziehung der beiden sei sehr glücklich gewesen. Flocke war am Nachmittag vor dem Mord bei ihr, um die weiteren Planungen für die Gruppe zu besprechen. Er hat sogar bei den Vorbereitungen für Wolfgang Mauls Wolfswache geholfen.«

»Was machen wir mit Kramstätter?«, wollte Skorubski wissen und Nachtigall seufzte.

»Wir können ihn nicht hierbehalten. Er geht auf seinen Hof zurück. Ich glaube nicht, dass Fluchtgefahr besteht.«

»Aber er hat exakt diese Art Mord angedroht. Und nun ist Wolfgang Maul tot. Er wäre genau der Typ, der so eine Drohung in die Tat umsetzt«, widersprach Wiener. »Er ist arrogant, cholerisch und selbstgerecht. Ich find, bei ihm passt alles ganz gut z'samme.«

»Wenn jeder, der einem anderen einen Mord androht, seine Drohung wahr machen würde, hätten wir hier viel mehr Personal!«, grinste Nachtigall. »Aber ich verstehe, was du meinst. Dennoch müssen wir ihn gehen lassen. Kein Haftrichter stellt uns auf dieser Basis einen Haftbefehl aus.«

»Er hat nicht einmal ein Alibi!«

»Kramstätter wusste sehr genau, dass seine Worte gehört worden waren. Er hat ja schon auf uns gewartet. Glaubst du nicht, er hätte das bedacht, bevor er zuschlägt?«

»Es könnte doch auch sein, dass er mit dieser Überlegung rechnet. Er plante ein, wir könnten nicht glauben, dass er so leichtsinnig oder dumm sein würde.«

»Wenn wir ernste Zweifel haben, können wir ihn sicher zu jeder Zeit auf seinem Hof antreffen.«

»Wer wird obduzieren?«

»Dr. Pankratz. Er war ja auch schon am Tatort.« Nachtigall sah Michael Wiener auffordernd an. »Ich denke, du wirst dich intensiv mit dem Mord an Wolfgang Maul beschäftigen, während Albrecht und ich versuchen, den Fall Gieselke zu klären. Daher wird es auch gut sein, wenn du zur Obduktion gehst.«

Der junge Ermittler nickte erfreut.

»Mal sehen, vielleicht komme ich auch dazu. Sobald Dr. Pankratz mir einen Termin nennt, rufe ich dich an«, versprach Nachtigall.

»Es ist aber möglich, dass nur die Mailbox rangeht. Marnie und ich haben was zu feiern, wir gehen schick essen.«

»So? Na, raus mit der Sprache!«, forderte Skorubski.

»Fünf Jahre Cottbus. Marnie und ich sind mittlerweile richtig sesshaft geworden. Wir gehen heute zu Peters Inder«, erklärte Wiener dem neugierigen Kollegen.

»Fünf Jahre schon?« Nachtigall konnte es kaum glauben.

»Ja. Fünf Jahre.«

»Gut, dann wollen wir uns ein bisschen beeilen, damit wir für heute Schluss machen können«, erklärte Nachtigall gutmütig. »Es gibt neue Entwicklungen im Fall Gieselke.« Er legte die Zeichnung auf den Tisch. »Annabelle hat mir das gemalt. Die Ärztin glaubt, das Mädchen wollte mir helfen und hat deshalb den Mörder gezeichnet.«

»Und das daneben? Neben der Gestalt?« Skorubski beugte sich vor und tippte mit dem Finger darauf.

»Dr. Justus hält es für ein schwarzes Kaninchen.«

»Wieso ein schwarzes? Die auf den Bildern meiner Kinder waren in der Regel hellbraun.«

»Das habe ich mir auch erklären lassen. Also entweder meinte sie konkret ein schwarzes Kaninchen, das der Person hier gehört, oder es ist schwarz, weil das weiße, unschuldige Kaninchen jetzt böse geworden ist. Jemand, den sie für nett hielt, den sie vielleicht liebt, hat sein wahres Gesicht gezeigt und etwas Böses getan – zum Beispiel ihren Bruder getötet.«

»Der Vater?«, ächzte Skorubski.

»Die Mutter?«, murmelte Wiener. »Von der würde man es doch am wenigsten vermuten.«

»Oder die Großeltern?« Skorubskis Stimme entgleiste leicht und er räusperte sich.

»Nein, das glaube ich nun wirklich nicht. Die Großeltern hätten doch einen Weg finden können, den Tod des Enkels wie einen Unfall aussehen zu lassen. Olaf Gieselke erschießt seinen Enkel mit einem Gewehr aus dem eigenen Bestand? Irgendwie erscheint mir das unlogisch. Selbst wenn Maurice wegen des ›Gurkenerbes‹ sterben musste, halte ich es nicht für wahrscheinlich, dass sie eine so direkte Tötungsart gewählt hätten. Abgesehen davon läuft die Gestalt hier weg vom Haus.«

»Frau Gieselke kann bestimmt auch gut schießen. Sie hat einiges an der Seite ihres Mannes gelernt. Du hättest mal sehen sollen, wie professionell sie das Wildschwein zerlegt hat. Eindrucksvoll!«, meinte Skorubski nachdenklich.

»Es könnte doch auch hier zutreffen, was wir vorhin

bei Kramstätter angedacht haben. Der Täter wählt eine unglaubwürdige Konstellation in der Hoffnung, so nicht verdächtigt zu werden. Kein Großvater tötet seinen Enkel mit dem eigenen Gewehr, sollen wir denken – und tun es auch!«, trumpfte Wiener auf.

»Selbst die eigene Schwester kann schießen und hätte vielleicht ein Motiv gehabt.« Nachtigall erzählte von dem Lampenschirm für die Laterna magica. Der junge Ermittler riss erstaunt die Augen auf.

»Um Himmels willen. Daran hätte ich nun gar nicht gedacht. Hass unter Geschwistern und die Schwester greift entschlossen zur Waffe, um den Bruder ein für alle Mal los zu sein!«

»In der Presse steht dann ›tragischer Unfall‹. Um die Öffentlichkeit, die Familie und das mörderische Kind zu schonen«, setzte Skorubski hinzu.

»Sie hat mir gesagt, dass sie Maurice bitter gehasst hat. Aber sie behauptet, sie habe ihn nicht getötet.«

»Sie hat mit dir gesprochen? Das ist ja prima!«

»Nein, Albrecht. Wir haben dieses Gespräch etwas anders geführt.« Er erklärte seine Methode.

»Vielleicht hat sie dich belogen und war es doch. Du hast im Augenblick keine Möglichkeit, diese ›Aussage‹ zu überprüfen«, gab Wiener zu bedenken.

»Dieser Fall bietet eine so unglaubliche Fülle von Szenarien, die ich mir alle gar nicht vorstellen mag! Gerade gestern hat mir Emile dargelegt, warum der Vater prima als Täter infrage kommt, die leibliche Mutter ist aber ebenso verdächtig, der Stiefvater, der Großvater, selbst die Großmutter! Und alles wegen der Gurken!«, polterte Nachtigall und ließ seine flache Hand krachend auf den Tisch sausen. »So was will ich nicht glauben!«

Traute räumte ihre Gartengeräte in einen winzigen, ziemlich baufälligen Schuppen. Den hatte ihr Mann selbst gezimmert, damals, kurz nach der Wende, als er noch glaubte, er habe seine Zukunft hier. Ihr Magen verkrampfte sich noch immer, wenn sie an ihn dachte. Dieser hormongesteuerte, unzuverlässige … Stopp!, rief sie sich zur Ordnung, über Tote sollte man nicht schlecht sprechen. Auch nicht im Geiste. Er hatte für seine Eskapaden mit diesen Flittchen bezahlt. Schlaganfall, monatelanges Siechtum, Tod. Traute klopfte sich die Erde von der Hose. Sie sollte nicht undankbar sein. Für sie war vorgesorgt gewesen.

Seufzend schloss sie die störrische Tür. Jetzt würde sie sich bei einer ordentlichen Tasse Tee mit Schuss aufwärmen. Das Display ihres Telefons, das sie routinemäßig checkte, zeigte 25 verpasste Anrufe.

»Da arbeite ich einmal den ganzen Nachmittag draußen und schon will Hinz und Kunz mir etwas Wichtiges mitteilen! An anderen Tagen langweile ich mich fast zu Tode! Da ruft hier keiner an, sind alle beschäftigt.«

Neugierig rief sie die erste gespeicherte Nummer zurück, klemmte das Telefon zwischen Schulter und Kinn ein, während sie dem regelmäßigen Klingeln lauschte und gleichzeitig das Wasser für den Tee aufsetzte.

»Na endlich! Wo warst du denn den ganzen Tag? Ich habe x-mal versucht, dich zu erreichen«, schimpfte die Stimme am anderen Ende der Leitung ungehalten. »Stell dir nur vor: Friederikes Sohn ist tot. Ermordet!«

Es gab nicht viele Situationen in Trautes Leben, in denen es ihr je die Sprache verschlagen hatte, aber dies war eine. Sie spürte, wie ihre Knie nachgaben, klammerte sich an die Arbeitsfläche und keuchte.

»Traute? Bist du noch dran?«

»Ja«, wisperte sie nach einer langen Pause. »Ich glaube schon.«

»Den Kopf hat man ihm eingeschlagen. Als er auf die blöden Schafe vom Nagel aufgepasst hat. Und ›Mörder‹ soll an den Bäumen gestanden haben, geschrieben mit seinem eigenen Blut.«

»So ein Blödsinn, Caroline!« Traute hatte mühsam ihre Fassung wiedergewonnen. »Wen sollte der Wolfgang wohl umgebracht haben? Red nicht so dumm daher!«

»Ich rede nicht dumm daher«, widersprach Caroline beleidigt. »Es stimmt. Korbinian Nagel hat die Leiche gefunden.«

»Und danach musste er zur Stärkung seiner Nerven erst einmal mehrere Schnäpse kippen! Solche Geschichten zu erzählen, das passt zu ihm. Wenn er besoffen ist, geht eben die Fantasie mit ihm durch. Er ist nur ein Mann!«

»Friederike ist im Krankenhaus. Sie hatte bestimmt einen Nervenzusammenbruch. Wenn ich mir das vorstelle, jemand nimmt ihr das Liebste, das sie je hatte, bekomme ich richtig Gänsehaut«, ächzte Caroline und Traute verzog angewidert das Gesicht.

»Friederike wird sich ein neues Hobby suchen müssen«, gab sie kalt zurück. »Der Wolfgang wäre über kurz oder lang sowieso abgehauen. Kein junger Mann lässt sich so eine Kontrolle rund um die Uhr auf Dauer gefallen. Der muss eine Engelsgeduld gehabt haben.«

»Traute!«, schrie Caroline empört auf. »Wie kannst du nur so herzlos sein?«

»Ich bin nicht herzlos, nur realistisch. Du mit deiner romantischen Verklärerei! Aber wirklich beunruhigend bei der ganzen traurigen Angelegenheit ist doch, dass in unserer Gegend offensichtlich ein brutaler Mörder rumschleicht.« Sie hatte die Stimme gesenkt und einen unheimlichen Ton angeschlagen.

»Vielleicht ist es ein Serientäter. Einer, der zu seinem eigenen Vergnügen tötet«, hauchte Caroline verängstigt zurück.

»Oder jemand versucht ein Ablenkungsmanöver«, erklärte Traute unbeeindruckt, goss das heiße Wasser über den Grünen Tee und gab nach kurzem Zögern zwei kräftige Schlucke Rum dazu. Das würde sie jetzt brauchen, es half beim Denken.

»Wovon wollte er denn ablenken?« Caroline wurde zunehmend hysterisch. In Trautes Augen drängte sich ein geringschätziges kaltes Glitzern. Es wäre sicher besser, nicht weiter ins Detail zu gehen, das konnte die Freundin wohl nicht verkraften. Sie würde dieses Gespräch jetzt beenden und sich mit ihrem Tee in den gemütlichen Sessel im Wohnzimmer setzen, um in Ruhe vor dem Kamin über diese vertrackte Angelegenheit nachzudenken. Geschickt wimmelte sie Caroline ab.

Während sie sich anschließend ihren Gedanken überließ, drängte das Gespräch mit Claudia in ihr Bewusstsein. Mörder, warum nur sollte jemand Wolfgang als Mörder bezeichnen? Diesen freundlichen jungen Mann, der in den Frauen liebevolle Beschützerinstinkte weckte und keiner Fliege etwas zuleide tun konnte? Und eine neue, bestechend logische Theorie um den Mord durch die Mutter und die gleichzeitige Vertuschung begann sich zu formen. Elektrisiert griff sie erneut zum Telefon.

»Claudia, hast du auch schon vom Mord an Wolfgang gehört? Gut, du weißt also Bescheid. Und es passt prima zu deiner Theorie, denke ich. Angenommen, weder Johannes Gieselke noch dieser Mühlberg waren der Vater von Maurice …«

Claudia hörte sich Trautes Kombinationen mit wachsender Aufregung an. Eine Mutter, Erpressung durch den wirklichen

Vater, der diese Information nun preisgeben wollte, Angst um die neue Beziehung, Mord am Kind, Reue, ein verzweifelter zweiter Mord am Erpresser, die theatralisch-dramatische Inszenierung am Tatort, selbst das Wort ›Mörder‹ an den Bäumen machte plötzlich Sinn! Unlösbare Ketten der Leidenschaft. Eine Geschichte, wie sie eben nur das wahre Leben schreiben konnte.

33

»Marnie? Glaubst du, man kann einen Erpresser wirklich ausbezahlen?«

Michael Wiener rekelte sich auf der Couch und sah zu, wie seine Freundin eine DVD in den Player schob. Zum Abschluss dieses gelungenen Festabends würden sie sich eine BBC-Reportage ansehen.

»Nein. Gehört die Erkenntnis, dass ein einmal erfolgreicher Erpresser immer wieder neue Forderungen stellt, nicht zum Allgemeinwissen?«

»Wir haben aber ein Opfer, das behauptet, der Erpresser habe sich nach der Zahlung nie mehr gemeldet.«

»Dann würde ich ihm an deiner Stelle nicht glauben.« Marnie schenkte Sekt in zwei stilvolle Gläser. »Oder die gezahlte Summe war so hoch, dass klar war, mehr konnte das Opfer nicht aufbringen und würde bei einem weiteren Versuch eher sein Geheimnis in alle Welt posaunen, als erneut zu zahlen«, erklärte sie.

»Hm. So könnte es natürlich auch gewesen sein«, murmelte Wiener und überlegte, ob Gieselke wohl genau das gedroht hatte. ›Wenn du noch einmal vorbeikommst, stelle ich mein Gurkenrezept ins Netz‹?

Marnie stieß mit ihm an und trank einen kräftigen Schluck. Sie kuschelte sich dicht an ihn und zog die Beine hoch.

»Was ist das Thema dieser Reportage?«

»Schwarmverhalten.«

Die angenehme Stimme eines Biologen führte sie durch die Sequenzen. Fische, Schmetterlinge, Vögel, Herden von Gnus und Zebras zogen über den Bildschirm. Wiener dachte an die aufgerissenen Leiber der Schafe. Er würde gleich morgen nachfragen, ob endlich das Ergebnis der DNA-Überprüfung vorlag. Wenn es ein Hund war, der die Herde überfallen hatte, würden sie auch herausfinden, wer der Besitzer war!

»Dieser Prof. Cassidy mag ja in vielen Punkten recht haben, aber ich habe heute mit eigenen Augen gesehen, dass es nicht immer günstig ist, in einer Herde zu leben.«

»Du sprichst von den getöteten Schafen. Das kannst du nicht vergleichen. Die Tiere konnten nicht fliehen, sich nicht wie eine echte Herde verhalten und die Vorteile ausspielen. Sie waren eingezäunt.«

»Dennoch. Es ist nicht immer gut, in einer großen Gruppe zu leben«, wiederholte Wiener störrisch.

»Weil man als Einzelindividuum weniger auffällig ist in der Weite der Welt?« Marnie rieb ihre Nase an seiner Wange.

»Nun ja. Ein einzelner Vogel im Busch bleibt eventuell unentdeckt. Aber ein Schwarm mit Hunderten von Tieren wird sofort wahrgenommen. Ich halte es nicht für die bessere Strategie, all meinen Feinden zu signalisieren, wo ich bin.«

»Natürlich werden auch Individuen aus einem Schwarm gefressen. Die Gruppe bietet keinen absoluten, sondern einen relativen Schutz. Statistisch gesehen ist es für das Überleben der Einzelnen im Schwarm günstiger. Durch seine Masse, die in ständiger Bewegung ist, plötzlich die Richtung ändert, die Formation und den Umfang, irritiert er Fressfeinde. Manchmal sind die Angreifer so verwirrt, dass sie ohne jede Beute wieder abziehen. Geparde oder Leoparden suchen sich gerne vor Beginn der Hatz ein potenzielles Opfer aus. Im unübersichtlichen Gewusel der Herde verlieren sie es aus den Augen und haben Probleme, sich für ein neues Tier zu entscheiden. Sie schwanken, jagen hier, hetzen dort und verschleißen dabei ihre Kräfte sinnlos.«

»Auf den Menschen bezogen würde diese Theorie bedeuten, dass wir in Großstädten sicherer leben als auf dem Land. Das stimmt nicht!«

Marnie lachte gutmütig. »Das liegt daran, dass der größte Feind des Menschen der Mensch ist! Der Tod kommt aus der Nachbarschaft! Gnus oder Zebras bringen sich nicht gegenseitig um, Heringe fressen einander nicht. Bei uns ist jedes Gruppenmitglied ein möglicher Feind. Je größer die Gruppe, desto mehr potenzielle Feinde.«

»Ich finde dich ja auch zum Fressen toll!« Mit einem gutturalen Laut drehte er sich zu ihr um und begann durch leichtes Knabbern die Stellen zu markieren, die ihm besonders verführerisch erschienen.

Marnie kicherte und begann lustvoll zu stöhnen.

Mit einer geschmeidigen Bewegung zog Wiener Marnie sanft auf den Teppich.

Das Telefon klingelte und zerstörte diesen magischen Moment.

»Wiener!«

»Pankratz. Wolfgang Maul ist morgen früh mein erster Patient. Ich habe gehört, Sie werden teilnehmen?«, fragte der Gerichtsmediziner ohne weitere Einleitung. Er war bekanntermaßen kein Freund des Smalltalks.

»Ja. Ich komme. Wolfgang Maul ist mein Ermittlungsschwerpunkt.« Wiener räusperte sich und versuchte, seine weit abgeschweiften Gedanken wieder auf den aktuellen Mordfall zu konzentrieren. »Sie waren ja dabei, als wir seine Leiche gefunden haben.«

»Gefunden? Klingt, als habe ihn jemand verloren. Eine etwas unpassende Verwendung des Wortes in diesem

Fall, finden Sie nicht auch?«, hörte er noch, dann war das Gespräch beendet.

Befremdet legte Wiener das Telefon auf den Couchtisch zurück. Als er sich umwandte, zwinkerte Marnie ihm zu. »Wollen wir an der Stelle weitermachen, an der wir unterbrochen wurden? Oder sollen wir etwas weiter vorne einsteigen? Ich könnte dir noch so manche spannende Einzelheit über Schwärme und Schwarmverhalten erzählen«, bot sie an.

Das schien nicht notwendig zu sein.

34

Peter Nachtigall hob die Hand und winkte Albrecht Skorubski zu, der sich auf den Heimweg machte. Seine Frau würde ihn sicher mit einem leckeren Abendessen erwarten, vielleicht mit Kerzen und Wein.

Er überließ sich einige Sekunden dem Selbstmitleid, dachte an sein dunkles Haus, das Angebot im Kühlschrank. Die beiden Katzen würden sich natürlich freuen, wenn er jetzt nach Hause käme. Aber weniger wegen seiner Präsenz als wegen seiner Funktion, dachte Nachtigall illusionslos. Dosenöffner!

Kurz entschlossen stellte er seinen Wagen auf dem Parkplatz hinter der Oberkirche ab. Ein bisschen Gewühl und laute Musik konnten bestimmt nicht schaden. Der Appetit hatte seinen besten Freund, den Hunger, längst geweckt und so ging der Hauptkommissar auf dem Weg zum Mosquito schon im Kopf die Speisekarte durch. Mit raumgreifenden Schritten überquerte er den Parkplatz und lief an der Fassade von St. Nicolai entlang. An der Ecke blieb er stehen. Das Restaurant von der gegenüberliegenden Straßenseite hatte im vergangenen Sommer in dieser Nische Tische aufgestellt, eine Art Sonnenterrasse eingerichtet. So schnell geriet ein Anschlag, der tagelang die Presse bewegt hatte, in Vergessenheit. Ob überhaupt noch jemand daran dachte, dass hier ein Mann beinahe getötet worden war? Bandido oder Hells Angels? Er zuckte mit den Schultern, war ja im Grunde auch egal, wichtig war nur, dass der Mann überlebt hatte.

Nachtigall wandte sich nach rechts. Die behagliche

Atmosphäre über dem Altmarkt nahm ihn beinahe augenblicklich gefangen. Vor dem Mosquito brannten einladend Fackeln, hinter den Scheiben erkannte er junge Leute, die gestikulierend mit dem Gegenüber diskutierten oder andere, die über den Tisch hinweg verliebt Händchen hielten. Vielleicht fand er gar keinen Platz mehr.

Er bog in die schmale Gasse ein und öffnete die schwere, schwarze Tür. Sofort brandeten ihm Musik und laute Gesprächsfetzen entgegen. Hinter der Bar ratterte eine Eiscrushmaschine.

Ohne viel Hoffnung sah er sich um. Selbst an der Theke saßen die Gäste dicht gedrängt. Als er schon wieder gehen wollte, entdeckte er an einem der Bartische vor dem Fenster zum Altmarkt eine einsame Gestalt, zu der sich offensichtlich niemand setzen wollte. Die Miene des Gastes war abweisend, seine glänzende Glatze möglicherweise abschreckend. Dr. Pankratz!

»Hallo! Ist bei Ihnen noch frei?«, fragte Nachtigall schmunzelnd.

»Ach, ich weiß nicht. Sie sind doch von der Polizei, nicht wahr? Vielleicht möchte ich lieber nicht in Ihrer Gesellschaft gesehen werden. Ihnen haftet der Geruch des Verbrechens an!«, gab der Rechtsmediziner zurück und machte gleichzeitig eine einladende Geste.

»Ja, mir ist nicht zu trauen!«, bestätigte der Hauptkommissar fröhlich und schob sich auf den Hocker.

»Schon neue Erkenntnisse? Und bevor Sie mich fragen: Mein neuester Patient ist erst morgen an der Reihe! Es ist ja nicht so, dass nur bei Ihnen gemordet wird.«

»Guten Abend! Würde es Ihnen etwas ausmachen, ein Stückchen zu rutschen? Dann hätte ich auf der Bank auch noch Platz.«

Zornig drehte Dr. Pankratz sich zu dem unverfrorenen

Frager um – und lachte gleich darauf kehlig. »Na, das verspricht ja ein interessanter Abend zu werden!«

Emile Couvier schob sich neben ihn und begrüßte beide Männer mit Handschlag. »Kommt ihr voran?«, wollte auch er wissen, nachdem sie die Getränke bestellt hatten.

»Nicht wirklich. Inzwischen ist klar, dass die Familie erpresst wurde. Jemand hatte Leichenteile in Gurkengläsern deponiert, Gieselke zahlte und angeblich herrschte danach Ruhe.«

»Demnach wurde eine mehr als große Summe bezahlt«, stellte Dr. Pankratz trocken fest.

»Olaf Gieselke schweigt dazu. Er sagt, die Sache wurde erledigt und basta«, schimpfte Nachtigall. »Aber ehrlich gesagt kann ich mir nur schwer vorstellen, dass jemand, der die Familie wegen des Rezeptes oder des Namens für die Gurken erpresst, den Enkel der Gieselkes erschießt. Passt doch nicht!«

»Was, wenn gar nicht bezahlt wurde? Wenn die Leichenteile – übrigens, um welche Teile handelte es sich dabei?«

»Ich weiß von Fingern und Augen.«

»Also«, nahm der Rechtsmediziner den Faden wieder auf, »wenn also diese Leichenteile nicht den gewünschten Erfolg hatten, musste er den Ton deutlich verschärfen.«

»Ich verstehe, was Peter meint. Es ist eine völlig andere Art von Verbrechen«, mischte sich Emile nun ein. »Eine Entführung käme möglicherweise noch in Betracht, aber Mord an einem Enkel? Das ist etwas ganz anderes.«

Die Bedienung brachte die Getränke und sie prosteten sich zu.

»Kidnapping ist eine Option, die wir berücksichtigen müssen. Der Täter schleicht durchs Haus, stößt auf den unverschlossenen Waffenschrank, nimmt eines der Gewehre an sich und trifft wenig später auf das Opfer. Doch entgegen seiner Erwartungen leistet der Junge beim Versuch der Entführung heftige Gegenwehr. Er schreit, tritt, beißt vielleicht. Kopflos schießt der Täter und versucht, unerkannt zu entkommen«, zeichnete Nachtigall ein mögliches Szenario.

»Es wäre doch sehr wenig intelligent, den zu erschießen, den ich gerade entführen möchte!«, warf Dr. Pankratz ein.

»Passiert öfter, als man vermuten möchte.« Emile seufzte. »Der Täter hält sich für gut vorbereitet, doch plötzlich läuft nichts mehr nach Plan. Er gerät in Panik. Wir erleben immer wieder, dass gerade in den ersten Minuten nach der Entführung, wenn die Täter hochgradig nervös und angespannt sind, solche Fehlleistungen das Leben der Geisel ernsthaft gefährden.«

Sie bestellten Salat, Geschnetzeltes und eine große Portion Fleisch.

»Was ich so gar nicht verstehe, ist, warum die Familie die Erpressung nicht zugibt. Hätte Michael nicht zufällig diese Akte aufgestöbert, wüssten wir noch immer nichts davon!«, beschwerte sich Nachtigall.

»Angst, neue Begehrlichkeiten zu wecken. Den Erpresser wieder zu aktivieren.« Dr. Pankratz lächelte der jungen Frau freundlich zu, die einen großen Salatteller vor ihm abstellte, mit Geflügelfleisch und gebratenen Pilzen, die nach würzigen Kräutern dufteten.

»Ich werde den Gedanken nicht los, dass Gieselke sehr genau weiß, wer ihn damals erpresst hat. Und nur weil er glaubt, der Kerl habe nichts mit den Morden zu tun, verrät er uns dessen Identität nicht. Oder weil er denkt, der Kerl würde Rache nehmen.«

»Nun, ist es nicht Aufgabe der Kriminalpolizei, solche Rätsel zu lösen?«, fragte der Gerichtsmediziner zuckersüß und schob sich einen Pilz in den Mund. »Und vielleicht sollten Sie sich damit beeilen. Immerhin haben wir nun schon zwei Tote. Könnte sein, dass es noch mehr werden«, nuschelte er kauend.

»Zwei?«, staunte Emile. »Ihr habt noch eine Leiche?«

Der Hauptkommissar fasste die jüngsten Ereignisse knapp zusammen.

Wortlos schob die Bedienung Nachtigall ein Curry hinüber und stellte den großen Fleischteller mit sonderbarem Blick vor Emile ab, bevor sie eilig in die Küche zurückhastete.

»Wahrscheinlich weiß morgen ganz Cottbus von deinem seltsamen Hobby!«, amüsierte sich Nachtigall. »Hier kannst du dich so bald nicht mehr blicken lassen!«

Emile zog eine Grimasse.

»Über das Motiv des Vaters haben wir ja schon gesprochen. Du sagst, an den Bäumen stand das Wort ›Mörder‹? Ich glaube ehrlich, dass damit der Mord an diesem Jungen gemeint sein kann. Ist doch naheliegend, oder?«, fragte er in die kauende Stille am Tisch hinein.

»Es gibt allerdings keinen Zusammenhang. Jedenfalls haben wir bisher keinen entdeckt. Wenn Wolfgang Maul etwas hätte stehlen wollen, wäre es für ihn ein Leichtes gewesen, einen besseren Zeitpunkt zu finden als den Besuch der Enkel. Und warum sollte er ein Gewehr aus dem Waffenschrank mitnehmen, wenn er suchend durchs Haus schlich? Schließlich durfte er sich bei den Gieselkes aufhalten, niemand hätte sich gewundert. Eine Waffe über der Schulter wäre eher auffällig denn hilfreich gewesen. Nein, nein. Wolfgang Mauls Tod hat mit dem Fall Gieselke nichts zu tun. Ich bin ziemlich sicher, dass ihm sein Engagement für die Wölfe zum Verhängnis wurde«, widersprach Nachtigall energisch.

»Hier unten gibt es doch gar keine!« Dr. Pankratz runzelte die Stirn. »Man weiß bisher überhaupt nur von einem einzigen Tier, das einen nächtlichen Abstecher in unsere Gegend gemacht haben soll.«

»Ja, das ist richtig. Aber bei der Gelegenheit soll der furchtlose Streuner eine Herde angegriffen und viele Tiere getötet haben. Wolfgang Maul hat die Schafe bewacht, weil Korbinian Nagel sich so große Sorgen gemacht hat. Dabei ist noch nicht einmal geklärt, ob die Schafe wirklich von einem Wolf gerissen wurden. Möglicherweise war es ein Hund.«

»Ein Hund?« Dr. Pankratz' Augenbrauen schossen in die Höhe. Nachtigall beobachtete fasziniert, wie sich dadurch auch die Haut auf der makellosen Glatze verschob und eine Landschaft mit tiefen Tälern entstand.

»Es scheint ein erbitterter Kampf zwischen Freunden und Gegnern der Wölfe zu herrschen. Jede Seite unterstellt der anderen, bei der Wahl der Mittel nicht zimperlich zu sein.«

»Aha. Die Diskussion um den Ursprung des Bösen. Menschen fürchten Tiere, die unvermittelt aus dem Dunkel angreifen. Haie, Krokodile, Wölfe. Aber eine Frage stellt sich doch: Wenn ich meine Schafe so schätze und besorgt um sie bin – warum zum Teufel sperre ich sie nicht über Nacht in einen Stall? Oder sind eure Lausitzer Wölfe so geschickt, dass sie Schlösser aufbrechen und Türen öffnen können?«, grinste der Rechtsmediziner.

»Die Tiere sind es nicht gewohnt, im Stall zu stehen. Sie haben einen Unterstand. Korbinian Nagel erzählte, die Tiere gerieten in Panik, wenn er sie einsperre. Offensichtlich blöken sie dann so laut, dass niemand im Haus mehr schlafen kann. Außerdem sei es vorgekommen, dass sie sich gegenseitig erheblich verletzten.«

»Da hätte er seine Herde besser über die Gefahren aufklären sollen. Nur ein informiertes Schaf kann die richtige Entscheidung treffen«, flachste Couvier.

»Es ist doch auch denkbar, dass jemand diesem ›Wächter‹

eine Abreibung verpassen wollte, aber das sehe ich morgen bei der Obduktion.«

»Menschen und ihre verzwickten Motive. Ich habe neulich einen Bericht über Schimpansen gelesen«, wechselte Couvier unvermittelt das Thema. »Die morden auch! Wir reden hier nicht über echte Zweikämpfe in offener Auseinandersetzung, sondern tatsächlich über heimtückischen Mord.«

»Ich habe nur gehört, dass sie Eindringlinge im Revier aufstöbern und mit Knüppeln erschlagen.« Dr. Pankratz bestellte sich bei der vorbeihuschenden Kellnerin noch ein Glas Wein.

»Das tun sie auch. Aber wenn die Mitglieder einer Gruppe der Meinung sind, sie bräuchten mehr Weibchen, locken sie aus der Herde im Nachbarrevier Männchen in den Wald. Immer nur Einzeltiere. Wenn der andere kommt, fällt die Gruppe über das ahnungslose Tier her und tötet es. So verfahren sie mit allen Männchen. Sind die Nachbarmännchen erschlagen, gehören ihnen die Weibchen und das Revier.«

»Schimpansen? Du liebe Güte. Im Fernsehen wirken die eigentlich immer recht friedlich«, staunte Nachtigall.

»Das liegt dran, dass man für Werbespots und Filme gern Jungtiere verwendet. Aber die ausgewachsenen Tiere sind durchaus beeindruckende Kraftprotze. Bei etwa 1,40 Meter Höhe und nur sieben Prozent Körperfett. Der Rest ist Muskulatur. Beim Menschen liegt dieser Fettanteil in der Regel zwischen 30 und 40 Prozent«

»Was? Unglaublich. Bei diesen Ausmaßen glaube ich ohne Weiteres, dass solch ein Affe ordentlich zuschlagen kann! Ich bin beeindruckt!«

»Nur um von unseren mordlüsternen Verwandten abzulenken und zu einem weniger blutigen Thema zu kommen: Ich habe neulich gehört, dass man jetzt in Versuchen eindeutig bewiesen hat, Ratten sind hilfsbereit, ja geradezu altruistisch.«

»Wirklich? Ratten? Ausgerechnet! Finde ich gut. Ich hatte ja diesen Fall mit dem Jugendlichen, der seine Ratte Luzifer genannt hatte. Faszinierende Tiere«, meinte Nachtigall begeistert.

»Man hat den Versuch so aufgebaut …« Dr. Pankratz zog ein Blatt Papier aus der Brusttasche und für den Rest des Abends diskutierte die kleine Gruppe Fragen weit ab von Mord und Totschlag.

35

Khalil, Sebastian, Evi und Clemens trafen sich bei Mandy. In dem ansonsten äußerst spartanisch möblierten Raum brannte auf einem wackligen Küchentisch eine Kerze für Wolfgang. Die Versammelten waren unter ein hartnäckiges Schweigen geschlüpft, wie unter eine schützende Wolldecke. Sie starrten in die unruhige Flamme, die jugendlichen Gesichter verschlossen, die Gedanken verbittert.

»Die Polizei wird ihre Ermittlungen bald einstellen. Wenn einer von uns stirbt, ist das nicht wichtig genug«, behauptete Clemens zornig.

»Mord ist ein Kapitalverbrechen«, erinnerte ihn Khalil. »Das verjährt nicht. Sie müssen dranbleiben.«

»Traumtänzer!«, schoss Clemens giftig zurück.

»Hört auf mit dem Scheiß! Dies ist nicht der richtige Moment, um zu streiten.«

»Wieso nur hat jemand das Wort ›Mörder‹ an die Bäume geschrieben?«, schluchzte Mandy. »Wolfi hat doch keiner Fliege etwas zuleide getan. Was soll das?«

»Der Kramstätter ist der Einzige, der einen Grund gehabt hätte! In ein paar Tagen bekommen wir die Analyseergebnisse und es wird sich herausstellen, dass es sein Hund war, der die Schafe gerissen hat. Dann kann auch die Polizei nicht anders! Sie müssen das Motiv dahinter erkennen!«

»Ach ja?«, höhnte Clemens unbelehrbar. »Nichts werden sie erkennen. Für die sind wir doch nur eine Handvoll Spinner!«

»Von eurem Gestreite wird Wolfi auch nicht wieder lebendig«, weinte Mandy und sah Flocke auffordernd an.

»Ich denke auch, wir sollten erst einmal abwarten, was die nächsten Tage bringen«, stimmte er ihr eilig zu.

»Habt ihr eigentlich schon mal daran gedacht, dass der Kramstätter seinen Hund einfach verschwinden lassen könnte?«, fragte Khalil. »Ohne Hund können wir keine Gegenprobe bekommen und bleiben den endgültigen Beweis schuldig.«

»Stimmt! Am Ende haben wir nur die Bestätigung, dass es sich um einen Hund gehandelt hat, aber nicht dafür, dass es seiner war.«

»Es war Wolfis letztes Projekt. Wir sind es ihm schuldig, den Beweis zu führen«, mahnte Mandy.

»Wie sollen wir das anstellen? Sollen wir Kramstätter überwachen?«

»Das merkt der doch sofort!«, protestierte Clemens.

»Na und? Soll er nur«, lachte Khalil böse. »Umso schwerer wird es für ihn, den Hund verschwinden zu lassen.«

»Glaubst du, er will ihn irgendwo erschießen und anschließend im Wald vergraben?« Mandy erschauerte vor Abscheu und Empörung.

»Na, was soll ich sagen? Der Typ, der zu so etwas fähig wäre, ist er schon.«

»Es würde doch reichen, wenn wir eine DNA-Probe gewinnen könnten. Ein bisschen Fell«, schlug Sebastian vor.

»Und wer soll das bitte besorgen?«, fragte Clemens aggressiv zurück. »Der Köter ist so unglaublich bissig! An den traut sich doch keiner von uns ran. Und wenn er bellt, kriegt der Kramstätter mit, was wir da treiben. Wenn er einen Mord begangen hat, warum sollte er vor einem zweiten zurückschrecken?«

»Abgesehen davon«, murmelte Mandy nachdenklich, »würde keiner von uns seinen Hund hundertprozentig erkennen, stimmt's? Also, was ist, wenn er ihn gleich nach dem Überfall auf die Herde ausgetauscht hat? Border Collies gibt es im Moment wie Sand am Meer!«

36

Samstag

Peter Nachtigall goss sich gerade seinen Kaffee ein, da störte ihn das Klingeln des Handys. Enttäuscht wandten sich die Katzen wieder ab. Beim Telefonieren ließ er sich so gut wie nie zu einem Extrahäppchen übermaunzen.

»Isolde ist tot«, wisperte eine brechende Männerstimme.

Nachtigalls Gedächtnis, noch etwas morgenschwach, versuchte, den Namen in Verbindung zu seinem aktuellen Fall zu setzen. Noch ein Mord?

»Wer spricht denn da?«

»Felix Andermatt. Meine Isolde ist tot.«

»Oh, das tut mir furchtbar leid. Sie war so ein schönes Tier!«, antwortete der Hauptkommissar und meinte es ehrlich. Die zahme Taube mit dem weisen Blick hatte ihn begeistert. »Ein Raubvogel?«, wollte er dann mitfühlend wissen.

»Ich würde Sie nicht anrufen, wenn Isolde eines natürlichen Todes gestorben wäre, Herr Nachtigall! Ich weiß, dass Sie viel Arbeit haben. Nein! Meine Isolde wurde ermordet!«

Fängt ja gut an, dachte Nachtigall. Er setzte sich, zog ein Blatt Papier zu sich heran und griff nach einem Kugelschreiber.

»Was genau ist passiert, Herr Andermatt?«

»Morgen!«, knurrte er eine Begrüßung und schwang sich zu Skorubski in den Wagen.

»Schlecht geschlafen?«

»Du glaubst ja gar nicht, was ich geträumt habe! Von blutdurstigen Schafen, die sich gegenseitig auf der Weide zerfleischten und blutgierigen Wölfen, die, wenn sie sich umdrehten, zu bösartigen Hunden mutierten und auf Fledermausflügeln in den Nachthimmel flogen. So ein Shit! Es bekommt mir nicht, wenn ich allein zu Hause bin. Jetzt fühle ich mich wie geschleudert.« Er atmete tief durch. »Na ja. Hilft nichts, den Schlaf muss ich zu anderer Zeit nachholen. Ich bin nämlich heute schon angerufen worden. Der Taubenzüchter, dessen Tiere diese Flöten tragen, hat mir erzählt, man habe seine Taube Isolde ermordet.«

Skorubski sah Nachtigall fragend an. »Meinst du, das hat mit unserem Fall zu tun?«

»Schwer vorstellbar, oder? Auf der anderen Seite kann ich es auch nicht ausschließen. Vielleicht hat jemand die Taube umgebracht, damit die Morde aufhören.«

»Wegen des Schreis des Todesvogels? Komm! Jeder weiß, dass diese Geschichte Aberglaube ist.«

»Ideologisch agitierte Menschen handeln nicht immer rational. Ehrlich gesagt mache ich mir Sorgen um den Züchter. Erst die Taube, dann der, der sie sendet«, antwortete er düster.

»Wir könnten hinfahren und uns die Sache ansehen. So zeigen wir auch Präsenz. Wenn wirklich jemand so denkt, schreckt ihn das womöglich ab.«

»Versuchen wir's. Ich rufe Michael an.«

Als sie wenig später am Herrenhaus der Gieselkes vorbeikamen, sah Nachtigall nachdenklich zu dessen hoher Fassade auf. Selbst die weiße Farbe konnte dem Gebäude die Düsternis nicht nehmen. Es wirkte kalt und abweisend, signalisierte jedem ungeladenen Besucher deutlich, er sei unerwünscht.

Felix Andermatt hob eine kleine Grube im hinteren Teil seines Grundstücks aus. Ein winziges Holzkreuz lag auf dem Boden, sogar einen Strauß kurzstieliger Rosen hatte der Züchter binden lassen.

»Herr Andermatt?«

Der Angesprochene fuhr herum und hob drohend seinen Spaten, das Gesicht wutverzerrt. Doch im nächsten Moment erkannte er seinen Besucher und senkte schuldbewusst die Waffe.

»Herr Nachtigall! Entschuldigen Sie bitte. Ich bin etwas nervös.«

»Sie haben Angst.«

»Oder so. Wer sagt mir denn, dass ich nicht das nächste Opfer dieses Irren bin?«

»Darüber haben wir auch schon nachgedacht. Glauben Sie, der Hass Ihrer Nachbarn geht so tief?«

»Wer weiß das schon? Könnte doch sein, jemand durchdenkt sich diese Angelegenheit mal bis zum Ende. Und der würde erkennen, dass, wenn er den Züchter tötet, auch die Tauben verschwinden. Alle. Mit einem Schlag. Wäre demnach das ökonomischere Vorgehen.«

»Am Telefon haben Sie gesagt, Isolde wurde ermordet.«

»Schlimmer geht's kaum. Ein perverses Schwein, wenn Sie mich fragen.«

»Wo haben Sie Isolde denn gefunden?«

»An der Tür. Meiner Haustür. Ich darf sie noch nicht abnehmen, die Polizei will sich das noch ansehen –«, er verzog die Lippen zu einer Andeutung eines traurigen Lächelns, das seine Verlorenheit deutlich machte, »aber die ist ja jetzt da. Dann kann ich meinen Liebling endlich bestatten.«

»Moment noch.«

Peter Nachtigall kehrte mit Albrecht Skorubski in den

vorderen Teil des Gartens zurück. Vor der Tür hielt er abrupt an.

»Das kann ich nicht glauben!«, zischte er erschüttert. »So etwas tut doch niemand!«

Die weiße Taube hing mit gespreizten Schwingen an der Tür. Der kleine, kurze Schnabel war mit Klebeband umwickelt, wohl um Hilfeschreie des Tieres zu verhindern. Die Füße waren gefesselt und die Taube so zur Bewegungslosigkeit verdammt. Über die blutverschmierte Brust zog sich ein langer Schnitt.

»So eine grausame Tat«, röchelte Andermatt erstickt, als er neben den Hauptkommissar trat.

»Sie war zu jedermann zutraulich?«

»Ja. Isolde wusste um ihre Schönheit. Sie mochte es, wenn man sie bewunderte. Misstrauen kannte sie nicht, Gewalt war ihr fremd.«

»Die Kollegen werden sicher gleich hier sein und Fotos vom Tatort machen. Ich hoffe, wir finden heraus, wer das getan hat.«

»Verblutet. Die arme Kleine ist jämmerlich verblutet«, jammerte der Züchter und wischte sich verstohlen über die Augen.

»Wenn Sie abends schlafen gehen, zählen Sie Ihre Tiere?«

»Na ja, nicht immer. Aber natürlich habe ich gesehen, dass Isolde fehlt. Ich habe nach ihr gerufen, aber sie ist nicht gekommen. Sogar ihre Freundinnen habe ich noch eine Runde drehen lassen, in der Hoffnung, Isolde könnte sich ihnen auf dem Heimflug anschließen. Nichts. Und als ich gegen 2 Uhr früh noch einmal nachsehen wollte …« Er wandte sich mit schmerzverzerrtem Gesicht ab. »An dem Gerede über die Vogelgrippe jedenfalls kann es nicht liegen. Keiner spricht mehr davon. Jetzt sind die Schweine dran!«

»Warte bitte einen Moment. Ich muss hier noch etwas erledigen«, schäumte Nachtigall und ließ den ratlosen Skorubski am Auto zurück. Als er ein kleines graues Haus inmitten eines ungepflegten Gartens erreichte, klingelte er rücksichtslos so lange, bis jemand den Summer betätigte.

»Sie sind wohl vom wilden Affen gebissen!«, empfing ihn der Hausherr zornbebend im Rippenhemd und hastig übergezogener Trainingshose. »Es ist Wochenende!«

»Kriminalpolizei Cottbus. Für uns gibt es kein Wochenende. Bei Mord schon gar nicht.«

»Mord?«, fragte der schlaftrunkene Hausherr entsetzt.

»Ich möchte sofort Ihren Vater sprechen!«

»Vater hat jemanden umgebracht? Hören Sie, das muss eine Verwechslung sein. Mein Vater ist ein sehr alter und von zunehmender Demenz betroffener Mann.«

»Dennoch möchte ich ihn sprechen. Jetzt!«, beharrte Nachtigall.

»Gut. Da müssen Sie sich aber ein bisschen gedulden. Ich muss ihn erst wecken.«

»Rede nicht solch ein dummes Zeug!« Walter Zesch stand urplötzlich hinter seinem Sohn, der wie ertappt zusammenfuhr. »Ich leide an seniler Bettflucht. Das weißt du sehr genau. Mach lieber Frühstück. Wenn jetzt schon alle wach sind, möchte ich auch mein Brötchen haben!«

Kopfschüttelnd kehrte der Sohn ins Haus zurück.

»Vergiss nicht mein Ei! Pflaumweich!«, rief der Vater ihm nach.

»Herr Zesch, ich glaube, Sie erinnern sich an mich.«

»Ja, natürlich. Sie sind von der Polizei.«

»Genau. Und ich werde mich mit Ihnen jetzt über eine brutal ermordete Taube unterhalten!«

»Was wollen Sie? Es wäre eigentlich Ihre Aufgabe, weitere Morde zu verhindern. Aber ich sehe nichts davon. Niemand sperrt diesen Andermatt endlich ein, niemand zieht die Vögel aus dem Verkehr. Ohne den Andermatt und seine Viecher, die den Tod herbeirufen, wäre der kleine Junge nicht gestorben!«

»Die Vögel sind für den Tod des Kindes nicht verantwortlich!«, polterte Nachtigall.

Ein schlauer Zug flog über Walter Zeschs Gesicht. »Die Vögel haben nicht geschossen, das ist wahr. Aber sie haben den herbeigerufen, der es tat.«

»Wer soll das gewesen sein?« Es kostete Nachtigall große Mühe, seinen Zorn zu beherrschen. Dieser aufgeblasene Wichtigtuer, dem sich niemand zu widersetzen traute!

»Der Schwarze persönlich. Und er wird es so lange immer wieder tun, bis die Vögel nicht mehr rufen.«

Hatte Walter Zesch tatsächlich jemanden gesehen?

»Der Schwarze persönlich? Das ist ein Märchen.«

»Aber nicht doch. Am Mittwochnachmittag lief er durch den Garten davon. Genau in die Richtung von Andermatts Taubenverschlag. Der Schwarze ist mit den Todesvögeln im Bunde und er wird erst gehen, wenn sie ihm kein weiteres Opfer mehr geben wollen.«

»Sie haben Isolde an die Tür genagelt!«, schnaubte Nachtigall empört.

»Ja«, lächelte der Greis versonnen. »Erst wenn es keine Vögel mehr gibt, kehrt Ruhe ein.«

37

»Ist es das wirklich wert?«

»Was?« Olaf Gieselke warf seiner Frau über den Rand seiner Kaffeetasse einen ungehaltenen Blick zu. Sie wusste doch genau, dass er vor der dritten Tasse nicht gestört werden wollte, warum konnte sie sich nur an eine so einfache Regel nicht halten? Nicht einmal beim Frühstück gönnte sie einem ein bisschen Ruhe, dachte er zunehmend verstimmt, dabei war es doch wohl nicht zu viel verlangt, ihn mit Genuss in den Morgen starten zu lassen.

»Menschen sterben, Olaf! Wegen eines Rezeptes, wegen einer Produktbezeichnung. Wegen des Starrsinns eines alten Mannes!« Sie beobachtete seine Miene und konstatierte, dass der Schlag getroffen hatte.

Niemand wurde gern alt, erst recht nicht ein Gieselke.

»Rede nicht solch einen Unsinn! Maurice' Tod hat nichts mit den Gurken zu tun! Davon, dass du etwas wieder und wieder behauptest, steigt sein Wahrheitsgehalt um keinen Millimeter«, gab er zornbebend zurück.

»Es ist nur so, Olaf, dass ich über deine Worte von gestern inzwischen gründlich nachgedacht habe.« Sein verächtliches Schnaufen schien sie nicht zu beeindrucken, also fuhr sie fort: »Wie kannst du dir so sicher sein? Die Antwort lautet: Weil du mich belogen hast! Damals hast du behauptet, du habest das Geld in einem Mülleimer deponiert. Obwohl du lange gewartet hast, konntest du niemanden dabei beobachten, wie er das Päckchen an sich nahm. Dennoch sei es plötzlich verschwunden gewesen. Aber das war nur die Version für deine naive Frau und die Polizei, für den Fall, es gäbe

Nachfragen. In Wahrheit wusstest du die ganze Zeit über sehr genau, wer hinter der Sache steckte! Und, Olaf Gieselke, mir ist jetzt auch klar geworden, dass es dabei in Wirklichkeit nie um die Gurklinge ging.«

Nun hatte sie seine ganze Aufmerksamkeit, wenngleich das Lächeln, das er ihr schenkte, voller Geringschätzigkeit war.

»Ach? Wie interessant, meine Liebe. Und um was genau soll es bei dieser widerlichen Erpressungsgeschichte gegangen sein?«

»Ich bin sicher, dass ich es herausfinden werde. Vielleicht hatte es ja mit einer deiner ›nebenehelichen Freizeitvergnügungen‹ zu tun.«

In Gieselkes unnatürlich blasses Gesicht kehrte mit einem Schlag die gewohnte, ungesunde Röte zurück.

»Ein echter Mann, meine Liebe«, er dehnte die beiden letzten Worte verletzend sülzig, »braucht auch ein echtes Vergnügen. Er hat sozusagen ein Recht darauf. Du bist eine passable Hausfrau, eine mittelmäßige Köchin, eine durchschnittliche Mutter, aber auf keinen Fall eine Sensation im Bett.«

Laut lachend hieb er mit einem gezielten Schlag seinem Frühstücksei den Kopf ab.

Der Tag fing ja gut an.

Richard Mühlberg brach der Schweiß aus. Er spürte, wie sein gesamter Köper unangenehm feucht wurde und lockerte nervös den Hemdkragen. Die SMS war unmissverständlich. ›Du bist für alle Folgen selbst verantwortlich‹, stand gut lesbar auf dem Display. Die Bedeutung der dürren Worte war klar. Wie sollte er das nur Nele beibringen? Es war gerade erst ein paar Wochen her, dass sie ihm gedroht hatte, ihn zu verlassen, wenn er je wieder in solch eine Situation geriete – und nun war es, all seinen Schwüren zum Trotz, doch passiert.

Aber Nele machte es sich auch viel zu einfach! Sie hatte überhaupt keine Vorstellung davon, wie leicht man in diese Art von Schwierigkeiten hineinschliddern konnte. Es war ihm nach wie vor ein Rätsel, irgendetwas war nicht so gelaufen wie vorgesehen. Eine echte Chance. Schnell verdientes Geld, ohne jedes Risiko.

Bis auf eines.

Richard Mühlberg konnte bis jetzt nicht fassen, dass es nicht funktioniert hatte. Und nun steckte er bis zum Hals in der … Ein lautes Klappern der Küchentür ließ ihn hektisch zusammenfahren. Waren sie etwa bereits im Haus?

Das Entsetzen musste sich deutlich in seinem Gesichtsausdruck widergespiegelt haben, denn Nele, die gerade mit einem großen Glas Milch ins Wohnzimmer kam, musterte ihn kritisch.

»Geht es dir nicht gut?«

»Doch, alles bestens«, log er schamlos und warf das Handy mit einer nachlässigen Geste auf den Couchtisch, damit Nele das Zittern seiner Hände nicht bemerken würde. »Kannst du nicht mehr schlafen?«

»Ich habe schon mit der Station telefoniert. Annabelle spricht noch immer nicht. Aber wenn ich sie nachher besuche, darf ich sie in die Stadt mitnehmen, zum Eis essen.«

Mühlberg entschied sich für ein undefinierbares Grunzen. Was sollte er auch dazu sagen? Ihn hatte das Mädchen von Anfang an nicht gemocht. Und wenn er ehrlich war, musste er zugeben, dass diese Aversion durchaus auf Gegenseitigkeit beruhte. Verzogene, verwöhnte, verwünschte Göre!

»Stell dir vor, sie hat dem Polizisten ein Bild gemalt, auf dem der Mörder zu sehen ist. Auf der Flucht durch den Garten.«

Bildete er sich das ein, oder sah sie ihn bei diesen Worten wirklich besonders lange und intensiv an?

Hirngespinste, wies er sich zurecht. Dennoch bemühte er sich um eine möglichst unbeteiligte Miene, als er fragte: »Und, wer war's?«

Nele schlug die Augen nieder. »Eine schlanke, schwarze Gestalt mit einem Kaninchen.«

»Mit einem Kaninchen?« Die Verblüffung brauchte er nicht zu spielen, die war echt.

»Vielleicht jemand, der sich mit ihr über Kaninchen unterhalten hat, oder der welche züchtet. Es ist im Moment schwer zu sagen, was Annabelle denkt.«

»Oder es war jemand, dessen Haar sich wie das Fell eines Kaninchens anfühlt?«

»Das wäre dann ja ein eindeutiger Hinweis auf dich!«, neckte Nele ihren Mann. »Sie hat immer gesagt, deine Haare fassen sich an wie Martin. Das ist der Rammler ihrer Freundin.«

»Super. Also bin ich jetzt per Bildbeweis überführt!«, gab Mühlberg sich zerknirscht. Mit sportlichem Schwung sprang er auf. »Möchtest du auch ein bisschen Obst?«

Nele schüttelte den Kopf. Als sie allein war, griff sie nach dem Mobiltelefon, das Richard Mühlberg auf dem Tisch zurückgelassen hatte.

Zielsicher rief sie das SMS-Programm auf.

38

»Ich weiß jetzt, was für ein Tier Annabelle gemeint hat!«, verkündete Nachtigall, als er zusammen mit Albrecht Skorubski das Büro betrat.

Michael Wiener sah schlecht gelaunt von seinem Monitor auf. »Euch auch einen schönen guten Morgen!«

»Es ist ein Wolf.«

Wiener schnalzte mit der Zunge. »Ein Wolf? Also gibt es doch eine Verbindung zwischen den Taten.«

»Wobei es nicht bedeuten muss, dass Annabelle Wolfgang Maul durchs Fenster gesehen hat«, mahnte Skorubski und dämpfte den Eifer des Kollegen merklich. »Das kann eine Beobachtung sein, die sie zu irgendeinem Zeitpunkt gemacht hat. Peter, diese Psychologin hat dich explizit davor gewarnt, all das überzubewerten.«

»Ja, das habe ich nicht vergessen. Ich weiß, dass das Mädchen verwirrt ist. Dennoch können wir auch nicht ausschließen, sie habe ihr Bild gemalt, um mir konkret etwas mitzuteilen, was den Tod ihres Bruders betrifft. Gehen wir mal davon aus, sie wollte mir einen wichtigen Hinweis geben. Dann könnte es bedeuten, der Mann sei wie ein Wolf. Der Wolf in der Fabel ist gierig und schlau, aber nicht so klug wie sein Gegenspieler, der Fuchs. Oder sie bringt den Flüchtenden aus anderen Gründen mit dem Wolf in Verbindung – und da ist Wolfgang Maul perfekt. Er heißt Wolfgang, man nennt ihn Wolfi und er kämpft für die Lausitzer Wölfe.« Nachtigall machte einen sehr zufriedenen Eindruck. »Wir müssen herausfinden, wo er zum Zeitpunkt des Mordes an Maurice war, was er getan hat und ob es dafür Zeugen gibt!«

»Das Motiv?«, fragte Skorubski nicht überzeugt.

»Er wollte sich befreien. Ein neues Leben beginnen, weit entfernt von der Mutter und ihrem beherrschenden Einfluss. Dazu benötigte er Geld. Möglichst viel Geld. Er suchte nach dem geheimen Rezept, doch dabei stieß er unvermutet auf Maurice«, murmelte Nachtigall mehr vor sich hin, als dass er zu den Kollegen gewandt sprach. »Aber warum schleppte er die Pumpgun mit? Wozu brauchte er das Gewehr? Vielleicht nur als Staffage, weil es seiner Meinung nach dazugehörte, wenn man irgendwo einbrach. Und als er gestört wurde, war er froh, so umsichtig gewesen zu sein. Erst nach dem dritten Schuss kam er wieder zu sich, war schockiert und rannte kopflos aus dem Haus.« Er machte eine Pause, atmete tief durch und ergänzte: »Eine hübsche Theorie, mit einem echten Schönheitsfehler.«

»Für mich klingt sie sehr stimmig«, erklärte Wiener und suchte unter den Papieren auf seinem Schreibtisch, bis er ein bestimmtes Dokument gefunden hatte.

»Als ich mit ihm sprach, war er völlig natürlich. Kein bisschen besorgt oder schuldbewusst. Um mir das vorzuspielen, muss man schon ganz besonders abgebrüht sein – und das war Wolfgang Maul nicht. Nichtsdestotrotz, wir überprüfen sein Alibi. Jemand hat das Wort ›Mörder‹ auf ihn bezogen, damit wollte er eindeutig der Polizei einen Hinweis geben.«

Wiener hatte inzwischen gefunden, wonach er gesucht hatte. »Hier! Wir haben doch die Konten der Beteiligten überprüfen lassen. Dabei stellt sich die Situation wie folgt dar.« Er hielt das Papier etwas weiter von sich, was Nachtigall nicht ohne Amüsement bemerkte. »Die Großeltern verfügen über ein beachtliches Guthaben, das Haus gehört ihnen und ist schuldenfrei. Die Kontobewegungen lassen keine unerklärlichen Regelmäßigkeiten erkennen. Johannes

Gieselke sitzt weitgehend auf dem Trockenen. Er könnte ein bisschen finanzielles Zubrot gut gebrauchen. Sein Büro macht Miese. Interessant wird es bei Richard Mühlberg. Regelmäßig werden etwa gleich hohe Beträge abgebucht. Manchmal bringt ihn das in Turbulenzen. 7.000 Euro an jedem ersten Freitag im Monat. Danach wird es in manchen Monaten langsam wieder aufgefüllt. Aber nicht in allen!«

»Erpressung? Der auch? Mann, diese Familie steckt voller Überraschungen.«

»An Erpressung glaube ich in seinem Fall eher nicht. Illegales Glücksspiel? Die übliche Abzocke. Das passt besser zu ihm«, feixte Nachtigall.

»Wie auch immer, so richtig erkenne ich nicht, wie er den Umzug mit der Familie stemmen will. Nele Hain arbeitet als Sachverständige. Ihre Einkünfte dürften die zuverlässigste Einnahme der Mühlbergs sein«, zählte Wiener weiter auf.

»Was genau arbeitet Richard Mühlberg? Welche beruflichen Pläne hat er für Quebec? Michael, bitte kläre das mit seiner Firma. Ist da heute überhaupt jemand, mit dem du sprechen kannst?«

»Ja, ich bin angemeldet und bei der Gelegenheit kläre ich all das gleich mit. Ich fahre ohnehin in sein Büro, um sein Alibi zu überprüfen, danach bin ich bei Mandy Klinger und versuche herauszufinden, wo Wolfgang Maul zur Tatzeit war und wie er seine freie Zeit verbracht hat.«

»Gut. Albrecht und ich fahren erst in die Klinik und besuchen danach die Lebenspartnerin von Johannes Gieselke. Und ein Gespräch mit Korbinian Nagel steht auch auf unserer Liste. Gegen 17 Uhr treffen wir uns wieder hier.«

Michael Wiener nickte, zog seine Jacke von der Stuhllehne und grinste: »Den Gärtner haben wir noch nicht befragt. Wie nachlässig von uns! Wo doch der Mörder immer der Gärtner ist!«

»Der Butler!«, korrigierte Nachtigall. »Und ausgerechnet den gibt es im Haushalt der Gieselkes nicht!«

»Mist!«, fluchte Wiener und eilte davon.

»Wir beide besuchen die Kollegen und fragen mal nach, ob Richard Mühlberg schon wegen Glücksspiels aufgefallen ist. Im Anschluss fahren wir in die Klinik und versuchen, ein Gespräch mit Frau Maul zu führen und sehen nach, ob Annabelles Zustand sich bessert.«

»Soll ich glauben, auch Mühlberg war hinter dem Rezept her, von dem wir nicht einmal sicher wissen, dass es existiert? Weil er Geld brauchte und keinen anderen Ausweg sah? Er wurde von Maurice ertappt und erschoss ihn, ohne zu zögern.«

»Möglich«, antwortete Nachtigall knapp.

»Er kann nicht mit Waffen umgehen«, protestierte Skorubski.

»Woher wissen wir das denn so genau?«, entgegnete Nachtigall und griff zum Telefon.

»Großartig, dass Sie sich gleich Zeit für unser Problem genommen haben«, begrüßte Nachtigall den bulligen Kollegen, der wortlos auf zwei Besucherstühle deutete.

»Richard Mühlberg, ja?« Der blonde Mann tippte den Namen in eine Suchmaske ein. Es erschienen ein Aktenauszug und ein Foto. »Dieser Richard Mühlberg?«

»Nein.« Nachtigall starrte das Bild interessiert an. »Unserer ist jünger.«

»Der? Kommt dieser hier infrage?«

»Oh ja. Genau.«

Der Kollege, dessen Namensschild an der Tür verkündete, er hieße Philipp Sander, lehnte sich in seinem Schreibtischstuhl so weit zurück, dass die Rückenlehne empört widersprach. Er verschränkte die muskulösen Arme vor dem breiten Brustkorb und verzog das Gesicht. Ein wenig neidisch erahnte Nachtigall den gut trainierten Körper, der sich unter Hemd und Hose verbarg. Vielleicht konnte er wieder etwas mehr Regelmäßigkeit in sein Training bringen. Die Gewichte etwas erhöhen. Er würde gleich am Montag seinen Trainer ansprechen und dann …

»Das ist Richie!«, unterbrach Philipp Sander seine sportlichen Planungen. »Organisiertes Glücksspiel mit Abzocke.«

»Was bedeutet das konkret?«, fragte Skorubski.

»Es gibt Spielergruppen, die sich regelmäßig zusammenfinden, um andere arglistig zu täuschen und ihnen so ihr Geld abzuziehen. Eine Runde Spieler an einem Tisch, zum Beispiel mit Karten. Sie spielen organisiert, nur einer am Tisch weiß nichts davon. Der wird gnadenlos abgezockt. Den Gewinn teilen sich die Partner am Ende des Spiels.«

»Unser Richard Mühlberg ist also ein Abzocker. Ich dachte, so etwas hätte der gar nicht nötig. Er erweckt den Anschein, von seinem Einkommen gut leben zu können«, meinte Skorubski verwundert. »Er betreibt es als Sport? Nur zum Spaß?«

»Nee. Der Richie ist ständig in finanzieller Schieflage. Ist bei ihm chronisch. Eines ist aber klar, wenn du dir bei dieser Art von Geschäftspartnern Geld leihst, kommst du leicht in echte Schwierigkeiten. Zimperlichkeiten beim Eintreiben der Außenstände sind dort unbekannt.«

»Mord?«

Philipp Sander grunzte erschrocken.

»Mord? Wenn ich den Schuldner ermorde, zahlt er nicht mehr. Das ist nicht besonders schlau, oder? Bei den Erben muss man das ganze Programm erst wieder hochfahren, Drohungen, versteckte Hinweise darauf, dass der Tod des

Angehörigen die Folge des Zahlungsrückstandes war. Und am Ende gehen die trauernden Hinterbliebenen noch zur Polizei. Nein. Unsere Klientel geht anders vor. Da ist es besser, den säumigen Zahler ein wenig zu quälen.«

»Man könnte einen Angehörigen des Schuldners töten. Das würde seine Zahlungsmoral doch sicher heben«, stellte Nachtigall spröde fest.

»Ja, schon. Auf der anderen Seite sind wir hier in Cottbus. Bleiben Sie mal auf dem Teppich. Natürlich weiß ich – ich sogar ganz besonders gut –, dass das organisierte Verbrechen längst auch bei uns angekommen ist, aber dennoch: Diese Gruppe, die da zockt, ist eine Gruppe von Kleinkriminellen. Es ist nicht die neapolitanische Mafia.«

»Wir haben einen getöteten Stiefsohn im Alter von sechs Jahren. Erschossen. Drei tödliche Treffer aus einem Gewehr des Großvaters.« Nachtigall sah zu, wie das Gesicht des Kollegen zerfiel.

»Nein. Das glaube ich nicht.«

»Richard Mühlberg will auswandern. Wenn er Schulden bei seinen speziellen Freunden hat, müssen die sich mit dem Eintreiben beeilen«, erklärte Skorubski. »Wäre es denkbar?«

Philipp Sander zögerte mit der Antwort und kaute an seiner Unterlippe.

»Fällt Ihnen spontan zum ersten Freitag im Monat etwas ein?«, fragte Nachtigall unerwartet.

»Oh ja. Klar! Pokern und Black Jack mit Hardy und seinen Jungs. Wie gesagt, der Ort wechselt, die Spieler nicht. Nur das Opfer wird natürlich neu ausgewählt.« Das Gesicht des Kollegen hatte wieder Farbe bekommen.

»Und wie heißen die anderen Spieler?«

»Wilhelm Baum, Hans-Herbert, genannt Hardy, Neuburg und Christof Kleinert. Brauchen Sie die Adressen?«

Eifrig beugte sich Philipp Sander über die Tastatur und floh erleichtert in einen Bereich, der frei war von Morden an kleinen Kindern.

»Glaubst du wirklich, dieses Spielertrio könnte etwas mit dem Mord an Maurice zu tun haben?«, fragte Skorubski zweifelnd.

»Vielleicht nicht. Und noch wissen wir ja gar nicht, ob Mühlberg überhaupt einen Kredit bei ihnen aufgenommen hat. Wer weiß, vielleicht gibt es eine logische Erklärung für die Buchungen. Natürlich könnten wir hinfahren und nachfragen, ob sie ihren Freund Richard erpressen. Allerdings würden sie das womöglich als sehr indiskret empfinden und ungehalten reagieren«, gab Nachtigall schmunzelnd zurück.

»Michael! Er könnte sich als Opfer ›aufreißen‹ lassen«, schlug Skorubski mit leuchtenden Augen vor.

»Albrecht, es geht in unserem Fall nicht um Glücksspiel! Die Kollegen sind der verbrecherischen Abzockvereinigung ja schon auf der Spur. Wir haben zwei Morde zu klären!«

39

Michael Wiener beeilte sich. Dr. Pankratz hasste es, wenn er auf jemanden warten musste. Als er durch die Tür trat, rief ihm der Rechtsmediziner aus einem der Räume ein gut gelauntes »Guten Morgen!« zu.

»Ihnen auch!«

Dr. Pankratz kam in den Flur hinaus und reichte Wiener die Schutzkleidung. »Sie wissen ja Bescheid.«

Wolfgang Maul sah auf dem Edelstahltisch weniger eindrucksvoll aus als im Leben, dachte Wiener ein wenig wehmütig. Fast, als sei er geschrumpft.

»Wir haben den Körper bereits gewaschen. Dabei habe ich noch mehr Verletzungen entdeckt, die bei einer ersten Betrachtung nicht zu erkennen waren. Unstrittig wurden ihm das Os parietale und das Os occipitale zertrümmert.« Der Mediziner klemmte eine Röntgenaufnahme vor den Schirm. »Also Scheitelbein und Hinterhauptbein. Maul muss sich vorgebeugt haben, vielleicht wollte er etwas vom Boden aufheben. Diesen Augenblick nutzte der Mörder und schlug kraftvoll zu. Aufgrund der Schlagrichtung kann ich behaupten, dass es sich um einen Rechtshänder gehandelt haben muss.«

»Demnach hat der Täter ihn überrascht.«

»Nicht unbedingt.« Dr. Pankratz machte eine wirkungsvolle Pause. »Es kann ebenso bedeuten, dass er den Täter gut kannte und ihm blind vertraute.«

Michael Wiener nickte.

»Sehen Sie hier?«

Der junge Ermittler beugte sich über den Körper und

folgte dem ausgestreckten Zeigefinger des Rechtsmediziners. »An dieser Stelle befindet sich ein Fußabdruck. Wolfgang Maul stürzte nach den ersten Schlägen kopfüber nach vorn. In die Bauchlage also. Der Abdruck entstand, als der Mörder seinen Fuß unter den Körper rammte und ihn so in die Rückenlage brachte.« Dr. Pankratz betastete die Arme und Beine des Opfers. »Schon bei der äußeren Inspektion lässt sich feststellen, dass Wolfgang Maul erhebliche Verletzungen durch weitere, unkontrollierte Schläge davongetragen hat. Schauen Sie hier!«

Neugierig beobachtete Michael Wiener, wie der Rechtsmediziner den linken Unterarm des Toten in einem unnatürlichen Winkel zur Seite beugte.

»Alle Unterarmknochen sind gebrochen. Mal sehen, was wir bei der Obduktion noch finden.« Er wandte sich dem Gesicht zu. »Hier sind die meisten Verletzungen gesetzt worden.«

Wiener konnte gut erkennen, dass beide Jochbeine zerschmettert worden waren.

Während Dr. Pankratz mit geübten Fingern die Mundhöhle austastete, erklärte er: »Beide Jochbeinbögen, das Nasenbein und das Os maxillare sind völlig zertrümmert. Die Oberkieferzähne finden sich einzeln in den weichen Strukturen des Gaumens. Der Unterkiefer ist grotesk nach links verschoben, hier wurde das Kiefergelenk zerstört.«

Der Rechtsmediziner griff zu einer elektrischen Säge. »Na, sind Sie so weit?«, fragte er und setzte das Gerät an.

Michael Wiener beugte sich weit vor, um besser sehen zu können.

40

»Ich kann nicht glauben, dass du dich tatsächlich wieder mit diesen Typen eingelassen hast!«

»Was schnüffelst du eigentlich in meinem Handy herum? Geht es dich etwas an, wer mir eine SMS schickt?« Richard Mühlbergs Gesicht hatte jede Farbe verloren. Er schwankte zwischen Schuldgefühl wegen seines und Wut wegen ihres Vertrauensbruchs. Wie konnte ich auch nur so blöd sein!, schrie eine Stimme in seinem Inneren, während eine andere ihm einzureden versuchte, er habe schließlich ein Recht auf private Freiräume und am Ende ließe sich sowieso alles in Ruhe klären.

»Wie viel ist es diesmal?«, fragte sie so frostig, dass er eine Gänsehaut bekam.

»Es ist nicht so viel, dass ich es nicht am Freitag problemlos ausgleichen könnte. Das klappt mit Sicherheit. Wir müssen nur geschickt unseren Mitspieler auswählen.« Seine Stimme wurde schmeichelnd. »Sieh mal, wir ziehen weg von hier. Dann ist es mit dem Spiel eh vorbei. Wenn wir einen dicken Fisch ködern – oder besser zwei –, bin ich alle Schulden mit einem Schlag los und kassiere obendrein noch eine hübsche Summe als Ergänzung unseres Übersee-Startkapitals.«

»Rede nicht so einen kindischen Blödsinn!«

Jede Leiche hat mehr Wärme im Leib als meine Frau, dachte Mühlberg, und erschrak im selben Moment über diese geschmacklose Assoziation. »Aber Nele! Es ist das allerletzte Treffen der Hardys«, verlegte er sich nun aufs Betteln. Doch was bei Maurice immer gezogen hatte, schien bei ihm nicht zu funktionieren.

»Diese SMS ist eine unverhohlene Drohung!«

»Ja, klar. Die Jungs blasen sich eben gehörig auf. Dazu ist ihnen jede Gelegenheit recht. Das ist nicht wirklich ernst gemeint«, log er kaltschnäuzig und bemühte sich, seine Stimme fest klingen zu lassen.

»Nicht so gemeint!«, spuckte sie ihre Verachtung in seine Richtung.

Mühlberg beschloss, auf jede weitere Äußerung zu diesem Thema zu verzichten. Am Ende fragte sie noch, was er für eine Ausrede erfunden hätte, um den ganzen Abend und die halbe Nacht nicht zu Hause zu sein. In diesem Fall könnte diese auch so schon nicht harmlose Diskussion in einen grundsätzlichen Diskurs über Ehrlichkeit, Vertrauen und Sicherheit münden. Seine bisherigen Erfahrungen bewiesen, dass er besser beraten sei, das zu vermeiden.

In die langanhaltende Gesprächspause flüsterte Nele plötzlich: »Kann es sein, dass diese ›Hardys‹ etwas mit dem Tod von Maurice zu tun haben?« Dabei wich sie seinem Blick aus, als habe sie Angst, in seinen Augen die Lüge zu entlarven. »Hat Annabelle womöglich dich gezeichnet, Richard?«

Machtvoll donnerte seine Faust auf den Couchtisch. Die Gläser tanzten erschrocken umher, stießen klirrend gegeneinander, etwas Milch schwappte auf die Platte.

»So? Das könntest du dir also vorstellen?«, quetschte er zwischen zusammengepressten Zähnen hervor. »Du glaubst also, ich wäre zu so etwas fähig?«, schrie er sie lautstark an und sprang auf die Beine.

Nele sank eingeschüchtert in sich zusammen. Glaube ich das wirklich?, überlegte sie noch, ist das nicht unvorstellbar? Da traf sie seine Faust mitten ins Gesicht.

Annabelle beriet sich mit Toni und Miranda.

»Wenn ich nicht mit ihm spreche, fragt er einfach immer weiter. Er ist ein Hauptkommissar. So einer gibt nicht einfach auf.«

Miranda war der Meinung, die Polizei solle jetzt alles erfahren. Es wäre für sie besser, endlich wieder nach Hause gehen zu können. In der Klinik würde sie sich am Ende das Sprechen noch ganz abgewöhnen. Doch Toni war nicht überzeugt. Dieser Vogelmann wusste von Annabelles Hass auf Maurice. Vielleicht spielte er den Verständnisvollen ja bloß und wartete in Wirklichkeit nur darauf, Annabelle den Mord anzuhängen, unkte er. In diesem Fall bestünde die Gefahr, dass er ihre Aussage als plumpes Ablenkungsmanöver abtun und ihr kein Wort glauben könnte.

»Kinderknast?«, hauchte Annabelle entgeistert. »Gibt es das wirklich? Mit Ketten und so?«

Sie erinnerte sich an einen Film, den sie vor längerer Zeit gesehen hatte. Ein Gefangener, unschuldig eingesperrt, hatte versucht zu fliehen und war jämmerlich gescheitert. Für einige Sekunden überließ sie sich dem Grauen, das die Bilder von feuchten Verlieswänden und vorbeihuschenden, boshaften Ratten, klirrenden, an die Wände geschmiedeten Ketten heraufbeschworen.

Sie schüttelte energisch den Kopf.

Toni reagierte gekränkt, als sie ihm klarmachte, so etwas könne es für Kinder gar nicht geben. Typisch Junge, dachte Annabelle zärtlich. Er konnte nichts dafür. Warum nur hatte Maurice nicht ein wenig so sein können wie Toni!

So diskutierten sie noch eine Weile, beleuchteten das Für und Wider und trafen eine Entscheidung. Fast einstimmig.

41

Michael Wiener besuchte Mandy Klinger. Die junge Frau war mäßig begeistert über den frühmorgendlichen Besuch am Wochenende.

»Was wollen Sie denn um die Zeit schon von mir?«, fuhr sie den jungen Beamten an. »Irgendwann wird man ja wohl auch mal schlafen dürfen!«

Wiener rang seine Verärgerung nur mit Mühe nieder. »Guten Morgen! Ich habe noch ein paar Fragen, den Mord an Ihrem Freund betreffend«, fiel seine Antwort etwas patziger aus als geplant.

»Als ob Sie die nicht auch um elf hätten stellen können!«, grantelte sie weiter und zurrte den Gürtel ihres Bademantels enger.

»Wenn Sie möchten, warte ich einen Moment im Flur, bis Sie sich etwas anderes angezogen haben«, schlug Wiener versöhnlicher vor.

»Ach nee! Wie nett von Ihnen«, wehrte die junge Frau zynisch ab. »Wenn Sie zu nachtschlafender Zeit hier aufkreuzen, müssen Sie eben den Anblick ertragen, den ich zu diesem Zeitpunkt biete. Besonders nach dem Mord an Wolfi!«

Der junge Ermittler wagte keinen weiteren Einspruch.

»Wir versuchen, die letzten Tage von Wolfgang Maul zu rekonstruieren. Bestimmt können Sie dabei behilflich sein. Wir wissen, dass er am Mittwoch seinen freien Tag hatte. Das stimmt doch, oder?«

»War das der Tag, an dem der Enkel der Gieselkes erschossen wurde?«, fragte Mandy leise zurück.

»Ja. Was hat Ihr Freund an jenem Tag alles unternommen?«

»Soweit ich weiß, war er am Vormittag unterwegs. Recherche für das nächste Treffen der Wolfsfreunde. Er hat versucht herauszufinden, was aus Alan geworden ist.«

»Alan?« Michael Wiener zog seinen Notizblock hervor und sah seine Gesprächspartnerin aufmunternd an. »Hat Alan auch eine Adresse?«

Geringschätzigkeit lag in Mandys Augen.

»Sie haben keine Ahnung, wie? Alan ist ein Wolf! Einer der Jungwölfe aus dem Rudel bei Nochten. Er ist über 400 Kilometer weit abgewandert, bis Masuren. Nach unseren letzten Erkenntnissen war er inzwischen über 900 Kilometer weit nach Polen eingedrungen. Wir wollten aktuelle Informationen über ihn bekommen, ob er ein eigenes Rudel gegründet hat, zum Beispiel. Wolfi wollte sich mit einem Pavel aus Polen treffen, der dort in einer ähnlichen Gruppe arbeitet wie wir hier. In Polen steht man den Wölfen nicht so feindlich gegenüber wie bei uns. Da freut man sich darüber, dass sie sich wieder ansiedeln. Es werden sogar Korridore für sie geschaffen und getrennte Waldgebiete durch Neupflanzungen wieder verbunden, damit die Tiere sich auch in Westpolen ausbreiten können, wo noch jede Menge Platz für sie ist.«

Der junge Beamte zeigte sich unbeeindruckt. »Kam das Treffen zustande?«

»Nein. Wolfi musste es verschieben, weil Korbinian Nagel ihn so aufgeregt angerufen hat, dass er meinte, es sei besser, erst einmal dort die Ruhe wiederherzustellen. Die Jäger warten ja nur darauf, dass sie endlich die Chance für einen Abschuss bekommen!«

»Er ist also am Vormittag zu Korbinian Nagel gefahren, um sich mit ihm über den Schutz der Schafe zu unterhalten?«

»Ja, genau. Er hat ihm auch noch mal seinen Plan erklärt und Nagel war damit einverstanden, dass Wolfi seinen Trick probiert und die Lärmquellen testet.«

»Wie wollte Herr Maul den Krach erzeugen?«

»Wir haben alles Mögliche ausprobiert. Es musste ja auch bei Regen, Sturm oder Gewitter funktionieren. Am Ende haben wir eine Hundepfeife, Topfdeckel, eine Trillerpfeife, Silvesterknaller, die man nur auf den Boden werfen muss, damit sie zünden, und mehrere Stablampen mit grellem Licht eingepackt. Außerdem wollte Wolfi noch zwei Holzplatten mitnehmen und eine Latte, mit der man auf die Erde schlagen konnte. Das hätte natürlich Vibrationen ausgelöst, das Tier wäre verunsichert wieder in den Wald geflohen. Das Ganze hätte seine Wirkung gehabt, glaube ich. Der Wolf hätte ja auf keinen Fall mit so etwas rechnen können.«

»Korbinian Nagel kann das ja sicher alles bestätigen. Aber danach? Wohin ist Herr Maul dann gegangen?«

»Er ist losgezogen und hat alles in einen Trekkingrucksack gepackt. Die Situation war günstig, seine Mutter mit Wäsche waschen beschäftigt. Sie hat bestimmt nichts von den Vorbereitungen bemerkt. Danach ist Wolfgang zu mir gekommen. Ich musste ein Referat vorbereiten, er saß auf der Couch und dachte nach.«

Michael Wiener ahnte, dass sie log. »Dafür gibt es doch sicher Zeugen?«

Mandy atmete hörbar tief ein und wieder aus.

»Es gibt Situationen im Leben von Männern und Frauen, da möchten sie gerne ohne breite Öffentlichkeit ihre Zeit verbringen. Aber vielleicht haben Sie damit noch zu wenig bis gar keine Erfahrung?«, fragte sie süffisant.

Als der Ermittler merkte, wie die heiße Röte über seine Wangen kroch und in kürzester Zeit die Ohren zum Glühen brachte, ärgerte er sich so sehr, dass ihm zunächst eine schlagfertige Antwort nicht einfiel.

»Wir sprechen über Sie und Wolfgang Maul. Sie sind also ganz sicher, dass er den ganzen Nachmittag über hier bei Ihnen war?«

»Ja!«, schnappte Mandy Klinger. »Bis wir von Maurice … Nun ja. Sie wissen schon. Wolfgang ist sofort hingefahren. Er wollte bei seiner Mutter sein, weil die sich immer so leicht aufregt. So war er eben, er dachte immer an die anderen zuerst«, schniefte sie und zog auf der erfolglosen Suche nach Taschentüchern mehrere Schubladen auf.

Schließlich bot Michael Wiener ihr sein Päckchen an.

»Was für ein Mann!« Sie schenkte ihm einen ironisch-verführerischen Augenaufschlag. »Sogar Taschentücher hat er dabei. Morgens um diese Zeit perfekt gekleidet und ausstaffiert. Alle Achtung!«

»Das gehört zur Grundausstattung für Kriminalbeamte«, parierte er patzig. »Warum sollte eigentlich der Tod des Enkels der Familie Gieselke Frau Maul derart aufregen, dass ihr Sohn glaubte, sie beruhigen zu müssen? Es ist zwar eine schreckliche Sache, aber seine Mutter war doch nicht direkt betroffen. Sie hat ja auch den Toten nicht gefunden. Maurice' Leiche wurde von Annabelle entdeckt.«

»Ach, die Alte regt sich alle naselang über irgendetwas auf. Sie hat ein schwaches Herz, behauptet sie jedenfalls, und so rannte Wolfgang ständig besorgt um sie herum. Außerdem wollte er sicher nicht, sie könne glauben, er habe etwas damit zu tun.«

»Das verstehe ich nicht«, gab Wiener unumwunden zu. »Was sollte Wolfgang Maul denn mit dem Tod des Jungen zu schaffen haben?«

Mandy schob ihre Unterlippe weit vor und schwieg bockig.

»Selbst wenn er sich über den Kleinen manchmal geärgert haben mag – wegen ein paar umgeknickter Blumen oder einer mit dem Ball zerschossenen Rabatte erschießt man doch niemanden.«

»Vielleicht haben Sie recht«, antwortete Mandy mit seltsamem Gesichtsausdruck. »Ich bringe Sie zur Tür.«

»Sicher gibt es Momente, in denen Mann und Frau ungestört und unbeobachtet sein wollen«, knüpfte Wiener auf dem Weg durch den Flur an diesen Punkt des Gesprächs wieder an. »Aber das hat meist mit Liebe und Sex zu tun. In Ihrem Fall wohl eher nicht. Also, warum wollten Sie ohne Zeugen mit Wolfgang sprechen?«

Das Gesicht der jungen Frau verzog sich mürrisch.

»Liebeskummer«, murmelte sie dann und schob den jungen Beamten in den Flur hinaus. Bevor er noch eine weitere Frage stellen konnte, hatte sie die Tür bereits geschlossen.

42

Gerade als Peter Nachtigall auf den Klingelknopf drücken wollte, wurde die Haustür schwungvoll aufgerissen und Nele Hain prallte erschrocken zurück.

»Haben Sie mich jetzt erschreckt!«, stellte sie vorwurfsvoll fest.

»Tut mir aufrichtig leid.«

»Haben wir noch irgendetwas zu besprechen?«, fragte sie ungnädig und schob die Sonnenbrille zurecht. »Wenn nicht, würde ich jetzt gerne meine Tochter aus der Klinik abholen. Wir dürfen im DaCapo ein Eis essen.«

Als er später mit Albrecht Skorubski wieder ins Büro fuhr, überlegte er, warum er ihr in jenem Moment gerade diese Antwort gegeben hatte. Er konnte es nicht erklären.

So meinte er zu seiner eigenen Überraschung: »Ich werde den Eindruck nicht los, dass Sie eigentlich mit mir sprechen möchten, ist es nicht so, Frau Hain?«

Aus weit aufgerissenen Augen starrte sie den Hauptkommissar unverwandt an. Sie begann, mit ungelenken Bewegungen am Verschluss ihrer Handtasche zu nesteln, klopfte auf die Außentaschen des schwarzen Mantels, zog ein Schlüsselbund hervor, sah es ratlos an, steckte es wieder ein.

Nachtigall beobachtete sie genau.

Endlich schien sich Nele Hain zu einer Antwort durchgerungen zu haben. Sie seufzte tief, setzte die Brille ab, rieb sich vorsichtig unter den Augenlidern entlang, um die Wimperntusche nicht zu verschmieren, schniefte.

»Mühlberg hat Sie geschlagen?«

Auf diese Frage ging Nele Hain nicht ein.

Mit zitternder Stimme erklärte sie: »Vorhin war irgendwie alles noch so logisch. Klar. Aber jetzt bin ich mir nicht mehr sicher.«

»Sagen Sie mir einfach, was Sie denken. Wir finden schon heraus, ob es stimmt.«

»Ich bin so durcheinander. Ich weiß gar nicht, was ich jetzt tun soll. Aber die SMS war eindeutig.« Überhastet sprudelten alle Informationen aus ihr heraus. Der Hauptkommissar hörte aufmerksam zu, ohne sie ein einziges Mal zu unterbrechen. Am Ende schluchzte sie laut auf: »Ich kann doch unmöglich weiter mit dem Mörder meines Sohnes unter einem Dach leben!«

Nachtigalls Gedanken überschlugen sich. Konnte das der Grund für Annabelles ›Sprachlosigkeit‹ sein? Sie hatte den coolen, neuen Vater bei der Tat beobachtet. Ein Dilemma für die Kleine, ein unlösbarer Konflikt. Entweder würde man glauben, sie beschuldige Mühlberg aus Neid oder um sich an ihrer Mutter zu rächen, manche würden auch behaupten, sie belaste Mühlberg nur, um vom wahren Täter abzulenken. Sie konnte nicht erwarten, dass ihr jemand diese Geschichte glaubte.

»Richard hat sich mit skrupellosen Menschen eingelassen. Vielleicht war mein Kleiner so eine Art Pfand!«, rief Frau Hain, dann war sie um die Ecke verschwunden.

Richard Mühlberg gab sich wenig später keine Mühe, seinen Ärger zu verbergen. »Sie und Ihre dämlichen Hirngespinste! Nur weil mir in einem ehelichen Streit mal die Hand ausrutscht, bin ich noch lange kein Mörder. Nele hat mir den Schlag sofort verziehen. Niemals hätte ich das Leben unseres Sohnes bewusst gefährdet!«

»Wenn Sie eine andere Erklärung für die SMS haben,

bin ich interessiert, sie zu erfahren!«, schnaubte Nachtigall zurück.

»Was ich in meiner Freizeit unternehme, hat mit diesem Fall nicht das Geringste zu tun. Ich treffe mich hin und wieder mit Freunden. Das ist keine Straftat!«, blaffte der andere.

Albrecht Skorubski sah amüsiert vom einen zum anderen. Wie Kampfhähne, dachte er, und machte sich bereit einzugreifen, falls das nötig wurde.

»Illegales Spiel aber schon!«

Mühlberg zuckte deutlich zusammen. »Es geht dabei doch nur um Geld! Verstehen Sie, niemand würde für so eine lächerliche Summe töten! Überhaupt«, seine Stimme überschlug sich, »keiner aus meinem Bekanntenkreis käme je auf den Gedanken, einen Mord zu begehen. Und ganz bestimmt nicht an einem Kind!«

»Wie gering ist die Summe denn?«

»Das geht Sie einen feuchten Dreck an! Mit diesen Leuten bin ich befreundet, die schicken mir auch mal eine Zahlungserinnerung aufs Handy – aber zur Bekräftigung ihrer Forderungen bringen sie niemanden um!« Er nestelte sein Mobiltelefon aus der Gesäßtasche und gab mit fliegenden Fingern einige Befehle ein.

»Nele ist traumatisiert, das müssen Sie doch verstehen. Sie sieht überall Gespenster. Und meine Treffen waren ihr schon immer ein Dorn im Auge. Unter normalen Umständen hätte sie Ihnen von der SMS gar nichts erzählt, aber Sie haben meine Frau in einem äußerst erregten Zustand getroffen, da werden harmlose Dinge manchmal überbewertet.«

Er reichte Nachtigall das Handy und ließ ihn die Nachricht lesen. Der Hauptkommissar verzog keine Miene. »Wo waren Sie am Mittwoch gegen 15 Uhr?«, fragte Nachtigall drohend. »Und kommen Sie uns nicht wieder mit der

Besprechung, das haben wir überprüft. Die Konferenz war gegen 13.30 Uhr beendet.«

Mühlbergs Gesicht blieb verschlossen.

»Ein Alibi wäre in Ihrer Situation sicher hilfreich«, gab Skorubski zu bedenken.

»Da muss ich erst in meinem Kalender nachsehen!«, schimpfte der junge Mann.

»Herr Mühlberg!«, wies der Hauptkommissar ihn zurecht. »Das kann ja nicht so schwer sein, sich daran zu erinnern, es war schließlich kein x-beliebiger Tag! An diesem Nachmittag wurde Maurice getötet!«

Mühlberg schluckte trocken. »An jenem Nachmittag habe ich einen alten Freund getroffen. Nele kann ihn nicht ausstehen, darum habe ich ihr nichts davon gesagt. Vor einiger Zeit musste ich ihr versprechen, ihn nie mehr zu treffen. Herrgott! Ich werde auswandern! Wer weiß, ob und wann ich die Leute wiedersehe. Wir haben im Lauterbach entspannt einen Kaffee getrunken, ich habe von unseren Zukunftsplänen erzählt, er mir davon, wie neidisch er sei, er versuche schon seit Jahren, seine Freundin zu überreden, nach Kanada auszuwandern. Er möchte gern nach British Columbia. Aber sie weigert sich. Neulich erst hat sie irgendwo gelesen, rohe Robbenleber sei dort eine Delikatesse. Das macht ihr die Kanadier noch unsympathischer.«

»Kann es nicht sein, dass Sie uns hier ein wunderbares Märchen auftischen und in Wahrheit einen Freund getroffen haben, der wissen wollte, wann Sie endlich Ihre Schulden bezahlen?«

Trotzig antwortete der junge Mann: »Ich werde Ihnen nicht auch noch Munition für Ihre perversen Fantasien liefern!«

Damit wandte er sich um und griff in die Innentasche

seines Jacketts, das lässig über einer Stuhllehne hing. »Hier ist mein Kalender. Sehen Sie?«, er deutete mit dem Finger auf eine Eintragung. »Hier steht es. Adam um 14 Uhr im Café Lauterbach, des guten Kuchens wegen, den ich sicher in Quebec vermissen werde. Danach ein geschäftlicher Termin mit Jörg Fleischer im Coffeelatte.«

»Um was ging es bei diesem geschäftlichen Termin?«

»Ich betreue diesen Kunden seit vielen Jahren und er war mit meinen Leistungen stets sehr zufrieden. Ich habe ihn über meinen Weggang informiert und ihm empfohlen, sich an einen meiner Kollegen in der Firma zu wenden, der würde die Arbeit sicher auch in seinem Sinne weiterführen. Das war der dringende Wunsch meines Chefs, damit Herr Fleischer sich nicht nach einer anderen Firma umsieht.«

»Der Name Ihres Freundes? Sie verstehen natürlich, dass ich Ihr Alibi sofort überprüfen muss.«

»Adam Brenner. Sie finden alle Nummern im Handy.« Damit stapfte er in Richtung Küche davon.

Nachtigall tippte die Nummer aus dem Display in sein eigenes Mobiltelefon. Es dauerte ziemlich lang, bis der Teilnehmer sich meldete.

»Jörg Fleischer!« Eine harte Stimme. Sehr jung.

»Entschuldigen Sie die Störung, Herr Fleischer. Mein Name ist Peter Nachtigall von der Kriminalpolizei in Cottbus. Wir benötigen nur eine kurze Auskunft im Rahmen einer routinemäßigen Überprüfung von Zeugen«, erklärte der Ermittler ein wenig umständlich.

»Aha?« Die Stimme klang nun nicht mehr so forsch.

»Können Sie uns sagen, wo Sie am letzten Mittwoch gegen 16 Uhr waren?«

»Oh, Moment. Ich hab's gleich. Sehen Sie, am Wochenende

ist meine Sekretärin nicht hier, sie findet solche Dinge immer rasend schnell heraus. Ich muss mühsam blättern. Hier! Ich hatte eine geschäftliche Besprechung in Cottbus.«

»Wo genau?«

»Am Altmarkt. In einem Café mit self-service. Coffee-latte, steht hier in meinem Kalender. Mit Herrn Richard Mühlberg.«

»Darf ich fragen, um was es bei diesem Gespräch ging?«

»Nein. Das dürfte Sie wohl kaum etwas angehen«, gab Fleischer schneidend zurück.

»Da mögen Sie recht haben. Aber wir ermitteln in einem Mordfall. Jede Unterstützung könnte hilfreich sein.«

»Also schön. Herr Mühlberg verlässt Deutschland. Seit Jahren betreut er mein kleines Unternehmen sehr zuverlässig, er supportet meine Computer, installiert neue Programme und betreut meine Website. Fleischer Heizung und Sanitär.«

»Danke. Das war's auch schon. Schönes Wochenende.«

Daraufhin rief Nachtigall den Freund an, der das Treffen im Lauterbach ebenfalls bestätigte. Unter der Nummer, die als Absender der SMS angegeben war, meldete sich niemand. Nachtigall wollte zunächst darauf verzichten, sich Alibis für die beiden anderen Tatzeiten geben zu lassen. Mühlberg mochte ja vielleicht ein Motiv für den Mord an Maurice gehabt haben, doch warum sollte er Wolfgang Maul getötet haben? Weil er Zeuge des Mordes war? Unwahrscheinlich! Aber nicht ausgeschlossen! Also ließ er sich von Mühlberg, der entrüstet zeterte und vom Polizeistaat und Willkür sprach, erklären, wo er in der Nacht zum Freitag gewesen war.

Wenn dieser Wolfgang Maul, nach dem er da frage, und der ihm, Richard Mühlberg, völlig unbekannt sei, nachts getötet wurde, habe er eine Zeugin. Seine Frau. Er schlafe neben ihr. Und ansonsten gäbe es in seinem Tagesablauf durchaus Augenblicke des Alleinseins, wie in jedermanns Alltag. Das bedeute aber nicht, dass er jedes Mal, wenn er unbeobachtet sei, einen Mord begehe!

43

Sein Handy klingelte. »Nachtigall«, meldete er sich frustriert.

»Schwester Lara! Herr Nachtigall, die kleine Annabelle hat nach Ihnen gefragt«, informierte ihn die freundliche Stimme aufgeregt. »Und Frau Dr. Justus meint, Sie sollten lieber schnell kommen, bevor sie sich das mit dem Sprechen wieder anders überlegt.«

»Das sind ja wunderbare Nachrichten! Wir kommen natürlich sofort. Richten Sie ihr aus, dass ich schon auf dem Weg bin.« Er schob das kleine Telefon wieder in die Tasche zurück. »Annabelle spricht. Offensichtlich möchte sie mir etwas mitteilen. Nun, es könnte dieser verflixten Ermittlung nicht schaden, wenn sich neue Aspekte ergäben!«

»Stimmt!«, gab Skorubski zurück. »Wir steuern nur von einer Sackgasse in die nächste.«

»Ich glaube nicht, dass Wolfgang Maul irgendeine verdächtige Beobachtung gemacht hat. Auch die anderen Personen, die sich im Haus aufhielten, scheiden als Zeugen aus. Frau Gieselke schlief zur Tatzeit. Bestenfalls hätte sie durch das Fenster genau das sehen können, was Annabelle gemalt hat, mehr nicht. Eine schwarz gekleidete Person, die durch den Garten rennt. Und zu der Zeit war Maul gar nicht auf dem Gelände. Das passt vorne und hinten nicht zusammen«, schimpfte er vor sich hin.

»Aber ist es nicht auch ziemlich unwahrscheinlich, dass zwei Täter zur selben Zeit im Umkreis der Familie Gieselke zuschlagen? Oder womöglich drei?«

»Sicher. Das ist ja das Problem. Aber vielleicht wird Annabelle jetzt ein bisschen Licht in die Angelegenheit bringen«, schloss Nachtigall hoffnungsvoll.

Als sein Mobiltelefon sich wieder meldete, fürchtete er kurz, Annabelle habe es sich anders überlegt.

»Conny!« Seine Erleichterung konnte er nicht verbergen.

»Stress?«, fragte sie kichernd zurück.

»Mörder.«

»Ach ja. Klingt ein bisschen wie ›Grippe‹. Am besten, du schnappst ihn noch vor heute Abend. Ich bin zu Hause und freue mich auf einen gemütlichen Abend an der Seite meines Hauptkommissars.«

»Du bist schon da? Das ist ja wunderbar. Möchtest du essen gehen?«

»Hm – nein. Ich habe schon den Pizzateig fertig. Wir machen es uns hier kuschlig, ja?«

»Aber gern! Ich bin froh, dass du wieder zurück bist.«

»Salami, Schinken, Champignons, Ananas, Zwiebeln … Welchen Belag hättest du gern für deine Pizza?«

»Halbe-halbe.«

»Das ist doch wieder typisch Mann! Statt sich zu entscheiden und auf eine Sorte zu verzichten, nimmt er beide!« Conny lachte fröhlich. »Aber gut, ich werde es möglich machen.«

»Wir fahren ins Klinikum, um eine Zeugin zu sprechen, danach ergibt sich bestimmt noch das ein oder andere. Ich melde mich!« Nach einem raschen Seitenblick auf Skorubski, der konzentriert auf die Straße sah, schickte er seiner Frau noch einen Kuss durch den Äther.

»Es schneit«, nörgelte Albrecht Skorubski. »Eigentlich hatten doch alle gehofft, das sei jetzt vorbei. Mist!«, rief er plötzlich und wich einem Radfahrer aus, der ins Rutschen geraten war. »Und dann noch nicht mal einen Helm tragen! Unverantwortlich, so was!«

Nachtigall lächelte beseelt vor sich hin und bekam von all den Widrigkeiten nur wenig mit.

44

Schwester Lara erwartete den Ermittler schon voller Ungeduld. Als er durch die Türen trat, eilte sie bereits auf ihn zu. »Es ist unglaublich! Sie spricht. So schnell hatten wir noch gar nicht damit gerechnet.«

»Und warum?«

Irritiert huschten Schwester Laras Augen über Nachtigalls Gesicht, die Wände des Ganges, verfingen sich an den Türen und kehrten wieder zu ihm zurück.

»Ich meine, warum spricht sie wieder? Gibt es dafür einen Grund oder kam es aus sich selbst heraus?«

»Dr. Justus hält es nicht für ausgeschlossen, dass der Kleinen langweilig wurde. Es redete ja auch niemand richtig mit ihr. Manchmal fangen solche Patienten mit einzelnen Worten an, Sprechen kommt ihnen seltsam vor, ungewohnt. Und so klingen sie anfangs auch ungeübt und unbeholfen. Das bessert sich langsam. Aber Annabelle hat die Schwierigkeiten nicht.«

Maurice' große Schwester saß auf ihrem Bett und ließ die Beine baumeln.

»Hallo, Annabelle, ich habe dir Herrn Nachtigall mitgebracht«, erklärte Schwester Lara überschwänglich und nickte dem Mädchen aufmunternd zu, bevor sie wieder auf den Gang verschwand.

»Hallo«, sagte Annabelle leise.

Nachtigall griff nach dem Besucherstuhl und setzte sich vors Bett.

»Vielen Dank für das Bild, das du mir gemalt hast. Es zeigt Maurice' Mörder, nicht wahr?«

»Ja. Er ist weggerannt. So konnte ich ihn nur von hinten sehen.«

»Kennst du ihn?«

»Hm«, sie zog die Stirn kraus und dachte nach. »Möglich.«

»Neben die Gestalt hast du ein Tier gemalt. Einen Wolf. Warum?«

»Miranda meinte, das wäre eine gute Idee.« Erschrocken schlug Annabelle sich die Hand vor den Mund.

»Miranda?«

»Meine Freundin. Wir haben darüber gesprochen. Toni, das ist ein Freund von mir, war dagegen. Er hat gesagt, das verwirrt nur.«

»Aber der Wolf sollte etwas bedeuten, nicht wahr?«, blieb Nachtigall so eng am Thema wie möglich. Wegen der Freunde konnte er später noch nachfragen.

»Ja, natürlich. Ich habe den Wolf gemalt, weil ich für einen Moment dachte, es sei Wolfi gewesen«, erklärte sie altklug.

»Wolfi?«

Nachtigall sortierte seine Gedanken neu. Wolfgang Maul sollte der Mörder des Jungen sein? Welches Motiv könnte er gehabt haben? Immerhin, es könnte erklären, warum ›Mörder‹ auf den Bäumen stand. Aber bedeutete das auch, ein Gieselke hätte Wolfgang Maul getötet?

»Das ist dieser Hilfsgärtner von Opa. Der hinkt so ein bisschen. Er hat sich vor ein paar Jahren bei einem Sprung aus dem Kirschbaum das Knie verletzt. Und als ich geträumt habe, dachte ich, der Mann habe auch gehinkt. Aber in Wahrheit weiß ich das nicht mehr genau.«

»Du hast in der ersten Nacht hier in der Klinik davon geträumt.«

Annabelle verzog trotzig das Gesicht. »Ich weiß schon.

Jetzt glauben Sie, ich hätte das alles nur geträumt! Aber das stimmt nicht. Ich habe ihn laufen sehen!«

»Natürlich glaube ich dir, dass du den Mörder hast fliehen sehen«, versuchte der Hauptkommissar, das Mädchen wieder zu beschwichtigen. »Du hast bestimmt noch ein paarmal vom Täter geträumt. Das verstehe ich gut. Erwachsene träumen auch oft von Dingen, die sie tagsüber erlebt haben.«

»Das sagt Oma auch. Aber mein Vater behauptet, Erwachsene tun das nicht. Er träumt nicht«, erzählte Annabelle weiter, wieder versöhnt.

»Doch, er träumt auch, er kann sich bestimmt nur nicht daran erinnern. Träume sind sogar sehr wichtig. Die Menschen verstehen oft nicht alles, was sie im Laufe eines Tages erleben oder erfahren. Träume helfen uns, Ordnung in manche Dinge zu bringen. Im Traum ist es manchmal leichter, Probleme zu durchschauen.«

Annabelle fuhr nachdenklich mit dem Zeigefinger an der Außennaht ihrer Jeans entlang.

»Du fühlst dich ein bisschen verlassen«, stellte Nachtigall fest.

»Woher wollen Sie das wissen?« Tiefes Misstrauen blitzte in ihren Augen auf. »Ich bekomme oft Besuch.«

»Ich weiß. Von deinen Eltern, Oma und Opa, von deinen Freunden, Miranda und Toni. Aber wir Menschen brauchen den anderen, damit wir mit ihm sprechen können. Irgendwie müssen wir ihm unsere Probleme erklären, sonst kann er nicht verstehen, was uns bedrückt und kann nicht helfen. Wenn jemand jeden Kontakt zu anderen einstellt, bleibt er folglich mit seinen Problemen allein. Er wird einsam, fühlt sich verlassen.«

»So ganz allein bin ich wirklich nicht. Meine Freunde haben mich auch ohne Worte verstanden. Und mit meiner Mutter war ich Eis essen, sie hat die ganze Zeit gesprochen. Ich musste gar nicht reden. Mein Vater kommt nachher auch noch vorbei – er liest mir vor, dann ist es nicht still zwischen uns.«

»Aber jetzt wirst du mit ihm sprechen, wie mit deinen Freunden?«

Annabelle wiegte den Kopf, als sei sie noch unschlüssig.

»Gehen Miranda und Toni in deine Klasse?«

»Nein«, antwortete das Mädchen gedehnt. »In meine Klasse gehen nur so blöde Tussen. Mit denen will ich nicht befreundet sein.«

»Tussen?«, fragte Nachtigall ratlos.

»Na ja. Das sind solche Weiber, die sich grellbunt schminken und in Leggins mit hochhackigen Schuhen in die Schule gestöckelt kommen. Den ganzen Tag lang reden die nur über Lidschattenfarben und Haarstyling. Nichts für mich!«

»In der Schule nur Tussen und zu Hause Maurice, der ja auch nicht dein Freund war. Das war sicher nicht leicht für dich«, führte er sie geschickt wieder zum Thema zurück.

Annabelles Gesicht verfinsterte sich. »Mamas Liebling!«, flötete sie zynisch. »Nesthäkchen! Muttersöhnchen!«, spuckte sie hinterher.

»Du konntest ihn nicht ausstehen.«

»Er war so entsetzlich dumm. Ständig hat er mich verpetzt. Meine Sachen versteckt. Ich habe wegen meiner angeblichen Schlampigkeit Ärger bekommen und er hat sich gefreut. Maurice durfte einfach alles. Wenn er etwas kaputt gemacht hat, hieß es nur, das war bestimmt keine Absicht. Bei Fehlern haben sie gesagt, er versteht es eben noch nicht besser. Es war unfassbar. Für jeden Mist, den er gebaut hat, gab es eine Schokoladenentschuldigung. Bei mir allerdings nicht. Fiel mir ein Glas aus der Hand, bekam ich eine an die Ohren. Pass gefälligst besser auf! In deinem Alter muss man das beherrschen.

Wenn ich etwas falsch ausgerichtet habe, oh, wie schrecklich war das! Es gab ein riesen Gezeter, mit zehn, da ist das nicht mehr zu tolerieren, du hättest es besser wissen müssen. Aber am schlimmsten war, dass ich immer Ärger für das einstecken musste, was er getan hat. Du bist die große Schwester, da kann man doch erwarten, dass du ein Auge auf ihn hast! Ich habe an den Hausaufgaben gesessen und er räumte in der Zwischenzeit den Kühlschrank aus, schlug alle Eier auf dem Boden kaputt, ich war schuld. Er hat Papas Wein ausgeschüttet, der muss teuer gewesen sein, ich war schuld. Ich! Ich! Ich!«

Sie holte tief Luft, um sich etwas zu beruhigen. Unvermittelt brach es voller Inbrunst aus ihr hervor: »Ich bin so froh, dass er tot ist!«

»Und jetzt glaubst du, alle denken, du bist schuld an seinem Tod.«

Nachtigall versuchte sich sein Erschrecken nicht anmerken zu lassen. Annabelle konnten sie noch nicht von der Liste der Verdächtigen streichen. Ein anderer Gedanke beschäftigte ihn auch. Hatte seine eigene Schwester Sabine manchmal ebensolchen Hass auf ihn empfunden?

»Ja«, flüsterte das Mädchen mit Verzögerung. »Mama hat auch schon wieder gefragt, warum ich nicht auf ihn aufgepasst habe.«

Sie fing erneut an, mit den Beinen zu schlenkern. Manchmal stieß sie dabei auch kräftig gegen Nachtigalls Unterschenkel.

Doch der Hauptkommissar, der sehr genau wusste, dass diese Tritte nicht wirklich für ihn gedacht waren, zeigte keine Reaktion.

Annabelle trat der ganzen ungerechten Welt mit voller Wucht gegens Schienbein.

Geduldig wartete er ab.

Annabelle war noch nicht fertig. Sie rang mit sich und er

wusste, dass er sie dabei nicht stören durfte, wenn er erfahren wollte, was an jenem Nachmittag tatsächlich passiert war.

»Klar, darauf hatte er doch nur gewartet! Dass ich ihm nachschleichen würde. Doch nicht mit mir. Da konnte er lange warten, der Arsch!«, brach es voller Hass aus ihr heraus, dass es Nachtigall vorkam, als umklammere eine eiskalte Hand seinen Magen.

»Er hatte einen Anruf bekommen. Auf sein Handy. Natürlich waren die Dinger nicht dafür gedacht, dass wildfremde Menschen uns anrufen konnten. Mama hatte uns eingeschärft, die Nummern nicht herauszugeben, die seien geheim. Und was macht Maurice? Er verteilt überall kleine Zettel mit seiner Telefonnummer! In irgendeiner seiner Abenteuergeschichten war das der Auftakt zu einer spannenden Sache gewesen. Und nun rief ihn irgendjemand an, wollte sich mit ihm ungestört unterhalten, es ginge um einen Schatz. Das hat er mir jedenfalls erzählt. Er ist aus dem Zimmer geschlichen. Sicher hat er angenommen, ich sei neidisch und würde ihm folgen. Aber das habe ich nicht getan. Und dann …«, sie stockte, knetete die Finger im Schoß und richtete mit einem Ruck den Oberkörper kerzengerade auf. »Und dann fielen die Schüsse«, erklärte sie mit klarer, fester Stimme. »Drei. Ich wusste sofort, was da knallte. Opas Pumpgun. Also bin ich los, weil ich dachte, klar, wenn er jetzt auch noch heimlich an den Waffenschrank geht und rumballert, bin am Ende wieder ich verantwortlich, wie sonst auch. Ich bin also los, wollte eigentlich in den Keller, zum Waffenschrank. Aber dann sah ich, dass die Tür zu Opas Zimmer offen stand. Der Raum ist verboten. Ich schlich rein und fand Maurice.«

Nachtigall betrachtete das Mädchen.

War sie tatsächlich so abgebrüht oder erweckte sie nur verzweifelt den Anschein?

»Ich habe sofort gesehen, dass er tot war.« Er hörte den

Anflug wimmernder Verzweiflung. »Und ich wusste, wieder würden alle mir die Schuld daran geben! Und da wäre niemand, dem ich erzählen konnte, wie froh ich war.«

Sie ließ sich einfach ohne Vorwarnung in seine Arme fallen und schmiegte sich fest an seine Brust. Überrumpelt strich er ihr tröstend übers Haar.

»Nur dem Vogelmann konnte ich das sagen! Es ist nun unser Geheimnis!«

Dr. Justus forschte in den Zügen ihres Gesprächspartners. »Haben Sie erfahren, was Sie wissen wollten?«

»Ich glaube schon. Zumindest das meiste.«

»Es ist nicht üblich, dass die Polizei allein mit unseren kleinen Patienten spricht«, sagte sie tadelnd. »Wir mussten in diesem Fall eine Ausnahme machen, weil es immerhin um den Mord an Annabelles Bruder geht.«

»Dafür bin ich auch sehr dankbar. Bestimmt hätte sie manches nicht so frei berichtet, wenn noch jemand im Raum gewesen wäre.«

»Wir haben lange auf die Eltern eingeredet, bis sie uns die Erlaubnis gaben. Wenn ich alles richtig verstanden habe, suchen Sie den Täter innerhalb der Familie?«

Der Hauptkommissar nickte seufzend.

»Es ist nicht der Schock, der ihr die Sprache verschlagen hatte, nicht wahr? Herr Nachtigall! Nun lassen Sie sich doch nicht alle Informationen wie Würmer aus der Nase ziehen!«

»Ein schönes Bild, ich wüsste gern, welche ursprüngliche Bedeutung es hatte«, schmunzelte der Hauptkommissar und erklärte anschließend: »Es ist ein bisschen so, wie wir vermuteten. Sie fühlt sich schuldig, weil sie nicht auf ihn aufgepasst hat, und glaubt, alle anderen werfen ihr vor, für Maurice' Tod verantwortlich zu sein. Aber die Besuche ihrer Freunde waren wohl eine große Hilfe für das Kind.«

»Welche Freunde?«

»Miranda und Toni. Das sind ihre besten Freunde. Mit den beiden hat sie sich darüber abgestimmt, ob sie sich mir anvertrauen soll oder nicht.«

»Herr Nachtigall! Annabelle erhielt nur Besuch von ihren Eltern und Großeltern sowie von Ihnen. Ansonsten war niemand hier. Ich fürchte, diese beiden Freunde existieren nur in Annabelles Fantasie.«

»Nun«, meinte er betroffen, »dann ist sie noch viel einsamer, als ich befürchtet habe.«

Als er das Klinikum durch das imposante neue Portal verließ, hämmerte unablässig ein Satz in seinem Kopf. ›Ich bin so froh, dass er tot ist!‹ Emotionslos hatte sie von den Abläufen des schrecklichen Nachmittags gesprochen. ›Ich bin so froh, dass er …‹ Und nun teilte sie mit dem Vogelmann ihr furchtbares Geheimnis. ›… er tot ist!‹

Es blieben noch viele Fragen offen: Wo war Maurice' Handy? Annabelle hatte behauptet, sie wisse es nicht, er habe es immer bei sich gehabt. War die schwarze Gestalt am Ende nur Wunschdenken eines kleinen Mädchens, das seinen eigenen Bruder kaltblütig erschossen hat? Mit drei Schüssen, das hatte sie genau gewusst. Weil sie selbst abgedrückt hatte, oder hatte sie mitgezählt?

Der Einschusswinkel konnte passen.

Und Maurice wäre vor seiner Schwester auch nicht erschrocken weggelaufen, warum sollte er sich vor Annabelle fürchten.

Sicher hatte er keine Sekunde daran gedacht, sie könne ernsthaft vorhaben, auf ihn zu feuern.

45

»Herr Gieselke hat grad ang'rufe. Sei Frau ist verschwunde!«, empfing Michael Wiener die Kollegen aufgeregt.

»Verschwunden?«, echote Skorubski ungläubig.

»Von mir aus kann man au sage, sie ist vom Einkaufe nicht mehr z'rückg'kehrt. Beim Bäcker war sie wohl noch, danach hat se niemand mehr g'sehe.«

»Ich hätte ja gedacht, sie schickt Erika Münzer zum Einkaufen. Gerade jetzt, wo sie doch sicher von jedem auf den Tod des Enkels angesprochen wurde«, überlegte Skorubski laut. »Das ist doch seltsam.«

»Nein, das sehe ich nicht so. Vielleicht ging sie lieber offensiv mit dem Thema um, ausweichen konnte sie ihm auf Dauer ohnehin nicht«, mutmaßte Peter Nachtigall. »Auf mich wirkte sie nie wie jemand, der sich bei Problemen verkriecht.«

»Dann kann man noch weniger erklären, warum sie verschwunden ist!«

»Gut!«, beschloss Nachtigall. »Albrecht, wir fahren hin. Zwei Mordopfer gibt es in dieser Familie und ihrem Umfeld schon. Hoffen wir, dass dies nicht das dritte ist.«

Michael Wiener sah seufzend den Kollegen nach.

Na gut, dachte er, dann würde er versuchen, die restlichen Lücken in Wolfgang Mauls Tagesablauf zu schließen.

Olaf Gieselke öffnete den beiden Beamten nur zögernd die Tür. »Sie? Ich dachte, Sie kommen erst, wenn es Tote gegeben hat!«

»Nun, manchmal kommen wir auch, weil Menschen verschwinden. Wie in Ihrem Fall. Sie vermissen Ihre Frau.«

»Sie vermissen Ihre Frau«, äffte der Hausherr den Hauptkommissar nach. »Das klingt so, als hätte ich nur vergessen, wo ich sie abgelegt habe!« Er warf die Tür im Rücken seiner Besucher wütend ins Schloss und führte die beiden ins Wohnzimmer.

»Mein Arbeitszimmer ist leider noch immer versiegelt!«, beschwerte er sich bei Peter Nachtigall.

»Wird es Ihnen nicht schwerfallen, wieder an Ihrem Schreibtisch zu sitzen?«

»Dummes Geschwätz. Das Zimmer und die Einrichtung können nichts für den Tod meines Enkels!«, brummte Gieselke übellaunig.

Albrecht Skorubski beschloss, das Thema zu wechseln. »Wann erwarteten Sie Ihre Frau heute zurück?«

»Nach dem Einkaufen. Vor Stunden. Es gab heute nur belegte Brote zu Mittag. Diese transusige Haushaltshilfe kann nicht einmal kochen!«

»Wenn Ihre Frau einkauft«, begann Nachtigall geduldig, »hat sie da eine bestimmte Route, eine festgelegte Tour, in der sie die Geschäfte aufsucht?«

Unverständnis spiegelte sich auf Olaf Gieselkes Gesicht.

»Geht sie zum Beispiel immer erst zum Metzger und danach zum Bäcker? Oder umgekehrt? Kauft sie ganz zum Schluss noch einen Blumenstrauß fürs Wochenende?«

Das Gesicht des Hausherrn nahm eine tiefrote Färbung an.

»Wenn ich an solch einem Kram interessiert wäre, könnte ich das ja auch gleich alles selbst erledigen!«, polterte er unbeherrscht.

»Sie wissen also nicht, wohin Ihre Frau nach dem Besuch

beim Bäcker noch gehen wollte?«, fasste der Hauptkommissar hartnäckig noch einmal nach.

»Nein!«, blaffte Gieselke ihn an.

»Halten Sie es für denkbar, dass Ihre Frau ohne Ihr Wissen verreist ist?«, fragte Nachtigall und es gelang ihm, den Impuls, eine Augenbraue hochzuziehen, zu unterdrücken. Er musste den Ehegatten nicht unbedingt mehr reizen als notwendig. Cholerisch, wie Gieselke war, hätte er das sofort als Provokation verstanden.

»Es wäre theoretisch möglich, ja! Frauen haben das von Zeit zu Zeit. Wollen bei den geringsten Kleinigkeiten gleich wieder zu ihrer Mutter zurück. Aber ihre lebt ja nicht mehr. Wohin also hätte sie gehen sollen? Nein, nein. Praktisch ist das völlig ausgeschlossen. Ohne Koffer, ohne all ihre Tuben und Fläschchen aus dem Bad mit den Zauberelixieren? Niemals!«

»Demnach haben Sie schon überprüft, ob etwas fehlt.«

»Selbstverständlich! Ich verständige doch nicht die Polizei und stehe dann wie ein kompletter Trottel da, weil meine Angetraute ihre Sachen gepackt hat und abgehauen ist!«

»Ihre Frau verfügt doch sicher über eine EC-Karte? Vielleicht war es ein spontaner Entschluss und sie kauft unterwegs, was sie benötigt.«

»Warum zum Teufel sollte ihr so etwas einfallen?«

»Unsere Ermittlungen haben zu Informationen über Ihre Affären geführt.« Auch Skorubski bemühte sich um einen neutralen Tonfall.

»Und?«, brauste Gieselke dennoch erneut auf. »Und?«

»Manchmal verlassen Frauen ihre untreuen Ehemänner«, stellte Nachtigall wertfrei in den Raum.

»So? Tun sie das? Da muss ich Sie leider enttäuschen. Meine Frau hat all das längst akzeptiert. Mag sein, dass es sie hier und dort getroffen hat, aber es war kein Problem.

Schließlich werde auch ich langsam älter. Und ruhiger. Und meine Frau verlässt nicht die Hand, die sie füttert. Sie ist eine kluge Frau, die sich sagt, am Ende hat das Leiden sich gelohnt.«

Peter Nachtigall ärgerte sich über so viel Arroganz. Dieser Mann war ein Macho der schlimmsten Sorte. Sollte er glauben, Olaf Gieselke habe seine Frau etwa nur vermisst gemeldet, weil er nicht jeden Tag belegte Brote zu Mittag essen wollte?

»Kann Ihre Frau das ›Gurkenpatent‹ auch ohne Ihre Zustimmung verkaufen?«

»Na, so weit kommt es noch! Erst nach meinem Tod und dann muss Johannes das tun. Er erbt. Ob ihr sauberer Herr Sohn sie allerdings nach diesem Familiendesaster noch am Erlös beteiligen will, wage ich zu bezweifeln.«

»Ihr Sohn scheint an Gurken nicht wirklich interessiert zu sein. Er würde sich zu einem Verkauf wahrscheinlich sogar gern überreden lassen.«

»Oh ja«, zischte Gieselke gefährlich wie eine Schlange. »Das wäre diesem Nichtsnutz zuzutrauen! Und im Moment gibt es nicht einmal mehr einen Enkel, an den ich die Firma direkt übergeben könnte. Aber der Junge wird sich noch wundern! Mein Anwalt arbeitet gerade an Formulierungen für mein Testament, die Johannes gar nicht gefallen werden.«

Noch ein permanenter Konfliktherd in dieser Familie, dachte Nachtigall und wandte sich sogleich wieder der Frage um das Verschwinden der Dame des Hauses zu. »Ihre Frau hat demnach keine geheimen Geschäftspapiere mitgenommen, es fehlen weder Koffer noch Kleidungsstücke, alle Kosmetika stehen noch im Bad. Fährt sie ein eigenes Auto?«

»Das versteht sich wohl von selbst! Sie glauben doch nicht im Ernst, ich spiele für meine Frau den Chauffeur und bringe sie zu ihren diversen Terminen beim Friseur, der Kosmetikerin oder sonst wohin!«

»Steht ihr Wagen in der Garage? Nein? Gut. Was für einen Wagen fährt Ihre Frau, wie lautet das Kennzeichen?«

Albrecht Skorubski notierte alle Angaben. Dann stand er auf, um telefonisch die Kollegen der Schutzpolizei zu informieren. Sie sollten nach dem Fahrzeug Ausschau halten. Es sollte sich bald finden lassen, dachte er amüsiert. Ein feuerroter Porsche Carrera Cabrio war schließlich kaum zu übersehen.

»Sie haben bei den Bekannten Ihrer Frau nachgefragt? Vielleicht hat sie eine Freundin getroffen und verbringt den Tag mit ihr.«

Olaf Gieselke warf Nachtigall einen langen verständnislosen Blick zu. »Wozu, glauben Sie, hat meine Frau ein Mobiltelefon? Es mag ja in Ihren Kreisen nicht üblich sein, sich gegenseitig über Veränderungen im geplanten Tagesablauf zu unterrichten –«, er ließ offen, zu welchen Kreisen er den Hauptkommissar rechnete, musterte ihn jedoch eindeutig geringschätzig, bevor er fortfuhr, »bei uns allerdings schon. Und nur um Ihrer nächsten Frage vorzugreifen: Meine Frau hat sich bei mir nicht abgemeldet. Sie hat auch keine Regelungen für die Organisation des Haushalts getroffen. Und ich kann sie nicht erreichen. Sie geht nicht an ihr Handy!«

46

Albert, Mario und Lukas trafen sich wie gewöhnlich an der Brücke. Eigentlich, da waren sich die drei Freunde einig, war es nicht das ideale Wetter zum Fußballspielen, andererseits hatte Mario zu seinem Geburtstag einen handgenähten supergeilen Ball bekommen, der dringend ausprobiert werden musste. Und Hänschen, der Jack Russel-Terrier, der Lukas gehörte, musste ohnehin bei jedem Wetter raus, ob es nun ungeeignet war oder nicht. Der Hund war gestern schon zu kurz gekommen, wegen Marios Geburtstagsfeier im Cottbuser UCI-Kino. Natürlich hatte Liane sich um Hänschen kümmern sollen, ja, sie hatte es dem Bruder sogar in die Hand versprochen – aber wann war auf kleine Schwestern schon mal Verlass? Jedenfalls hatte die ganze Familie eine unruhige Nacht hinter sich, in der Hänschen, weit entfernt von Müdigkeit und Schlafbedürfnis, vor sich hin randaliert hatte.

»Fußball zu dritt ist öde!«, beschwerte sich Albert, der Schmächtigste des Trios. Mario grinste. Das war wieder typisch: Wenn es regnete, saß Albert am liebsten auf seinem Bett und las.

»Mach dir mal keine Sorgen. Du wirst schon nicht weggespült! Und wenn Hänschen mitspielt, sind wir schon vier.«

»Kommt gar nicht infrage, dass dein Hund in meinen Ball beißt!«, empörte sich Mario. »Du spinnst wohl!«

Albert nahm einen neuen Anlauf, um die Freunde zu überzeugen. »Heute ist nicht das richtige Wetter, um draußen zu spielen! Der Ball ist doch aus echtem Leder, oder? Der saugt sich voll Wasser und ist hin. Wie wär's stattdessen mit Nintendo?«

»Hast du schon das neue Spiel bekommen?«

»Ja«, verkündete der Junge feierlich mit einem triumphierenden Leuchten in den Augen.

»Wow!« Mario blies die Wangen auf. »Wow!«

Einen Moment lang sonnte sich Albert in der offensichtlichen Bewunderung der anderen.

»Mir ist noch immer schleierhaft, wie du das hingekriegt hast«, murmelte Lukas neidisch.

»Das ist easy. Du musst nur den Ausweis von jemandem kopieren, der volljährig ist. Ich habe mir dazu den von meinem großen Bruder ›geliehen‹. Dann habe ich den Paketboten abgepasst. Du kannst ja im Internet genau verfolgen, wo deine Lieferung sich gerade rumtreibt. Funktioniert natürlich nur in den Ferien. Mein Bruder würde sich ganz schön wundern, wenn er so eine Paketabholkarte im Briefkasten fände und eine Warensendung abholen sollte, die er nicht bestellt hat.«

»Und das Geld?«

»Kommt per Nachnahme. Du bezahlst direkt beim Paketboten.«

»Wahnsinn!«

»Nun muss ich nur noch aufpassen, dass meine Mutter das Spiel nicht zufällig findet. Die rennt damit sonst gleich zu meinem Bruder und fragt nach, was ich da eigentlich so spiele. Na ja. In dem Fall stünde wohl mächtig Ärger an.«

»Ich kann aber nicht mitkommen«, bedauerte Lukas. »Hänschen muss sich müde laufen. Wenn der heute Abend wieder durchs Wohnzimmer tobt, kriege ich gewaltig Stress mit meiner Mutter.«

»Na dann! Los, wir drehen erst mal zusammen eine Runde mit dem Hund und sehen danach, wozu wir noch Lust haben, okay?«, schlug Albert um Ausgleich bemüht vor.

Ohne jede Vorwarnung schlug Lukas Mario den Ball aus der Hand. Bevor Albert danach treten konnte, hatte Mario ihn lachend weitergekickt. Laut johlend spurteten sie dem Ball hinterher und Hänschen schloss sich begeistert bellend den Freunden an. Der Regen war vergessen.

Wenig später waren ihre Gesichter gerötet und in ihren Augen stand wilde Entschlossenheit. Mario, der Größte der Gruppe, durchtrainiert und zweikampfstark, umdribbelte mühelos seine Freunde, spielte den Hund aus und donnerte den Ball mit einem grandiosen Fernschuss weit über den Parkplatz am Badesee.

Unter sein Triumphgeheul mischte sich unschön das Geräusch von splitterndem Kunststoff und berstendem Glas. Betreten sahen die drei angehenden Fußballstars sich an. Selbst der Hund merkte sofort, dass sich die Stimmung grundlegend geändert hatte. Mit leisem Winseln setzte er sich dicht neben Lukas, blickte aus seinen braunen Augen reumütig zu ihm auf und hob wie zur Entschuldigung sein Pfötchen.

»Alles in Ordnung, Hänschen. Du hast nichts verbockt, das waren wir«, tröstete der blonde Junge, streichelte über Hänschens Rücken und kraulte ihn zwischen den Ohren, ohne die Katastrophe aus den Augen zu lassen.

»Scheiße«, zischte Mario. »Mein Taschengeld für nächsten Monat ist schon verpfändet. Ihr wisst schon, wegen meines roten T-Shirts in der weißen Wäsche meiner Schwester. Sollte ja nur ein Witz sein. Jedenfalls muss ich die Entfärbeaktion bezahlen. Wenn an der Karre da drüben ernsthaft was kaputtgegangen ist, kriege ich wohl bis Weihnachten kein Geld mehr in die Hand.«

»Das ist ja fast ein ganzes Jahr«, ächzte Lukas entsetzt und hatte dann eine andere Idee: »Wir können uns doch auch einfach verpissen!«

»Zu spät«, raunte Albert in sein Ohr. »Wir wurden beobachtet.«

»Ist mir doch egal!«, gab Mario sich draufgängerisch. »Uns kennt hier keiner!«

Lukas ließ seinen Blick wie zufällig zu den Bäumen am Waldrand schweifen. »Doch«, murrte er. »Frau Klee. Was nun?«, fragte er kleinlaut.

»Lasst uns erst mal sehen, was passiert ist. Den Ball müssen wir auch suchen«, meinte Albert pragmatisch. Albert, der Vernünftige. Eine Rolle, die ihm gefiel.

»Ach ja? Und wenn wir feststellen, dass der Wagen hoffnungslos demoliert ist? Was machen wir dann? Du Schlaumeier!« Mario roch nach Angst.

Der Freund zuckte nur mit den Schultern. »Du vergisst Frau Klee«, mahnte er. »Wenn wir jetzt abhauen, wird sie in der nächsten Zeit die Zeitung noch aufmerksamer lesen als sonst. Oder noch schlimmer: Sie hat das Geräusch auch gehört, sieht uns türmen und guckt selbst nach. Dann wird sie uns entweder beim Autobesitzer verpfeifen oder gleich bei der Polizei anzeigen. Beides nicht gerade günstig.«

»Die würde nicht eine Sekunde zögern, uns hinzuhängen«, bestätigte auch Lukas. »Es wäre ihr ein nicht zu toppendes Vergnügen!«

Mit gesenkten Köpfen schlichen sie näher an den Wagen heran. Hänschen trottete traurig hinterher.

»Kann doch sein, dass die Karre jemandem gehört, der supernett ist. Vielleicht jemandem, der selbst Kinder hat. Der lacht vielleicht nur und sagt: Schwamm drüber«, fantasierte Lukas.

Doch diese Hoffnung trug sie nur zwei Schritte weiter, dann zerstob sie ins Nichts.

»Schwamm drüber?«, fragte Mario verbittert.

Der Außenspiegel war abgerissen, Kabel hingen lose aus

dem Arm heraus und die glänzenden Kupferenden schienen anklagend auf das Trio zu weisen. Nicht weit entfernt, auf dem Boden neben dem Vorderrad, lag der Spiegel. In viele lange Splitter zersprungen, die wie Strahlen auf ein zentrales Loch zuliefen.

Mario begutachtete den Schaden mit Kennerblick. »Teuer. Der muss auf einen Stein geknallt sein. Porsche. Das kostet vielleicht mehr als mein Taschengeld bis Weihnachten.«

Deprimiert machte er kehrt und schlenderte zum gegenüberliegenden Waldrand zurück. Dort warf er sich auf den schmalen Grasstreifen und starrte trostlos vor sich hin. Hänschen, der das für den Auftakt zu einem neuen Spiel hielt, tobte um den Jungen herum, sprang immer wieder mit seinen Vorderfüßen auf dessen Schulter, leckte ihm auffordernd über die Wange und wurde jedes Mal nur traurig abgewehrt. Bald musste er einsehen, dass niemand mehr in der Stimmung war, mit ihm zu balgen.

»Wir warten. Wenn niemand kommt, schreiben wir einen Zettel und klemmen den hinter den Scheibenwischer«, legte Albert fest, der sich mit solchen Problemen auszukennen schien. Er ließ sich mit Lukas zu Mario auf den grünen Streifen fallen.

»Mein Hintern ist schon ganz taub«, jammerte Lukas nach wenigen Minuten.

»Memme!«

»Eine halbe Stunde sollten wir noch warten. Besser etwas länger. Vielleicht macht der Besitzer mit seinem Hund einen Spaziergang. Das kann ein bisschen dauern«, erklärte Albrecht tapfer, obwohl er ebenfalls einen verfrorenen Eindruck machte.

Es dauerte nicht lange, da beschwerte Lukas sich schon wieder. »Meine Füße sind eiskalt. Und der Regen hat irgendwie einen Weg durch meine Jacke gefunden. Jedenfalls ist mein Pulli nass.«

Die beiden anderen tasteten unter den Jacken und an den Hosenbeinen nach.

»Stimmt«, meinte Albert, »bei mir ist auch schon alles feucht. Meine Mutter wird ordentlich meckern.«

Mario war in der Zwischenzeit aufgesprungen und suchte nach dem Ball. Eigentlich hätte Hänschen ihm dabei helfen sollen, doch der Hund weigerte sich, sein trockenes Plätzchen unter einem Baum zu verlassen. Immerhin sah er dem Jungen interessiert zu und den beiden anderen kam es vor, als grinse er dabei. Bestimmt wusste er genau, wo der Fußball hingerollt war, verriet es aber nicht, weil er viel Spaß dabei hatte, dem Menschen bei der ungeordneten Suche zuzusehen.

Eine halbe Stunde verging, zäh wie Tapetenkleister.

»Ich muss nach Hause«, verkündete Lukas, nachdem er seine Armbanduhr geprüft hatte. »Meine Mutter will heute ins Kino. Wenn ich nicht da bin, geht sie nicht. Das bedeutet für mich mindestens eine Woche Hausarrest.«

Albert sah den Freund nachdenklich an. »Dann brauchst du auch nicht mit Hänschen raus. Sei doch froh! Bei dem Wetter ist es im geheizten Zimmer viel schöner, als durch Kälte und Regen zu stapfen.«

»Du kennst meine Mutter nicht! Hänschen ist ganz allein meine Angelegenheit.«

»Ich glaube, wir sollten alle gehen. Meine Mutter meint, wenn man so lange auf dem kalten Boden sitzt, egal, ob auf der Jacke oder nicht, verkühlt man sich die Blase. Wir schreiben einen Zettel!«, beschloss Albert und rief: » Mario! Komm zurück!«

Mit triumphierendem Gesichtsausdruck kehrte der Dritte im Bunde von seiner Suche wieder, den Fußball wie eine

Trophäe über den Kopf erhoben. »Wenigstens ist dem Ball nichts passiert. Viel Regen hat er auch nicht abbekommen. Er ist jedenfalls nicht halb so nass wie wir.«

»Wir hinterlassen eine Nachricht und gehen nach Hause.« Kompetent nahm Albert die Sache in die Hand. »Das muss man, sonst macht man sich strafbar.«

Doch als Lukas ihm einen Zettel aus seinem Notizbuch reichte, Papier und Stift auf seinem Schoß lagen, wurde deutlich, wie schwer man in wenigen Zeilen erklären konnte, was passiert war, wie sehr man bedauerte, dass der Spiegel zu Bruch ging.

Lukas, der Albert über die Schulter schielte, warf einen skeptischen Blick auf das Ergebnis ihrer Bemühungen. »Glaubst du wirklich, der Besitzer versteht den Brief?«

Auf dem Blatt waren viele Worte durchgestrichen, ergänzende Erklärungen zogen sich am Rand rund um den Kerntext.

»Klar«, behauptete Mario großspurig. Da er der Meinung war, es sei ohnehin besser, die Mitteilung bliebe unverständlich, wollte er Nachbesserungen lieber vermeiden. Er hatte mit seinem Taschengeld andere Pläne.

»Ach, ich glaube, man kann es schon verstehen. Und Marios Handynummer schreiben wir ja auch noch drunter. Dann kann er persönlich mit dem Besitzer sprechen und seine Eltern raushalten. Klappt bestimmt!« Gelassen schob Albert den Zettel unter den Scheibenwischer. »Nur gut, dass es nicht mehr regnet.«

Mario hoffte dagegen, die Luftfeuchtigkeit würde wenigstens die Telefonnummer unleserlich machen, das behielt er aber tunlichst für sich. Albert, dessen Vater Rechtsanwalt war, konnte ganz schön anstrengend werden, wenn er jemanden bei irgendetwas Unrechtem ertappte. Besser war es in jedem Fall, ihn nicht zu reizen, entschied Mario und wünschte sich inständig ein nächtliches Gewitter.

»Was macht man eigentlich bei dem Mistwetter so lange hier draußen? Also als Erwachsener, meine ich?«, fragte er dann.

»Vielleicht führt er wirklich seinen Hund aus. Oder er joggt. Einem echten Jogger ist das Wetter egal«, antwortete Lukas.

Zu diesem Zeitpunkt ahnte noch niemand etwas von dem Körper, der in einem der Häuser ganz in der Nähe langsam auskühlte.

Vielleicht hatte Hänschen eine leise Ahnung, aber die behielt er für sich.

47

»Was haben wir?« Nachtigalls Frage war wie immer die Eröffnung der Abschlussbesprechung.

»Bisher haben wir noch keine Meldung von den Kollegen. Keine Streife hat den Wagen entdeckt, der ja nun wirklich auffällig genug ist, niemand hat Irma Gieselke gesehen und sie hat sich auch nicht bei ihrem Mann gemeldet, das habe ich gerade eben noch geklärt«, fasste Albrecht Skorubski zusammen.

»Wir habe einen erschossene Junge, einen erschlagene Wolfswächter und eine verschwundene Ehefrau. Es isch alles irgendwie unübersichtlich.«

»Wenigstens spricht die Kleine wieder. Sie hat mir von einem Anruf auf das Mobiltelefon ihres Bruders erzählt. Ihrer Meinung nach wollte er sie damit nur neugierig machen. Er ist aus dem gemeinsamen Zimmer geschlichen, sie ist ihm nicht gefolgt, weil sie nicht in seine Falle tappen wollte. Erst als sie die Schüsse gehört hat, ging sie nachsehen. So hat sie Maurice gefunden und konnte durch das Fenster noch die rennende Gestalt erkennen. Weil sie den flüchtigen Eindruck hatte, sie hinke, malte sie einen Wolf daneben, denn Wolfi hinkt auch. Sicher ist sie sich allerdings nicht«, erzählte Nachtigall. »Nun wäre es ja denkbar, jemand anderes hat die Gestalt ebenfalls gesehen und für Wolfi gehalten – dann käme derjenige als Mörder im Fall Maul in Betracht. Es würde gut erklären, warum er das Wort ›Mörder‹ an die Bäume geschrieben hat.«

»Einer lügt demnach.«

»Sieht so aus. Die Großeltern haben angeblich zur Tatzeit

beide geschlafen, Johannes Gieselke war bei seiner Freundin, Nele Hain mit einer Freundin zum Kaffeetrinken. Angenommen, die Großeltern sagen nicht die Wahrheit, dann müsste einer von ihnen den flüchtenden Täter ebenfalls gesehen haben.«

»Frau Gieselke fand ihre Enkelin im Arbeitszimmer. Wenn das der Moment war, zu dem der Täter flüchtete …«

»Und daraufhin zieht sie mitten in der Nacht los, nachdem der Arzt ihr ein stark wirksames Beruhigungsmittel injiziert hat, erschlägt brutal den vermeintlichen Mörder, taucht ihren Finger in sein warmes Blut und schreibt ›Mörder‹ an die Bäume? Soll ich das wirklich glauben?« Nachtigall zog eine Augenbraue hoch, stand auf und begann, ruhelos in dem kleinen Büro auf und ab zu gehen.

»Zugegeben, das klingt nicht sehr überzeugend. Aber sie könnte ihrem Mann von der Beobachtung erzählt haben und er hat den Gärtnergehilfen erschlagen«, versuchte Skorubski eine neue Erklärung.

»Mal abgesehen davon, dass auch Olaf Gieselke durch ein Medikament völlig ausgeschaltet worden war, warum kommen weder er noch seine Frau zu uns und erzählen aufgeregt davon, dass jemand durch den Garten geflohen ist? Es ist unsere Aufgabe, einen Mörder zu fangen.«

»Ja, sicher. Aber Gieselke ist eher so ein Typ, der die Lösung anstehender Probleme selbst in die Hand nimmt. Das hat er uns doch klipp und klar gesagt.«

»Und das Motiv von Wolfgang Maul? Ich kann beim besten Willen keines erkennen«, stoppte Nachtigall weitergehende Spekulationen. Lastendes Schweigen machte sich breit. Als es schon den Anschein hatte, niemand wolle die Stille je stören, fragte Albrecht Skorubski leise: »Was ist mit diesem ominösen Gurkenrezept?«

»Nach Aussage der Familie ist das Gerede nur Humbug.

Johannes Gieselke behauptet sogar, es gäbe überhaupt keine geheime Rezeptur, es ginge den anderen Gurkenproduzenten nur darum, den etablierten Namen ›Gieselkes Gurklinge‹ zu kaufen, um sich die Marktanteile zu sichern. Vielleicht auch, um einen Konkurrenten auszuschalten«, erklärte Nachtigall. »Es gibt allgemein viel Gerede in diesem Fall! Das Rezept, die Todesvögel, die Affären von Olaf Gieselke – nichts davon führt uns weiter. Aber die Dinge, die eventuell wirklich wichtig sind, wie die Erpressung zum Beispiel, die verschweigt man uns! Es ist wie verhext.«

»Für mich bleibt die Frage nach wie vor offen, wer überhaupt ein Motiv gehabt haben könnte, den Jungen zu töten. Und ich sehe zwischen all unseren Verdächtigen nicht einen, der so kaltblütig scheint, drei Schüsse auf ein Kind abzugeben«, setzte er nach einer Pause hinzu.

»Ach, ich weiß net. Gier macht d' Leut manchmal blind. Auch blind fürs Opfer. Oder der Täter hat sich in eine psychische Ausnahmesituation b'funde. Nele Hain isch schwanger von Mühlberg, das hat sie au ihrer Freundin erzählt. Es kommt scho vor, dass Mütter ihre Kinder umbringet.«

»Erstens hat sie ein Alibi für die Tatzeit, zweitens hat sich Mühlberg nach eigenen Angaben prima mit Maurice verstanden, drittens hat Maurice das auch so gesehen, er wollte deshalb nicht bei seinem leiblichen Vater bleiben«, zählte Skorubski die Gegenargumente an den Fingern ab.

»Manchmal reicht ja eine gefühlte Ablehnung«, warf Nachtigall ein. »Mühlberg muss nur hier und da etwas gesagt haben, was die Mutter falsch interpretieren konnte. Sie selbst hat ein Alibi. Aber das bedeutet nicht, dass sie nicht jemanden zu der Tat angestiftet haben könnte.«

»Hier könnt Wolfgang Maul wieder ins Spiel kommen. Er hatte einen Schlüssel zum Haus, er kann schießen, er weiß, wo die Waffen aufbewahrt werden, er kennt das Versteck des Schlüssels zum Waffenschrank. Wär doch möglich.«

»Er hat ein Alibi. Aber gut. Michael, check doch bitte die Kontobewegungen. Vielleicht war er ja unvorsichtig genug, einen hohen Betrag einzuzahlen. Oder es wurde ihm einer überwiesen. Die Kollegen sollen noch einmal gründlich in seinem Zimmer nachsehen – vielleicht finden wir dort das Handy des Jungen.« Er fuhr nachdenklich mit der Hand über sein Kinn. »Wenn jemand einen solchen Mordauftrag vergeben haben sollte, warum wählte er ausgerechnet Wolfgang Maul? Auf mich machte er nun gar nicht den Eindruck eines berechnenden Mörders. Andererseits war ihm vielleicht jedes Mittel recht, um seiner klettigen Mutter entfliehen zu können, aber dennoch, richtig vorstellen kann ich es mir nicht. Er ist praktisch mit dem Vater des Jungen aufgewachsen, kannte beide Kinder von Geburt an, verfolgte ihre Fortschritte auf allen Gebieten, auch dem Schießen. Nein, irgendwie passt das alles für mich nicht ins Bild!«

Nachtigall sah nachdenklich auf die ruhige Straße hinaus. Dann drehte er sich schwungvoll um und fragte: »Also, haben wir zwei Mordfälle und zwei Täter? Bezieht sich das Wort ›Mörder‹ womöglich auf einen ganz anderen Fall? Oder suchen wir nach jemandem, der sowohl den Jungen als auch Wolfgang Maul getötet hat? Hängen die beiden Fälle überhaupt irgendwie zusammen oder wurde Wolfgang Maul aus ganz privaten, nur ihn betreffenden Gründen erschlagen? Wo ist Irma Gieselke?« Er trat an die Pinnwand und steckte einen Zettel mit ihrem Namen fest. »Wurde ihr Auto bereits gefunden?«

»Nein. Aber wenn sie nicht gefunden werden will, hat sie es möglicherweise bei Freunden in der Garage abgestellt. In diesem Fall können die Kollegen es gar nicht aufspüren.«

»Und was für einen Grund könnte sie haben, nicht gefunden werden zu wollen?«, fragte Nachtigall. »Wollte sie ihren Mann verlassen?«

»Sie hat aber alle Kleider da g'lasse. Im Grund hat sie nur mitg'nomme, was sie anhatte und den Wage.«

»Stolz vielleicht. Der Porsche gehörte ihr, nackt konnte sie nicht gehen, aber mehr wollte sie aus der Ehe mit Gieselke nicht in ihr neues Leben mitnehmen«, mutmaßte Skorubski.

»Hoffentlich gibt es auch wirklich ein neues Leben«, seufzte Nachtigall. »Ich habe kein gutes Gefühl bei der Sache.«

48

Claudia telefonierte mit Caroline, als es bei ihr Sturm klingelte. Hatte ihr Mann wieder seinen Hausschlüssel vergessen? Hastig beendete sie das Gespräch und öffnete. Vor der Tür stand Gundula. Das Gesicht gerötet vor Aufregung, konnte sie es kaum erwarten, Claudia über die neuesten Entwicklungen auf dem Laufenden zu halten.

»Die Irma Gieselke ist abgehauen!«, keuchte die Mittvierzigerin und ihre grünen Augen leuchteten. »Stell dir vor, nach so langer Zeit hat sie sich doch noch entschlossen, ihren Mann zu verlassen! Alle Achtung!«

Claudia brauchte ein paar Sekunden, um diese aufwühlende Nachricht zu verdauen. »Abgehauen? Du meinst, sie hat wirklich ihre Koffer gepackt und ihn Knall auf Fall sitzen lassen?«

»Na ja, ganz so war es wohl nicht. Zum Beispiel hat sie keine Koffer gepackt. Und es gab auch vorher keinen lauten Krach oder so. Es hat sich durch nichts angekündigt. Sie ist zum Einkaufen gefahren und schlicht nicht zurückgekommen. Olaf Gieselke bekam nur belegte Brote zu Mittag. Der muss unglaublich geschäumt haben. Evi zitterte noch Stunden später, als sie mir davon erzählt hat, die Ärmste.«

»Und Irma Gieselke hat niemanden in ihre Pläne eingeweiht? Nicht einmal ihren Sohn? Ist doch seltsam, oder?«

»Schon«, bestätigte Gundula. »Aber auf der anderen Seite auch wieder verständlich. Stell dir vor, sie vertraut sich einer Freundin an, damit geht sie doch auch wieder ein zusätzliches

Risiko ein. Ob der Johannes so viel Verständnis für diese Entscheidung gehabt hätte, weiß ich auch nicht. Womöglich hätte er den Vater vorgewarnt. Und wenn sie den alten Gieselke erst derart vor den Kopf stößt, weiß man nie, was passiert, wenn er sie findet. Da ist es doch besser, niemand kennt ihr Versteck. Am Ende bringt er sie in seiner Wut noch um!«

»Nun übertreib nicht!«, mahnte Claudia und bekam weiche Knie bei dem Gedanken an einen rachsüchtigen Ehemann.

»Sie hat sich eh viel zu viel Zeit gelassen mit der Entscheidung. Damals, nach seiner heißen Beziehung zu diesem Callgirl, hätte sie gleich gehen sollen. Es schadet dem Selbstbewusstsein einer Frau, bei einem Mann zu bleiben, der sie betrügt.«

»Na ja, bist du nicht auch bei deinem Harald geblieben?«, konnte sich Claudia einen Seitenhieb nicht verkneifen.

»Das war etwas völlig anderes«, konterte Gundula pikiert. »Meinen Harald hatte dieses geile Miststück aus der Verwaltung betrunken gemacht und danach verführt. Einmal. Er hat sofort alles gebeichtet und seither gab es nie wieder Anlass zur Klage. Aber die Sache zwischen Gieselke und dieser Hure, die zog sich doch über Monate hin. Das kann man nicht vergleichen.«

»Irma Gieselke hatte sicher gute Gründe zu bleiben. Johannes' Ausbildung war noch nicht abgeschlossen, die Enkelchen gerade geboren. Vielleicht schien ihr jetzt der richtige Zeitpunkt zu sein, wo die Familie ohnehin auseinanderbricht.«

»Mag sein«, blieb Gundula vage. »Und wie soll der Alte nun ohne sie klarkommen? Er kann nicht kochen, Friederike ist noch immer stationär, Evi kann auch nicht kochen, ganz zu schweigen davon, einen Haushalt zu führen. Er wird verhungern!«, freute sie sich.

»Vielleicht sucht er auch nach Irma. Dann wird er sie flehentlich darum bitten, wieder zu ihm zurückzukehren«, seufzte Claudia.

»Du bist aber wirklich hoffnungslos romantisch!«

»Ach, so ein bisschen Gefühl kann nicht schaden! Alle behaupten immer, sie sei wegen des Geldes geblieben, er sei aus Bequemlichkeit geblieben, so, als gäbe es nur Berechnung zwischen Eheleuten. Aber ich würde mir lieber vorstellen, dass Liebe im Spiel ist.«

»Hört, hört«, lästerte Gundula und fragte in der nächsten Sekunde in lauerndem Ton: »Und was, wenn Mord im Spiel ist?«

49

Olaf Gieselke verfolgte die Schritte seines Sohnes im Stockwerk über sich. Johannes lief vom Fenster zum Flur, ein Stück über den Gang, machte kehrt und ging ins Gästezimmer zurück, das früher sein Kinderzimmer gewesen war. Er verharrte für wenige Augenblicke vor dem Fenster und nahm die gleiche Strecke wieder in Angriff.

So ging das bereits seit über einer Stunde.

Die Schritte klangen ataktisch.

Gehetzt.

Johannes war schon immer ein Weichei. Einer, der wegen jedes Kratzers nach Hause zu Mutti kam, ihn laut heulend präsentierte, um ihn dann jammernd verpflastern zu lassen. Jeder harmlose Schnupfen wurde zur lebensbedrohlichen Erkrankung, jedes Unwohlsein zum entsetzlichen Symptom einer infausten Infektion.

Und nun war nicht einmal mehr die Mutter da, um das Söhnchen zu trösten.

Nele war auch so eine Frau gewesen. Eine, die ihre Kinder und ihren Mann nicht zur Selbstständigkeit erzog, sondern ihre Mündigkeit mit mütterlicher Tüchtigkeit im Keim erstickte. Aus Maurice wäre nie ein guter Schütze geworden – in der Beziehung kam er tatsächlich ganz nach Johannes. Olaf Gieselke suchte nach einer wohlklingenderen Vokabel und kehrte doch immer wieder zum selben Wort zurück: schussfest. Weder sein eigener Sohn noch der Enkel konnten dem lauten Knall beim Abgeben des Schusses standhalten.

Ein verächtlicher Ausdruck ließ seine Züge altern. Die

gläserne Tür in der Regalwand wirkte wie ein Spiegel, er schreckte entsetzt vor sich zurück. So hatte einst sein eigener Großvater ausgesehen. Unnahbar, hart, unerbittlich, verbittert.

Wie hatte er diesen Mann gehasst, der seine Familie mit cholerischen Ausbrüchen beherrschte, unter denen wirklich jeder, ob groß oder klein, ob Mann oder Frau, zu leiden hatte. Er kannte keine Gnade, war rechthaberisch und ungerecht gegen jedermann.

Die Gurke. Das war alles, was zählte. Wenn die Ernte schlecht ausfiel, der Regen ausblieb, ein Schädling ganze Felder vernichtete, herrschte eine angespannte Atmosphäre im Haus. Regnete es zu viel, wuchsen die Gurken ungebremst und kamen als Gurklinge nicht mehr infrage. In solchen Jahren war die gesamte Produktion von Gieselkes Gurklingen gefährdet. Selbst politische Entwicklungen konnten die Produktion von Sauerkonserven beeinflussen.

Olaf Gieselke hörte, wie sein Sohn schon wieder über den Gang tigerte. Was zum Teufel trieb der Junge da?

Früher war die Herstellung von Spreewaldgurken eine Geduldsfrage. Sie wurden mit der geheimen Gewürzmischung, den anderen Zutaten sowie Essig in großen Fässern angesetzt und mussten wochenlang ruhen. Sein Großvater nannte das lieber reifen. Wie beim Wein.

Heute funktionierte das völlig anders.

»Natronlauge«, flüsterte Gieselke das Zauberwort vor sich hin.

Gurklinge entstanden heute direkt im Glas.

Innerhalb weniger Stunden.

Auch anderes hatte sich geändert. Erziehung zum Beispiel. Großvater hatte oft vor Zorn getobt. Schlug seine Kinder, seine Enkel, seine Frau. Olaf Gieselke spürte einen leichten

Stich, als er daran dachte. Seine Oma war eine ruhige, gütige und geduldige Frau gewesen. Ertrug demütig die Launen ihres Mannes, versorgte und verband entstandene Verletzungen und erfand bereitwillig fantasievolle Erklärungen dafür, die wenigstens im Ort die Fassade retteten.

Olaf Gieselke keuchte.

Er hatte diesen Mann wirklich gehasst. Auf der anderen Seite, überlegte er, wäre es in einer Familie mit unangefochtenem Oberhaupt nie zu derartigen Entwicklungen gekommen wie die, mit denen er sich herumschlagen musste. Die Polizei im Haus! Undenkbar! Unverzeihlich!

»Johannes«, fauchte er leise. »Er war immer schon die Ursache allen Übels. Mit ihm begann der Verfall! Ich habe es nur zu spät bemerkt. Gurken?«, äffte er den indignierten Ton seines Sohnes nach. »Gurken? Die mag ich nicht! Igitt, die stinken so nach Essig!«

Auf den Hinweis, die Familie lebe nun einmal von der Gurke, hatte der vorlaute Bengel nur geantwortet, er wolle ohnehin etwas anderes werden als Gurkeneinleger. Gurkeneinleger! So eine bodenlose Unverschämtheit! Mit diesem einen Wort, abfällig vor die Füße des Vaters gespuckt, entwertete er alles, was seine Vorfahren letztlich auch für ihn und seine Zukunft aufgebaut hatten. Und das hätte er ihm schon begreiflich gemacht. Aber es war damals eben wie heute. Wollte er dem Kind Bescheid stoßen, verkroch Johannes sich eiligst hinter dem breiten Kreuz seiner Mutter, die auch tatsächlich nichts anderes zu tun hatte, als den undankbaren Bengel in Schutz zu nehmen. Bis heute hatte sich daran nichts geändert!

»Hättest du um deine Frau gekämpft wie ein richtiger Mann, wäre es deinem sauberen Freund nie gelungen, dir Nele und die Kinder zu entfremden. Du Idiot!«, zischte er den Schritten zu, die sich wieder über den Flur bewegten.

Als es unerwartet klopfte, zuckte Gieselke heftig zusammen.

»Herein!«, befahl er polternd.

Schüchtern drückte eine Hand die Tür auf.

»Entschuldige die Störung. Ich dachte, vielleicht würdest du jetzt gern mit jemandem reden«, erklärte Johannes vorsichtig tastend.

»Warum sollte ich mich mit dir unterhalten wollen?«, fragte der Vater unwirsch zurück.

»Weil du dir Sorgen um Mama machst.«

Olaf Gieselke starrte seinen Sohn verblüfft an. »Wozu sollte ich mir wohl um deine Mutter noch Sorgen machen?«

50

Nachtigalls Stimmung hellte sich sofort auf, als er in der Einfahrt zu seinem Haus Connys Wagen entdeckte. Beschwingt sprang er von seinem Fahrersitz und war schon fast an der Haustür. Alles in einer fließenden Bewegung, registrierte er nicht ohne Stolz. Der regelmäßige Sport schien ja doch etwas zu bewirken.

»Conny!«, rief er fröhlich und hörte sie aus der Küche antworten. »Ach, du glaubst ja gar nicht, wie einsam ich ohne dich war!«, flüsterte er bei der Begrüßungsumarmung zärtlich in ihr Haar.

Sie schob ihn mit ausgestreckten Armen auf Abstand und musterte ihn prüfend. »So schlimm kann es nicht gewesen sein. Ich habe von meinem Schwiegersohn andere Informationen bekommen«, lachte sie und in ihren Augen sprühten lustige Funken.

»Ach ja«, tat er uninteressiert, »das überrascht mich aber. Jeden Abend saß ich einsam vor dem Fernseher, nur die Katzen als Gesprächspartner.«

»Du schwindelst! Emile hat sogar hier übernachtet! Und ihr wart zu dritt zum Essen im Restaurant!«

»Ich habe dir wohl gar nicht gefehlt, wie?«, lenkte der Hauptkommissar ab.

»Aber natürlich hast du das! Wie sieht es denn aus mit Reserven, nach einem anstrengenden nicht freien Samstag?«

»Willst du das vielleicht selbst überprüfen?«

Casanova und Domino sahen sich lange an. Wie auf ein geheimes Zeichen hin drehten sich beide um und trotteten ins Wohnzimmer, als sei ihnen die Unterhaltung ihrer

Menschen nicht spannend genug. Doch das Manöver war ein taktischer Rückzug. Casanova rechnete nach diesem Geplänkel mit einer Fortsetzung des Begrüßungsrituals im Schlafzimmer. Wenn die Katzen nicht mehr zu sehen waren, würde bestimmt auch niemand mehr an den Schinken und die Salami denken, die in einer flachen Schale auf der Arbeitsfläche lagen.

Es schlug die Stunde der Katzen!

Mitten in der Nacht schreckte Nachtigall aus einem wirren Traum auf. Affen, groß und stark, hatten beschlossen, die Lausitz aus den Händen der Menschen zu befreien. Ihr Plan bestand darin, sich mit menschlichen Weibchen zu verpaaren und so eine fruchtbare und ausgesprochen widerstandsfähige Art entstehen zu lassen. Selbst in den 20-Uhr-Nachrichten wurde von übergriffigen Affen berichtet, die auch Schafe rissen, um sich ausreichend Eiweiß zuzuführen. Dabei gingen sie außerordentlich geschickt und trickreich zu Werke, ließen ihre Überfälle aussehen wie Wolfsangriffe.

Gebannt starrte Nachtigall in die weit aufgerissenen Münder der Affen, sah deren furchterregende Zähne, die sie den Schafen in die Hälse schlugen, während sie die bedauernswerten Tiere mit ihren Pranken erwürgten. Das Gemetzel dauerte nicht lange. Blutverschmierte, zufriedene Primaten nahmen einige der Beutetiere mit sich und ließen den Rest der Herde auf der Weide zurück. Entstellte, dampfende, zerrissene Kadaver.

Jules Baby! Er sah sein erstes Enkelchen in den Armen der überglücklichen Mutter, die es völlig verzückt anlächelte. Sie schien überhaupt nicht zu bemerken, dass mit ihrem Baby etwas nicht stimmte. Nachtigalls Entsetzen kannte keine Grenzen: Die Kleine trug einen rosafarbenen Strampler, sah ihren erschütterten Großvater aus blauen Augen voller

Interesse an – und strich mit ihren haarigen Händchen über seine ausgestreckten Finger, krallte sich fest …

»Peter!«

Jemand rief seinen Namen aus weiter Ferne. Das hatte im Moment keinerlei Bedeutung. Das Atmen fiel ihm schwer. Er konnte sich von dem Anblick der winzigen Finger mit langen, dunklen Nägeln nicht losreißen. Jules Zeigefinger streichelte zärtlich das Gesichtchen und die Kleine grinste unwillkürlich. Sie entblößte spitze, kleine Zähne.

Unruhig begann Nachtigall mit sich zu ringen. Er keuchte vor Anstrengung, sich zu einer Entscheidung durchringen zu müssen. Erkannte Jule denn nicht, dass dies unmöglich ihr Kind sein konnte? Als er in ihr glückliches Gesicht sah, kam er sich vor wie ein Verräter.

»Peter!«

Aber einer musste ihr doch die Wahrheit sagen, ihr die Augen öffnen! Endlich gelang es ihm, den Kopf zu heben. Über der Schulter seiner Tochter trafen seine Augen auf die Emiles. Der Profiler stierte voller Abscheu auf das behaarte Wesen in den Armen seiner Frau, auf sein Kind.

Plötzlich geschah etwas Merkwürdiges. Nachtigall, der bis gerade eben auch noch von der Kleinen angewidert war, fürchtete plötzlich um das Leben seiner Enkelin. Sollte Emile etwa die Absicht haben …

»Peter!« Conny hatte beide Schultern ihres Mannes gepackt und schüttelte ihn heftig. »Peter! Du träumst! Komm endlich zu dir!«

Als er die Augen aufschlug, spürte er gleichzeitig eine unglaubliche Erleichterung und tiefe Angst.

»Das muss ja ein toller Traum gewesen sein. Ich dachte schon, wir brauchen den Notarzt!« Er konnte hören, wie besorgt sie war.

»Arzt bist du selbst«, gab er ächzend zurück.

»Hautarzt«, erinnerte sie ihn und küsste ihn auf die Stirn. »Und nach einem Hautproblem sah es mir eher nicht aus.« Er bekam noch einen Kuss, diesmal auf die Nasenspitze.

»Ich möchte bloß wissen, was meinem Hirn einfällt, so einen unglaublichen Mist zu generieren! Ich habe geträumt, Jules Baby wäre ein gesundes Schimpansenmädchen. Mit kleinen, spitzen Zähnen. Sie sah richtig gefährlich aus, wenn sie lächelte!«

Dass Emile Mordabsichten hatte, ließ er besser unerwähnt, beschloss er. Seine Frauen waren von diesem geschniegelten Kerl so beeindruckt, dass jedwede Kritik an ihm als Sakrileg empfunden wurde.

Conny lachte leise. »Kannst du weiterschlafen? Es ist – wenn dich das beruhigt – nicht zu erwarten, dass in der nächsten Zeit in dieser Familie ein Affe geboren wird, dem man das auch ansieht.« Jetzt kicherte sie und Nachtigall überlegte, ob es möglich war, dass sie sich über ihn lustig machte.

Er schälte sich aus der Bettdecke. »Ich muss jetzt erst mal was trinken. Du auch?«

»Nein, danke«, nuschelte Conny müde, schüttelte noch träge den Kopf und zog sich die Bettdecke bis über die Ohren.

Casanova und Domino erwarteten ihren Menschen an der Kühlschranktür. Einträchtig fixierten sie den Griff, als versuchten sie, ihn durch telepathische Kräfte zu bewegen. Belustigt setzte Nachtigall sich mit einem Glas Mineralwasser an den Küchentisch.

»Es ist noch keine Frühstückszeit.«

Unisono antwortete ihm leises, schmeichelndes Maunzen.

»Nach dem, was ihr euch vorhin geleistet habt, solltet ihr zurückhaltender sein, meint ihr nicht? Aber gut, wir machen einen Deal: Ihr bekommt ein kleines Stück Käse und dann ist Schluss. Einverstanden?«

Er wertete das gemeinschaftliche Anschmusen an seine Unterschenkel als Zustimmung. Zum Glück für die beiden Bettler konnte er den Glanz des Triumphes in den Augen seiner Mitbewohner nicht sehen, die genüsslich ihr Beutestück verdrückten und sich ins Wohnzimmer trollten, so, als hätten sie ihren Menschen verstanden.

Nachtigall seufzte und sah den Katzen ein wenig neidisch nach. Dann holte er sich ein Blatt Papier und einen Bleistift und kehrte an seinen Platz zurück. In den folgenden zwei Stunden legte er eine lange Liste von Verdächtigen und Motiven an, zog Linien als Querverbindungen zwischen den beiden Mordfällen, bemühte sich, das Verschwinden von Irma Gieselke zu integrieren. Am Ende hatte er eine Grafik, die wie eine aktuelle Darstellung des New Yorker U-Bahn-Netzes aussah.

»Nanu, kommst du nicht zurück? Heute ist Sonntag!« Conny schlang ihre Arme von hinten um seine Schultern und drückte einen Kuss auf seine rechte Halsseite.

»Hmmmm«, schnurrte der Hauptkommissar wohlig. »Ich stecke fest. Wie ich es auch drehe und wende, ich komme zu keinem sinnvollen Ansatz.«

»Vielleicht liegt das daran, dass du dir nicht vorstellen kannst, dass jemand ein Motiv haben könnte, ein Kind kaltblütig zu ermorden. Es fällt dir schwer, das zu akzeptieren.«

»Wahrscheinlich ist das der Grund, ja«, bestätigte er, knüllte den Zettel zusammen und warf ihn in den Papiermüll.

Willig ließ er sich von seiner Frau ins Bett zurück schieben.

51

Sonntag

Lukas, Albert und Mario hatten eine unruhige Nacht hinter sich. Am frühen Vormittag trafen sie sich bei Albert, um zu besprechen, wie es nun weitergehen sollte.

»Es hat also echt keiner bei dir angerufen?«, staunte Lukas und Mario nickte.

Der Plan der Freunde hatte vorgesehen, dass der Wagenbesitzer sich bei Mario melden sollte, und der wiederum würde einen Termin mit ihm vereinbaren, um die Angelegenheit in einem persönlichen Gespräch von Angesicht zu Angesicht zu klären. Sie wollten alle drei zu diesem Treffen erscheinen und dabei versuchen, besonders günstige Konditionen auszuhandeln. Mario hatte die ganze Nacht wach gelegen und auf sein Handy gestarrt. Und nun hatte sich gar niemand gemeldet.

»Das heißt doch, dass die Sache damit ausgestanden ist, nicht? Es hat sich erledigt.« Lukas' übernächtigte Züge entspannten sich.

»Wohl kaum«, machte Albert die aufkeimende Hoffnung zunichte.

»Ach ja, du Besserwisser! Wieso sollte die Angelegenheit damit nicht beendet sein? Wir haben eine Nachricht hinterlassen, meine Handynummer angegeben, niemand hat angerufen. Also will niemand was von uns«, behauptete Mario stur, um sich selbst Mut zu machen.

»Seid doch nicht doof!«, rief Albert empört. »Ihr habt ja nur Angst, dass es euch ans Taschengeld geht! Wir haben zu dritt gespielt, wir werden uns wohl oder übel auch alle am Schaden beteiligen! Aber ihr freut euch zu früh! Was, wenn der Zettel nur noch nicht gefunden wurde? Oder jemand hat sich einen blöden Scherz erlaubt.«

»Oh nein!«, stöhnte Mario genervt auf. »Noch so eine Nacht steh ich nicht durch!«

»Scherz? Meinst du, jemand hat unseren Zettel geklaut?«, fragte Lukas mit ungläubigem Gesichtsausdruck. »Wozu?«

Mario war kalkweiß. »Scheiße! Vielleicht hat jemand die Telefonnummer erkannt und will mich mit diesem beschissenen Schuldeingeständnis erpressen! Oder irgendwer steckt ihn gleich meiner Mutter zu!«

»Ich schätze, wir werden einfach nachsehen müssen!«, stellte der pragmatische Albert fest.

Lukas wollte lieber noch ein wenig hoffen dürfen. »Vielleicht hatte der Besitzer auch einfach noch keine Zeit zu reagieren.«

»Genau, vielleicht ist er gar nicht zu Hause.« Das schien Mario immer noch besser, als annehmen zu müssen, seine Mutter sei bereits im Besitz des verräterischen Schreibens.

»Ist der Akku wirklich geladen?« Albert zog skeptisch den linken Mundwinkel in Richtung Ohr.

»Klar. Was denkst du wohl?« Mario zeigte den Freunden das Display: Alles im grünen Bereich.

»Gut, wenn sich bis heute Nachmittag niemand meldet, sehen wir nach!«, beschloss der Freund und die anderen fügten sich.

52

Peter Nachtigall saß in seinem Wohnzimmer, stierte in das knisternde Kaminfeuer und verbreitete eine Atmosphäre des Unbehagens und der Ungeduld. Seine Finger klopften leise einen Rhythmus auf die Sessellehne, der nur zusammen mit den Überlegungen, die ihn beschäftigten, einen Sinn ergab. Zwei Mordopfer. Eine vermisste Person.

Das Einzige, was er an Informationen bekommen konnte, war eine Adresse. Miriam Hanser, Spreestraße, Cottbus.

Johannes Gieselke war nach langem Überlegen doch noch ein Name eingefallen, den seine Mutter manchmal erwähnt hatte und hinter dem er eine Freundin vermutete. Was für eine Familie! Offensichtlich wusste niemand, was der andere tat, plante oder dachte. Lauter Egomanen!, tadelte Nachtigall stumm.

Die Streife hatte bisher auch nicht gemeldet, der auffällige Porsche sei irgendwo entdeckt worden. Wie vom Erdboden verschluckt.

Seine Finger nahmen den unterbrochenen Rhythmus wieder auf.

»Möchtest du einen Kaffee?« Conny stellte ein Tablett auf dem Beistelltisch ab.

»Danke, gern! Aber danach muss ich noch mal weg. Ich fahre zu dieser Freundin. Seltsam, dass es immer noch Leute gibt, die kein Telefon haben. Ich hätte gedacht, gerade wenn man älter wird, nutzt man es besonders intensiv.«

»Oh, du meinst, wenn man das Haus wegen all der Gebrechen nicht mehr verlassen möchte?« Er hörte, wie ihr Lachen nur darauf wartete, freigelassen zu werden.

»Deshalb hast du auch gleich zwei Apparate, ein Handy und Internet!«

»Genau! Der kluge Mann baut vor. Außerdem ist die andere große Gruppe, die das Telefon dringend braucht, unsere Zukunft. Die Jugend. Da ist es Ausdruck des Verfalls, aber des geistigen. Du weißt schon, während der Pubertät schwinden jede Menge Hirnzellen rapide!«

»Stimmt!«, lachte Conny gut gelaunt. »Bei manchen hat man den Eindruck, sie konnten diesen Verlust nie wieder ausgleichen!«

Eine halbe Stunde später war Peter Nachtigall auf dem Weg, um Irma Gieselkes Freundin einen Besuch abzustatten.

Albert, Mario und Lukas schlichen vorsichtig zum Parkplatz am Badesee Madlow. Der Wagen stand noch immer dort und erweckte nicht den Anschein, bewegt worden zu sein.

»Guck mal, der Zettel ist immer noch da. Glaubst du, der Besitzer könnte verreist sein?«, fragte Mario.

»Wisst ihr was?« Lukas war plötzlich ganz zappelig. »Ich glaube, ich kenne das Auto!«

»Uih. Das fällt dir aber wahnsinnig früh ein!«, höhnte Mario

»Ja, finde ich auch!«, gab Lukas ungerührt zurück.

»Du willst dich doch bloß wichtigmachen!«

»Nein, will ich nicht! Es ist mir gerade eingefallen. Ich habe gesehen, wie eine alte Dame ausgestiegen ist! Sogar schon dreimal!«

»Dann weißt du vielleicht auch, wohin sie gegangen ist? Ich meine, vielleicht besucht sie ja jemanden«, mischte sich Albert ein, bevor Mario eine wütende Antwort geben konnte. »Ich frage ja nur, weil wir doch die Angelegenheit in einem persönlichen Gespräch klären wollten. Jetzt wäre eine gute Gelegenheit dazu.« Er warf Mario einen warnenden Blick zu. Sie hatten jetzt wirklich keine Zeit für einen albernen Streit.

»Nun ja – eigentlich weiß ich natürlich nicht, wohin sie geht.«

»Aber uneigentlich?« Albert ließ nicht locker.

»Einmal habe ich gesehen, wie sie da hinten in einem Haus verschwunden ist.« Er deutete vage nach rechts.

»Worauf warten wir dann noch?«, beendete Albert die Diskussion und lief los.

»Wir können doch nicht einfach klingeln und fragen: ›Hallo, haben Sie zufällig gerade Besuch von der Frau mit dem roten Auto? Mit der würden wir nämlich gern mal sprechen‹«, empörte sich Mario, als er keuchend zu Albert aufgeschlossen hatte.

»Dame«, korrigierte Albert ungerührt. »Es heißt Dame – nicht Frau. Wir klären das jetzt sofort. Hast du nicht heute Morgen selbst gesagt, noch eine schlaflose Nacht könntest du nicht ertragen?«

Sie öffneten vorsichtig das Gartentor und fanden eine Treppe, die zum Eingang des braungrauen Gebäudes führte.

Als sie das Haus erreichten, machten sie eine unerwartete Entdeckung.

»Das ist nicht gut! Ehrlich! Im Fernsehen bedeutet so was immer Ärger. Lasst uns gehen!«, bettelte Lukas weinerlich.

Doch Albert war längst durch die offen stehende Haustür verschwunden.

»Hallo! Hallo!«, hörten sie ihn rufen. »Ist jemand zu Hause?«

»Na los! Komm schon!« Mario schlug seinem Freund aufmunternd auf die Schulter.

»Du wirst sehen, das gibt Ärger«, jammerte Lukas und folgte den anderen beiden zögernd. »Jede Menge Ärger! Ihr werdet sehen!«

Und damit sollte er recht behalten.

Nachtigalls Handy vibrierte. »Ja?«

»Wir haben das Auto!«

Endlich! Wenigstens ein Erfolg.

»Wo? Gut, dahin wollte ich ohnehin kommen.«

Also doch. Er entspannte sich etwas. Frau Gieselke war einfach ›in Deckung‹ gegangen. Wahrscheinlich konnte sie es nicht mehr ertragen, in diesem Haus zu bleiben, empfand die Atmosphäre als zu belastend und war einer spontanen Eingebung gefolgt. Bestimmt würde sie nun sehr überrascht über sein Auftauchen sein, sie hatte wahrscheinlich nicht damit gerechnet, dass ihr Verschwinden zu einer solchen Besorgnis führen könnte. Oder hatte sie es sogar erwähnt? Konnte es sein, dass Olaf Gieselke diese Information schlicht überhört hatte?

Nachtigall tippte eine Nummer ein. Olaf Gieselke meldete sich nicht. Er probierte es über den Festnetzanschluss. Auch nichts. Bei Johannes Gieselkes Handy hatte der Hauptkommissar mehr Glück.

»Ja, Miriam ist eine gute Freundin meiner Mutter. Sie kennen sich schon seit der Schulzeit. Aber dass sie dorthin gehen würde, um sich eine Auszeit zu gönnen, kann ich mir nicht vorstellen. Und warum hat sie nicht bei mir angerufen? Sie muss doch gewusst haben, dass ich mir Sorgen mache!«

»Hat Ihre Mutter nicht von dieser Freundin gesprochen? Vielleicht war das Verhältnis viel enger.«

Nachtigall hörte förmlich, wie sein Gesprächspartner ratlos mit den Schultern zuckte.

»Das ist eine Frage!«, beschwerte sich der Sohn leise. Vielleicht wurde ihm bewusst, wie wenig er von seiner Mutter wusste. »Ich habe auch viele Bekannte aus der Schulzeit. Aber das bedeutet nicht, dass ich mit ihnen auch befreundet bin! Manche treffe ich hin und wieder, man grüßt sich über die Straße, geht wohl auch mal ein Bier zusammen trinken. Aus Mitschülern werden meiner Erfahrung nach nur selten enge Freunde. Das Letzte, woran ich mich undeutlich erinnern kann ist, dass Miriam mal schwer krank war. Mein Vater müsste das eigentlich wissen!«

»Ich kann ihn nicht erreichen.«

»Nein? Das ist seltsam. Bis vorhin saß er noch in der Bibliothek.« Der Sohn schien zu überlegen. »Na ja. Könnte sein, dass er die Hunde geholt hat. Meine Mutter hat durchgesetzt, dass die Tiere nicht nahe am Haus gehalten werden. Sie wissen schon, wegen Chester. Also haben wir einen Zwinger weitab vom Haus.«

Peter Nachtigall entdeckte den roten Porsche sofort.

»Das Auto parkt bereits länger hier. Der Außenspiegel wurde beschädigt. Wir haben diese Mitteilung unter dem Scheibenwischer gefunden«, erklärte der Kollege und reichte dem Hauptkommissar eine Notiz.

»Das haben doch Kinder geschrieben!«

»Ja. Sieht so aus. Ein bisschen wirr. Aber auf der anderen Seite auch ganz schön schlau. Ich verstehe nicht genau, was passiert ist, aber klar ist, dass sie gern vermeiden wollten, ihre Eltern zu informieren.«

»Wahrscheinlich hätte es sonst zu Hause ordentlich Krach gegeben. Was mag so ein Außenspiegel kosten? Sicher ist der bei solch einem Auto nicht billig! Sie fahren hier öfter Streife?«

»Ja. Seit Jahren. Zumindest immer wieder. Warum?«

»Ich suche das Haus von Miriam Hanser.«

»Miriam Hanser? Das ist dort hinten, über die Straße und dann auf der rechten Seite. Das große graue. Aber sind Sie sicher, dass Sie zu Miriam Hanser wollen? Meines Wissens ist sie vor etwa drei Jahren verstorben.« Kopfschüttelnd sah der Beamte dem Hauptkommissar nach. »Kripo!«

Auch Peter Nachtigall gefiel die sperrangelweit aufstehende Haustür nicht. Reflektorisch tastete er nach seiner Dienstwaffe. Shit! Nicht dabei! Er schob die Tür zu und sah sich um. Der bedrückend schmale Flur war düster. Er roch muffig, nach Schimmel, Staub und Vernachlässigung. Vielleicht hatte der Kollege recht und hier wohnte seit Jahren niemand mehr. Aber wenn er sich täuschte, Frau Gieselke tatsächlich bei einer Freundin Trost gesucht hatte? Hanser. Diesen Name gab es häufig. Vielleicht war ja gar nicht Miriam, sondern Marita Hanser gestorben, kreisten seine Gedanken weiter um diese Frage. Oder sie hatte einen Schlüssel zu diesem Haus und war auf der Suche nach Ruhe hier untergetaucht, weil ihre Familie sie hier nicht vermuten würde?

»Frau Hanser? Frau Gieselke? Kriminalpolizei!«

Keine Antwort.

Der erste Raum, der vom Flur abging, führte in ein winziges Arbeitszimmer. Vor dem Fenster stand ein langer Schreibtisch, darauf stapelten sich Bücher, die zum großen Teil wie Nachschlagewerke aussahen. Nachtigall registrierte, dass hier ordentlich sauber gemacht worden war. Keine Schmutzschicht auf den Büchern, das Fenster geputzt.

War Frau Gieselke nur zum Spaziergang aufgebrochen und hatte vergessen, die Tür abzuschließen? Nun, irgendwann musste sie schließlich zurückkommen.

Er würde warten.

Nachdenklich kehrte er wieder in die Diele zurück.

»Wenn Frau Gieselke hier eingezogen ist, muss sich ja ein Hinweis darauf finden lassen«, murmelte er leise vor sich hin und stieg die enge Treppe ins Obergeschoss hinauf. Als er hinter der Schlafzimmertür drei blasse, aneinandergedrängte Jungs entdeckte, wusste er, dass der gemütliche Teil des Sonntags endgültig vorbei war.

Automatisch senkte er seine Stimme und ging in die Hocke. »Ich bin von der Kriminalpolizei.« Er zog seinen Ausweis hervor und zeigte ihn den Kindern.

Doch die drei starrten ohne eine erkennbare Regung auf die Legitimation. Nicht einmal ihre Pupillen bewegten sich. Die Jungs waren versteinert vor Angst, erfüllt von einer Panik, die, machte Nachtigall sich bewusst, nichts mit ihm zu tun haben konnte. Shit! Was war hier los? Rasch drehte er sich um und registrierte den Durchgang zu einem weiteren Raum. Düstere Vorahnungen machten sich breit.

»Was habt ihr gesehen?«, fragte er mit leiser Stimme.

Mario zeigte mit zitternden Fingern auf den Durchgang.

Was sollte er jetzt tun? Peter Nachtigalls Überlegungen gerieten ins Taumeln. Erst einmal mussten die Kinder hier raus, dann würde er nachsehen, was sich im angrenzenden Zimmer befand und danach ... Das konnte er erst entscheiden, wenn er wusste, was ihn dort erwartete.

»Ihr drei geht nach nebenan. Dort wartet ihr auf mich. Ich gehe jetzt ins Nebenzimmer.« Sofort bemerkte er die Abwehr in ihrer Körperhaltung. Was auch immer dort zu finden war, es hatte das Trio gewaltig erschreckt.

Dennoch nickten die drei Köpfe synchron. In Zeitlupentempo setzten sie sich in Bewegung. Sie verschwanden noch tiefer in die Nische hinter der Tür.

Der Nebenraum entpuppte sich als winziges Bad.

»Frau Gieselke!«

Mit zwei Schritten war er bei der Frau, die in seltsam gekrümmter Position auf dem Boden neben der Toilette lag. Ganz offensichtlich hatte sie sich heftig übergeben. Um ihren Kopf herum hatte sich eine große Blutlache gebildet. Wahrscheinlich längst geronnen, stellte er mit professioneller Haltung fest. Er tastete nach den Pulsen an Armen, Hals und Knöcheln. Doch schon bei der ersten Berührung wurde ihm bewusst, dass hier jede Hilfe zu spät kam. Der Körper war kalt.

»Albrecht, tut mir leid, dass ich deinen Sonntag unterbrechen muss. Ich stehe hier in der Spreestraße neben Frau Gieselke. Sie ist eindeutig tot, nicht erst seit Kurzem. Fremdverschulden kann ich nicht ausschließen. Mal sehen, was der Arzt sagt.«

»Ich schick dir das ganze Team. Soll ich jemanden zu Gieselke fahren lassen, der ihm Bescheid gibt?« Albrecht Skorubski bemühte sich, seine Frustration zu verbergen. Wie immer in solchen Momenten haderte er mit sich wegen der Entscheidung, zur Kriminalpolizei zu gehen, speziell mit der, zur Mordkommission zu wechseln. Nach einer Mordserie vor ein paar Jahren hatte ihn ein so tiefer Widerwillen gegen den gewaltsamen Tod erfasst, dass er sogar eine Zeit lang mit dem Gedanken geliebäugelt hatte, die Abteilung zu verlassen.

»Nein. Das machen wir selbst. Ich komme mir sonst wie ein Drückeberger vor«, erklärte Nachtigall. »Sie hat sich erbrochen, vielleicht ist Gift die Ursache gewesen. Eine Kopfverletzung kann ich auch erkennen, aber ob das nun Ergebnis eines Schlags war oder von einem Sturz herrührt, kann ich natürlich nicht sagen. Ich habe hier drei Kinder aufgestöbert. Die werde ich ganz vorsichtig befragen und die Eltern informieren.«

»Gut. Aber so etwa 20 Minuten werden die Kollegen und ich sicher brauchen!«

»Bis gleich.« Er schob sein Handy in die Jacke zurück und machte auf dem Absatz kehrt.

Die Kinder hatten sich nicht von der Stelle gerührt.

Er umfasste die Gruppe mit seinen langen Armen und schob sie langsam, aber beharrlich vor sich her, über den Gang in ein angrenzendes Zimmer, wie sich herausstellte, eine kleine Küche.

»Ihr habt die Tote im Bad gefunden.« Das war keine Frage. Nachtigall hatte nicht vor, den Jungs Raum für Ausflüchte zu bieten.

»Ja«, bestätigte der Kleinste der drei mit sich überschlagender Stimme.

»Habt ihr die Frau angefasst?«

»Nein«, piepte der Kleine und räusperte sich. »Wir wissen, dass man das nicht tun soll.«

»Ist euch jemand aufgefallen? Vielleicht auf dem Weg zum Haus? Oder war noch jemand hier?«

Kollektives Köpfeschütteln.

»Kennt ihr die Frau?«

Diesmal zögerten sie einen Atemzug zu lang.

»Ihr seid wichtige Zeugen. Also müsst ihr die Wahrheit sagen!«, mahnte Nachtigall.

»Ich habe sie vorher schon mal hier gesehen«, flüsterte der Blondschopf hinter dem Kleinen unsicher. »Aber ich kenne sie nicht.«

»Aha. Es wird jetzt hier gleich von Polizisten nur so wimmeln. Ich brauche eure Namen und Adressen. Dann werde ich eure Eltern anrufen, damit sie euch abholen können. Sagt mal, was wolltet ihr eigentlich hier?«

»Das ist, glaube ich, jetzt nicht mehr wichtig«, antwortete der Kleine mit fester Stimme. Er schien sich als Erster wieder gefangen zu haben.

»Sehe ich auch so«, bestätigte der Größte, der bisher nur geschwiegen hatte.

»Nun, es wird besser sein, ihr erzählt es mir. Aber das könnt ihr auch morgen früh tun.«

»Psssst! Da ist jemand unten im Haus!«, zischte der Kleine plötzlich warnend und die Freunde schoben sich noch dichter zusammen. Alle vier lauschten mit angehaltenem Atem – und hörten leise Schritte unten im Flur.

Nachtigall warf einen raschen Blick auf seine Uhr.

Nein, so schnell konnten die Kollegen nun wirklich nicht gewesen sein.

»Das ist bestimmt der Mörder«, bibberte der Blonde und schloss die Augen. »Ich hab's ja gewusst, so was bringt nur Ärger.«

»Ihr bleibt hier. Ich gehe nachsehen«, entschied Nachtigall bestimmt.

»Nein!«, protestierte der Große flüsternd. » Sie können uns doch nicht völlig schutzlos diesem Killer überlassen! Wir kommen mit.«

Albert stieß Mario seinen Ellbogen kräftig in die Seite. »Memme!«

Nachtigall legte seinen Zeigefinger über die Lippen. »Ich muss nachsehen, wer hier rumschleicht. Er ist schon auf der Treppe!«

Tatsächlich konnte man das ungehaltene Knarzen der Holzstufen hören.

Der Fremde hatte beim Betreten des Gebäudes keinen Namen gerufen. Das konnte entweder bedeuten, dass hier ein Einbrecher die unverhoffte Gelegenheit nutzen wollte, als er die Haustür nur angelehnt fand. Oder derjenige, der hier über die Treppe nach oben kam, wusste, dass die Bewohnerin wahrscheinlich verstorben war. Schlimmer noch, dass er selbst es war, der diesen Tod herbeigeführt hatte. Und am Schlimmsten: Möglicherweise ahnte er, dass er nicht allein hier war. Wie würde er reagieren, wenn er die Kinder fand? Nachtigall überlegte fieberhaft, wie er die drei schützen könnte. Möglicherweise war der Eindringling bewaffnet. Was konnte er nur unternehmen?

Der Fremde war ins Schlafzimmer abgebogen. Deutlich hörten sie, wie die Schritte ohne jedes Zögern den Raum durchquerten und in Richtung Bad weitergingen. Die Tür quietschte leise, als sie ganz aufgeschoben wurde.

Peter Nachtigall wartete auf einen Schrei. Auf irgendein Geräusch, das Entsetzen beim Anblick der Leiche bedeutete. Schnelle Schritte, die in Panik die Treppe hinunter flohen. Aber vergeblich. Wer auch immer da gekommen war, hatte erwartet, die Tote zu finden.

Das war keine günstige Entwicklung, wusste der Hauptkommissar, breitete seine Arme nach hinten aus und drängte die zitternden Kinder hinter seinem Rücken weiter in die Ecke hinter der Tür.

Langsam kehrten die Schritte aus dem Schlafzimmer in den Flur zurück. Nach kurzem Zögern wandten sie sich nach rechts und kamen zielstrebig auf die Küche zu.

53

Michael Wiener beschloss, einen Teil seines Sonntagnachmittags mit Hardy zu verbringen. Zu seiner Überraschung traf er den Zocker zu Hause an.

Der vierschrötige Mann schien amüsiert darüber, von der Polizei Besuch zu bekommen. »Von der Kripo gar? Und Sie sind sicher, dass Sie zu mir wollen?«, fragte er glucksend. »Na, dann kommen Sie mal rein, junger Mann! Wie war noch gleich Ihr Name?«

»Wiener. Kriminalpolizei Cottbus.«

»Immer rein in die gute Stube und die ersten Sporen verdient! Hardy ist zwar kein Auskunftsbüro, aber wenn ich persönlich besucht werde, verschließe ich mich den drängenden Anliegen meiner Gäste nicht immer.«

Hardys Bademantel klaffte etwas auseinander und gab unerwünscht tiefe Einblicke frei. Grinsend zog der Gastgeber ihn züchtig enger. »Tja, Sie sehen, anderes drängt bei mir auch. Wir sollten die Unterbrechung also möglichst kurz halten, denke ich.«

Wiener schob sich auf die vorderste Kante eines weichen Sessels. Er wusste genau, welch unwürdiges Bild man bot, wenn man wie ein Käfer auf dem Rücken versuchte, sich aus den Polstern wieder auf die Beine zu hieven. »Sie kennen Richard Mühlberg?«

Hardy riss in gespieltem Erstaunen die Augen weit auf.

»Dafür wird man heutzutage von der Kripo besucht?« Er zwinkerte dem Ermittler zu. »Dann muss dieser Mühlberg ja wohl eine mächtig wichtige Nummer in der Szene sein, was?«

Wiener feixte zurück. »Wenn Sie das so sehen!«

»Und?«

»Wir wissen, wie Ihre Abzockmasche funktioniert.« Er hob abwehrend die Hände, als Hardy zum Protest ansetzte. »Das ist nicht der Grund, warum ich hier bin.«

»Sondern?«, fragte der Bademantelträger misstrauisch.

»Ich komme in der Regel, wenn es einen Mord aufzuklären gibt«, erklärte Wiener mit bedeutungsschwangerem Unterton. Der verfehlte seine beunruhigende Wirkung nicht.

»Mord? Hier bei mir?« Hardy klang leicht hysterisch. »Mann, Sie sind ja total falsch gepolt. Spieler zocken, die morden nicht!« Er runzelte plötzlich die Stirn und aus seinen Augen wurden schmale Schlitze. »Oh! Jetzt weiß ich, warum Sie hier sind!«, zischte er gefährlich. »Es fehlt Ihnen noch immer ein Mörder für Mühlbergs Jungen! Nee, nee, nicht mit mir.«

»Eigentlich wollte ich von Ihnen nur wissen, wo Sie am Mittwochnachmittag waren.«

»Sie sind ja verrückt!« Hardy hatte es auf seiner Couch nicht mehr ausgehalten, war aufgesprungen und durchquerte jetzt das Zimmer vom Fenster bis zur Tür und wieder zurück, so schnell, wie das seine Pantoffeln zuließen. »Ich könnte doch niemals einem Kind etwas zuleide tun. Du liebe Güte – Mühlberg schuldet mir ein paar Hunderttausend Euro.« Er stolperte über eine Teppichfalte, kam ins Straucheln, fing sich wieder und tigerte weiter auf und ab. »Dafür bringt man doch niemanden um, erst recht nicht ein Kind!«

»Wenn Sie das sagen. Wo waren Sie also?« Wiener ließ sich nicht aus der Ruhe bringen.

Hardy hob die Hände gen Decke und ließ sie gleich darauf wieder fallen. Ergeben schlurfte er in den Flur hinaus und kam kurze Zeit später mit einem Terminkalender in der Hand zurück.

Wiener atmete unauffällig auf. Für einen Moment hatte er befürchtet, Hardy hole seine 38er aus der Jacke, um den lästigen Frager kurzerhand niederzuschießen. Du guckst zu viel fern, schimpfte er mit sich. Was hast du denn erwartet? Er ist nicht Al Capone.

Michael Wiener versuchte, sich wieder auf das zu konzentrieren, was Hardy ihm erläuterte.

»… und zum Mittagessen war ich mit einer Freundin verabredet. Im Roma. Ich mag's ja lieber Französisch.« Er lachte laut über seine Anzüglichkeit. »Sofie Bergmann, Wilhelm-Külz-Straße. Hausnummer habe ich vergessen. Wissen Sie, was dabei besonders ungerecht ist? Der jungen Dame scheint die italienische Küche nicht zu schaden. Topfigur. Bei mir dagegen ist das völlig anders.« Er tätschelte liebevoll seinen schon wieder entblößten Trommelbauch. »Danach, behauptet mein Kalender, war ich zu einem Termin bei meinem Steuerberater. Sie glauben gar nicht, welche Schwierigkeiten mir das Finanzamt jedes Jahr macht. Na ja. Sie als Beamter merken davon natürlich so gut wie nichts!«

Unaufgefordert reichte er Wiener eine Visitenkarte des Steuerbüros. »Sie werden wohl nachfragen wollen.«

»Ganz sicher wollen wir das.«

»Am späten Nachmittag war ich bei meiner Ex-Frau. Unser Sohn will den Studienort wechseln. Da ist noch viel zu regeln. Der Umzug muss organisiert werden, jemand wird mit ihm Möbel aussuchen und die Dinger aufbauen müssen. Er hat leider zwei linke Hände. Danach konnte ich für etwa eine Stunde hierher zurückkehren. Ich habe eine Kleinigkeit gegessen, geduscht, weil ich mich beim Gespräch mit meiner Ex so aufgeregt habe. Am Abend bin ich zu Susi gefahren.

Sie arbeitet im … hm, wie heißt der Laden jetzt eigentlich? Früher war es das L'Amour. Bevor so ein paar halb gare Polizistenbürschchen den Puff geschlossen haben.«

Wiener nickte nur. Natürlich wusste er genau, von welchem Bordell hier die Rede war. Er hielt es aber nicht für unbedingt notwendig, Hardy auf die Nase zu binden, dass er selbst eines der ›halb garen Polizistenbürschchen‹ war, deren Ermittlungen einen Menschenhändlerring aufgedeckt hatten.

»Susi wird uns das bestätigen.«

»Aber ganz sicher!«

»Friederike ist in der Psychiatrie«, raunte Traute Gundula beim Anstehen an der Kuchentheke im Café zu.

»Was? Die Ärmste!«, rief die Angesprochene empathisch aus.

»Ja, stell dir nur vor. Sie ist suizidgefährdet, sagen die Ärzte. Nun wird sie rund um die Uhr bewacht.«

»Verstehen kann ich das schon. Der Wolfi war eben ihr Ein und Alles. Was die Friederike nur alles schultern musste in den letzten Jahren! Es ist schließlich nicht leicht, ein Kind ganz ohne Vater großzuziehen.« Gundula seufzte tief. »Kaum ist der Junge aus dem Gröbsten raus – bringt ihn irgendso ein Schwein um!«

»Ungerecht! Finde ich auch. Nur gut, dass Irma Gieselke sie immer unterstützt hat. Ihr Johannes war ja ein Einzelkind. Mit Wolfi, der jeden Tag mit seiner Mutter ins Haus kam, hatte er einen Spielkameraden. Die Friederike konnte froh sein, dass man ihr den Job angeboten hat. Schon tragisch, dass der Vater damals Hals über Kopf … Aber man kennt das ja. Und Friederike hat das alles so tapfer getragen, nie mehr ein Wort über den Kerl verloren. Nur das Kind war wichtig. Durchaus beeindruckend.«

»Gut war's allemal. Eine weitere Chance auf Ehe und Familie hat es ja nicht mehr gegeben. Wundert mich eigentlich nicht. Und man kann über den alten Gieselke sagen, was man will, er hat den Wolfi unterstützt. Sicher nur, weil Irma ihn dazu gedrängt hat, aber immerhin. Kannst du dich noch an den Ärger erinnern, damals, bei dieser Disko-Affäre? Eine After-Disko-Prügelei. Vor vier oder fünf Jahren muss das gewesen sein. Friederikes Sohn war der Einzige aus der Gruppe, der eine Anzeige bekommen hat. Typisch Wolfi eben. Alle retten ihre Haut, nur Friederikes Mäulchen wird ertappt!«

»Ich kann mich nur noch erinnern, dass Herr Gieselke ihm damals einen guten Anwalt besorgt hat. Es gab ja am Ende auch gar keine Verurteilung, nicht wahr?«, tuschelte Gundula.

»Nein. Die Anklage wurde fallen gelassen. Wegen Nichtigkeit, hat Friederike mir damals erzählt. Dabei hatte der andere einen gebrochenen Arm und ein paar angeknackste Wirbel«, nörgelte Traute.

»Ich war jedenfalls ziemlich erstaunt über dieses Engagement. Wo der Gieselke doch sonst immer so aufs Geld schaut. Friederike hat gesagt, Irma Gieselke habe das für Wolfi bei ihrem Mann eingefädelt.«

»Friederike meint, Gieselke mag den Wolfi, weil er so anders ist als Johannes. Er hat sich immer für alles interessiert, Ekel war ein Fremdwort für ihn, er hat sich für Waffen und fürs Schießen begeistert, war ein prima Schütze – das genaue Gegenteil zu Johannes. Allerdings dürfte er sich in letzter Zeit mit seinem Einsatz für die Wölfe so einige Sympathien bei Olaf Gieselke verscherzt haben.«

»Im Ort erzählt man, jemand habe das Wort ›Mörder‹ mit dem Blut des Opfers an die Bäume geschrieben. Ist das

nicht schauerlich?« Gundula schüttelte sich in wohligem Grauen. »Zwei Morde in so kurzer Zeit. Glaubst du, die hängen zusammen?«

»Zwei Stück Käsesahnetorte, bitte«, bestellte Gundula und sah Traute ratlos an.

»Das weiß nur der Wind!«, zischte Traute noch, zwinkerte ihr zum Abschied zu und war auf die Straße hinaus verschwunden, wo sie gerade den Mantel von Erika Münzer hatte um die Hausecke biegen sehen.

54

Nachtigall postierte sich so, dass der Unbekannte beim Eindringen in die Küche nur ihn würde sehen können. Zu dumm, dass seine Dienstwaffe im Schreibtisch eingeschlossen von Abenteuern träumte, während er gerade in eines hineingeraten war.

Immerhin waren die Jungs, eingeklemmt zwischen Tür und Hauptkommissar, praktisch völlig verdeckt. Sollten die schleichenden Schritte einem gewaltbereiten, zu allem entschlossenen, womöglich bewaffneten Menschen gehören, war der hoffentlich nicht allzu groß, schoss es Nachtigall durch den Kopf. In diesem Fall hatten sie den Überraschungseffekt auf ihrer Seite und so vielleicht eine kleine Chance, zu entkommen.

Langsam kam dieser Jemand den Flur entlang. Der Teppich dämpfte seinen Tritt, der jetzt kaum noch zu hören war. Die vier konzentrierten sich auf jedes Geräusch. Noch drei oder vier Schritte und er konnte sie entdecken. Sie hielten den Atem an, starrten gebannt auf den Punkt, an dem sie ihn würden auftauchen sehen. Die Jungs rückten, falls das überhaupt möglich war, noch ein bisschen enger zusammen.

In dem Moment begann ein Handy eine kindische Melodie zu dudeln.

Die Schritte stockten.

Mit leisem Wimmern suchte Mario seine Taschen ab. Seine Hände flatterten über die Hose. Nichts.

Während er noch verzweifelt jammernd in der Jacke fahndete, schlug unten plötzlich die Haustür ins Schloss.

Nachtigall atmete tief auf. Überrascht. Er hatte gar nicht

bemerkt, dass auch er den Atem angehalten hatte. So schnell er konnte, stürzte er zum Fenster. Niemand zu sehen. Rasch machte er kehrt, rannte, immer mehrere Stufen auf einmal nehmend, die Treppe hinunter, riss keuchend die Tür auf und stürmte aus dem Haus, rotierte mehrfach um die eigene Achse.

Niemand.

Noch ein paar Schritte zur Straßenecke, doch auch hier musste er enttäuscht feststellen, dass niemand zu sehen war.

Er konnte sich doch nicht in Luft aufgelöst haben!

Mit gesenkten Köpfen trotteten die drei Jungs aus dem Haus.

»Er ist weg. Keine Gefahr mehr«, erklärte Nachtigall beruhigend.

»War das der Mörder?«, wollte Albert mit dünner Stimme wissen.

»Nun, vielleicht. Manchmal kommen sie tatsächlich an den Tatort zurück. Möglicherweise wollte er nachsehen, ob die Leiche schon gefunden wurde«, gab er sich betont unbeschwert.

»Mein Handy. Es hat jemand von der Polizei angerufen. Er hat unseren Zettel gefunden. Oh Mann, jetzt krieg ich jede Menge Trouble mit meiner Mutter. Die versteht bei solchen Dingen gar keinen Spaß«, erzählte Mario aufgeregt. Nachtigall hatte den Eindruck, der Junge fürchte sich vor seiner Mutter mehr als vor dem Mörder, dem sie gerade entkommen waren.

Sie beeilten sich, zum Parkplatz zurückzukehren.

»Ist hier eben jemand vorbeigekommen? Vor ein paar Minuten? Aus dieser Richtung?«, prasselten die Fragen des Hauptkommissars auf den jungen Beamten nieder.

»Nein. Niemand. Aus gar keiner Richtung!«, versicherte der Kollege eilig. »Aber ich habe die Handynummer von dem Zettel hier angerufen. Da geht nur die Mailbox ran.« Er wedelte mit der Scheibenwischernotiz nervös hin und her.

Nachtigall drehte sich um und sah in die blassen, verstörten Gesichter der noch immer zitternden Freunde. Ihre Augen waren vom Schrecken noch geweitet. Für heute hatten die drei wirklich genug Abenteuer gehabt.

»Den Wisch können Sie mir geben, ich werde mich darum kümmern. Rufen Sie bitte Albrecht Skorubski an. Er ist sicher längst auf dem Weg hierher. Er möchte bitte klären, wo sich die Hauptpersonen aus unserem aktuellen Fall gerade aufhalten.«

Während er seine Anweisungen gab, schob er die Notiz in seine Jackentasche. Sekunden später bog das Team der Spurensicherung in den Parkplatz ein.

»Dort vorn ist das Haus. Die Eingangstür ist defekt, sie springt auf. Die Frau liegt im oberen Stockwerk, in einem kleinen Bad, angrenzend zum Schlafzimmer. Und noch eine Frage: Ist Ihnen jemand entgegengekommen?«

»Ja. Ein Sonntagsspaziergänger. Ganz in Schwarz. Ist ja heute in«, gab Peddersen Auskunft und wies seine Leute ein.

»Na, so jung schien mir der gar nicht mehr zu sein. Hatte der nicht sogar schon graue Haare? Für mich sah der fast aus wie ein Botanikprofessor. Hat vielleicht überprüft, ob es versteckte Anzeichen für die Auferstehung der ersten Frühblüher gibt«, widersprach ein anderer.

»Echt? Das war ein Mann? Tja, ich tauge wohl nicht recht als Zeuge. Mir kam es vor, als bewege sich die Person irgendwie weiblich. Tja, ist ja egal, war ohnehin nicht viel zu sehen. Schwarze Mütze, schwarze Hose, schwarze Jacke, schwarze Handschuhe.«

»Mütze?«, lachte der erste. »Der trug doch keine Mütze!«

»Los! Wir sollten uns beeilen. Vergesst nicht die Scheinwerfer, in einer halben Stunde ist es stockdunkel«, verlangte Peddersen, dann schlüpfte das Team in weiße Schutzanzüge und machte sich an die Arbeit.

Eine schwarze Gestalt. Johannes Gieselke? Richard Mühlberg? Nele Hain? Nachtigall stöhnte ratlos auf. Olaf Gieselke?

Der grüne Transporter mit der Aufschrift ›Gerichtsmedizin‹ rumpelte auf das Gelände. Schwungvoll sprang Dr. Pankratz heraus und begrüßte Nachtigall. »Diesmal haben Sie die Leiche selbst gefunden, habe ich gehört. Also ehrlich, wenn Sie einen Mordfall übernehmen, lohnt es sich für mich gar nicht, nach Potsdam zurückzufahren. Jede Menge Arbeit für mich!«

»Hallo, Dr. Pankratz! Schön, dass Sie gleich kommen konnten«, sagte Nachtigall, erleichtert, dass er es nicht wieder mit Dr. Manz zu tun hatte.

»Wo liegt die Leiche?«, kam der Rechtsmediziner sofort zur Sache und nahm einen großen Koffer vom Beifahrersitz.

»Kommen Sie mit mir!«, forderte ihn ein Beamter aus dem Team des Erkennungsdienstes auf. »Ich habe sie schon gesehen.«

Dr. Pankratz drehte sich um und stapfte mit dem offensichtlich schweren Koffer in der Hand los. Nach wenigen Schritten drehte er sich noch einmal zu Nachtigall um und rief: »Dr. März ist auch auf dem Weg. Und er hat richtig schlechte Laune!«

»Wer war das?«, fragte Albert zurückhaltend, weil er nicht sicher war, ob man so eine Frage stellen durfte.

Doch offenbar war es kein Problem. »Das ist unser Gerichtsmediziner.«

»Wow! Das ist der, der die Obduktion durchführen wird,

nicht wahr?«, hakte der Junge mit unverhohlener Begeisterung nach.

Nachtigall nickte.

»So, nun werde ich eure Eltern informieren. Schließlich brauche ich ihre Einwilligung, wenn ich mich mit euch über die Vorkommnisse in diesem Haus unterhalten will, und ihr habt auch sicher nichts dagegen, wenn sie euch abholen, oder? Ich brauche dazu eure vollständigen Namen, die Adressen und Telefonnummern. Mit dir fange ich an. Du heißt?«

55

Nachtigall steuerte das Auto durch die Innenstadt. Er beschloss, die Strecke am Schwimmbad vorbei zu nehmen. Viel Verkehr würde um diese Zeit am Sonntag sowieso auf keiner der Straßen in Richtung Burg sein.

»Gibt es eigentlich inzwischen einen neuen Investor?«, fragte Albrecht Skorubski. »Ich habe irgendwann den Anschluss bei der Diskussion verloren.« Damit spielte er auf die jüngsten Entwicklungen um die Lagune, das Paradies für Wasserratten, an. Nachdem Sportbad, Freibad und Spaßbad geschlossen worden waren, sollten nun alle Freunde des nassen Elements hier auf ihre Kosten kommen. Doch der Investor war in finanzielle Schieflage geraten und die Stadt befand sich auf der hektischen Suche nach einem neuen Betreiber.

»Geht mir ähnlich. Am Ende wird es wohl die Stadt übernehmen. In der Zwischenzeit gab es doch die heiße Diskussion um den Erhalt der Straßenbahnen. Mit Bürgerprotesten, Unterschriftenaktionen und allem Drum und Dran. Da gibt es auch noch keine endgültige Lösung, oder?«, fragte Nachtigall zurück.

»Nein. Bisher liegen wohl nur Vorschläge auf dem Tisch. Einige Strecken sollen gekürzt werden. Zum Beispiel die 3. Angeblich fährt die dann nur noch bis zum Sportzentrum.«

»Ach. Und wie kommen dann die Bewohner der Altenwohnanlage wieder von der Stadt nach Hause? Hat man denn nicht vor ein paar Jahren sogar extra für die Priormühle eine neue Haltestelle gebaut?«

»Ist wohl alles noch nicht geklärt. Vielleicht wird vom Sportzentrum aus ein kleiner Bus den Rest der Strecke fahren. So einer wie die Nachtlinie. Sollen nicht überhaupt nur drei Linien erhalten bleiben? Mit dem Hauptbahnhof als zentralem Schnittpunkt? Kann sein, dass ich nicht alles mitgekriegt habe. Meiner Frau geht es nicht so gut im Moment. Ach Peter, ich glaube, ich werde alt«, stöhnte er auf.

»Wir werden alle älter. Jeden Tag um 24 Stunden. Aber gut, zugegeben, manchmal habe ich auch das Gefühl, ich werde beschummelt und mir huckt jemand 30 auf«, gab Nachtigall brummig zurück.

»Fällt nicht leicht, das zu akzeptieren, oder? Diese Lichtdusche für meine Frau muss jetzt den Praxistest bestehen. Wir haben ja so ein Ding für sie bestellt. Hoffentlich hilft es auch.«

»In ein paar Monaten werde ich Opa. Und die meiste Zeit bin ich mit Todesermittlungen beschäftigt, da merke ich gar nicht, dass meine Jule längst ein eigenes Leben führt. Aber manchmal, wenn ich ein bisschen Ruhe habe, fehlt mir das Kind, das sie mal war. Ich glaube, ich kann gut nachvollziehen, wie einsam deine Frau manchmal ist. Bei euch fehlen drei Kinder.«

Nachtigall starrte in die Dunkelheit. »Ich habe neulich von einem Verein gehört, dessen Mitglieder nennen sich ›Zeitschenker‹«, begann er weitschweifig. »Sie entlasten Familien, die ein schwer krankes oder behindertes Kind haben. So bekommen die Eltern ein oder zwei Stunden in der Woche Freizeit, die sie für sich oder Geschwisterkinder nutzen können. Das betreute Kind hat auch Spaß, ist der Zeitschenker doch mal eine Abwechslung. In meinen Ohren klingt das nach einem guten Konzept.«

»Hm«, überlegte Skorubski. »Das wäre eine sehr sinnvolle Aufgabe. Finde ich das im Internet?«

»Über Google.«

Nachtigall bog in den Kreisverkehr ein, hielt sich rechts und nahm die erste Ausfahrt. »Und du konntest keinen erreichen?«, kehrten seine Gedanken wieder zu ihrem Fall zurück.

»Tja, es war schon seltsam. Unter der Festnetznummer ging überhaupt niemand ran. Und auf dem Mobiltelefon war ich auch nicht wirklich erfolgreich. Nele Hain war unterwegs. Angeblich spazieren. Richard Mühlberg saß im Auto auf dem Weg zu einem Freund. Johannes Gieselkes Handy war abgeschaltet, die Mailbox ging ran, Olaf Gieselke meldete sich auch nach langem Klingeln nicht.«

»Wir haben also keinen Anhaltspunkt, wo sie waren! Das ist doch wirklich nicht zu fassen! Und von den Kollegen kam keine einzige brauchbare Beschreibung.«

»Was glaubst du, wie wird er es aufnehmen?«

»Keine Ahnung. Er schien mir nicht so sehr an seiner Frau zu hängen. Aber das war vielleicht nur Fassade. Er will um Himmels willen nicht für einen Weichling gehalten werden«, murmelte Nachtigall.

Das große Herrenhaus im Park wirkte unnahbarer denn je.

»Fast bei jedem Besuch hier bringen wir eine Schreckensnachricht mit«, stellte Nachtigall bekümmert fest. »Wie lange mögen die beiden verheiratet gewesen sein?«

»Früher war es üblich, Kinder erst nach der Eheschließung zu zeugen und in die Welt zu setzen«, dabei zwinkerte er dem Freund zu, dessen Tochter bei der Trauung vor Kurzem stolz und glücklich einen deutlichen Schwangerschaftsbauch vorweisen konnte. »Aber daran müssen sie sich ja nicht in jedem Fall gehalten haben.«

»Also mehr als 30 Jahre! Und nun kommen wir und erklären ihm, wir hätten seine Frau unter ungeklärten Todesumständen aufgefunden«, fluchte Nachtigall leise.

»Wir werden wahrscheinlich gar nicht viel sagen müssen, Peter. Was sollten wir denn sonst um diese Zeit von ihm wollen. Er wird sich seinen Teil denken.«

»Klingt logisch. Er ist gesundheitlich angegriffen. Vielleicht brauchen wir einen Arzt.«

»Da ist er schon«, sagte Skorubski und starrte den jungen Mediziner an, als sei er eine Erscheinung. »Wo kommt der denn her?«

»Keine Sorge, Telepathie beherrscht er nicht. Ich habe den Diensthabenden angefordert«, erklärte der Hauptkommissar. »Dass *er* kommt, konnte ich ja nicht ahnen!«

Beim Aussteigen begrüßte Nachtigall den Arzt schlecht gelaunt und deutlich unterkühlt: »Guten Abend, Dr. Manz. Nichts zu tun am Sonntagabend?«

Auf ihr Klingeln erfolgte keine Reaktion. Das war allerdings auch nicht weiter verwunderlich. Je näher man dem Haus kam, desto lauter war Beethovens Neunte zu vernehmen gewesen. Jetzt, unter dem geschwungenen Vordach, war die Musik ohrenbetäubend.

»Er hört uns nicht.«

»Offensichtlich nicht!« Nachtigalls Besorgnis trat hinter seiner Gereiztheit zurück. Er drückte erneut auf die Klingel. »Wir können ihm ja schlecht eine Nachricht im Briefkasten hinterlassen«, stellte er grantig fest und versuchte es ein drittes Mal.

Der Gong, das hörte er, war durchaus melodisch, ein Fünfklang, mutmaßte er, vertrug sich aber in keiner Weise mit Beethovens Symphonie. Möglich, dass dies auch dem Hausherrn irgendwann auffiel, dachte er wütend.

Skorubski beobachtete in der Ferne einen großen, zotteligen Hund, der zielstrebig von rechts nach links unterwegs war. Als er wenig später wieder hinsah, war der

Große eilig auf dem Weg von links nach rechts, diesmal aber in Begleitung eines anderen, der einer sehr viel kleineren Rasse angehörte und ihn an einen Rauhaardackel erinnerte, was in der Dunkelheit nicht mit Sicherheit zu erkennen war. Der hat wenigstens eine private Planung für diesen Sonntagabend, die aufgeht, dachte er fast ein wenig neidisch.

»Sollen wir noch mal versuchen, ihn anzurufen? Er erwartet doch sicher eher, dass wir uns telefonisch melden, als dass wir beim ihm auftauchen.«

»Das haben wir doch vorhin schon probiert«, murrte Nachtigall. »Es ist ja nicht so, dass ich mich darum reiße, ihm diese Nachricht zu überbringen. Morgen früh kommen wir wieder. Mal sehen, ob er auch schon vor dem Frühstück ›volles Rohr‹ Klassik hören wird.«

Er zog aber dennoch sein Handy aus der Jacke und zauberte aus der Gesäßtasche einen Notizzettel. Konzentriert tippte er die Nummer, die er auf dem Blatt notiert hatte, in sein Mobiltelefon. Dabei begegnete er dem amüsierten Blick seines Freundes.

»Noch nie was von ›mobilem Büro‹ gehört, wie? Mir scheint, du bist nicht auf der Höhe der Zeit!«

»Hast du auch guten Kaffee in deinem Büro?«

Peter Nachtigall schnitt eine Grimasse

»Olaf Gieselke!«, brüllte eine Stimme über den einsetzenden Chor hinweg.

»Oh, hallo! Peter Nachtigall hier.«

»Und, was wollen Sie von mir?«, herrschte der Hausherr den Hauptkommissar an.

Für einen kurzen Moment dachte Nachtigall, Olaf Gieselke habe bereits vom Tod seiner Frau erfahren und versuche, Schmerz und Trauer mithilfe der Musik wegzuspülen, doch schnell wurde ihm bewusst, dass Gieselke wahrscheinlich seinen Namen nicht verstanden hatte, oder zumindest nicht richtig zuordnen konnte.

»Kriminalpolizei Cottbus. Herr Gieselke, wir müssen uns mit Ihnen unterhalten«, schrie der Hauptkommissar so laut in sein Telefon, dass man ihn im Haus auch ohne Unterstützung der Technik hätte hören müssen.

»Ja – dann mal los!«

Schritte waren zu hören, Beethoven wurde schlagartig leiser.

»Wir stehen vor Ihrer Tür, Herr Gieselke. Es wäre schön, Sie würden uns öffnen.«

Es dauerte nur Sekunden und die Haustür sprang auf.

Olaf Gieselkes weißes Haar flog wirr um seinen Kopf herum, seine Rechte umklammerte einen Whiskeybecher. Ob er wohl die Symphonie dirigiert hat?, fragte sich Nachtigall unwillkürlich, es würde zu ihm passen.

»Warum klingeln Sie nicht einfach? Wie es jeder normale Mensch tut! Ist doch völliger Quatsch, anzurufen, wenn man schon auf der Schwelle steht!«, wies er die beiden Beamten zurecht. »So eine Geldverschwendung. Auch noch übers Handy.« Er drehte sich um und die Besucher, die das als Einladung deuteten, folgten ihm.

Als er bei einem Blick über die Schulter den Arzt bemerkte, polterte er los: »Raus hier! Von Ihren idiotischen Tabletten ist mir noch zwei Tage lang übel gewesen. Machen Sie bloß, dass Sie rauskommen!«

So schnell hatte Nachtigall Dr. Manz noch nie verschwinden sehen.

»Ist wahrscheinlich ein Diensthandy. Da kostet es nicht Ihr eigenes Geld. Und Steuergelder zu verschleudern, bereitet ja wohl seit der jüngsten Krise niemandem mehr ein schlechtes Gewissen«, kehrte Gieselke ungerührt zum Ausgangsthema zurück, als er die Tür ins Schloss fallen hörte.

Peter Nachtigall verzichtete darauf, das Missverständnis aufzuklären.

»Herr Gieselke, wir haben leider eine schreckliche Nachricht für Sie«, begann er das Gespräch und musterte dabei die Züge des Mannes scharf.

Gieselkes Gesicht verlor jede Farbe.

»Also, was haben Sie mir zu sagen?«, fragte er kalt, wenngleich seine Stimme eine heisere Färbung bekommen hatte.

»Ihre Frau wurde heute Nachmittag tot in einem Haus in Cottbus entdeckt. Es tut uns leid.«

»In Cottbus?«

»Ihr Fahrzeug stand auf einem Parkplatz in der Nähe des Madlower Badesees. Wenig später fanden wir sie im Haus einer Miriam Hanser«, erklärte Albrecht Skorubski.

»Miriam ist tot«, kommentierte Gieselke schneidend.

»Das ist richtig. Sie hat das Gebäude vielleicht an Ihre Frau verschenkt oder vererbt. Wir klären das gerade«, schaltete sich Nachtigall wieder ein.

»Ich habe in diesen vier Wänden schon viel dummes Zeug gehört, aber das ist ja wohl der Gipfel! Was soll meine Frau im Haus einer Verstorbenen zu suchen haben?«

»Können Sie das beantworten, Herr Gieselke? Ruhe, Abstand? Zog sie sich womöglich öfter dorthin zurück, wenn sie eine Pause von der Familie brauchte?«

»Woher soll ich das wissen? Ich ahnte ja nicht einmal, dass dieses Haus noch existiert!«, fauchte Olaf Gieselke. »Sie hat es mir gegenüber nie erwähnt!«

»Ist Ihr Sohn bei Ihnen?«, erkundigte sich Skorubski und erntete dafür einen vernichtenden Blick.

»Ich gehöre zu einer Generation, die es noch gelernt hat, mit Schicksalsschlägen umzugehen. Das Letzte, was ich gebrauchen kann, ist jemand wie dieser verweichlichte Sohn, der mir zur Seite steht.«

»Wäre es denkbar, dass Ihre Frau den Tod des Enkels nicht verkraften konnte?«, forschte Nachtigall unbeeindruckt von Gieselkes Feindseligkeit weiter.

»Suizid?« Er zögerte einen Moment mit der Antwort. »Nun, der Tod von Maurice war ein gewaltiger Schock für sie. Aber noch belastender waren die Vorwürfe von Johannes. In seinen Augen haben wir den Tod verschuldet. Denkbar, dass meine Frau das einfach nicht mehr ertragen konnte.« Mit müden Schritten durchquerte er den Raum, trat an den Wohnzimmertisch und goss sich aus einer Karaffe großzügig nach.

Er wird sich betrinken, morgen mit einem Kater aufwachen und die Situation war geklärt. Nur nicht unnötig Emotionen verschwenden, durchzuckte es Nachtigall, aber das ging ihn nichts an.

Als könne der Großvater Gedanken lesen, wandte er sich um, hob sein Glas wie zum Gruß und prostete den beiden Ermittlern zu. »Single Malt. Ihnen brauche ich wohl nichts anzubieten, Sie sind ja im Dienst«, murmelte er dabei und betrachtete nachdenklich die braune Flüssigkeit, die beim Schwenken bedrohlich nah an den Rand des Glases schwappte. Dann nahm er entschlossen einen kräftigen Schluck.

»Zum Betrinken zu wenig, schade«, erklärte er, nachdem er die Karaffe prüfend zur Seite gekippt hatte, um den Pegel zu kontrollieren. »Was hat sie gemacht? Einen Strick wird sie wohl kaum genommen haben. Zu unsicher. Möglicherweise qualvoll. Und die entstehende Leiche ist nicht gerade hübsch anzusehen.« Ein Ausdruck von Schrecken, unterlegt mit Grauen, huschte über sein Gesicht und verzerrte es flüchtig. »Sie wird doch nicht eine von meinen Waffen …? Ist ja irgendwie Mode im Moment.«

»Wir wissen noch nicht genau, was in diesem Haus passiert ist. Das klärt die Obduktion.«

Gieselkes Augen wurden wachsam. »Was soll das heißen?«

»Nun, wir können zum jetzigen Zeitpunkt einen Mord nicht ausschließen«, stellte Nachtigall ruhig klar.

»Einen Mord? Wer zum Kuckuck soll meine Frau ermorden wollen? Ich kenne niemanden, der belangloser gewesen wäre als sie!« Gieselke stellte sein inzwischen leeres Glas hart auf dem Tisch ab. Tonlos fügte er hinzu: »Sieht so aus, als versuche jemand, die ganze Familie auszurotten.«

56

Sie ließen den Hausherrn in der Obhut seines Single Malt zurück und klopften im oberen Stockwerk an die Tür, durch die sie Johannes Gieselke bei ihrem letzten Besuch hatten verschwinden sehen.

Der junge Mann öffnete mit ziemlicher Verzögerung.

»Sie?« Er starrte die beiden Kriminalbeamten entgeistert an und riss die Tür dann weit auf. »Ist was mit Annabelle?«

Plötzlich tauchte zwischen seinen Beinen der mächtige Kopf eines riesigen Katers auf, der die Besucher desinteressiert ansah, als wolle er ihnen verdeutlichen, dass es hier nur eine Persönlichkeit von Bedeutung gäbe.

»Chester«, stellte Gieselke kurz vor.

»Annabelle geht es gut«, beruhigte Nachtigall den besorgten Vater. »Wie kommen Sie darauf, es könne etwas mit ihr nicht in Ordnung sein?«

»Wenn sie den Mörder gesehen und ihn beschreiben, womöglich gar identifizieren kann, schwebt sie in großer Gefahr, nicht wahr?«

»Darum sitzt ja auch, wie Sie wissen, ein Beamter vor ihrer Tür. Niemand wird ihr etwas tun.«

Gieselke entspannte sich ein wenig.

»Warum sind Sie dann hier?«, fragte er mit neu erwachtem Argwohn, trat zur Seite und führte die beiden Beamten durch einen kurzen Flur in ein modern eingerichtetes Gästezimmer.

»Nehmen Sie Platz. Also, was ist passiert?«

Nachtigall wartete, bis auch der junge Mann sich in den Sessel gesetzt hatte.

»Wir haben Ihre Mutter gefunden. Und es tut mir furchtbar leid, Ihnen sagen zu müssen, dass sie tot ist.«

»Tot«, wiederholte Johannes, als sei ihm die Bedeutung dieses Wortes gänzlich unbekannt.

»Sie hatten uns doch diese Adresse in Madlow genannt. Und dort auf dem Parkplatz stand der Porsche. Im Haus von Miriam Hanser entdeckten wir Ihre Mutter.«

Johannes Gieselke nickte mehrfach. Er schien signalisieren zu wollen, dass er verstanden habe. »Dort?«

»Ja.«

»Wie ist meine Mutter gestorben?«

»Die Umstände ihres Todes sind noch nicht abschließend geklärt. Wir warten auf die Ergebnisse der Obduktion.«

Sekundenlang fixierte der Sohn wortlos einen Punkt auf der gegenüberliegenden Wand. »Wieso eine Obduktion?«

»Weil wir ein Fremdverschulden nicht ausschließen können«, erklärte Nachtigall vorsichtig. Der Mann tat ihm leid. Erst brachte man seinen Sohn um, dann verlor er auch noch seine Mutter und mit Wolfgang Maul hatte ihn zumindest in seiner Kindheit eine lockere Freundschaft verbunden.

»Fremdverschulden? Soll das heißen, Sie glauben, jemand habe meine Mutter *umgebracht*?«, fragte Gieselke ungläubig.

»Die Situation, in der wir Ihre Mutter aufgefunden haben, ist nicht eindeutig«, versuchte Skorubski zu erläutern, was für den Sohn unerklärlich blieb.

»Weiß er es schon?«

»Ja.«

»Oh, das war der Grund, warum Beethoven so unvermittelt abgewürgt wurde.«

Eine unbehagliche Pause entstand.

»Und? Was hat er dazu gesagt?«

»Er versucht, sich zu betrinken. Vielleicht, weil er fürchtet, das nächste Opfer zu sein.«

»Das nächste …? Wie kommt er denn auf die Idee?« Gielselkes Stimme überschlug sich schrill.

»Er glaubt, jemand wolle die ganze Familie auslöschen.« Nachtigall schlug bewusst einen sachlichen, emotionslosen Ton an. »Vielleicht geht es am Ende doch um die Gurken?«

»In dem Fall wäre es doch ausreichend, die männlichen Mitglieder der Familie zu töten, nicht wahr?«

57

»Ich halte es für ziemlich wahrscheinlich, dass der Ehemann mit seiner Einschätzung richtig liegt. Meine Frau wäre auch suizidgefährdet, wenn ein Enkel unter unserer Aufsicht stirbt. Und gar nicht verwinden könnte sie, wenn sich obendrein auch noch unser Kind von ihr abwendet.«

»Das will ich überhaupt nicht in Abrede stellen. Klar, das wäre sicher für jeden von uns entsetzlich.« Nach einer Pause fuhr Nachtigall fort: »Aber du weißt, es ginge ihr schlecht, also würdest du dich um sie kümmern, einen Therapeuten einschalten, dafür sorgen, dass sie vom Hausarzt stationär eingewiesen wird. Auf keinen Fall kämst du auf den Gedanken, sie allein wegfahren zu lassen.«

Albrecht Skorubski zuckte merklich zusammen. »Das ist sicher richtig. Aber Olaf Gieselke ist nicht unbedingt ein Beschützertyp. Er hat bestimmt von ihr erwartet, dass sie die Situation meistert und gut.«

Peter Nachtigall lachte freudlos auf. »Es ist zu ärgerlich, dass ich nicht gesehen habe, wer da durchs Haus schlich! Vielleicht war es ja tatsächlich der Mörder, der noch einmal zurückkam, um zu kontrollieren, ob er seine Spuren gut verwischt hatte.«

»Ach, Peter. Ich glaube, es ist ganz gut, dass er dich und die Jungs nicht entdeckt hat. Stell dir nur vor, was für ein Blutbad er hätte anrichten können …« Er legte deutlichen Vorwurf in seinen Tonfall. »Du hattest nicht einmal deine Dienstwaffe dabei!«

»Ja, ja, du hast ja recht. Aber trotzdem! Ich war nur eine

Armlänge von ihm entfernt und dennoch ist er mir entkommen, schlimmer noch: Ich habe ihn nicht einmal erkannt!«

»Morgen um 9 Uhr kommen die Jungs. Ich bin mal gespannt, was die drei so erzählen. Bestimmt bringen sie ihre Eltern mit. Was hast du denen eigentlich für eine Erklärung angeboten?«

»Die Jungs hätten das Haus betreten, weil die Tür offen stand. Sie hatten die Absicht, den Hausbesitzer zu warnen, schließlich hätte ja jeder unbemerkt hineinkommen können. Das haben sie ganz gut geschluckt, nur die Mutter von Albert nicht. Sie hat hartnäckige Abenteuerlust als Motiv identifiziert«, lachte Nachtigall und wurde sofort wieder ernst. »Dass sie dabei eine Leiche gefunden haben, hat allerdings keinem der Elternpaare gefallen.«

Sie schwiegen bis zum ersten Kreisverkehr brütend vor sich hin. Schimpfend durchbrach Skorubski die Stille: »Wie man es dreht und wendet: Es macht alles keinen Sinn! Maurice war der jüngste Erbe der Gieselkes, Irma Gieselke die Ehefrau des ältesten Familienmitgliedes. Mit der Erbfolge jedenfalls hat das Ganze nichts zu tun!«

»Wenn es darum geht, die Familie auszurotten, wer stünde dann wohl als Nächster auf der Liste? Annabelle?«

»Nein. Wenn Annabelle auch sterben sollte, hätte der Täter sie doch mit Maurice gemeinsam töten können.«

»Wenn du so denkst, Albrecht, hätte der Mörder an jenem Nachmittag auch gleich die Großeltern erschießen können. Alle in einem Haus, Irma und Olaf Gieselke schliefen offenbar tief. Es wäre so einfach gewesen. Wenn es nur ein Täter ist, muss er mit der Reihenfolge irgendeinen Zweck verbinden.« Nachdenklich sah Nachtigall in die Dunkelheit. »Und der Mord an Wolfgang Maul? Wie passt der da hinein?«

»Die Theorie, er könne den Flüchtenden beobachtet

haben, müssen wir abhaken. Er war nicht einmal in der Nähe des Geländes. Auf der anderen Seite ist es so: Wenn diese drei Morde nichts miteinander zu tun haben, suchen wir womöglich drei Täter«, stellte Skorubski beunruhigt fest.

»Unwahrscheinlich«, brummte Nachtigall.

Kurz vor dem Aussteigen setzte er hinzu: »Ich fürchte, Olaf und Johannes Gieselke sind eher gefährdet als Annabelle.« Wie er zu dieser Meinung kam, ließ er offen und Skorubski vermutete, er glaube doch an die Erbfolge als Motiv.

»Hallo, Michael!«, begrüßten sie den jungen Kollegen. »Was haben wir?«

»Hallo! Na, ihr hattet ja heute jede Menge Aufregung! Bei mir war es da eher harmlos.«

»Dr. Pankratz war am Tatort, Dr. März auch, wir haben nur noch seinen Wagen auf den Parkplatz kommen sehen, als wir zu Herrn Gieselke aufgebrochen sind.«

»Und, wie hat er es aufgenommen?«

»Bitterkalt.«

»War wohl nicht anders zu erwarten, oder? Ich habe Hardy besucht. Erst kam das Gespräch schleppend in Gang, aber als er checkte, dass ich wegen des Mordes an Mühlbergs Stiefsohn da bin, wurde er gesprächiger. Natürlich hat er jede Verwicklung in diesen Fall rigoros abgestritten. Er sei nur an Geld interessiert, und die Summe, die Mühlberg ihm schuldete, sei nicht der Rede wert gewesen. Wegen ›Peanuts‹ bringt man schließlich niemanden um! Und wer könne schon einem Kind so etwas antun. Nein, er habe damit nichts zu tun. Natürlich habe ich ihm die SMS vorgehalten, die Mühlberg bekommen hat. Da räumte er immerhin ein, dass das eine Dummheit war, von Mord sei hier aber nicht die Rede. Es sei eben eine kleine Drohung unter Freunden gewesen, mehr nicht«, fasste Michael Wiener das Gespräch zusammen. »Und die Schulden habe Mühlberg bei ihm, weil er ein paarmal ›vergessen‹ habe, ihn auszubezahlen. Bei diesem Kartentrick steckt der Gewinner alles Geld ein und geht. So schöpft der geprellte Mitspieler keinen Verdacht. Manchmal gehen Gewinner und Verlierer auch noch zusammen in die nächste Bar. Jedenfalls sollte der Gewinner in den kommenden Tagen die anderen auszahlen. Diesen letzten Schritt hat Mühlberg wohl manchmal ausgelassen«, grinste der junge Mann. »Kann sein, er dachte, er könne die gesamte Summe nach Kanada mitnehmen. Hardy und seine Freunde hätten ihn nur schlecht verklagen können.«

»Hm. Recherchier mal in seiner Polizeiakte. Vielleicht finden sich ja doch Hinweise auf aggressives Verhalten. Oder er stand schon mal unter Verdacht, zur Durchsetzung seiner Forderungen ›Hilfspersonal‹ eingesetzt zu haben. Wäre doch denkbar, dass Hardy sich nicht gern selbst die Finger schmutzig macht«, entschied Nachtigall und griff nach einem Umschlag mit Fotos, der auf seinem Schreibtisch lag.

»Das ging aber schnell.« Er pinnte die Tatortfotos an die Wand. »Frau Gieselke lag in einem kleinen Bad. Erbrochenes fand sich neben ihr auf den Fliesen, aber auch in der Toilettenschüssel. Eine große Blutlache unter ihrem Kopf kann bedeuten, dass sie stürzte. Vielleicht war ihr Tod ein Unfall. Oder sie hat versucht, sich mit Tabletten das Leben zu nehmen. Vielen Selbstmördern wird von dem Cocktail übel. Denkbar ist ebenfalls, dass sie benommen war, taumelte und sich dabei den Hinterkopf mit tödlicher Wucht anschlug. Dritte Variante: Jemand brachte sie um. Zwang sie möglicherweise, eine Mischung verschiedenster Tabletten einzunehmen, und als das nicht schnell genug wirkte, schlug er sie nieder, sie starb. Er verließ das Haus, kehrte später noch einmal zurück, wobei er mir entwischen konnte.« Zornig schlug Nachtigall sich auf die Oberschenkel. »Der Kerl war plötzlich verschwunden! Weg!«

»Morgen wissen wir bestimmt mehr. Ach so, ja, der Obduktionsbericht Wolfgang Maul. Alles so, wie wir es uns schon gedacht hatten. Stumpfe Gewalt gegen den Hinterkopf, schwerer Schlag aufs Stammhirnareal, danach wurde er brutal geschlagen, viele Knochen sind gebrochen, besonders das Gesicht war betroffen. Ein Auge war aus der Höhle luxiert. Er war nicht sofort tot, was mich auch überrascht hat. Aber Dr. Pankratz ist sich da völlig sicher«, informierte Wiener die Kollegen.

»Wir stochern morgen weiter in Mauls privatem Umfeld. Ich werde in der Klinik nachfragen, ob wir die Mutter wenigstens kurz sprechen können. Und ich möchte mit den Beamten reden, die den Fall mit den Körperteilen in Gurkengläsern untersucht haben. Möglich, dass die sich noch an Details erinnern, die nicht in der Akte stehen. Ich glaube, die alte Geschichte hängt mit den aktuellen Morden zusammen, auch wenn ich das noch nicht beweisen kann. Für heute ist Schluss!«

Dann runzelte er die Stirn und setzte die Brille neu auf, ruckelte an ihr herum. »Michael, eine private Frage noch: Hattest du schon immer diesen kleinen Brillanten im Ohr? Werde ich doch alt und meine Wahrnehmungsfähigkeit schwindet?«

»Oh, nein. Keine Sorge, Peter, du bist hellwach!«, lachte Wiener. »Den trag ich erst seit heut Nachmittag. Habt ihr g'wusst, dass es da einen Grabstein gibt, gar net so weit vom Tatort entfernt? Da sin zwei Liebende vo einem Blitz erschlage worde. Genau am 24. April 1888. Un da hat Marnie g'dacht, des sei doch der perfekte Ort. Un so sind wir hing'fahre, mit einer Flasch Sekt und den Ohrringe und habe uns dort verlobt. Sie find so was wild romantisch«, beichtete Wiener die Geschichte und errötete leicht.

»Oh, ich weiß, wo der Stein steht«, lachte Albrecht Skorubski. »An der Straße in Guhro zum Milanhof raus. Aus grauem Granit mit schwarzem, gusseisernem Kreuz oben drauf. Vorne stehen die Namen der beiden.«

»Ja genau. Marianna Kettlitz und Christian Baikow. Wir dachten zunächst, die beiden seinen erst kürzlich verunglückt und sind ausgestiegen, um nachzusehen. Und dabei haben wir festgestellt, dass sie vom Blitz erschlagen wurden. Und beide noch so jung. Ein verliebtes Paar auf dem Heimweg vom Stelldichein, vielleicht sogar einem heimlichen. Marnie fand das sehr romantisch. Tragisch natürlich auch. Ihr wisst ja, wie sie ist, sie spinnt sich innerhalb kürzester Zeit eine ganze Mär zurecht. Also, deshalb haben wir uns dort verlobt.«

»Seid ihr sicher, dass es ein Liebespaar war?«

Als er den seltsamen Ausdruck auf Wieners Gesicht sah, fing Nachtigall schallend an zu lachen.

58

Johannes Gieselke traf seinen Vater wie erwartet in der Bibliothek an. Eine rasche Inspektion der inzwischen fast vollständig geleerten Karaffe überzeugte ihn davon, dass Olaf Gieselke ziemlich betrunken sein müsse.

Deprimiert sank er in einen der bequemen Sessel. Interessiert beobachtete er, wie sein Vater zielstrebig trank, ohne seine Umgebung wahrzunehmen. Er schien nicht einmal den Besucher bemerkt zu haben. Umso mehr erschrak der Sohn, als sein Vater ihn nun direkt ansprach.

»Es hilft nicht!«, beschwerte sich Olaf Gieselke mürrisch.

»Ich weiß.«

»Im Fernsehen saufen die Leute sich zu – und bei denen funktioniert es gut. Sie vergessen. Bei mir scheint es nicht zu klappen.« Seine Stimme war klar, die Sprechweise unbehindert. Offensichtlich vertrug Olaf Gieselke deutlich mehr als andere in seinem Alter. Er interpretierte den Gesichtsausdruck seines Sohnes richtig. »Das macht die jahrelange Übung.«

»Aha. Und ich dachte immer, bei der Jagd braucht man ein gutes Auge und eine ruhige Hand.«

»Die Hälfte des Jahres ist Schonzeit«, gab der Vater trotzig zurück.

»Nicht für die Leber, oder?«

Mehr war für den Moment nicht zu sagen. Jedenfalls nicht, wenn man vermeiden wollte, an das Schmerzliche zu rühren und eine Katastrophe heraufzubeschwören. Eine bösartige, beklemmende Ruhe machte sich breit. Wut und Hass senkten sich wie Bleigewichte auf die Brustkörbe der beiden Männer und schnürten ihnen die Luft ab.

»Du!«, keuchte Johannes Gieselke mit großer Anstrengung. »Du hast nicht auf meinen Sohn aufgepasst. Er wurde ermordet. Auch auf deine Frau hast du nicht achtgegeben. Sie ist tot. Wenn der Mörder weiterhin so erfolgreich ist, sitzt du bald ganz allein hier in deinem großen Haus. Auf deinen widerlichen Gurken!«

Mit staksenden Schritten verließ der Sohn den Raum. Sein Vater sah das Handy, das Johannes wohl aus der Tasche gerutscht war, im Sessel liegen. Er würde es bald vermissen. Wenig später hörte Olaf Gieselke den Wagen seines Sohnes davonpreschen. Gut möglich, dass du recht hast, Johannes, dachte er. Sehr gut möglich.

59

Montag

»Ich hab inzwische so was wie ein Motiv für den Mord an Wolfgang Maul g'funde«, begrüßte Michael Wiener die Kollegen am nächsten Morgen.

»Und?«

»Nun, ich hab mit Clemens Kuhn g'sproche. Das ist einer von den Wolfsfreunden. Ich wollt noch mal nachhake, irgendwie wurd ich das G'fühl nicht los, es gäb da Spannungen in der Gruppe. Clemens Kuhn hat mir erzählt, Flocke, also Sebastian Körbel, habe bei einer Gelegenheit – wann genau, wusst er nicht mehr, aber kürzlich sei es gewesen – erwähnt, er sei unglücklich. Wolfi verhalte sich in der letzten Zeit so ungewöhnlich. Flocke ging wohl davon aus, dass es einen anderen gäbe. Eifersucht!«

»Hm«, brummte Nachtigall, »ein Klassiker also. Bei Körbel auf den Busch zu klopfen, ist sicher kein Fehler. Eifersucht ist ein starkes Motiv und jeder aus der Gruppe wusste von der geplanten Wache. Bestell ihn ein. Er soll am besten gleich kommen.«

»Was machen wir mit den drei Jungs?«, wollte Skorubski wissen. »Alle zusammen? Jeder mit einem?«

»Wir nehmen sie zusammen. Wir beide. Wenn sie sich absprechen wollten, hatten sie inzwischen alle Zeit der Welt, um das zu tun. Sitzen alle drei um den Tisch, ist es leichter zu beobachten, ob Blicke getauscht und unter dem Tisch Tritte verteilt werden«, schmunzelte Nachtigall. »Günstig wäre natürlich ein Gespräch ohne die Eltern. Wenn sich das nicht einrichten lässt, wechseln wir in einen größeren Raum.«

»Wann sind sie bestellt? Für 9 Uhr?«

»Ja. Vielleicht kommen sie gemeinsam«, antwortete Nachtigall und tastete in seiner Jackentasche. Der Zettel, den er dem Beamten am Vortag abgenommen hatte, knisterte leise zwischen seinen Fingern.

»In einer halben Stunde also. Kaffee?«

»Nein, danke.« Nachtigall zögerte kurz und fragte dann: »Ist die Lichtdusche schon …?«

»Ja. Aber das ist eine Langzeittherapie. Man muss es jeden Tag anwenden, eine halbe Stunde davor sitzen und einen vorgeschriebenen Abstand einhalten. Es wird also nicht gleich zum gewünschten Erfolg führen.« Skorubski seufzte, füllte seinen Kaffeepott und goss einen kräftigen Schuss Milch dazu, bevor er weitersprach. »Ich habe mir inzwischen noch eine andere Variante überlegt. Weißt du, was du gesagt hast, ging mir echt unter die Haut. Du hast dich nämlich getäuscht. Ich kümmere mich nicht wirklich ausreichend um meine Frau, keinesfalls besser, als Olaf Gieselke sich um seine gekümmert hat. Außerdem habe ich erkannt, dass man Einsamkeit nicht allein durch Licht heilen kann. Und deshalb habe ich meine Frau mit etwas Besonderem überrascht. Sie fährt für ein langes Wochenende mit ihrer besten Freundin in ein Wellnesshotel.«

»Das ist sicher eine prima Idee. Übrigens ist bald Frühling. Überall werden dann wieder Katzenbabys angeboten. Die reinsten Herzensbrecher, sage ich dir. Meinen Haushalt haben die beiden Schnurrer jedenfalls fest im Griff.« Er zwinkerte Albrecht Skorubski zu. »Sie bringen jede Menge Leben ins Haus.«

»Ich spreche das an. Ein Hund geht nicht, der muss viel

spazieren gehen, bei jedem Wetter. Das ist nichts für meine Frau. Aber eine kleine Katze wäre eher was.«

Im Hintergrund hörten sie Wiener, dessen Lautstärke während des Telefonats deutlich zugenommen hatte. »Was soll das heißen: Sie haben jetzt keine Zeit? Ich denke, mein Anruf hat Sie geweckt! Also hatten Sie doch gar nichts vor!«

Nachtigall schrieb rasch ein paar Worte auf einen Zettel und reichte ihn an den jungen Kollegen weiter. Michael Wiener las und reckte den Daumen in die Höhe. »Gut, Herr Körbel. Sie möchten nicht herkommen. Kein Problem. Wir machen es anders. Ich schicke Ihnen eine Streife vorbei und lasse Sie herbringen. Nein, das macht mir gar nichts aus, ehrlich. Ist keine Mühe für mich. Aber nein. Das geht ganz schnell. Die Kollegen sind in solchen Fällen immer sehr eifrig. Ach, Sie kommen doch. Ganz ohne Streife. Ja, nun – wenn Sie meinen …« Wiener legte auf und grinste verschmitzt. »Er ist gleich hier. Will nur schnell die Zähne putzen.«

Er schaute zufällig aus dem Fenster. »Die Kinder sind da!«

Während Nachtigall über den langen Flur zum Haupteingang ging, beschäftigte er sich in Gedanken mit dem, was ihn nun erwartete. Sicher waren die Eltern der Jungs nicht begeistert von der aktuellen Entwicklung, vielleicht wären sie auch gern wütend auf den Hauptkommissar, aber natürlich wussten sie, dass es nicht seine Schuld war, dass die Kinder die tote Frau gefunden hatten. Am ehesten konnte man noch demjenigen einen Vorwurf machen, der die Haustür offen gelassen hatte. Dessen Identität allerdings war nicht bekannt. Nachtigall würde all diese diffusen Emotionen abfangen müssen. Er konnte sich gut vorstellen, wie befremdlich es für Eltern sein musste, zu erfahren, ihre Kinder hätten eine schreckliche Entdeckung gemacht, etwas gesehen, was sie selbst vielleicht noch nie gesehen haben. Möglich, dass sie die Jungs aufmerksam beobachteten, verunsichert und ratlos über ihre Köpfe strichen und sich, irritiert über die Coolness, mit der die Freunde das Geschehene verarbeiteten, mit der Situation überfordert fühlten.

Peter Nachtigall wusste all das. Es war vielleicht keine schlechte Idee, den Familien therapeutische Hilfe anzubieten, beendete er seine Überlegungen.

Überrascht sah er die drei Freunde ohne Begleitung das Gebäude betreten.

Das hatte er nun wirklich nicht erwartet.

»Guten Morgen!«

»Morgen«, murmelten die Jungs und sahen sich ein wenig eingeschüchtert um. Bestimmt hatten Freunde und Geschwister unheimliche Geschichten über das erzählt, was sich hier hinter den unscheinbaren Bürotüren abspielte.

»Ihr seid doch nicht ganz allein gekommen, oder?«, fragte der Hauptkommissar freundlich und als Mario mit dem Kopf schüttelte, war er fast erleichtert.

»Mein Papa parkt nur rasch das Auto. Er hat gesagt, wer in fremden Häusern rumschleicht und dort tote Menschen findet, der kann auch ohne Papas Hand zur Polizei gehen«, erklärte er mit dünner Stimme.

»Gut, dann kommt mal mit. Ich zeige euch, wo mein Team und ich arbeiten.«

Eifrig alles in sich aufnehmend, trabten sie hinter ihm her. Über einen Mangel an Gesprächsstoff auf dem Pausenhof würden sie nicht klagen können.

»Sieht ja fast wie ein stinknormales Büro aus«, nörgelte Lukas ein wenig enttäuscht, als sie sich auf die Besucherstühle geschoben hatten. »Ich habe gedacht, hier wäre alles viel moderner.«

»Wir ziehen bald in die Juri-Gagarin-Straße um. Dort bekommen wir so ein tolles Büro, wie es manche Kommissare im Fernsehen haben.«

»Wow, sieh mal, da erscheint immer das Polizeizeichen auf dem Monitor. Kann man sich das irgendwo runterladen? Wäre doch cool, wenn wir so was als Bildschirmschoner hätten!« Albert sprach schnell und aufgeregt.

Nachtigall war froh, dass er daran gedacht hatte, die Pinnwand mit den Tatortfotos zur Wand zu drehen.

»Möchtet ihr vielleicht etwas zu trinken?«, fragte Michael Wiener freundlich. »Mineralwasser? Cola?«

Das Trio lehnte höflich ab. »Ich gehe los. Meinen Zeugen übernehme ich direkt am Eingang. Mal sehen, was er mir zu erzählen hat.«

Nachtigall ließ den Jungs Zeit, sich gründlich umzusehen.

Mario zappelte plötzlich unruhig auf seinem Stuhl hin und her.

»Mein Papa findet hier her?«, fragte er besorgt.

Der Hauptkommissar nickte bedächtig. »Aber ja, das ist kein Problem. Ich denke, es ist an der Zeit, dass ihr uns die ganze Geschichte von Anfang an erzählt. An meinen Kollegen könnt ihr euch noch erinnern? Albrecht Skorubski. Also?«

»Das Erzählen übernehme ich«, verkündete Albert entschieden. »Alles fing damit an, dass Mario einen Fußball zum Geburtstag geschenkt bekommen hat und Lukas mit Hänschen spazieren gehen musste«, begann er zunächst langsam. Nach und nach drängte die gesamte Geschichte aus ihm heraus. Die Kriminalbeamten unterbrachen ihn nicht ein einziges Mal. Albert beendete seine Zusammenfassung mit einem tiefen Seufzer. »So war's. Wir wollten nur größeren Ärger mit unseren Eltern vermeiden.«

»Soweit habe ich alles verstanden. Habt ihr die tote Frau berührt oder sonst irgendetwas im Bad angefasst?«

Die drei sahen sich kurz an, dann schüttelten sie einvernehmlich die Köpfe. »Nur die Tür, als wir sie ganz aufgedrückt haben.«

Lukas meinte altklug: »Wir wissen, dass man nichts anfassen darf. Wegen der Spuren. Und wir hätten auch gar keine Zeit gehabt, denn kaum waren wir drin, haben wir jemanden ins Haus kommen hören.«

»Das war ich«, stellte Nachtigall fest und Skorubski grinste.

»Meine Mama meint, wir hatten großes Glück gehabt, dass Sie gekommen sind. Wäre der andere zuerst die Treppe raufgeschlichen, hätte das Ganze für uns schlimm ausgehen können«, gab Albert kleinlaut zu.

»Vielleicht. Aber wir wissen ja nicht, wer dort herumgeschlichen ist. Und es ist gut für uns vier ausgegangen. Das zählt!« Dass er seine Dienstwaffe nicht dabeigehabt hatte, verschwieg Nachtigall vorsorglich.

Es klopfte. Ein junger, hochgewachsener Mann streckte seinen Kopf ins Zimmer.

»Papa!«

»Na, ihr Helden?«, fragte der Vater und begrüßte die beiden Kriminalbeamten freundlich. »Ich dachte, ich warte besser draußen. Die Kinder fühlen sich sonst gehemmt. Seid ihr nun fertig, Jungs?«

Die drei Abenteurer nickten.

Im Rausgehen zupfte Albert Nachtigall an der Jacke und signalisierte dem großen Ermittler, er solle sich hinunterbeugen. »Es hat sich noch niemand bei Mario wegen des

Schadens am Spiegel gemeldet. Wir haben die Sache erst mal noch nicht gebeichtet«, wisperte er ihm ins Ohr.

Nachtigalls Finger zerknüllten die verräterische Notiz in seiner Tasche. »Keine Sorge. Da kommt auch nichts mehr!«

60

Michael Wiener bot Sebastian Körbel einen Stuhl an. Der durchscheinend wirkende Wolfsfreund nahm zögernd Platz, so als befürchte er, sofort angekettet zu werden.

»Herr Körbel, bei unserem letzten Gespräch haben Sie uns nicht alle Details über Ihre Beziehung zu Wolfgang Maul erzählt«, begann Wiener das Gespräch, nachdem er das Aufnahmegerät eingeschaltet hatte.

Das jungenhafte Gesicht verschloss sich sofort. »Muss ich auch nicht!«

»Sehen Sie, Herr Körbel, dies ist eine Mordermittlung. Es ist Bestandteil unserer Aufgaben, nach einem möglichen Motiv für die Tat zu suchen.«

»Soll das heißen, ich bin verdächtig?« Ungläubiges Staunen machte seine Züge weicher. »Ich?«

»Nun, sagen wir es mal so: Noch sind Sie ein Zeuge. Aber das kann sich natürlich ändern. Ich werde Ihnen Bescheid sagen.«

Flocke ließ sich diese kryptische Antwort durch den Kopf gehen. Offensichtlich kam er zu dem Ergebnis, Zusammenarbeit könne in diesem Fall weniger schaden als Verweigerung.

»Meine Beziehung zu Wolfgang war okay«, rang er sich schließlich ab.

»Okay?«

Aus dem Augenwinkel bemerkte Michael Wiener, dass der Kollege in Uniform, der mit im Raum saß, sich gelangweilt dem Ausblick durch das Bürofenster zuwandte. Er begann sich zu ärgern.

»Ja.«

Gut, dachte Wiener, also eben auf die Tour der kleinen Schritte. Hännedepperle, nannte man das in der Gegend, aus der seine Familie stammte. »Sie hatten eine Liebesbeziehung zu Wolfgang Maul?«

»Ja.«

»Gab es vielleicht einen Streit? Unstimmigkeiten?«

»Nein.«

»Seine Mutter wusste von der Beziehung?«

»Kennen Sie Frau Maul?«, fragte Körbel in einem Ton zurück, der andeutete, das reiche als Antwort.

»Flüchtig. Erzählen Sie mir von ihr.«

»Da gibt es nicht viel zu erzählen! Sie ist ein schrecklicher Drachen! Tat immer so, als sei Wolfgang ihr Besitz. Ich habe oft das Gefühl gehabt, gleich sagt sie: ›Dass mir aber keine Kratzer an den Jungen kommen!‹ Wenn sie von unserer Liebe gewusst hätte, wäre sie bestimmt Amok gelaufen. Aber sie ahnt ja nicht einmal etwas!« Körbel verschränkte die Arme vor der Brust und lehnte sich zurück.

»Sind Sie sicher?«

»Klar.«

»Wenn Sie Wolfgang sehen wollten, wie haben Sie das arrangiert? Haben Sie ihn in einem Hotel getroffen?«

»Es war ein bisschen kompliziert. Aber es ging schon.«

Das einzige Geräusch in dem kleinen Raum war das schnelle, tiefe Atmen des Zeugen. Wiener warf dem Beamten im Hintergrund einen raschen Blick zu. Sollte Körbel versuchen, durch Hyperventilieren eine Ohnmacht oder einen Krampfanfall zu provozieren, würde der Kollege ihn problemlos auffangen können.

Doch dann wurde ihm bewusst, dass Flocke nur verzweifelt versuchte, seine Tränen zurückzudrängen. Und plötzlich tat ihm der junge Mann leid. Unbewusst tasteten seine

Finger nach dem Verlobungsohrring. Wie viel einfacher war es doch für ihn und Marnie, ihre Beziehung zu leben. Sein zukünftiger Schwiegervater hatte wenigstens keine Probleme damit, seine Tochter einem Kriminalbeamten anzuvertrauen.

»Herr Körbel, wie wurden die Treffen arrangiert?«

»Meistens hat uns Mandy das Alibi verschafft.« Flocke lächelte traurig. »Aber natürlich war das nicht immer notwendig. Frau Maul konnte schon verstehen, dass Wolfgang auch gleichgeschlechtliche Freunde haben musste. Aber sie ist eine ausgesprochen misstrauische Seele – es war allemal besser, ihr keinen Grund für einen Verdacht in diese Richtung zu liefern.«

»Und wohin sind Sie mit Wolfgang gegangen?« Wiener hörte selbst, wie schwabbelig seine Formulierung war und spürte, wie er rot wurde.

»Ich habe eine kleine Wohnung.«

»Wenn Mandy Ihnen den nötigen Freiraum verschaffte, wie ist das abgelaufen?«

»Mandy hat bei Wolfi angerufen und hat Frau Maul gebeten, ihrem Sohn auszurichten, sie wolle ihn gern heute Abend noch sehen. Ob er wohl noch bei ihr vorbeischauen könne?«

»Und das hat funktioniert?« Wiener fiel es schwer, das zu glauben.

»Aber ja. Es hat funktioniert, weil Frau Maul unbedingt glauben wollte, Wolfgang und Mandy seien ein Paar.«

Davon, dass ihm dieses Arrangement immer einen schmerzhaften Stich versetzte, erzählte Flocke lieber nichts. Es kam ihm immer vor, als verursache dieses Telefonat eine deutliche Distanz zu Wolfgang, weil der es zuließ, dass seine Mutter sich über die angebliche Beziehung zu Mandy freute. Für ihn war das der größte Verrat an ihrer Liebe überhaupt.

Aber das würde der Polizist wahrscheinlich ohnehin nicht verstehen, dachte er trotzig und starrte mit brennenden Augen auf die Tischplatte.

»Wer wusste davon, dass Wolfgang und Sie ein Paar waren?«

»Alle«, antwortete der Zeuge überhastet.

Michael Wiener gab ihm Zeit, diese Aussage noch einmal zu überdenken.

»Also gut«, räumte Körbel endlich ein. »Zwei der Wolfsfreunde. Sonst niemand. Es wäre zu gefährlich gewesen. Seine Mutter sollte es ja nicht zufällig von irgendjemandem beim Einkaufen erfahren.«

Wiener schwieg weiter.

»Es ist nicht so, dass wir Repressionen befürchtet haben. Nicht wirklich. Aber wenn man schwul ist, na, wie soll ich sagen?«, rang er um Worte, die beschreiben sollten, was seinem Gegenüber eher fremd war. »Sehen Sie, man ist anders! Wenn du öffentlich einräumst, dass du sexuell anders tickst, bist du raus aus dem Spiel. Selbst die meisten der Wolfsfreunde hätten ein Problem damit gehabt.« Flockes fahles Gesicht hatte sich gerötet und fahrige Bewegungen der Hände verrieten seine Erregung.

»Manche Paare outen sich und empfinden das im Nachhinein als Wohltat. Sie behaupten, es nähme den Druck«, formulierte Wiener vorsichtig. Das war schließlich nicht gerade eines seiner Spezialgebiete.

»Nimmt den Druck?« Sebastian Körbel sprang auf und der uniformierte Beamte tat es ihm gleich. Michael Wiener bedeutete dem Kollegen, Ruhe zu bewahren.

»Herr Körbel, setzen Sie sich wieder.«

Der junge Mann wirbelte hektisch um die eigene Achse und machte zwei schnelle Schritte in Richtung Tür. In seinen Augen funkelte die Gier nach Freiheit.

»Herr Körbel, nehmen Sie wieder Platz. Es sind noch immer Fragen offen. Je schneller wir das hier hinter uns bringen, desto eher sind Sie wieder draußen.«

Der junge Mann schwankte unschlüssig von einem Bein auf das andere. Kaute an seiner Unterlippe. Rotierte erneut links herum, diesmal allerdings deutlich langsamer. Verlagerte sein Gewicht mal auf die linke, mal auf die rechte Seite. Auf links fiel die Entscheidung. Sehr langsam drehte er sich zu Wiener um. Folgsam plumpste er auf den Stuhl zurück.

Der Beamte blieb vorsichtshalber stehen. Körbels aggressives Schweigen war Michael Wiener unangenehm.

»Es nimmt also nicht den Druck?«, fragte er, um die unbestimmte Bedrohung, die er empfand, abzuschütteln.

»Sich zu outen, mag ja den Druck nehmen – wenn Sie in Berlin oder Köln wohnen, zum Beispiel!«, schleuderte er seinem Gegenüber zu. »Hier ist es eher schwierig. Immer noch, leider. Klar, es gab einen Christopher-Street-Day. Aber natürlich war der nicht mit dem riesen Rummel in Berlin vergleichbar. Und hinterher hatten einige meiner Bekannten noch wochenlang Panik, von Gegnern attackiert zu werden. Beklemmung aufgrund der eigenen Courage, wenn Sie so wollen.« Er stockte und fuhr flüsternd fort: »Der Druck mag sinken, aber die Angst steigt!«

»Sie hatten mit Wolfgang deswegen Streit.« Michael Wiener stellte die Behauptung in den Raum und dieser Versuchsballon zeitigte eine unerwartet heftige Reaktion.

»Wer sagt das?«, heulte Flocke auf. »Bei wem hat Wolfgang sich über mich beklagt?« Tränen liefen über seine Wangen. Er wischte sie zornig mit dem Ärmel seines Sweatshirts ab.

»Wolfgang war das Versteckspiel leid«, stach Wiener ein wenig tiefer in die blutende Wunde.

Körbel nickte wortlos. »Er meinte plötzlich, seine Mutter würde es schon überleben. Sicher könne das einige Zeit dauern, aber am Ende würde sie es akzeptieren. Schließlich liebe sie ihn. Er hat nicht eine Sekunde an seinen Arbeitgeber gedacht. Und ich bin sicher, dem alten Gieselke hätte das nicht gepasst. Dessen Denke stammt noch aus der Zeit, als man wegen Homosexualität mit Gefängnis bestraft wurde! Nicht einmal an seine Freunde hat er gedacht. Klar, die junge Generation gibt sich gern liberal, besucht wahnsinnig tolerant Rainbowpartys und gibt sich ansonsten nicht mit den Typen ab. Er war so unglaublich egoistisch!«, brach es unvermittelt aus ihm hervor.

»Egoistisch deshalb, weil er auch Sie outete.«

»Natürlich! Ganz zufällig weiß ich, dass mein Arbeitgeber Schwule nicht ausstehen kann. Und meine Freunde? Ich bin mir sicher, dass viele ganz schnell den Kontakt abgebrochen hätten. Aber Wolfgang hat mich nur ausgelacht. ›Was brauchst du andere Freunde, du hast doch mich!‹ So was hat er echt gesagt. ›Und du bekommst mich ganz und gar! Wir ziehen zusammen, können endlich öffentlich Hand in Hand spazieren gehen. Vielleicht heiraten wir sogar!‹«

»Es kam zum Streit«, stocherte Wiener weiter.

Körbel senkte den Kopf. Er sprach so leise, dass Wiener nicht sicher war, ob das Aufnahmegerät empfindlich genug war, alles zu erfassen. »Er drohte damit, mich zu verlassen. Zuerst habe ich gedacht, er hat einen anderen. Aber das stimmte nicht. Er hat behauptet, meine Liebe sei nicht stark genug! Ich war so verzweifelt wie noch nie zuvor in meinem Leben. Nie habe ich jemanden mehr geliebt als ihn! Ich wollte es ja nur nicht jedem auf die Nase binden. Sein Coming-out wäre mein beruflicher Tod gewesen. Und wovon hätte ich dann leben sollen?«

In die entstandene Stille hinein schluchzte Flocke: »Ich bin schuld an seinem Tod!«

»Schuld?« Wiener war froh, dass er zu Beginn des Gesprächs das Aufzeichnungsgerät eingeschaltet hatte und nicht in diesem sensiblen Moment damit beginnen musste, den Zeugen darüber aufzuklären. Vielleicht bekäme er diese Aussage dann nie.

Flocke schien dennoch erkannt zu haben, dass er einen Fehler gemacht hatte. Statt weiterzusprechen, leckte er über seine trockenen Lippen und zupfte an einzelnen, abstehenden Hautpartien. Er fuhr erneut mit der Zunge die Strecke entlang, wie um nach neuen Defekten zu fahnden. Als er endlich wieder sprach, war seine Stimme seltsam spröde. »Es ist meine Schuld. Wolfgang wollte es bei unserer letzten Sitzung allen verkünden. Dann wäre es öffentlich gewesen, die Geheimniskrämerei hätte ein Ende gehabt. Aber ich war zu feige!« Verzweifelt schlug der junge Mann beide Hände vors Gesicht.

In Michael Wieners Denken formte sich langsam ein Verdacht. »Wolfgang hat sich also noch umstimmen lassen. Wodurch?«

»Er hat sich nicht wirklich umstimmen lassen.« Flocke seufzte tief. »Auch das Argument, dass Jobs rar sind und meine Eltern mich mit ihrer kleinen Rente nicht unterstützen könnten, wenn ich gefeuert werde, überzeugte ihn nicht. Aber wie sollte ich den beiden erklären, ich hätte meine Arbeit verloren, weil ein anderer ein Geheimnis ausgeplaudert hat?« Er sah auf seine Hände, die sich auf der Tischplatte rhythmisch ineinanderkrampften, wieder lösten, erneut verkrampften. Sein Blick war tot.

»Vielleicht wäre das für meine Eltern der Todesstoß gewesen. Sie sind so stolz auf mich, ihr einziges Kind«, hauchte er. »Meine Mutter rechnet mit einer Schar von Enkelchen. Schon bald.«

»Das hat Wolfgang aber nicht eingesehen.«

»Doch. Ein bisschen. Jedenfalls nicht genug, um meine Lage zu begreifen. Für ihn ging es nur um die Freiheit. Um Liebe ohne äußeren Zwang. Mein Job und meine Eltern waren ihm gleichgültig. Eine banale Nebensache!«

»Aber Frau Maul hätte die Homosexualität ihres Sohns auch nur schwer verkraftet«, erinnerte Wiener den Zeugen. Flocke zuckte merklich zusammen. Daran hatte er wohl in seinem Ärger und seiner Verzweiflung gar nicht mehr gedacht.

»Ja, das stimmt. Aber sie liebte ihn abgöttisch, es wäre für sie nach einer Phase der Gewöhnung okay gewesen. Sie ist nicht der Typ, der lange über verschüttete Milch lamentiert. Bei meinen Eltern ist das anders. Und er dachte auch, dass seine Mutter die Sache mit seiner Arbeit bei Gieselke irgendwie regeln würde, wie sie ja immer alles für ihn geregelt hat.«

»Aha. Und was haben Sie getan, nachdem klar war, Sie würden Wolfgang nicht von seinem Plan abbringen können?«

»Ich wollte ihn doch gar nicht abbringen!«, begehrte Flocke auf. »Darum ging es überhaupt nicht. Er sollte nur einsehen, dass er es noch aufschieben musste.«

»Also?«, drängte Wiener.

»Er verzichtete auf das Coming-out. Aber nur bis zum nächsten Treffen. Da sollte es endgültig so weit sein.« Sebastian Körbel geriet ins Stocken. Sein prägnanter Adamsapfel wippte aufgeregt rauf und runter, ein leichtes Zittern breitete sich über seinen gesamten Körper aus. Michael Wiener spürte ein deutliches Beben, als Flocke die Ellbogen auf den Tisch stützte.

»Ich beschloss, die Sache noch einmal mit ihm zu besprechen. Während der Wolfswache. Ich brauchte etwa einen

Monat Zeit. Meine Eltern sollten nicht so unvorbereitet mit der Angelegenheit konfrontiert werden und einen anderen Job wollte ich auch erst haben. Danach …« Er schluckte trocken. »Danach wäre ich einverstanden gewesen.«

»Während der Wolfswache?« Elektrisiert beugte sich Wiener weit über den Tisch. Körbel schien durch ihn hindurch zu schauen. »Und?«, fragte der junge Ermittler eindringlich.

»Ich fand ihn im Wald. Er war noch warm«, sagte er schnörkellos.

Wiener hustete überrascht. »Sie sprachen von Ihrer Schuld«, erinnerte er den jungen Mann.

»Ja. Meine Schuld. Alles nur meine Schuld. Ich wusste sofort, die Sache war aus dem Ruder gelaufen, als ich die abgeschlachteten Schafe sah. Ein unglaublich abstoßender, abscheulicher Anblick. Und nur wenige Schritte weiter fand ich Wolfi. Es war einfach nur fürchterlich!«

»Ihre Schuld? Ich glaube, das müssen Sie mir erklären.«

»Der Tee«, schluchzte Flocke plötzlich hemmungslos. »Wolfi trank immer heißen Tee bei Außeneinsätzen. Ich hatte ein schwaches Beruhigungsmittel reingetan, damit er sich nicht gleich wieder so aufregt, wenn ich mit ihm über das besagte Thema sprechen möchte. Der Mörder hatte leichtes Spiel.«

61

»Also hat Sebastian Körbel die Leiche als Erster gefunden«, schloss Wiener etwas später seine Zusammenfassung ab.

»Und ist in heller Panik geflohen!«, schimpfte Nachtigall. »Erstens, weil er ein Mordmotiv hatte, und er zweitens dafür gesorgt hatte, dass Wolfgang Maul wehrlos war. Glauben wir ihm die Story?«

»Na ja, für mich klingt das alles plausibel. Auch seine emotionalen Reaktionen während des Gesprächs passten dazu und kamen mir ausgesprochen echt vor. Aber wenn er ein guter Schauspieler ist, muss es nicht zwangsläufig so gewesen sein«, räumte der junge Kollege ein.

»Angenommen, sie hätten doch diskutiert. Das Gespräch nahm aber nicht den von Flocke geplanten Verlauf. Im Gegenteil. Durch die Beruhigungsmittel im Tee war Wolfgang Maul der Zugang zur Problematik noch mehr versperrt als zuvor. Körbel geriet in Wut über Wolfgangs Nonchalance. Immerhin stand sein Arbeitsplatz auf dem Spiel, seine gesamte Zukunft war gefährdet – und der Mann, den er für seine große Liebe hielt, tat so, als sei das alles ohne jeden Belang. Er griff, vielleicht zunächst unbewusst, nach einem dicken Ast. Als er erkennen musste, dass sein Geliebter von seinem Vorhaben nicht abrücken würde, ihn Sebastians Zukunftssorgen nicht interessierten, schlug er zu. Heftiger als geplant, er wollte doch nur, dass der andere endlich den Mund hielt. Schließlich war Wolfgang gerade dabei, ihre wunderbare Beziehung zu zerstören und es schien ihm sogar gleichgültig zu sein. Aber der Freund war nicht nur still. Er war tot. Hastig raffte

Körbel alles zusammen. Vielleicht könnte er ja unerkannt entkommen«, entwarf Nachtigall ein mögliches Szenario. »Wir werden Körbels Wohnung durchsuchen. Vielleicht finden wir dort einige der vermissten Dinge aus dem Rucksack des Opfers.«

»Und warum sollte Körbel ›Mörder‹ an die Bäume schreiben?«, fragte Skorubski irritiert. »Das ergibt doch keinen Sinn!«

»Er schreibt ›Mörder‹ auf die Rinde, um sich selbst zu entlasten. Wolfgang ist selbst schuld daran, dass alles so gekommen ist! Wäre er nur ein wenig einsichtiger gewesen, nichts davon hätte passieren müssen. Vielleicht hasste er ihn in diesem Moment sogar, weil er diese ganze schreckliche Entwicklung mit seiner blöden Idee des Coming-out erst herbeigeführt hat.«

Skorubski brummte zustimmend. »Er ist praktisch durch sein Fehlverhalten zu seinem eigenen Mörder geworden. Hat den anderen bewusst so weit an die Wand gedrückt, dass ihm keine andere Wahl mehr blieb.«

»Schlimmer noch. Er hat Körbel gezwungen, das Liebste zu töten, was es in seinem Leben gab.«

»Auf der anderen Seite hat er die ganze Geschichte aus freien Stücken erzählt«, warf Wiener ein. »Auch die Sache mit dem Medikament im Tee.«

»Hast du ihn gefragt, ob die Ausrüstung des Opfers noch am Tatort lag?«

»Ja. Für ihn war zweifelsfrei klar, jemand musste Wolfgang getötet haben. Einen Unfall hat er von vornherein ausgeschlossen. Da er nicht mit diesem Verbrechen in Zusammenhang gebracht werden wollte, suchte er nach der kleinen Thermoskanne, um den ›behandelten‹ Tee verschwinden zu lassen. Ihm war natürlich bewusst, dass die Polizei alles akribisch absuchen würde. Zu seinem Schrecken musste er feststellen, dass die gesamte Ausrüstung unauffindbar war. Seither lebt er in ständiger Angst vor einer Erpressung.«

»›Ich weiß, was du in den Tee getan hast‹? Das wirkt nicht sehr wahrscheinlich. Der Erpresser müsste ja in dem Fall erklären, was er am Tatort zu suchen hatte. Außerdem müsste er tatsächlich wissen, was Körbel geplant hatte, und ich glaube nicht, dass er mit einem Dritten über diesen Plan gesprochen hat.«

»Mit Mandy Klinger?«

»Möglich. Das müssen wir klären. Sie wusste ja auch vom Geheimnis der beiden.«

Michael Wiener räusperte sich. »Peter, ich glaube, Körbel hat seinen Freund wirklich geliebt. Mag sein, dass er über die Rücksichtslosigkeit enttäuscht war, mit der das Opfer sein Coming-out durchsetzen wollte, aber bei ihren Gesprächen ging es wohl tatsächlich nur darum. Ein Ende der Beziehung hat keiner erwähnt. Das Opfer war bis zur Unkenntlichkeit verprügelt worden. Ich meine nicht, dass diese Mordmethode zu Körbel passt.«

Bevor Nachtigall antworten konnte, klopfte es kurz und hart an der Tür. Dr. März preschte energisch ins Büro. Den angebotenen Stuhl lehnte er knapp ab, blieb demonstrativ stehen. Gereizt wanderten seine Augen über die Köpfe der Versammelten.

»Ich kann für Ihr Team nicht bei jedem Fall die Hilfe von Emile Couvier anfordern, damit Sie ihn erfolgreich abschließen können!«, knirschte er grußlos zwischen den Zähnen. »Drei Morde in unmittelbarer Folge und Sie haben noch nicht einen davon geklärt! Dabei sollten Sie nach so vielen Jahren Diensterfahrung wissen, dass heiße Spuren dazu neigen, rasant abzukühlen. In Ihren Berichten kann ich beim besten Willen keinen Ansatz für Ermittlungen erkennen. Was zum Kuckuck tun Sie den ganzen Tag?«

»Wir versuchen, den Täter zu fassen. Wir können zum jetzigen Zeitpunkt nicht ausschließen, dass zwischen den Taten kein Zusammenhang besteht.«

Dr. März runzelte verärgert die Stirn, während er sich dieses Statement durch den Kopf gehen ließ. »Drei Tote. Drei Mörder? Im selben Umfeld?« Der Staatsanwalt schüttelte unwillig den Kopf. »Das glauben Sie doch nicht im Ernst!«, blaffte er. »Nie und nimmer!« Dr. März machte eine wirkungsvolle Pause, bis der Nachhall seiner Worte verklungen war. »Und wie war es möglich, dass Ihnen der Täter aus diesem Haus in Madlow entkommen konnte? Sie hätten nur zuzugreifen brauchen! Hier reiht sich eine Panne an die andere!«

»Ich hatte gerade drei Kinder in diesem Haus entdeckt. Deren Sicherheit ging vor. Stellen Sie sich nur die Schlagzeilen vor, wenn etwa, während ich dem einen Täter nachsetze, ein anderer die Kinder tötet, oder es dem Eindringling gelungen wäre, uns alle niederzuschießen. Als wir hörten, wie er die Treppe hinunterpolterte, bin ich sofort hinterher. Aber er war schon wie vom Erdboden verschluckt.« Nachtigall merkte selbst, wie unglaubwürdig das klang, und ärgerte sich darüber, dass er überhaupt versuchte, sein Verhalten zu rechtfertigen. Die Sicherheit der Kinder war in diesem Fall vorrangig gewesen! Das stand für ihn völlig außer Zweifel.

»Vom Erdboden verschluckt!«, schnaubte der Staatsanwalt. »Sie haben ihn einfach entkommen lassen!«

Peter Nachtigall zählte lautlos bis zehn und – als das nicht ausreichte – bis zwanzig. Hinter seiner Stirn jagten sich Beschimpfungen, von denen er nicht einmal ahnte, dass sie zu seinem Wortschatz gehörten.

»Setzen Sie sich doch bitte zu uns. Wir tragen gerade die heutigen Ermittlungsergebnisse zusammen«, bot er dem Besucher angestrengt freundlich an.

62

Johannes Gieselke saß auf der Couch und fixierte ziellos einen Punkt in einem abstrakten Bild an der gegenüberliegenden Wand. Bettina legte ihre Hand auf seinen Oberschenkel und schmiegte sich tröstend an seine Schulter.

»Wer kann nur etwas gegen meine Mutter haben? Sie hat sich in all den Jahren immer um Ausgleich bemüht. Hat meinen gefühllosen, grantigen Vater ertragen. Trotz seiner endlosen Weibergeschichten.«

»Denkst du, jemand könnte sie aus ganz privatem Hass getötet haben?«

»Aus privatem Hass?«

»Na ja. Jemand fühlte sich durch sie beleidigt. Auch Neid wäre doch als Motiv vorstellbar. Weißt du denn mit Sicherheit, dass dein Vater keine Affären mehr hat? Möglicherweise gibt es irgendwo eine Frau, der deine Mutter im Weg war!«

»Tja, ehrlich gesagt: Freiwillig hätte meine Mutter den Platz an Vaters Seite nicht geräumt. Um es mal so auszudrücken: Dazu waren ihre Investitionen zu hoch.«

Seine unstet umherirrenden Augen trafen Bettinas verständnislosen Blick. »Verstehst du, sie hat relativ früh geheiratet. Er wollte ein Kind, möglichst einen Sohn. Den bekam er. Und danach war ihm diese Frau, die er aus konventionellen Gründen geheiratet hatte, ziemlich gleichgültig. Sie durfte das Kind nach ihrer Vorstellung erziehen, aber die Gurke, das Erbe und das Imperium Gieselke durften nicht zu kurz kommen. In der Zwischenzeit ging er fremd. Er bemühte sich nicht einmal sonderlich darum, es geheim zu halten. Unsere Nachbarn, Bekannten und Freunde wussten alle Bescheid. Eine schreckliche Demütigung für meine Mutter. Aber statt ihn zu verlassen, blieb sie bei ihm, ordnete sich unter, lernte allerhand über Jagd und Wild. Das tat sie für mich! Sie war die Frau, die den Erben geboren hatte und dieses Kind sollte auch nach dem Tod von Olaf Gieselke die Stelle des Hausherrn übernehmen. Diesen Platz wollte sie nicht zur Disposition stellen. Aber der Lohn war, als reiche Frau alt zu werden, nachdem sie ihre Jugend an diesen Mann verschenkt hatte. So hat sie es mir jedenfalls erklärt, damals, bei der Grippe, als sie so krank war, dass sie glaubte, sie müsse sterben.«

»Johannes, mir hat sie was ganz anderes erzählt!«, wunderte sich Bettina. »Sie meinte, sie wolle ihren Mann endlich verlassen, falls er sie noch ein einziges Mal betrüge. Er solle finanziell bluten, sie würde einen Anwalt einschalten, der viel Erfahrung damit habe. Ihr Plan war, es so weit zu treiben, dass er die ›Gurklinge‹ verkaufen musste. Sein liebstes Kind!«

»Ach, Quatsch. Da war sie bestimmt nur über irgendetwas verärgert. Wenn du über so viele Jahre hinweg von, mit und für die Gurke lebst, kannst du am Ende gar nicht anders, als das Imperium mit Zähnen und Klauen zu verteidigen und den Zusammenhalt zu ertrotzen. Außerdem bestand wohl auch keine große Gefahr mehr, mein Vater könne sich außerehelich vergnügen. Er ist schließlich auch nicht mehr der Jüngste.«

Er griff nach seinem Weinglas, hob es an die Lippen und stellte es dann auf den Tisch zurück, ohne getrunken zu haben. »Aber vorhin, als er so kalt über sie gesprochen hat, da habe ich gedacht, es war einer ihrer größten Fehler, ihn nicht verlassen zu haben. Sie war mit ihm nie unbeschwert glücklich. Mit einem anderen Partner hätte sie vielleicht die große Liebe gefunden.«

Bettina zuckte mit den Schultern. »Vielleicht hatte sie ja einen im Auge.«

»Das halte ich für ausgeschlossen.«

»Na gut. Dann entsprang dieser Satz eher allgemeinem Misstrauen deinem Vater gegenüber«, schloss Bettina diese ihr leidig gewordene Diskussion ab.

»Es ist schlimm, wenn die Liebe eine Beziehung verlässt«, flüsterte Johannes Gieselke mit ungewohntem Pathos.

Oder nie dort ankommt, ergänzte Bettina verbittert in Gedanken. Wie lange mochte es noch dauern, bis er diese Zicke Nele endlich vergessen hatte? Immerhin – Quebec war ziemlich weit weg. Aber selbst wenn Nele schon lange verschwunden war, würden die Umstände von Maurice' Tod sie noch lange beschäftigen. Johannes käme sicher besser mit der Situation klar, wenn die Polizei endlich den Mörder geschnappt hatte. Bettina sah ihn besorgt von der Seite an. Aschfahl war sein Gesicht, direkt totenbleich. Bereits seit Tagen. Besonders tief getroffen hatte ihn, was der Rechtsmediziner zu ihm gesagt hatte. Dr. Pankratz, fiel Bettina nach kurzem Grübeln wieder ein.

Er hatte sich zu ihnen an einen nüchtern weißen Tisch gesetzt, um sich mit Johannes zu unterhalten. »Erinnern Sie sich an den schönsten Tag, den Sie mit Ihrem Sohn erleben durften?«, hatte der Fremde gefragt. »Denken Sie an sein strahlendes Gesicht, das unbeschwerte Lachen, sein fröhliches Wesen. Behalten Sie ihn im Gedächtnis, wie er an jenem Tag war, wie er befreit herumtobte, der Wind in seinen Haaren zauste. Wenn Sie den Jungen jetzt noch einmal sehen, zerstören Sie all das. Nur das schreckliche Bild wird Ihre Erinnerung an Maurice sein.«

Bettina hatte eine unerklärliche Schwäche gespürt.

Hätte sie nicht schon gesessen, wäre sie bestimmt gestürzt.

Als Johannes noch immer nicht überzeugt war, setzte der Mediziner hinzu: »An der Identität besteht nicht der geringste Zweifel. Die DNA-Analyse hat sie bestätigt.«

Sie hatte gar nicht gewagt, in Johannes' Augen zu sehen. Was für eine qualvolle Minute, bis sein sich weigernder Verstand aufnahm, was die Worte von Dr. Pankratz bedeuteten. Selbst sie, die noch kein eigenes Kind geboren und großgezogen hatte, fühlte einen brennenden Schmerz. Und sie empfand noch etwas anderes: Einsamkeit.

Sie gehörte nicht richtig dazu. Als habe sie kein Recht, um den Kleinen zu trauern. Ein geringer Trost war ihr, dass es Neles neuem Partner wahrscheinlich ähnlich erging.

Seit dieser grauenvolle Anruf in ihr Leben eingebrochen war, schwankte Johannes zwischen Selbstvorwürfen und Schuldzuweisungen. Natürlich wusste er, dass sein Vater nicht verantwortungslos gehandelt hatte, war ihm bewusst, die Entwicklung sei nicht voraussehbar gewesen – und doch: Emotional kam er sich vor, als habe er seinen Sohn leichtfertig einer tödlichen Gefahr ausgesetzt, an der niemand anderer als sein Vater die Schuld trug. Rettung aus diesem deprimierenden Kreislauf brächte nur die Festnahme des wahren Mörders. Dann gäbe es endlich jemanden, den man fern vom eigenen Selbst für diese unglaubliche Tat hassen konnte. Bettina war so in ihre eigenen Gedankengänge versunken, dass sie gar nicht gehört hatte, was Johannes gesagt hatte. Nun hatte sie den Anschluss verpasst!

»… Miranda und Toni. Damit werden wir lernen müssen umzugehen«, hörte sie noch. Sie entschloss sich zu einem vorsichtigen Nicken. Wer waren denn die beiden nun wieder?

»Annabelle hat sich eben nach dem Tod ihres Bruders zu diesen Freunden geflüchtet, die es nur in ihrer Fantasie gibt. Sie muss sich sehr, sehr verlassen gefühlt haben. Die Ärztin meinte, das sei sicher keine neue Entwicklung, Annabelle müsse das bereits früher so gehandhabt haben. Mir ist das wohl nur nicht aufgefallen.«

Diesmal wählte sie ein undefinierbares Geräusch. Mochte er es als Zustimmung interpretieren.

»Wenn sie übermorgen zurückkommt, wird die erste Zeit mit ihr bestimmt anstrengend«, erzählte er weiter.

Übermorgen!

Annabelle war schon immer anstrengend gewesen, das war nun wirklich nichts Neues. Bettina schoss eine Welle ungeahnter Hitze durch den Körper. Es war nicht richtig, so zu denken. Auch die Frage, warum nicht Annabelle getötet worden war, durfte sie nicht stellen – nicht einmal in Gedanken. Plötzlich bemerkte sie, dass Johannes ihr direkt ins Gesicht sah.

»Weißt du, bevor meine Mutter sterben musste, dachte ich, es wolle jemand die männliche Linie ausrotten und so an den Namen kommen. Aber das kann nicht sein. Wir werden ganz besonders gut auf Annabelle aufpassen müssen«, mahnte er eindringlich.

»Die männliche Linie der Gieselkes ausrotten? Warum sollte er dann ausgerechnet mit Maurice beginnen? Und wie passt der tote Gärtnergehilfe in diese Theorie?« Sie hörte, wie schnippisch ihre Stimme klang und räusperte sich. »Das ergibt doch keinen Sinn!« Auch dieser Zusatz kam schärfer als notwendig.

Für einen kurzen Augenblick flatterten Johannes' Lider. Vielleicht war er von ihrer Antwort irritiert. »Eine Verwechslung. Jemand hielt ihn für den Sohn der Familie«, antwortete er heiser, schüttelte aber sofort den Kopf. »Nein, das ist unwahrscheinlich. Er hat etwas Verdächtiges beobachtet und wurde zum unkalkulierbaren Risiko. Deshalb musste er sterben!«

Bettina stockte der Atem. »Johannes! Wenn deine letzte Theorie zutrifft, bedeutet das, dass der Täter zum gewohnten Bild gehörte! Er fiel im Herrenhaus nicht auf!« Ihre Stimme kippte vor Aufregung in einen beinahe schmerzhaften Diskant. »Er ist Freund der Familie!«

»Ja, genau das glaube ich nämlich. Es ist jemand, der uns alle töten will. Egal, welches Geschlecht und welches Alter wir haben«, wisperte er wie aus weiter Ferne.»Er macht Jagd auf alles, was den Namen Gieselke trägt!«

»Wir müssen die Polizei informieren«, hauchte Bettina entgeistert.»Mein Gott, wer könnte deine Familie nur derart hassen?«

»Da kommen durchaus mehrere infrage. Der neidische Mühlberg? Räumt auf, bevor er sich endgültig absetzt? Ein Konkurrent auf dem Gurkenmarkt, der hofft, er käme so an den Namen und das Rezept? Die Polizei brauchen wir nicht!« Johannes stand auf und straffte sich. »Mein Vater irrt sich oft, aber in einem Punkt hat er recht. Wir sind keine Weicheier. Ich werde jetzt rausfahren und mit ihm darüber sprechen. Er ist dann ja auch in Gefahr. Diese Angelegenheit lösen wir allein!«

Als sie die Autotür zuklappen hörte, griff Bettina mit zitternden Fingern zum Telefon.

63

Auf der Fahrt durchdachte Johannes Gieselke seinen Plan. Er war einfach, pragmatisch und schnörkellos. Genau aus diesem Grund würde auch nichts schiefgehen. Komplizierte Planungen, elegante Verstrickungen, all das barg nur das Risiko des Scheiterns. Und ein Scheitern konnten sie sich nicht leisten. Das würden sie mit dem Leben bezahlen.

Er bewältigte die Strecke in 20 Minuten.

Schon als er schwungvoll aus dem Wagen sprang, wurde ihm bewusst, dass etwas nicht stimmte, nicht so war, wie es hätte sein sollen.

Johannes Gieselke blieb stehen.

Kam er zu spät?

Seine Augen wanderten die Fassade entlang. Er drehte sich um und sah die Straße hinunter. Nichts. Und dennoch spürte er, wie seine Nackenhaare sich sträubten und sich die feinen Härchen an den Armen aufstellten, als sei er in ein elektrisches Feld getreten.

Irgendetwas war hier ganz und gar nicht in Ordnung. Und schlagartig fiel es ihm ein: Musik! Es war nichts zu hören! Nur wattige, erstickende Stille lag über dem ganzen Gebäude. Dabei hatte sich sein Vater schon vor Jahren angewöhnt, abends seine Lieblingsklassiker durch Haus und Garten dröhnen zu lassen. Gerade heute Abend wäre zu erwarten, dass er sich von dramatischer Musik wegspülen ließe. War die Anlage kaputt? Vorhin funktionierte sie noch tadellos. Beethovens Neunte.

Im Arbeitszimmer – beim Gedanken an diesen Raum fuhr er merklich zusammen – brannte kein Licht. Auch das

Wohnzimmer war finster. Überhaupt, fiel ihm auf, lag das gesamte Haus in undurchdringlichem Dunkel.

Stromausfall?

Mit wenigen, lautlosen Schritten erreichte er das Nebengebäude. Vorsichtig schob er sich an der Wand entlang, sah durch das Fenster. Der Wagen seines Vaters stand auf seinem Platz. Gebückt huschte Johannes Gieselke zum Haupteingang. Als er unter dem halbrunden Vorbau stand, fiel ihm ein, dass die Außenbeleuchtung sich hätte einschalten müssen. Doch auch die Gartenlaternen gingen nicht an.

Auf jeden Fall wäre seinem Vater doch das Motorengeräusch aufgefallen. Normalerweise sah er dann aus dem Fenster. Schließlich war das hier Privatbesitz.

Sanft drückte er gegen die schwere Haustür. Sie schwang auf. Das konnte nicht sein! Sein Vater schloss sie stets hinter sich ab. Eine reine Sicherheitsmaßnahme, denn Chester konnte Klinken herunterdrücken.

Mit angehaltenem Atem schob Johannes Gieselke sich in den Flur. Seine Ahnung hatte ihn nicht getrogen. Was würde ihn hier erwarten? Wieder ein Toter?

Im Haus war es unnatürlich still. So, als laure etwas. Gänsehaut kroch über seinen Rücken und wie immer in solchen Momenten erinnerte ihn sein Magen daran, dass Stress ungesund sein konnte. Ihm wurde übel. Das konnte aber auch an den Schreckensbildern liegen, die seine Fantasie bereitwillig produzierte. Jede Menge grausiger Szenen über den gewaltsamen Tod von Olaf Gieselke.

Er tastete nach seinem Mobiltelefon. Und griff ins Leere. Mist, das musste er wohl auf dem Tisch liegen gelassen haben! Wenn er also Hilfe rufen wollte, blieb ihm nichts anderes übrig, als einen der Festnetzanschlüsse zu benutzen.

Er atmete tief durch. Wohin sollte er sich nun zuerst wenden? Ein zarter Lichthauch unter der Tür zum Keller nahm ihm die Entscheidung vorläufig ab. Unschlüssig verharrte er vor der Tür und lauschte. Doch es drang kein Geräusch nach oben. Als er behutsam von Stufe zu Stufe abwärtsglitt, kam ihm undeutlich der Gedanke, es wäre besser gewesen, sich zu bewaffnen. Dazu war es nun zu spät. Das schwache Licht fiel am Fuß der Treppe durch eine angelehnte Tür in den Gang.

Plötzlich kam Johannes Gieselke sich ausgesprochen albern vor. Er schlich hier durchs Haus wie ein Einbrecher. Am Ende würde er seinen Vater wohl dabei antreffen, wie er irgendein Säugetier zerlegte.

»Vater!«, rief er und wünschte sich in der gleichen Sekunde, es hätte weniger verzagt geklungen. Sein Vater hielt ihn von jeher für einen Feigling. Kein Grund, ihn darin auch noch zu bestärken.

»Vater!«, probierte er es noch einmal. Lauter, energischer. Nichts. Umgehend kehrten seine Befürchtungen wieder zurück.

Der Mörder war im Haus. Daran konnte es keinen vernünftigen Zweifel mehr geben. Langsam streckte er den sich sträubenden Arm aus und schob sich der nächstgelegenen Tür entgegen. Beinahe wäre es ihm nicht gelungen, mit seinen zitternden Fingern die kalte Klinke zu umfassen. Unter Aufbieten aller Kräfte drückte er sie hinunter.

»Vater!«, zischte er ins Dunkel.

Statt einer Antwort hörte er ein Geräusch. Leise. Ein Rascheln. Sicher nur ein kleines Tier.

Angespannt tastete er nach dem Lichtschalter. Es klickte mehrfach. Doch das Dunkel blieb.

»Vater?«

Zwei Schritte hinein konnte er wagen, beschloss er. Das

wenige, diffuse Licht aus einem der anderen Kellerräume reichte allerdings nur für einen.

Ein harter, metallischer Schlag! Es war das Geräusch der hinter ihm ins Schloss fallenden Tür. Johannes Gieselke war gefangen!

64

Dr. März nahm Platz.

»Wir haben die ganze Familie unter die Lupe genommen. Der Vater hat ein Alibi, allerdings von seiner neuen Lebenspartnerin, und ein psychologisch begründbares Motiv. Aber aus welchem Grund hätte Johannes Gieselke Wolfgang Maul töten sollen? Und seine Mutter? Starb sie als Strafe für den Tod von Maurice? Unwahrscheinlich. Zunächst dachten wir, Maul könnte eine wichtige Beobachtung gemacht haben. Aber er war am Tatnachmittag gar nicht auf dem Gelände. Dafür gibt es Zeugen. Das Alibi von Nele Hain steht. Nicht nur ihre Freundin bestätigt das, auch der Kellner, der die beiden Damen bediente. Olaf Gieselke konnte als Zeugen dafür, dass er zur Mordzeit schlief, nur seine Frau angeben. Auch bei ihm gilt: Warum sollte er Maul töten, wenn er wusste, dass der Gärtnergehilfe gar nicht auf dem Anwesen war? Es ergibt alles keinen Sinn! Warum schreibt jemand ›Mörder‹ an die Bäume?«, begann Nachtigall mit der Aufzählung.

»Es ist zum Mäuse melken!« Albrecht Skorubski warf genervt die Hände in die Luft.

»Das ist mir alles aus Ihren Berichten bekannt.« Dr. März rückte seinen Stuhl zurecht. »Natürlich kann ich nicht ausschließen, dass ein Trittbrettfahrer seinen privaten Mord in eine Serie geschoben hat, aber für wahrscheinlich halte ich es nicht. Zufälle sind selten! Das dürfen wir nie vergessen. Deshalb glaube ich, wir suchen einen Täter für alle drei Morde. Irgendetwas haben wir übersehen«, beharrte er.

Peter Nachtigall trat an das Flipchart. Er griff nach einem der Filzstifte und zeichnete mit wenigen, quietschenden Strichen den Umriss eines Hauses. »Zum Zeitpunkt des Todes von Maurice Gieselke befanden sich Olaf und Irma Gieselke sowie Annabelle im Haus.« Er schrieb die Namen in den Giebel. »Außerhalb hielten sich Richard Mühlberg, Nele Hain, Johannes Gieselke und seine Partnerin Bettina Büttner nicht im Haus auf. Auch das gesamte Personal der Familie hatte an jenem Tag frei.« Mit sparsam hingeworfenen Geraden und Bögen entstand ein Wald. »Von der Wolfswache wussten definitiv alle Wolfsfreunde. Auch Korbinian Nagel und Ferdinand Kramstätter. Ein völlig anderer Personenkreis also.« Wieder skizzierte er ein kleines Haus. »Irma Gieselke. Sie hatte das Haus von Miriam Hanser geerbt. Das wusste die ganze Familie. Olaf Gieselke behauptete, er sei davon ausgegangen, sie habe es längst verkauft. Johannes Gieselke war an dem Thema nie interessiert, er wusste nicht einmal mit Sicherheit, ob die Freundin verstorben war oder nicht. Nele Hain kann sich wahrscheinlich nicht daran erinnern. Ereignisse, die ihre Schwiegermutter betrafen, waren für sie nicht von Belang. Richard Mühlberg wusste es nicht. Bei der Suche nach einem Motiv rückt wieder der Sohn in den Vordergrund, der den Tod seines Kindes rächen wollte. Dieses Motiv wäre auch ein möglicher Antrieb für Nele Hain gewesen, sollte sie doch von diesem Erbe gewusst haben. Aber für alle gilt: Irma Gieselke hat angeblich niemandem von ihrem Plan erzählt.« Nachtigall schrieb alles ordentlich an den Rand und verband Tatorte und Verdächtige mit Pfeilen. Dr. März sah ihm dabei gespannt zu. »Genauer betrachtet, bedeutet es klar, dass Wolfgang Mauls Umfeld mit dem der Gieselkes nichts gemein hat. Die einzige Verbindung ist er selbst.«

»Nein«, widersprach Wiener. »Seine Mutter ist auch ein Bindeglied.«

»Welches Motiv sollte Frau Maul für einen der Morde haben? Sie hat uns selbst von diesem ominösen Rezept erzählt. Warum sollte sie ihren eigenen Sohn erschlagen? Weil sie herausgefunden hat, dass er schwul ist? Und für den dritten Mord kommt sie gar nicht infrage. Da lag sie im Krankenhaus«, zählte Albrecht Skorubski auf.

»Gut, versuchen wir es anders.« Peter Nachtigall schlug die Seite um. Er schrieb in die obere Zeile des neuen Blattes den Namen des ersten Opfers und darunter das Wort ›Geld‹.

»Das betrifft alle, die an die Legende vom Rezept geglaubt haben oder Sorge um das Erbe hatten«, meinte Michael Wiener.

Nachtigall schrieb Erika Münzer dahinter, es folgten Friederike Maul, die Familie Gieselke.

Das nächste Stichwort war ›Liebe‹.

»Das versteht sich im weitesten Sinne, also auch in der pervertierten Form«, stellte Nachtigall klar. Johannes Gieselke fand sich hier wieder, Nele Hain, Richard Mühlberg und die Großeltern.

›Rache‹ und ›Neid‹ folgten, etwas abgerückt erschienen die Punkte ›Druck‹ und ›Erpressung‹.

Nachtigall zog grüne Kreise um die Namen, die mehrfach genannt wurden. »Das können wir nun für die beiden anderen Morde auch versuchen«, erklärte er und schrieb ›Wolfgang Maul‹ in eine neue Zeile.

Als sie fertig waren, starrte Albrecht Skorubski wütend auf das entstandene Bild.

»Das ist doch nicht zu fassen! Wie wir es drehen und wenden, wir kommen immer zum selben Ergebnis! Alle bleiben verdächtig, zumindest mal hier und mal da!«

»Fest steht nur, dass sich irgendwo hier«, Nachtigall tippte mit dem Filzstift gegen das Papier, »der Täter versteckt.«

»Gut.« Dr. März stand schwungvoll auf. »Wenn das so ist, schnappen Sie ihn sich einfach.«

65

Johannes Gieselke wirbelte kopflos mehrfach um die eigene Mitte. Mit einem großen Satz erreichte er die Stahltür, die sich unter seinen Händen eiskalt anfühlte. Sein Puls raste.

Ruhig, ermahnte er sich, atme gleichmäßig. Nur eine Tür, die zugefallen ist. Kein Grund zur Panik, du musst sie bloß wieder öffnen und schon kannst du hier rausspazieren.

Doch seine innere Stimme konnte nicht viel ausrichten. Hektisch fuhr er die Innenseite in Bahnen ab. Wo zum Henker war die Klinke? Als er weit im unteren Drittel angekommen war, schon vor der Tür hockte, sprang er auf und begann auf Schulterhöhe erneut mit der Suche.

Der Schweiß brach ihm aus. Ihm wurde klar, was passierte: Er hyperventilierte.

Johannes Gieselke zwang sich, die Atemzüge zu zählen, bewusst auszuatmen, sich mit dem nächsten Ringen nach Luft Zeit zu lassen. Immer ein bisschen mehr. Niemandem war geholfen, wenn er jetzt das Bewusstsein verlor! Er musste hier raus, seinen Vater finden und mit ihm den Klauen dieses pathologischen Monsters entkommen.

In unmittelbarer Nähe hörte er ein hysterisches Jaulen. Es kostete ihn einige Herzschläge, bis er erkannte, dass er selbst die Quelle dieses jammervollen Tons war.

Warum konnte er diese verdammte Klinke nicht finden! Es gab im ganzen Haus seiner Eltern nicht einen Raum, der nicht auch von innen zu öffnen war! Langsam sickerte so etwas wie Gewissheit in sein Denken.

Wenn es bisher solch einen Raum nicht gegeben hatte, dann existierte er eben seit heute.

Noch einmal strich er am Türrahmen entlang von oben nach unten. Und tatsächlich. Diesmal fand sein Zeigefinger das Loch, in dem der Dorn hätte stecken müssen. Er beugte sich hinunter, schielte mit einem Auge in die Öffnung. Kein Licht. Nicht ein winziger Schimmer. Jemand hatte die Öffnung verschlossen!

Auf diesem Weg gab es kein Entkommen. Wahrscheinlich wurde sein Vater in einem der anderen Kellerräume gefangen gehalten.

In einem ebenso nachtfinsteren Loch.

Wo war er hier eigentlich? Seine Augen hatten sich inzwischen so weit an die Dunkelheit gewöhnt, dass er erahnen konnte, wie groß sein Verlies war. Seine Hände glitten über den Boden, über Fliesen und raue Fugen dazwischen. In neu aufkeimender Panik kroch er auf allen vieren zur Seitenwand. Auch hier Fliesen.

Es gab keinen Zweifel. Ein tiefes Schluchzen brach aus ihm heraus.

Er war im ›Schlachthaus‹!

66

Peter Nachtigall warf sich unruhig von einer Seite auf die andere. Dr. März hatte recht. Er hatte irgendetwas übersehen. Selbst wenn Sebastian Körbel der Mörder von Wolfgang Maul gewesen sein sollte, hatte er noch immer zwei ungeklärte Mordfälle innerhalb der Familie Gieselke.

Dabei wussten sie schon einiges über den Mörder. Zum Beispiel, dass er sich mit den Gewohnheiten der Familie auskennen musste, er hatte die Handynummer von Maurice, war wohl in den Augen des Jungen keine Gefahr. Er wusste, wie man unbemerkt ins Haus gelangen konnte, wo der Waffenschrank stand und wie er an den Schlüssel kam. Nach Annabelles Darstellung verstrich nur wenig Zeit zwischen Maurice' Davonschleichen und dem tödlichen Schuss. Der Junge konnte demnach seinen Mörder nicht zum Waffenschrank geführt haben. So viele Leute kamen da gar nicht in Betracht.

Nachtigall drehte das Gesicht zur Wand.

Wer konnte schießen und wusste, wo der Schlüssel zum Waffenschrank aufbewahrt wurde? Die Kombination für den Safe musste er auch gekannt haben. Warum hatte der Täter ausgerechnet dieses Gewehr benutzt? Weil es das einzige war, dessen Handhabung er beherrschte? Seine Überlegungen kreisten ungebeten wieder um sein persönliches Schreckensszenario: Annabelle, die mit der Pumpgun in der Hand ins Arbeitszimmer schlich und kaltblütig ihren Bruder erschoss.

Ächzend ließ der Hauptkommissar sich auf den Rücken fallen.

Mühlbergs feine Freunde mochten ja noch für den Mord an Maurice zumindest als Denkmodel infrage kommen, aber für den Tod von Irma Gieselke schieden sie als Verantwortliche aus.

Emile hielt Johannes Gieselke für einen möglichen Kandidaten. Aber erst den Sohn und anschließend die eigene Mutter? So abgebrüht kam ihm der junge Mann gar nicht vor. Abgesehen davon hatte er für die Tatzeit ein Alibi. Gut, räumte er ein, das stammte von der Freundin, war also nicht wirklich viel wert. Aber immerhin hatten sie ihm bisher nicht das Gegenteil beweisen können.

Nachtigall knurrte und versuchte es mit der Bauchlage.

Auf der anderen Seite war es wirklich unwahrscheinlich, dass die Morde in keinem Zusammenhang stehen sollten. Und wie passte die alte Erpressungsgeschichte da hinein? Sicher war nur, Olaf Gieselke musste mehr über den Erpresser wissen, als er zuzugeben bereit war. Offensichtlich handelte es sich um jemanden aus seinem privaten Umfeld. Woher hätte er sonst die Sicherheit nehmen können, zu behaupten, er habe ihn ausbezahlt und es gäbe keine Beziehung zu den aktuellen Mordfällen?

Was, wenn er sich in seiner Einschätzung getäuscht hatte? Dann war es doch denkbar, dass der Erpresser von damals heute nicht vor Mord zurückschreckte. Hatten sich die Karten neu gemischt?

Die Bauchlage wurde unbequem. Nachtigall stemmte sich wieder auf die Seite. Immerhin hatte Dr. Pankratz längst die ersten Ergebnisse zum Tod von Irma Gieselke durchgegeben. Sie hatte ein Pilzgericht gegessen, möglicherweise vergiftet, außerdem hatte man ihr mit einem Eisenrohr den Kopf eingeschlagen. Ganz eindeutig ein Mord.

Neben sich hörte er die regelmäßigen, tiefen Atemzüge

seiner Frau. Wenigstens einer in der Familie, der gut schlafen kann, dachte er liebevoll und tastete unter der Bettdecke nach ihrer Hand.

Dieser Fall war nicht unlösbar. Es gab einen Schnittpunkt, er hatte ihn nur noch nicht gefunden! Man müsste noch einmal alles sortieren. Ganz anders. Neue Kriterien zugrunde legen. Einen noch nicht bedachten Ansatz finden.

Er ließ Connys Hand los und wälzte sich auf die andere Seite.

Als er die Augen aufschlug, zuckte er erschrocken zusammen. Casanova schenkte ihm einen rätselhaften, tiefgrünen Blick. Seine Nase berührte dabei beinahe die des Hausherrn.

»Kannst du auch nicht schlafen?«

Casanova antwortete nicht. Rhetorische Fragen waren ihm wohl zu banal. Der Kater erhob sich, sprang vom Bett, streckte den Rücken weit durch und verließ gemessenen Schrittes das Schlafzimmer.

Wahrscheinlich hat er recht, überlegte Nachtigall, es war besser, aufzustehen. Sich hier unruhig hin und her zu wälzen brachte gar nichts! Vorsichtig füßelte er nach seinen Hausschuhen und schlich ebenfalls in die Küche. Möglichst leise hantierte er mit der Kaffeemaschine. Während das Wasser gurgelnd über das Pulver schoss, holte er sich Papier und Bleistift. Als er damit an den Tisch zurückkehrte, saß Casanova hoch aufgerichtet bereits dort, als erwarte er ihn längst.

»Willst du mir helfen?«, fragte Nachtigall belustigt. Was würde Dr. März wohl dazu sagen, wenn er ihm erklärte, er habe den Fall mit der Unterstützung seines Katers gelöst?

»Ich glaube, der Staatsanwalt würde zu einer langen, intensiven Therapie raten. Weit weg von allen Mordfällen unter der klugen Anleitung eines fähigen Psychotherapeuten«, lachte er gedämpft, goss sich Kaffee und Milch in eine Tasse und setzte sich.

»Irgendwo hier ist der Knackpunkt versteckt«, vertraute er dem klugen Tier an, als er wieder einmal die Namen der Opfer ganz oben auf die Seite schrieb.

67

Johannes Gieselke kroch langsam an der Wand entlang. Falls von diesem Raum noch andere Kammern abgingen, würde er auf diese Weise die Türen finden können. Er hatte das ›Schlachthaus‹ nie gemocht.

Schon der widerliche Geruch, der sich darin gefangen hatte, verursachte ihm Übelkeit. Und heute war der Gestank schlimmer noch als sonst. Wann war er eigentlich zum letzten Mal hier gewesen? Das war doch sicher mehr als zehn Jahre her!

Die erste Tür führte in den Kühlraum. Eishauch schlug ihm entgegen. Hastig warf er die Tür wieder zu. Ein lautes Rumpeln bezeugte, dass irgendetwas von innen dagegen fiel. Vielleicht war ein Kadaver von seinem Haken gerutscht. Johannes Gieselke fand die Vorstellung gespenstisch, in der Gewissheit in einem Raum eingesperrt zu sein, dass die direkten Nachbarn tot waren, ihre Häute abgezogen und die Körper tiefgekühlt.

Nach wenigen Metern stieß seine Hand wieder an einen Rahmen. Doch auch der dazugehörigen Tür fehlte die Klinke. Panisch tasteten seine Finger immer wieder um die Stelle herum, an der sie sich hätte befinden sollen. Doch sie fanden nur ein tiefes Loch, durch das er kein Licht erkennen konnte.

»Vater?«

Keine Antwort.

»Vater? Bist du da drin?«

Nichts.

Bestimmt hatte der Irre ihn gefesselt und geknebelt! Schon

um zu verhindern, dass er seinen Sohn beim Betreten des Hauses warnen konnte! Aber hören konnte er ihn doch bestimmt.

»Vater? Ich bin eingeschlossen. Aber mach dir keine Sorgen – ich bring uns hier raus!«, versicherte er mit deutlich mehr Selbstbewusstsein, als er in Wahrheit zur Verfügung hatte.

Ein Fenster! Seine Augen glitten nervös über die Wände, konnten keine Öffnung entdecken. Es war ja stockdunkel draußen! Bestimmt konnte man das Fenster deshalb nicht sehen. Er musste sich an der Wand entlangtasten.

Diesmal schob er die Hände in Kopfhöhe über die kalten Fliesen. Er würde eine Möglichkeit zur Flucht finden! Den Vogelmann, wie Annabelle ihn nannte, alarmieren und seinen Vater aus den Klauen des Psychopathen reißen.

Seine Finger fanden kein Fenster.

Ein unkontrollierbares Zittern erfasste seinen gesamten Körper. Er konnte sich nur mit Mühe auf den Beinen halten.

Du kommst hier nie wieder raus, hörte er seine innere Stimme voller Häme behaupten, die, wie ihm zum ersten Mal auffiel, der seines Vaters stark ähnelte. Nie mehr. Du wirst sterben, wie die anderen auch! Jemand wie du ist in einer solchen Lage rettungslos verloren!

»Klar«, zischte er mit klappernden Zähnen, »MacGyver hätte jetzt einen Kugelschreiber und eine Zitrone in der Tasche, um damit die Tür wegzusprengen.«

Aber er war eben nicht MacGyver.

Johannes Gieselke atmete tief durch.

Eine neue Idee schenkte ihm Hoffnung. Eine Bodenklappe. Sammelte seine Mutter die Tierreste nicht in einem Behälter in einem Raum darunter? Einer Art Kriechkeller im zweiten Untergeschoss? Solch eine Klappe konnte er nur finden, wenn er auf allen vieren durch das ›Schlachthaus‹ kroch, systematisch, planvoll. Bahn für Bahn. Rasch fiel ihm auf, dass der Boden nicht eben war. Von den Wänden fiel er zur Mitte hin ab.

Schaudernd dachte er daran, warum das so war. Oh, nein! Mein Blut wird niemand von diesen Wänden spritzen!, nahm er sich hasserfüllt vor. Er würde siegen und Rache nehmen für das, was man ihm heute angetan hatte. Mein Blut gurgelt durch keinen Abfluss!, dachte er und fühlte sich zu seiner Überraschung ein wenig getröstet.

Mit neuer Kraft erkundete er weiter das Terrain. Trotzte der zunehmenden Übelkeit. Der Gestank war beinahe überwältigend.

Plötzlich, als er fast die Mitte erreicht haben musste, stieß sein Kopf dumpf gegen einen weichen Widerstand, der auswich und zurückschwang. Von einer Sekunde auf die andere war die helle Panik zurück.

Blutgeruch hüllte ihn ein, er würgte. Es kostete ihn alle Überwindung, die er mobilisieren konnte, um nach dem Ding zu tasten.

Entsetzt fühlte er rohes Fleisch unter seinen Finger. Klebrig, weich, typisch.

Eine schreckliche Gewissheit.

»Vater! Um Himmels willen! Er hat dich geschlachtet!« Sein hysterisches Jammern und Schreien wurde von den Wänden schrill zurückgeworfen, tanzte durch den Raum. Badezimmerakustik.

Tränen stürzten über seine Wangen, tropften auf die Jacke. Er konnte sich nicht mehr beherrschen. Wozu auch? Es gab niemanden mehr, den es gestört hätte, dass er hemmungslos heulte wie ein Schwächling.

Sein Vater war tot! Sohn, Mutter und Vater waren tot! Er war eine Vollwaise.

Welcher verdammte Irre konnte dafür verantwortlich sein? Wer tat ihm das an?

Seine Hände verirrten sich, berührten den erkalteten Leichnam. Stutzten. Das konnte nicht sein. Nein! Er wurde von einem unbeschreiblichen Gefühl der Erleichterung davongespült. Sein Vater? Hastig tastete er weiter. Kämpfte gegen ein wahnsinniges Lachen, das in ihm aufstieg. Schließlich gab er dem Drang nach, lachte, bis ihm der Atem ausging.

Dies war nicht sein Vater!

Es handelte sich um den Kadaver eines Keilers!

68

Nach der vierten Tasse Kaffee strich Nachtigall entschlossen seine letzte Skizze durch. So kam er jedenfalls nicht zu einer Lösung.

Neidisch sah er zu Casanova hinüber. Der Kater hatte sich auf dem Tisch zu einer kompakten Kugel zusammengerollt und beteiligte sich nicht mehr an der kriminalistischen Feinarbeit.

Im Gegenteil. Es sah ganz so aus, als sei er über die Tüfteleien seines Menschen eingeschlafen.

Nachtigall griff nach einem neuen Blatt Papier. Also noch einmal von vorn. Irgendjemand hatte ihn belogen, keine Frage. Aber wer? Erneut trug er sorgfältig zusammen, was er über die Personen wusste, die in diesen komplizierten Fall auf irgendeine Weise verwickelt waren.

Es war normal, dass Zeugen versuchten, Dinge zu verbergen, die zu ihrem Nachteil hätten ausgelegt werden können. Sicher, im Fall Gieselke war das ebenso. Und bestimmt verfügte der eine oder andere auch über ein gewisses schauspielerisches Talent, täuschte Betroffenheit hier oder Erstaunen dort vor.

Was wäre, wenn? So lautete die Frage, die er sich für jeden Einzelnen stellen musste. Was wäre, wenn Frau Gieselke sich regelmäßig mit einem Liebhaber traf? Wie würde Olaf Gieselke darauf reagiert haben? Mit Mord? Oder wäre es ihm gleichgültig gewesen?

Nachtigall begann, neue Beziehungsgespinste zu entwerfen. Hatte der Großvater selbst ein neues außereheliches Verhältnis begonnen, trotz seines Treueschwurs? Wie hätte in dem Fall wohl die Entscheidung seiner Frau ausgesehen? Scheidung?

So rückte jede Person in den Mittelpunkt, wurden neue Querverbindungen beleuchtet, Motive aufgedeckt und verworfen.

Gab es dieses Geheimrezept nun wirklich oder nicht? Jeder erzählte ihm eine andere Variante zu dem Thema! War das wirklich wichtig, die Gurke der Punkt, um den sich alles drehte? Was blieb, wenn er die ›Gurklinge‹ völlig ausklammerte, welche Motive gab es dann noch?

Als er fertig war, spürte er nur grenzenlose Enttäuschung. Wie er es anging, es führte immer in eine Sackgasse. Müde knüllte er das Papier zusammen und schlurfte zum Mülleimer. Wieder eine Nacht sinnlos vergeudet, dachte er und wollte die handliche Kugel mit einer trägen Bewegung in die blaue Box werfen, als er zögerte.

Interessiert entknitterte er den Ball, lief zum Tisch zurück und strich den Bogen glatt. Eine leichte Aufregung machte sich in ihm breit, die sich auch auf seinen haarigen Mitbewohner übertrug, der neugierig zusah, wie der Hauptkommissar neue Striche zog, kräftigere, dunklere.

»Jaha. Was wäre, wenn? Das hättest du sicher nicht gedacht, dass das jemand rauskriegt! So ein hübsches Geheimnis!« Alle Müdigkeit war verflogen. »So könnte es gewesen sein!«

Die digitale Uhr der Mikrowelle verriet, dass es fast vier war. Nun gut, in diesem Fall war eine schnelle Reaktion notwendig, da durfte man auch zu so früher Stunde andere aus dem Schlaf schrecken.

Er griff zum Telefon. »Emile, ich brauche deine Unterstützung! Könntest du dir auch dieses Szenario vorstellen …?«, flüsterte er und erklärte ihm seine Schlussfolgerungen.

»Ja, sehr gut sogar!« Der Profiler klang frisch und ausgeschlafen, registrierte der Hauptkommissar neidisch. Er selbst dagegen wurde nur vom Konsum ungezählter Tassen Kaffees und der Aussicht auf einen erfolgreichen Abschluss des Falls auf den Beinen gehalten.

Schnell ins Bad. Er zog sich möglichst geräuschlos an, ließ neben dem inzwischen wieder schnarchenden Kater für Conny einen zärtlichen Frühstücksgruß zurück und schlich aus dem Haus.

69

Dienstag

Die Stationsschwester staunte nicht schlecht, als kurz nach der morgendlichen Übergabe schon der erste Besucher auf dem Gang stand und mit dem Dienstausweis durch die Luft wedelte. »Sie können nicht mit Frau Maul sprechen! Das wissen Sie doch. Ihr Zustand ist nicht stabil genug, um Ihre Fragen beantworten zu können.«

»Sie muss mir nichts beantworten«, stellte der große, schwere Kriminalbeamte klar. »Sie soll nur kurz mit dem Kopf nicken – oder eben nicht.«

»Wie war Ihr Name noch gleich?«, fragte die Schwester zickig.

»Mein Name ist«, er betonte jedes Wort deutlich, »Peter Nachtigall. Ich bin Hauptkommissar der Kriminalpolizei in Cottbus und ermittle in einem Mordfall. Ich muss nur ganz kurz zu Frau Maul. Sie muss nicht sprechen und ich mache keinen Lärm«, versicherte er.

»Das geht nicht. Die anderen Patienten …«

Der Fremde schnitt ihren Protest mit einer energischen Handbewegung ab. »Es wird niemand gestört.«

»Wissen Sie eigentlich, wie spät es ist?«

»Es handelt sich um eine Mordermittlung. Da können wir manchmal auf solche Dinge keine Rücksicht nehmen. Der Täter tut es auch nicht!«

»Ich rufe jetzt den diensthabenden Arzt!«, gab sie giftig zurück.

»Guten Morgen. Das wird nicht nötig sein. Wenn Sie

einen Psychologen brauchen, der ist schon da«, begrüßte Emile Couvier die verwirrte Schwester und wies sich aus.

»Prima!« Nachtigall drehte sich nach dem Neuankömmling um. »Wie hast du das so schnell geschafft?«

Die Schwester beobachtete die Szene voller Befremden. Da begrüßten sich zu nachtschlafender Zeit wie selbstverständlich zwei Unbekannte auf ihrer Station, die ihrer Meinung nach beide hier nichts verloren hatten. Rasch gab sie der Kollegin ein Zeichen. Die würde den Arzt anfunken, bevor noch mehr Fremde hier aufkreuzten.

»Mein Name ist Emile Couvier. Ich bin Polizeipsychologe«, vereinfachte er seine Berufsbezeichnung, damit er nicht zu einer weitschweifigen Erklärung ausholen musste.

»Und?«, fragte die Schwester spitz.

»Wir möchten gern zu Ihrer Patientin Friederike Maul. Es wird maximal zwei Minuten dauern und schon sind Sie uns wieder los. Ich betone: Es geht nicht um eine Befragung. Sie soll nur eine vorformulierte These bestätigen oder verwerfen.«

»Das kann ich nicht entscheiden.« Ein gefährliches Glitzern trat in ihre Augen. »Sie stören die morgendlichen Abläufe auf dieser Station erheblich!«

In diesem Moment erschien der alarmierte Arzt und erlöste die wütende Schwester. Noch einmal erklärten die beiden Besucher die Umstände ihres Hierseins.

»Gut. Ich bin einverstanden. Die Tür bleibt geöffnet, ich kann meine Patientin zu jeder Zeit sehen und werde die Sache sofort abbrechen, wenn ich das Gefühl habe, Sie richten irgendeinen Schaden an.«

Nachtigall und Couvier nickten.

»Und nur Herr Nachtigall betritt das Zimmer. Er ist Frau Maul bereits bekannt, nicht wahr?«

Und so beobachteten drei Augenpaare vom Gang aus,

wie der Hauptkommissar an das Bett der Patientin trat und ihr einen Zettel reichte. Wortlos las Frau Maul die wenigen Worte, ließ den Kopf ins Kissen sinken, zögerte einen Moment, hob ihn wieder und nickte deutlich.

30 Sekunden hatte er gebraucht, um diese Bestätigung zu bekommen.

»Deine Theorie ist schlüssig. Und die erste Hürde genommen.«

»Ja«, antwortete Nachtigall und hastete durch den Verbindungsgang in Richtung des Ausgangs Leipziger Straße.

»Und nun?«, fragte Couvier, der mühelos Schritt halten konnte.

»Ich rufe bei den Gieselkes an. Danach erst kann ich entscheiden, in welcher Reihenfolge ich vorgehe. Vielleicht wäre es aber nicht schlecht, wenn du hierbleiben würdest. Ein bisschen auf Frau Maul aufzupassen, wäre kein Fehler.«

»Oh weh! Da wird man auf der Station nur mäßig begeistert sein«, lachte der Profiler. »Außerdem lassen die mich eh nicht an sie ran.«

»Du wirst in etwa einer halben Stunde durch einen Kollegen in Uniform abgelöst. Dafür sorge ich. Und man wird dich mit ihr sprechen lassen, ich könnte mir vorstellen, dass sie am Ende gern deine Hilfe in Anspruch nehmen wollen.«

»Der Beamte weiß dann Bescheid? Ich muss ihm nichts mehr erklären?«

»Nein. Du kannst zu meiner Tochter nach Hause gehen.«

»Jule ist sicher schon auf. Bestimmt hat sie sich längst zu ihrer Projektgruppe aufgemacht, wenn ich komme«, schmunzelte Couvier. »Sie ist schwanger, nicht krank.«

»Grüße!«, trug ihm der Hauptkommissar knapp auf, als sich ihre Wege trennten.

Aus der Gesäßtasche zog er ein kleines Bündel Notizzettel. Es dauerte nur einen Moment, dann hatte er die richtige Nummer gefunden und gab sie in sein Handy ein, während er im Laufschritt den Parkplatz durchquerte, um den Parkschein zu bezahlen.

Klirrend fiel das Geld in den Automaten, als sich eine verschlafene Stimme meldete.

»Guten Morgen!«, fiel die Begrüßung ausgesprochen frostig aus.

»Guten Morgen, Frau Büttner. Nachtigall. Ich hätte gern mit Herrn Gieselke gesprochen.«

»Moment. Da muss ich erst nachsehen. Wir schlafen nicht immer im selben Zimmer. Wenn Johannes spät nach Hause kommt, möchte er mich nicht wecken.« Offensichtlich hatte sie das Gefühl, sie müsse sich für die getrennten Schlafzimmer rechtfertigen.

Schritte waren zu hören, die sich langsam entfernten und kurz danach deutlich zügiger zurückkamen. Atemlos teilte Frau Büttner ihm mit, Johannes sei nicht zu Hause. Schlimmer noch, sein Bett sei völlig unberührt und sein Auto stünde auch nicht vor dem Haus.

Peter Nachtigalls Miene verdüsterte sich. »Wann ist er gegangen?«

»Nun, er hatte Streit mit seinem Vater und kam überhaupt mit der ganzen Angelegenheit nicht mehr klar. Wir haben noch sehr lange darüber gesprochen. Der Tod seiner Mutter brachte ihn wohl völlig durcheinander. Jedenfalls ging er plötzlich davon aus, alle Gieselkes seien in Gefahr, er müsse seinen Vater warnen. Dann ist er losgefahren.«

»Um welche Zeit?«

»Gegen zwei oder halb drei«, schniefte sie und flüsterte: »Ihm ist doch nichts zugestoßen?«

»Hoffentlich nicht«, murmelte Nachtigall wenig tröstend und legte auf.

70

Traute hatte eine schlaflose Nacht.

Schon gegen 5 Uhr saß sie mit Tee und Marmeladentoast in der noch eiskalten Küche und überlegte, was zu tun sei. Irma Gieselke war tot! Natürlich konnte kein ernsthafter Zweifel daran bestehen, dass sie ermordet wurde. Und Traute glaubte auch zu wissen, von wem. Das Problem bestand darin, dass ihr dummerweise die Beweise fehlten.

Als sie mit ihrer zweiten Tasse Frühstückstee an ihrem Lieblingsplatz am Fenster saß, haderte sie noch immer mit der himmelschreienden Ungerechtigkeit, die das Schicksal für viele Menschen bereithielt. Sie selbst nicht ausgenommen. Aber Irma hatte es noch deutlich härter getroffen. Und nun, wo alle dachten, sie finge ein neues, fröhliches Leben an der Seite eines liebevollen Mannes an, da stellte sich heraus, dass man sie ermordet hatte. Wenn jemand eine zweite Chance auf eine bessere Zukunft für die letzten Lebensjahre verdient gehabt hätte, dann doch auf jeden Fall Irma! Fast wie eine Heilige, eine Märtyrerin ertrug sie diesen Widerling, um ihrem Sohn ein sorgenfreies Leben zu ermöglichen. Und nun?

Traute seufzte schwer.

Als sie aufsah, verschwand gerade ein ihr bestens bekannter Hundeschwanz hinter ihrem Rhododendron. Mit ungeahnter Behändigkeit sprang Traute auf, lief zur Tür und wetzte förmlich zum Gartentor. Etwas außer Puste erwartete sie dort die Hundebesitzerin.

»Na, du konntest wohl auch nicht schlafen?«

»Nein. Ist es nicht schrecklich? Erst der Enkel und nun

verliert er auch noch die Frau. Das hat ihn doch sicher schwer getroffen. Wie soll man mit so vielen Schicksalsschlägen umgehen?«, meinte Claudia bekümmert und wischte sich verstohlen eine Träne aus dem Auge.

»Ach ja, meinst du?« So zynisch hatte sie es gar nicht klingen lassen wollen, deshalb zuckte auch Traute ein bisschen zusammen, als sie ihre eigenen Worte hörte.

»Du glaubst, er betrauert sie nicht?«, lautete erwartungsgemäß Claudias pikierte Gegenfrage.

»Nein. Er bedauert nur das Fehlen der regelmäßigen Mahlzeiten und er wird wohl jemanden einstellen müssen, der ihm in der Jagdsaison das geschossene Wild zerlegt«, klärte Traute ihre naive Freundin auf.

»Als ich spät noch mit dem Hund draußen war, habe ich gesehen, wie die Polizei bei Gieselke vorgefahren ist. Da haben sie ihm sicher die furchtbare Nachricht gebracht. Bis dahin herrschte noch der übliche Krach. Beethovens Neunte diesmal. Danach war nichts mehr zu hören. Und das Licht war auch überall aus. Richtig unheimlich sieht das Herrenhaus aus, wenn es so vollkommen duster ist.« Claudia schluckte schwer. »Das ist ja bei ihm total ungewöhnlich. Er hat sonst immer irgendwo Licht, schon wegen der Einbrecher. Und da habe ich mich gefragt, ob der alte Gieselke sich wohl was angetan hat. Die ganze Nacht hat mich das beschäftigt.«

Traute betrachtete die andere mitleidig. Dummheit konnte eben auch schlaflos machen, dachte sie wenig schmeichelhaft. Laut sagte sie: »Der alte Gieselke und Selbstmord? Ha! Womöglich aus Liebe? Vergiss es! Weißt du, du bist wirklich hoffnungslos romantisch! Das verstellt manchmal den glasklaren Blick auf die Tatsachen, meine Liebe!«

Unnatürlich laut schallte Trautes raues Lachen durch die menschenleere Straße. Claudia sah sich peinlich berührt um.

»Jedenfalls steht jetzt der Wagen von Johannes vor der Tür. Und zu hören ist immer noch nichts. Ich glaube, der arme Kerl hält Totenwache.«

»Na, dann wäre es wohl an der Zeit, dass jemand die Polizei verständigt!«

»Wieso? Muss man das melden? Er hat einen Toten in der Familie. Ist doch nicht wie Läuse oder Scharlach!«, kicherte Claudia albern.

Für Traute war es schwer zu glauben, dass jemand so wenig Denkvermögen besitzen sollte. Sie holte tief Luft, verkniff sich jedes Wort zu Claudias Intelligenzquotienten und erklärte beinahe geduldig, was sie damit meinte.

»Johannes sucht das Testament. Ich bin mir ziemlich sicher, dass der Alte ihn nach dem Tod von Maurice enterbt hat. Vielleicht soll die Kleine alles erben. Nun will Johannes das Testament vernichten und wird am Ende doch Alleinerbe. Danach wird er die ›Gurklinge‹ verkaufen und hoffen, sein Vater guckt aus der Hölle zu.«

»Ich verstehe überhaupt nichts mehr«, gestand Claudia und machte auch äußerlich plötzlich einen verwirrten Eindruck.

»Wetten, dass am Ende herauskommt, er hat beide Eltern aus Rache für den Tod seines Sohnes umgebracht? Der letzte Schlag gegen seinen verhassten Vater ist der Verkauf der blöden Gurkenfirma. Du kannst davon ausgehen, der junge Mann sucht schon die ganze Nacht nach dem Dokument.«

»Meinst du?« Claudias Augen waren vor Fassungslosigkeit und Bewunderung weit aufgerissen. »Im Dunkeln? Es brennt ja noch immer nirgendwo Licht im Haus.«

71

Peter Nachtigall hetzte zu seinem Wagen und raste los. Wie an jedem Morgen ging es für seinen Geschmack viel zu langsam auf der Bahnhofstraße voran. Und Zeit, davon war er überzeugt, hatte er nur begrenzt.

Wenn seine Theorie stimmte, ging es um Leben und Tod. Er setzte das Blaulicht aufs Dach und schaltete das Sondersignal ein. In Rekordzeit erreichte er den kleinen, verschlafenen Ort. Das Herrenhaus machte den schon gewohnten, unterkühlt unfreundlichen Eindruck. Kein Geräusch drang in den Garten. Der Wagen des Sohnes stand ordentlich geparkt auf der Stellfläche.

Was sollte er nun tun? Auf die Kollegen warten? Riskieren, dass ein Menschenleben vor der Zeit beendet wurde? Nein, untätig herumstehen, während in diesem Haus womöglich jemand um sein Leben kämpfte, kam für ihn nicht infrage. Das war nicht seine Art von Dienstauffassung.

Die große Haustür war nur angelehnt. Er zögerte. Das war ja beinahe ein Déjà-vu.

Im Flur lauschte er in alle Richtungen. Nichts war zu hören, nicht einmal das Brummen der Heizung. Er beschloss, die Räume systematisch zu checken und zog seine Stablampe aus dem Hosenbund.

Johannes Gieselkes Kopf dröhnte, als sei ein Bautrupp damit beschäftigt, die Seitenwände seines Schädels einzureißen. Vorsichtig richtete er sich ein wenig auf. Vielleicht hatte er kurzzeitig das Bewusstsein verloren? Er brauchte ein paar

Herzschläge, bis ihm wieder einfiel, wo er sich befand und warum er nicht neben seiner Bettina aufgewacht war.

Die fluoreszierenden Zeiger seiner Uhr informierten ihn darüber, dass es 4 Uhr morgens sein musste. Mühsam rappelte er sich auf. Wer auch immer sie gefangen hielt, versuchte jedenfalls nicht, mit ihnen zu kommunizieren. Auf sein Schreien, Rufen und Klopfen erfolgte nicht ein einziges Mal eine Reaktion.

Schließ mit deinem Leben ab, riet ihm seine unangenehme, innere Stimme unaufgefordert.

Vielleicht war das Schwein längst nicht mehr im Haus, hatte sie beide einfach ihrem Schicksal überlassen, war weit entfernt und arbeitete an seinem Alibi. Zorn ließ Johannes mit den Zähnen knirschen.

Wer? Diese Frage beschäftigte ihn nun schon seit Stunden. Er hatte darüber nachgedacht, während er vergeblich und mit wachsender Verzweiflung versuchte, einen Fluchtweg zu finden.

Wer? So viele kamen gar nicht in Betracht. Das jedenfalls war ihm ziemlich schnell klar geworden.

Nele? Wollte sie seine Familie auslöschen? Um sich für den Tod ihres kleinen Lieblings zu rächen? Das wäre denkbar. Große körperliche Kraft war ja nicht notwendig gewesen. Er war, wie sein Vater wahrscheinlich zuvor, freiwillig in die Falle getappt. Möglicherweise saß sie genau in diesem Moment mit seinem falschen Freund Richard im Flieger nach Kanada.

Unerreichbar für den Vogelmann.

Unter den süßlich-widerlichen Gestank, der von dem langsam verwesenden Schwein ausging, hatte sich fast unmerklich ein anderer Geruch gemischt. Gieselkes Nackenhaare sträubten sich. Gas!

Peter Nachtigall versuchte, sich zu orientieren. Der Kegel seiner Lampe warf einen unruhig zuckenden Fleck mal hierhin, mal dorthin. Er zwang sich, den Arm ruhig zu halten und die Stablampe gleichmäßig durch die Luft zu führen. Der Strom war offensichtlich ausgeschaltet worden, doch solange der Mörder eventuell im Gebäude war, konnte er nicht ausprobieren, ob die Schalter einen Kontakt auslösten. Schließlich wollte er ihm seine Anwesenheit nicht durch flutendes Licht und spontan einsetzende Musikbegleitung mitteilen, sondern ihn überraschen.

Es war bitterkalt.

Die Bibliothek lag seelenlos in der Finsternis. Nachtigall tastete sich zur Couch vor und überprüfte, ob Olaf Gieselke dort berauscht eingeschlafen war.

Nichts.

Kein Schnarchen, kein Atmen, kein Ticken einer Uhr. Langsam schob Nachtigall sich zur nächsten Tür.

Was konnte er tun? Gas war explosiv, erinnerte sich Johannes Gieselke, ein banaler Funke reichte, um ein Haus in die Luft fliegen zu lassen.

Hektisch kramte er in seinem Gedächtnis nach gelernten Verhaltensregeln. Aus dem Biologieunterricht. Oder war es Chemie? Keine Funken, kein Feuer. Sammelte sich Gas nicht zuerst in Bodennähe? Hatte er deswegen das Bewusstsein verloren? Er musste irgendwo hinaufklettern. Auf einen Schrank vielleicht. Aber hier gab es nichts, auf das man hätte steigen können.

Der Kühlraum! Dort hinein konnte er fliehen. Und erfrieren, freute sich die lästige Stimme in seinem Kopf.

Rasch tastete er sich an der Wand entlang. Fand den Riegel. Packte zu.

Er bewegte sich nicht einen Millimeter.

Nachtigall verhedderte sich plötzlich in Stoff. Er schien sich um ihn zu schmiegen, nahm ihm den Atem, roch staubig. Entschlossen setzte er sich zur Wehr, streifte ihn nach einigen Schrecksekunden ab, identifizierte ihn als Vorhang und zog ihn zur Seite. Das erste Grau des Tages fiel schüchtern durch die Scheiben.

Jetzt konnte er immerhin Konturen unterscheiden und die Lampe noch sparsamer einsetzen. Nur drei Schritte später entdeckte er ihn.

Olaf Gieselke lehnte in entspannter Körperhaltung in einem der Ohrensessel. Mit geübten Handgriffen überprüfte der Hauptkommissar Puls und Atmung. Der Atem ging flach, Atemzüge waren selten. Der Puls, so schien es ihm jedenfalls, war viel zu langsam und nur schwer zu tasten.

Draußen gingen plötzlich Lichter an, Motorengeräusche waren zu hören, Menschen riefen sich Sätze zu.

Das Team war angekommen. Einen Überraschungseffekt konnte es nun nicht mehr geben. Kurz entschlossen hob Nachtigall den Mann auf seine Arme und trug den Bewusstlosen zügig über die Treppe nach unten.

»Wir brauchen einen Krankenwagen.«

»Der ist bereits alarmiert«, rief Wiener ihm zu. »Wir dachten uns schon, dass wir ihn brauchen würden.«

Nachtigall ließ den Mann neben Skorubski auf dem Beifahrersitz nieder. »Lass den Motor an, dreh die Lüftung ein bisschen höher. Bestimmt ist er ausgekühlt. Ich glaube, die Heizung funktioniert nicht.«

Skorubski nickte, zog seinen Mantel aus und legte ihn über Gieselkes Schultern.

»Ich suche nach Johannes. Sein Auto steht dort drüben. Also ist er auch irgendwo im Haus.«

Damit verschwand er wieder durch die Tür.

Der Strom funktionierte nicht? Stromausfall? Die Kollegen suchten im Erdgeschoss und im oberen Stockwerk. Ihre leistungsstarken Lampen leuchteten in jeden Winkel. Damit ein eventuell aufgescheuchter Täter nicht entkommen konnte, wurden einige Beamte um das Gebäude herum postiert.

Peter Nachtigall nahm sich den Keller vor. Während er die steile Treppe nach unten stieg, nahm er einen vertrauten Geruch war. Gas! Eine defekte Heizungsanlage, oder hatte jemand Gas in den Keller geleitet?

»Achtung!«, donnerte seine Stimme weit hörbar durch den frühen Morgen. »Gas! Alle raus. Nachbarn evakuieren, Dispatcher benachrichtigen. Der Versorger soll sofort die Leitung schließen! Alle raus, Gas!«, pflanzte sich seine Warnung fort und er hörte, wie Polizeistiefel über die Dielen, über die Treppe nach draußen polterten.

Schnell war alles ruhig.

Gerufen wurde jetzt nur noch in größerer Entfernung.

In die Finsternis des Kellers fragte er: »Herr Gieselke?«

Keine Antwort. Stille.

»Johannes? Hören Sie mich?«

72

Der Wind trieb harte, raue Schneeflocken zwischen den Grabsteinen hindurch, blies sie raschelnd über alte und neue Gräber, stach damit den wenigen Trauergästen, die sich versammelt hatten, um von Wolfgang Maul Abschied zu nehmen, in Augen und Gesichter.

Seine Mutter saß wie leblos in einem Rollstuhl.

Eine dicke, schwarze Decke über ihren Knien sollte die beißende Kälte fernhalten.

Doch der Winter konnte mit der Eiszeit im Gemüt der Frau nicht mithalten.

Auch die Wolfsfreunde waren vollzählig erschienen. Mandy hatte tröstend ihren starken Arm um Flockes Taille gelegt. Nachtigall bemerkte, wie Sebastian Körbels Schultern zuckten. Etwas abseits der Trauergemeinde entdeckte er Ferdinand Kramstätter und Korbinian Nagel, in einer anderen Nische, halb verdeckt von einem Grabstein, wartete Olaf Gieselke, gestützt von zwei Beamten in Uniform.

Die eng beschriebenen Seiten mit den Worten zum Geleit des Ermordeten zitterten in den blau gefrorenen Fingern des Trauerredners, der sich rechtschaffen mühte, den Toten gebührend zu ehren und gleichzeitig die Kälte zu ignorieren.

Nachtigall hörte ihm nicht zu. Er sah von einem zum anderen. Was mochte in den Köpfen dieser Menschen nun vorgehen?

Am ehesten konnte er sich wohl noch in die Wolfsfreunde hineinversetzen. Die trauerten wirklich um ihren Freund, Flocke um mehr als nur das.

Gleichgültig beobachtete der Hauptkommissar, wie der

Redner seine Papiere faltete und in die Manteltasche schob. Er selbst hatte seinen Teil der Arbeit noch vor sich. Die Versammelten nahmen endgültig Abschied, murmelten einige Worte ins Grab, manche schwiegen, starrten nur in die Tiefe, wurden sich vielleicht zum ersten Mal im Leben bewusst, dass der Tod alles beendet.

Aufmerksam beobachtete er das Geschehen, gab dann das vereinbarte Zeichen. So unauffällig wie möglich traten je zwei Beamte an Kramstätter und Nagel heran. Leise wechselten sie ein paar Worte mit den beiden, dann folgten die Bauern ihnen zögernd zu einem bereitstehenden Streifenwagen vor dem Friedhofstor.

Mandy Klinger und Sebastian Körbel warfen dem Hauptkommissar einen fragenden Blick zu.

»Sie erinnern sich an die DNA-Probe, die Sie untersucht haben wollten? Das Ergebnis liegt jetzt vor. Die Spuren an den gerissenen Tieren und am Weidezaun stammen von Kramstätters Collie. Nicht von dem, der im Moment bei ihm in der Hundehütte wohnt, sondern von dem, dessen Spuren er wegzuputzen versuchte. Das funktioniert nie.«

»Korbinian Nagel?«

»Nun, wenn ein Wolf Schafe reißt …« Er ließ den Satz in der Schwebe. Die Presse würde sicher ausgiebig über Betrugsversuche bei Entschädigungszahlungen berichten.

»Wir sind froh, dass Sie den Mord an Wolfgang geklärt haben«, flüsterte Flocke. »Auch wenn es für mich unvorstellbar bleiben wird.«

»Unser Gerichtsmediziner hat übrigens festgestellt, dass Ihr Freund zu wenig von dem Tee getrunken hatte, um eine beruhigende Wirkung zu spüren. Die Substanz fand sich in äußerst geringer Dosierung in seinem Mageninhalt, aber nicht in seinem Blut.«

»Aber dann, dann, dann war er ja gar nicht …«, stotterte Sebastian Körbel erleichtert.

»Er war nicht wehrlos.« Damit drehte sich der Hauptkommissar um und ging sehr langsam zu seinem Wagen zurück.

73

Albrecht Skorubski erwartete ihn schon. »Hast du es ihm gesagt? Das mit dem Medikament?«

»Ja.«

»Na, da wird der junge Mann aber verflixt froh sein. Er hat sich ja so schuldig gefühlt, dass wir uns schon Sorgen um ihn gemacht haben.«

Skorubski merkte, dass sein Freund kein Interesse an einer Unterhaltung hatte. Aber eines brannte ihm noch auf seiner Seele, das musste er einfach fragen. »Woher hast du das gewusst?«

»Es stand auf die ein oder andere Weise in den Akten.«

»Nein. Wir haben die so oft durchgearbeitet. Es stand nicht drin«, widersprach er. »Daran haben wir überhaupt nicht gedacht. Und nun hängen die Morde eben doch zusammen und wir haben dennoch unterschiedliche Täter!« Er schüttelte den Kopf.

»Alles wurde klarer, wenn man davon ausging, dass stimmte, was Gieselke sagte. Die Familie sollte ausgelöscht werden. Wenn das zutraf, bedeutete es im Umkehrschluss, dass Wolfgang Maul auch Familie war.«

»Ja, wenn du es so ausdrückst, sehe ich es auch. Wir haben von mehreren Seiten gehört, Olaf Gieselke sei nicht treu. Aber ich dachte dabei immer an junge, hübsche Frauen, mit viel Glamour und einer tollen Figur. Gut, es ist ja wahr. Friederike Maul war auch mal jung.«

Michael Wiener saß mit Olaf Gieselke im Verhörraum. Demonstrativ zeigte der alte Mann seinen Unwillen.

Ohne sich von der unterkühlten Atmosphäre beeindrucken zu lassen, baute Nachtigall das Aufnahmegerät auf, richtete sorgfältig das Mikrofon aus. Albrecht Skorubski und Emile Couvier hielten sich im Hintergrund.

Nach den einführenden Worten und der Bestätigung der Identität der Anwesenden stellte Nachtigall ruhig fest: »Wir vernehmen Sie als Tatverdächtigen. Ihnen wird Mord in drei Fällen zuungunsten des Wolfgang Maul, der Irma Gieselke und des Johannes Gieselke zur Last gelegt.«

Olaf Gieselke schwieg.

»Sie können einen Anwalt hinzuziehen. Sollten Sie einen Arzt benötigen, stellen wir Ihnen einen zur Verfügung. Es gibt doch sicher einen Anwalt der Familie?«

»Ich brauche weder ärztliche noch rechtliche Unterstützung«, fauchte Gieselke ätzend.

»Gut. Das ist Ihre Entscheidung.«

Der Hauptkommissar griff zu einer umfangreichen Akte und begann darin zu lesen und aufreizend langsam zu blättern.

Schweigend. So, als gäbe es Olaf Gieselke gar nicht.

Diese offen zur Schau gestellte Missachtung gefiel dem alten Herrn nicht. Er bewegte sich unruhig auf dem Stuhl hin und her, lehnte sich vor, ließ sich gegen die Lehne fallen, verschränkte die Arme vor der Brust und löste sie wieder.

Plötzlich schlug der Hauptkommissar den Ordner zu, sprang auf und verließ den Raum.

Verblüfft sah Gieselke ihm nach.

Emile Couvier beobachtete den Tatverdächtigen genau. Drei Morde wurden ihm zur Last gelegt, aber das schien ihn nicht im Mindesten zu beeindrucken. Gelangweilt wirkte er, desinteressiert.

Nachtigall kehrte zurück und klappte erneut die Akte auf.

»Ich hätte ja gedacht, Sie belesen sich gründlich, bevor Sie einen Menschen des Mordes beschuldigen«, kommentierte Gieselke schneidend.

»Das tun wir. Dies ist nicht Ihr Vorgang.«

Der Tatverdächtige lief rot an vor Zorn. »Wenn Sie Wichtigeres zu tun haben, kann ich ja gehen!«

»Ich fürchte, das können wir nicht erlauben. Sie gehen nirgendwo hin.« Peter Nachtigall stützte die Ellbogen auf und erklärte: »Sie erbten die ›Gurklinge‹ von Ihrem Vater. Die Zeiten waren nicht gerade dazu angetan, den Absatz ins Unermessliche steigen zu lassen, die letzten beiden Ernten waren nicht gut ausgefallen. Der Betrieb kam ins Trudeln.«

»Schnee von gestern!«

»Sie heirateten Irma, die über ein eigenes Vermögen verfügte. Haben Sie sie lange überreden müssen, einen großen Teil des ererbten Kapitals in den Gurkenbetrieb zu stecken? Staatshilfe konnten Sie ja nun wirklich nicht beantragen. Ihre einzige Chance war es, frisches Geld aufzutreiben. Keine leichte Aufgabe damals. Aber Irma rettete den Betrieb und gebar nach einiger Zeit des Wartens auch den ersehnten Sohn – den Erben der ›Gurklinge‹. So etwas schweißt zusammen, ob man es nun Liebe nennen will oder nicht.«

Gieselke schwieg.

Nachtigall hatte auch nichts anderes erwartet.

»Während der Schwangerschaft verweigerte Ihnen Irma das, worauf Sie als Mann einen Anspruch zu haben glaubten. Also nahmen Sie sich die Freiheit, andere Frauen zu treffen. Friederike Maul war eine von ihnen.«

Das Gespräch mit Frau Maul war schwierig gewesen. Ihr labiler Zustand, die Trauer über den Verlust ihres geliebten Sohnes und das Erkennen des Mörders in Olaf Gieselke machten ein Verhör nahezu unmöglich. Nachtigall hatte mit

Couviers Unterstützung und in Anwesenheit eines Arztes mühsam alle Puzzleteile mit ihr erarbeitet.

Er wusste mehr, als Gieselke ahnen konnte.

»Die meisten dieser Beziehungen auf Zeit verliefen unproblematisch und blieben flüchtig. Mit Friederike war es anders. Sie behauptete, Kondome lösten bei ihr eine allergische Reaktion aus, sie verhüte selbst. Wie zu befürchten war, erklärte sie Ihnen bald darauf, sie sei schwanger, eine Abtreibung lehnte die junge Frau kategorisch ab. Das war eine unangenehme Lage. Ihre Frau, die zwischenzeitlich herausgefunden hatte, dass Sie fremdgingen und damit drohte, das Geld aus dem Betrieb abzuziehen, konnte diesmal nur sehr schwer wieder beruhigt werden. Ausschließlich um des gemeinsamen Sohnes willen war sie bereit, sich mit Ihnen zu versöhnen. Bisher kannte Irma keine Namen. Aber was würde erst passieren, wenn Friederike ihr von dem unehelichen Kind erzählte? Sie entschlossen sich zu einem Deal.«

Gieselkes Miene hatte sich verfinstert. Ein hassvoller Zug verschmälerte die Lippen, bis nur noch ein Strich zu sehen war. Verachtung glitzerte in seinen Augen. »Friederike hatte es drauf angelegt.«

»Ihre Frau zu überreden, die alleinstehende, schwangere Frau einzustellen, war keine Hürde. Völlig ahnungslos nahm Irma die junge Frau auf, ließ die beiden Jungs fast miteinander aufwachsen. Es kehrte wieder Ruhe in Ihr Leben ein. In der Folgezeit waren Sie allerdings vorsichtiger. Keine Ihrer weiteren Affären endete in einer Schwangerschaft.«

Gieselke konnte sich ein überhebliches Lächeln nicht verkneifen.

»Johannes zeigte kein Interesse an Gurken oder Waffen. Wolfgang dagegen schon. Ihr eigener Sohn diskutierte in letzter Zeit häufig mit Ihnen über die Zukunft der Firma, drohte offen mit dem Verkauf nach Ihrem Tod. Friederike wurde mehrfach Zeuge eines solchen Streits. Sie forderte die offizielle Anerkennung von Wolfgang als Sohn eines Gieselke. Er sollte die ›Gurklinge‹ weiterführen. Sie lehnten ab. Friederike griff zu Erpressung.«

Der Verdächtige schwieg.

»Friederike arbeitete an ihrem freien Tag in einem Beerdigungsinstitut. So kam sie an Leichenteile, mit denen sie die Gurkengläser präparierte. Der Plan ist nicht aufgegangen.«

Gieselke lachte leise. Boshaft.

»Sie machten ihr klar, dass es ohnehin das Ende bedeuten würde, wenn Irma von der nebenehelichen Vaterschaft erführe. Friederike nahm die angebotene größere Summe entgegen und schwieg weiter.«

Der alte Herr klatschte zynisch Beifall. »Ich bin überrascht. Friederike wird auf ihre alten Tage wohl geschwätzig.«

»Ihnen blieb noch die Hoffnung, Ihr Enkel könne, nach einer Änderung der Erbfolge, anstelle seines Vaters den Betrieb übernehmen. Diese Hoffnung schien sich aber nach der Scheidung von Nele und Johannes sowie dem Wunsch ihres gemeinsamen Sohnes, in der neuen Familie leben zu wollen, nicht zu erfüllen. Sie waren entsetzt, verzweifelt, enttäuscht. Ihre hochfliegenden Pläne, Maurice zu einem würdigen Erben zu formen, fanden zunächst ein jähes Ende.«

»Ich habe meinen Enkel nicht ermordet!«

»Das wissen wir.«

Nachtigall gönnte Gieselke eine kurze Pause. Er sollte erkennen, dass die Ermittler wirklich gute Arbeit geleistet hatten. »Wieder sprach Friederike Sie an. Wenn doch der Hoffnungsträger auswanderte, der Erbe den Betrieb nicht wollte – warum nicht eine Klausel ins Testament aufnehmen, die Wolfgang legitimierte und den Fortbestand der ›Gurklinge‹ sicherte? Sie lehnten erneut ab. Diesmal kam es zu einem heftigen Streit.«

»Friederike war von jeher eine törichte Person.«

»Friederikes Hass war grenzenlos. Sie erschoss Maurice, weil Ihnen ein ungewisser Erbe in Kanada noch immer lieber war als Ihr gemeinsames Kind Wolfgang.«

Olaf Gieselkes Gesichtszüge entgleisten, Fassungslosigkeit spiegelte sich für den Bruchteil einer Sekunde darin. Doch er hatte sich sofort wieder unter Kontrolle. »Das ist ausgemachter Blödsinn!«

»Sie hat die Tat gestanden. Nun waren nur noch zwei Söhne übrig. Sie konnten nicht mehr auf einen dritten Erben setzen. Wolfgangs Chancen stiegen wieder. Friederikes Schilderung stimmt mit der Spurenlage am Tatort genau überein und deckt sich mit den Beobachtungen, die Ihre Enkelin nach der Tat gemacht hat.«

Gieselkes Kiefer mahlten.

»Sie jedoch gingen davon aus, Wolfgang habe, vielleicht auf Wunsch der Mutter, Maurice erschossen. Korbinian Nagel hatte kurz zuvor zufällig die vereinbarte Wolfswache erwähnt. Sie sahen Ihre Chance, sofort Rache zu nehmen. Noch in der Nacht nach dem Tod des Kindes lauerten Sie ihm auf und erschlugen Ihren eigenen Sohn.«

Peter Nachtigall wusste, dass das stimmte, konnte es aber dennoch nur schwer fassen. Er selbst hatte gesehen, wie Gieselke das Medikament geschluckt hatte, von dem der Arzt behauptete, es sorge für einen Schlaf, der einer Bewusstlosigkeit nahekam. Erst spät war ihm klar geworden, wie leicht Gieselke sie ausgetrickst hatte. Anfangs das Theater um die Verweigerung der Spritze und dann musste er nur noch die Tabletten in der Hand behalten, als er sie vorgeblich schluckte. Dazu brauchte man nicht einmal ein guter Schauspieler zu sein.

Der Tatverdächtige zeigte keinerlei Regung.

»Sie wollten mit diesem Mord gleich zwei Probleme aus der Welt schaffen. Friederike würde nun endlich den Mund halten, weil sie um ihr eigenes Leben fürchten musste, und Sie hatten Zeit gewonnen, die Frage des Erbes neu zu regeln. Annabelle rückte in den Mittelpunkt Ihrer Überlegungen. Als Sie das Kind im Krankenhaus besuchten, erklärten Sie ihr genau, was Sie mit ihr vorhatten.«

Annabelle hatte das schon bestätigt.

Für einen Moment schweiften Nachtigalls Gedanken ab. Was würde nun aus dem traumatisierten Mädchen werden? Sie hatte nicht nach Kanada gewollt. Ob sie sich nun doch für die Reise und das neue Leben entscheiden würde? Fernab von aller Erinnerung?

»Als wir Frau Maul die Todesnachricht brachten, ahnte sie, wer dafür verantwortlich war. Unschlüssig, was das für sie selbst bedeutete, beschloss sie, zu schweigen. Schließlich hätte sie sonst auch den Mord an Maurice gestehen müssen. Ihr Zustand verschlechterte sich rapide und so war ein Gespräch mit ihr nicht möglich. Sie waren auf der Station. Obwohl ein Besuchsverbot bestand, sorgten Sie dafür, dass sie Sie wenigstens zu Gesicht bekam. Eine deutlichere Warnung war gar nicht notwendig.«

»Sie wollte noch immer Irma einweihen. Natürlich hätte ich dafür gesorgt, dass die Leiche von Wolfgang verbrannt würde, das Haus der Mauls wäre auf meine Kosten renoviert und gründlich gereinigt worden. Friederikes Beweise – alle vernichtet. Keine Spur mehr von ihrem Liebling.«

»In der Zwischenzeit wurde Ihnen bewusst, dass Sie den Falschen umgebracht hatten. Wolfgang kam als Mörder von Maurice nicht infrage. Er hatte ein Alibi. Annabelle hatte eine schwarze Gestalt gesehen und alle waren davon überzeugt, es müsse sich um einen Mann gehandelt haben. So viel Auswahl an Verdächtigen gab es Ihrer Meinung nach gar nicht. Sie entschlossen sich für ein gründliches Aufräumen.«

Der Hauptkommissar stand auf. Langsam ging er auf und ab, streng verfolgt von Gieselkes kaltem Blick. Draußen auf der Straße gingen um diese Zeit sicher viele Menschen entlang. Eingemummelt in dicke Jacken, Mützen und Schals. Leben. Daran würde Johannes Gieselke nie mehr teilhaben.

Tief hatte sich hinter Peter Nachtigalls Stirn das Bild eingebrannt, das sie vorgefunden hatten, als es ihnen gelungen war, die Tür zu seinem Gefängnis zu öffnen. Tod durch Ersticken. Er lag auf dem Boden, die Lippen, Fingerspitzen, Nase und Ohren waren zyanotisch-bläulich verfärbt gewesen. Sein Hemd war an der Vorderseite blutverschmiert. Er musste wohl noch versucht haben, auf den in der Mitte baumelnden Wildschweinkadaver zu klettern, um sich zu retten.

Es hätte ihm nichts genützt, selbst wenn er es geschafft hätte.

Erdgas war leichter als Luft.

Nachtigall wusste, er würde sich nie verzeihen, zu spät gekommen zu sein.

»Das Blut ist schlecht!«, spuckte Gieselke in den Raum.

Der Hauptkommissar stemmte seine Fäuste auf den Tisch und beugte sich dem unbeeindruckten Mann entgegen.

»Sie waren es leid!«

»Sie hatten Johannes doch schon im Visier. Nicht Friederike hat Maurice getötet. Nein! Johannes hat das getan. Weil er bei der Erbfolge übersprungen werden sollte. Deshalb auch gerade dieses Gewehr! Es ist das Einzige, das er mühsam beherrschen konnte!«, polterte Gieselke überraschend.

Gut, dachte Nachtigall, wenn er erst über den Mord an seinem Sohn sprechen wollte, sollte ihm das recht sein. »Sie wollten mehr. Ihr Plan war, die gesamte Linie auszulöschen und noch einmal neu zu beginnen. Geld macht sexy. Eine fruchtbare Frau hätte sich finden lassen, ein neuer Erbe konnte gezeugt werden.«

Bockig schwieg der Verdächtige wieder.

»Frau Büttner rief bei Ihnen an. Sie wollte Sie vor dem psychopathischen Mörder warnen, der die Familie nach Meinung Ihres Sohnes auslöschen wollte. Johannes war zu Ihnen gefahren, um Sie zu retten! Doch was taten Sie? Sie fingen ihn, sperrten ihn im Keller ein und leiteten Gas in den Raum! Danach schluckten Sie ein Beruhigungsmittel und warteten darauf, gerettet zu werden.« Erregt sprang Nachtigall auf und lief im Raum auf und ab.

Emile Couvier hatte seine eigene Theorie zu den Abläufen. »Der Kerl wusste, dass die Polizei über kurz oder lang vorbeikommen musste. Spätestens dann, wenn Bettina Büttner ihren Mann vermisste. Man würde die Leiche des Sohnes im Keller und den betäubten Vater im Erdgeschoss finden. Gieselke spekulierte darauf, dass man einen Mörder außerhalb der Familie suchen würde, der die letzte Tat schlicht verpatzte, weil er dem alten Mann eine zu geringe Dosis verabreicht hatte. Er hat das schlau eingefädelt, einem neuen Leben hätte nichts im Wege gestanden. Dumm für ihn, dass du hinter das Geheimnis um Wolfgangs Vater gekommen bist«, hatte der Profiler ihm seinen Verdacht erläutert.

Nachtigall fixierte sein Gegenüber.

Nahm wieder Platz.

»Er hatte alles zerstört. Meinen Erben getötet. Erst verlor er das Kind an die nichtsnutzige Mutter, diese Schlampe, und dann tötete er ihn auch noch, nur damit er nicht zu dieser neuen Familie gehören sollte. Du liebe Zeit. In ein paar Jahren wäre Maurice vielleicht wieder nach Deutschland gekommen. Es gab keinen Grund, alle Hoffnung aufzugeben.«

»Johannes hat Ihren Enkel nicht getötet!«

Gieselke setzte wieder seine arrogante Miene auf und signalisierte mit einer Handbewegung, er wisse es besser.

»Ohne Ihren Sohn, ohne Ihren Enkel war die männliche Linie der Nachkommen abgeschnitten. Sie sprachen mit Annabelle bereits kurz nach Wolfgangs Tod über die Änderung der Erbfolge, die Sie festlegen wollten. Zumindest bis Sie selbst einen neuen Erben präsentieren konnten. Der Anruf von Frau Büttner bewies, wie leicht alle an den Mörder von außen glauben würden.«

Olaf Gieselke verschränkte die Arme vor der Brust, warf den Kopf in den Nacken und lachte dröhnend.

»Frau Büttner wurde zu Ihrer heimlichen Komplizin bei diesem Coup. Wir sollten eine Soko bilden und über Jahre im Trüben ermitteln.«

»Johannes war ein Mörder. Es wäre Aufgabe der Polizei gewesen, ihn aus dem Verkehr zu ziehen. Aber diese Arbeit wurde Ihnen abgenommen. Wie praktisch!«, erklärte Gieselke eisig.

»Er war ein Dorn in Ihrem Fleisch. Deshalb musste er sterben!«, behauptete Nachtigall unbeirrt.

Das unerträgliche Lächeln des Verdächtigen wurde noch breiter. »Sie sind verrückt. Das Haus hätte in die Luft fliegen können. Die Explosion hätte man bis nach Cottbus gesehen!«

»Ein gewisses Risiko mussten Sie eingehen. Schon wegen der Glaubwürdigkeit. Aber der Strom war immerhin abgestellt. Ein Funke beim Klingeln oder Einschalten einer Lampe war ausgeschlossen.«

»Nichts von all dem können Sie beweisen!«

»Mehr als Sie denken!«

Olaf Gieselkes Lächeln gefror. »Von mir hören Sie kein Wort mehr!«, versprach er und hielt sich auch zunächst daran.

Emile Couvier begann plötzlich, laut mit Michael Wiener den Fall zu diskutieren. Auch Albrecht Skorubski mischte mit. Nachtigall verstand sofort, was Emile damit erreichen wollte. Man sprach über Olaf Gieselke, nicht mit ihm.

Er musste den Eindruck gewinnen, niemand interessiere sich noch für ihn oder seine Darstellung der Ereignisse, als wäre es ihm möglich, aufzustehen und zu gehen, ohne dass sich jemand nach ihm umdrehte.

»Und seine Frau?«, fragte Wiener. »Wir wissen doch, dass er sie umgebracht hat.«

»Ja. Das wissen wir nicht nur, wir können es auch beweisen!«, stellte Albrecht Skorubski triumphierend klar.

»Ziemlich brutales Vorgehen. So sollte man doch seine Frau nicht behandeln«, stieß Couvier das Gespräch weiter an.

»Sie wird ihm eben völlig gleichgültig gewesen sein.«

»Wie sein Sohn. Als er bemerkte, dass der Junge nie so werden würde, wie er es sich erträumt hatte, wartete er nur auf eine günstige Gelegenheit, um ihn loszuwerden.«

»Jedenfalls war es ein kluger Plan. Unser Rechtsmediziner hat aber nachgewiesen, dass er nie und nimmer wirklich Schaden hätte nehmen können. Er hat so wenig Beruhigungsmittel genommen, dass es gerade so zu einem gemütlichen Ausschlafen gereicht hat«, griff Wiener einen anderen Aspekt auf.

So warfen sie sich die Bälle zu, stellten Überlegungen an, die Planungen Gieselkes für seine Zukunft betreffend, spekulierten über seine Chancen, eine neue Frau zu finden.

Plötzlich fuhr Gieselkes Stimme durch den Raum, scharf wie ein Schwert, kalt wie Stickstoff.

»Wir Gieselkes haben unsere Probleme immer selbst gelöst! Als ich davon ausgehen musste, Wolfgang sei der Mörder meines Enkels, habe ich getan, was ein guter Großvater tun muss. Doch dann erkannte ich meinen Fehler. Um Ihren Spekulationen gleich zuvorzukommen, sage ich: Es tut mir dennoch nicht leid um ihn. Über kurz oder lang wäre er ohnehin zum Problem geworden. Irma hat unseren Sohn verweichlicht. Wollte von ihm geliebt werden! Ha! Angeblich fehlte ihr das von meiner Seite. Und was kam dabei heraus? Ein Feigling! Eine Heulsuse, ein verdammtes Hätschelkind. Und nun, nach dem Tod von Maurice, liebte er sie nicht mehr. Schlimmer als der Verlust des Enkels trafen sie die falschen Anschuldigungen von Johannes. Manche Probleme erfordern bei ihrer Lösung ein planvolles Vorgehen. Irma sollte vor Johannes sterben, damit sie ihn nicht betrauern musste.«

Peter Nachtigall hielt den Atem an. Er wagte gar nicht, auf die Kontrolllampe des Aufnahmegerätes zu sehen. Hoffentlich hatten sie alles drauf! Ein umfassendes Geständnis.

Aus dieser Schlinge würde Olaf Gieselke seinen Kopf nur schwer wieder ziehen können.

74

Eine Stunde später war Nachtigall allein in der Stille seines Büros und grübelte. Olaf Gieselke saß in U-Haft, sie würden nun Zeit genug haben, die Beweise akribisch zusammenzutragen. Friederike Mauls Aussage wog schwer. Sie war im Fall Maurice geständig, wollte wohl auch dafür bestraft werden. Vielleicht, weil sie inzwischen erkannt hatte, dass ihre Gier der Auslöser der Katastrophe war.

Allerdings gab er sich keinen Illusionen hin. Gieselke würde selbstverständlich nach einer Nacht in der Isolation der Zelle einen Anwalt einschalten. Von dem bekäme er sicher den Rat, zu widerrufen und künftig zu schweigen. Wenigstens konnte der alte Herr nicht behaupten, er sei von ihnen unter Druck gesetzt worden.

Nachtigall atmete tief durch, stemmte sich aus seinem Stuhl hoch, schlug die Akte zu und legte sie in eine seiner Schreibtischschubladen. Ihm war kalt. Nicht von außen, stellte er besorgt fest, es fühlte sich eher an, als umklammere ihn diese Kälte von innen. Als habe er eine erhebliche Menge Eiswürfel geschluckt.

Der Fall setzte ihm ziemlich zu.

Als er in Michaels Alter war, hatte er noch jeden gelösten Fall gefeiert. Heute ging er immer häufiger erschüttert nach Hause. Gab es denn keine Mörder mehr, die ihre Tat hinterher bitterlich bereuten? Die noch vom Tatort aus die Polizei verständigten, schockiert und entsetzt über das, was geschehen war? Oder kam es ihm nur so vor, als seien die modernen Mörder kälter und unerbittlicher?

Sein Team war längst gegangen. Albrecht Skorubski

brachte sicher gerade seine Frau zum Zug. Und Michael? Würde wohl seiner Marnie mit leuchtenden Augen vom Abschluss des Falles berichten.

Heute Morgen, bei der Obduktion von Johannes Gieselke, war es Nachtigall schwergefallen, sich zu konzentrieren. Die ganze Zeit über starrte er nur fassungslos auf den jungen Mann, der auf so schreckliche Weise sterben musste. Wäre er nur früher auf die Verbindung zwischen den Fällen gekommen! Er hatte direkt nach dem Tod von Maurice die entscheidende Information bekommen und nichts verstanden! Ob Johannes wohl geahnt hatte, dass sein Vater hinter den anderen Morden steckte? Dass es sein eigener Vater war, der ihm das Gas in den Kellerraum leitete?

Er hatte einen qualvollen Tod durch Erstickung erlitten.

Olaf Gieselke würde ihnen später vielleicht erzählen, wie er es geschafft hatte, seinen Sohn direkt in den präparierten Raum zu locken. Ob das mit der kleinen Taschenlampe zu tun hatte, die sie gefunden hatten, aufgehängt in einer Ecke des Flures? Die Batterie war zum Zeitpunkt der Entdeckung leer, die Lampe aber eingeschaltet.

Müde schlüpfte der Hauptkommissar in seine Jacke, wickelte den Schal fest um seinen Hals. Er würde Conny natürlich auch davon erzählen.

Nachtigall grollte mit sich. Die Morde waren geklärt, die Täter gefasst. Und schließlich war es häufig so, dass man im Nachhinein wusste, man hätte manches Detail schon früher erkennen können.

Olaf Gieselke. Was wäre wohl geschehen, wenn sein Plan aufgegangen wäre? Jemand, der ungestraft dreimal gemordet hatte – der könnte doch auf die Idee kommen, Probleme mit Mitmenschen in Zukunft wieder auf diese bewährte Weise zu lösen.

Es klopfte.

»Herein!«, sagte Nachtigall mürrischer als beabsichtigt.

Dr. Pankratz öffnete mit Schwung die Tür und schleuderte mit kühnem Wurf eine schmale Akte auf den Schreibtisch des Hauptkommissars.

»Was ist das?«

»Der erste, noch ergänzungsbedürftige Obduktionsbericht. Johannes Gieselke.«

»Danke.«

»Wie? Mehr nicht? Willst du nicht reinsehen?«, wechselte der Gerichtsmediziner zu Nachtigalls Überraschung zum Du.

»Doch. Morgen.«

»Nein. Jetzt!«

Der Ermittler sah den Rechtsmediziner verblüfft an.

Was war denn in Dr. Pankratz gefahren? Sonst war er immer derart zurückhaltend, dass es beinahe schon unfreundlich wirkte.

Brav schlug er den Ordner auf. »Wo?«

»Seite fünf. Du brauchst es nicht zu lesen. Ich werde es dir erzählen. Weil ich dich seit so vielen Jahren kenne, weiß ich genau, was dich im Moment beschäftigt.«

»So?«

»Ja. Dieser Fall nagt an dir. Das fing schon mit dem toten Kind an. Wer tötet schon einen kleinen Jungen? Das ging uns allen an die Nieren. Selbst mir und ich treffe den Tod beinahe täglich. Aber jetzt glaubst du, Johannes Gieselke erstickte in seinem Gefängnis, während du damit beschäftigt warst, seinem Mörder das Leben zu retten. Und genau das ist nicht wahr. Er starb, bevor ihr eingetroffen seid.«

»Woher weißt du das?«, benutzte nun auch Nachtigall die vertraute Anrede.

»Weil ich weiß, was er gegessen hatte, wie lange sein

Körper normalerweise für die Verdauung brauchte, wie viel Gas in welcher Zeit in den Raum geleitet wurde und so weiter.« Die Toleranzzeitspanne unterschlug er dabei mit Bedacht. »Bei dieser Form der Gasvergiftung stirbt das Opfer, weil in der Raumluft einfach nicht mehr genug Sauerstoff zum Atmen vorhanden ist. Er wird verdrängt. Kohlenmonoxydvergiftungen verlaufen ziemlich unspektakulär. Der Betroffene atmet und dennoch nimmt der Sauerstoffgehalt im Blut ab. Er wird müde, schläft ein und erstickt.«

»Danke!« Diesmal klang es herzlich und ein wenig erleichtert.

»Ich werde noch einige Analysen veranlassen. Die Ergebnisse trudeln dann peu à peu bei euch ein. Ich selbst fahre jetzt direkt zurück nach Potsdam. Und, Peter, bevor ich es vergesse, die Frau an meiner Seite sähe es gern, wenn ich für ein paar Tage zu Hause schlafen könnte. In der nächsten Woche also bitte keinen spektakulären Mordfall in Cottbus!«

Beim Abschied versprach Nachtigall, daran zu denken, dass auch Rechtsmediziner ein Privatleben hatten. Genau, dachte er, als er Dr. Pankratz nachsah, der mit elastischen Schritten den Flur entlangeilte, das Leben muss auch nach einem solchen Fall weitergehen.

Und Conny würde die vielen Eiswürfel schon zum Schmelzen bringen!

ENDE

Danksagung

Herzlichen Dank allen Lesern, die Peter Nachtigall, sein Team und seine Familie mit großer Anteilnahme begleiten, ihm auch bei den schwierigsten Ermittlungen zur Seite stehen. Unzählige Mails zeigen mir, wie sehr seine Fans bei der Lösung der Fälle mitfiebern. Ich bin Ihnen allen sehr dankbar für diese Unterstützung!

Ein besonderes Dankeschön gebührt meinem Mann, der sich engagiert um die medizinische Interpretation der gewaltsamen Todesfälle kümmert, Fachliteratur wälzt, um meine vielen Fragen beantworten zu können, weiß, was man bei einer Obduktion feststellen kann – und was nicht, wie schwer eine Fettleber ist, woran man letztlich stirbt, wenn man einer Gasvergiftung erliegt, und wie eine Schussverletzung aussieht.

Die Zusammenarbeit mit meiner Lektorin Claudia Senghaas ist von großer Empathie und freundschaftlichem Miteinander geprägt – vielen Dank für alles!

Nachschlag:

1904 wurde der ›letzte Wolf‹ Deutschlands geschossen – in der Lausitz, in Hoyerswerda.

Seit 1990, mit der Wiedervereinigung, ist der Wolf in ganz Deutschland eine streng geschützte Art.

1998 entdeckte man zwei Wölfe auf einem Truppenübungsplatz in der Oberlausitz.

Seit dem Jahrtausendwechsel kehren die Tiere tatsächlich wieder zu uns zurück.

Es leben einzelne Rudel in Tagebaufolgegebieten und auf Truppenübungsplätzen. In der Lausitz bestehen diese Rudel in der Regel aus den Elterntieren, den Nachkommen des letzten und den Welpen des aktuellen Jahres. Da die Jungwölfe im Alter von etwa 2 Jahren abwandern, um eigene Partner zu finden, bleibt die Population über einen langen Zeitraum konstant. In der Lausitz leben sechs Wolfsrudel und ein Paar ohne Welpen. In diesen Rudeln wurden von Sommer bis Oktober 2009 26 Welpen gezählt – zwei Jungtiere wurden leider bei Verkehrsunfällen getötet.

Der europäische Wolf hat ausgewachsen eine Widerristhöhe von 60 bis 80 Zentimeter und erreicht ein Gewicht von 45 bis 50 Kilogramm. Pro Tag benötigt er etwa 3 bis 4 Kilogramm Nahrung. Die Vorderpfote ist im Vergleich zu der eines Hundes deutlich länglicher geformt. Die Schrittlänge beträgt, in Abhängigkeit von der Größe des Tieres, im geschnürten Trab 1,10 bis 1,40 Meter.

Die Lebenserwartung eines Wolfes in freier Wildbahn liegt bei etwa sechs, in Gefangenschaft bei circa zwölf Jahren.

In unseren Wäldern machen Wölfe Jagd auf Rehe, Rotwild

und Wildschweine, wobei der größte Anteil ihrer Beute auf die Rehe fällt. Daneben erbeuten sie Kleinsäuger wie Kaninchen oder Mäuse und fressen im Herbst auch Früchte.

Weitere Informationen finden Sie im Internet, in ›Der Wolf‹ von Erik Zimen und anderen Fachbüchern zum Thema, in den Broschüren des Ministeriums für Umwelt, der IFAW, des Bundes FORST und des Kontaktbüros ›Wolfsregion Lausitz‹.

www.wolfsregion-lausitz.de
www.ifaw.de
www.bundesforst.de

Weitere Krimis finden Sie auf den folgenden Seiten und im Internet:
www.gmeiner-verlag.de

Franziska Steinhauer
Kumpeltod
978-3-8392-1374-2

»Wutbürger in der Lausitz.«

Trotz heftiger Proteste wird ein Dorf in der Lausitz abgebaggert, auch der Friedhof muss dem Kohlebagger weichen. Bei ihrer Arbeit stoßen die Totengräber in einem alten Grab auf eine frische Leiche. Kommissar Peter Nachtigall wird zum Tatort gerufen, auf der Fahrt wird sein Wagen von der Straße gedrängt. Die Ereignisse überschlagen sich, als nach dem Fund einer Bombe ein großer Bereich in der Stadt geräumt wird und einer der evakuierten Mieter bei seiner Rückkehr eine grausige Entdeckung macht …

Unsere Lesermagazine

2 x jährlich das Neueste aus der Gmeiner-Bibliothek

24 x 35 cm, 32 S., farbig; inkl. Büchermagazin »nicht nur« für Frauen

10 x 18 cm, 16 S., farbig

Alle Lesermagazine erhalten Sie in Ihrer Buchhandlung oder unter www.gmeiner-verlag.de.

GmeinerNewsletter

Neues aus der Welt der Gmeiner-Romane

Haben Sie schon unsere GmeinerNewsletter abonniert?

Monatlich erhalten Sie per E-Mail aktuelle Informationen aus der Welt der Krimis, der historischen Romane und der Frauenromane: Buchtipps, Berichte über Autoren und ihre Arbeit, Veranstaltungshinweise, neue Literaturseiten im Internet und interessante Neuigkeiten.

Die Anmeldung zu den GmeinerNewslettern ist ganz einfach. Direkt auf der Homepage des Gmeiner-Verlags (www.gmeiner-verlag.de) finden Sie das entsprechende Anmeldeformular.

Ihre Meinung ist gefragt!

Mitmachen und gewinnen

Wir möchten Ihnen mit unseren Romanen immer beste Unterhaltung bieten. Sie können uns dabei unterstützen, indem Sie uns Ihre Meinung zu den Gmeiner-Romanen sagen! Senden Sie eine E-Mail an gewinnspiel@gmeiner-verlag.de und teilen Sie uns mit, welches Buch Sie gelesen haben und wie es Ihnen gefallen hat. Alle Einsendungen nehmen automatisch am großen Jahresgewinnspiel mit attraktiven Buchpreisen teil.

GMEINER

Wir machen's spannend